文學新象 265

# 無罪之罪

## TRUST ME

漢克・菲莉琵・萊恩Hank Phillippi Ryan｜著
劉佳澐｜譯

高寶書版集團

獻給強納森與正義

# Part 1

即便回到昨天也無濟於事，因為那時的我與此刻並不相同。

——路易斯．卡羅，《愛麗絲夢遊仙境》作者我用手指在浴室鏡面上留下字跡，劃過淋浴後瀰漫的霧氣。今天早上的數字是四二二。

一場事故摧毀了我的家庭，將德克斯和蘇菲從我身邊奪走，至今已經過了四百四十二天。我寫下數字的同時，蒸氣逐漸散去，字跡化為水珠，如同眼淚一般滑下，終至消失。

我願意付出**一切**，一切；我願意**去做**任何事。看著鏡中的倒影，一股深切的渴望給了我重重一擊，但無論我多渴望，都早已無濟於事。人們終日祈禱：如果你答應，我保證會戒酒、再也不超速駕駛，我可以做到任何事。只要你答應，我一定會當個好女兒、當個好丈夫、我會當個全心奉獻的妻子。

讓我的願望成真，我可以做……任何事。

然後我們妥協、周旋，試圖和上天交易。我們通常得以獲得所求。

但接著，上天會訕笑我們，最終留下我們獨自一人，只能試著與自己妥協。

# 1

**你認識我嗎？**我當然看過那些廣告招牌、海報、全彩合成畫像刊登在各大電視節目和報紙上，大概全波士頓的人都看過了。「**可憐的小女孩。**」大家都這麼說，「她是誰？一定有人很想念她。」有的人看到畫像之後，不由得將身旁的孩子拉近自己，低聲警告他們，又或者是在超商購物時，將一隻手警戒地放在身邊的娃娃車上。

「梅瑟，妳可以嗎？」凱薩琳語帶關切，在電話另一頭的聲音變得輕柔了一些，「妳得重新開始工作。」

我沉默不語好一陣子，一直出神地想著「波士頓寶寶」。

「妳還好嗎？」她追問。

「嗯，我沒事。」凱薩琳想要我寫下這可怕罪行的真實內幕。我癱坐在書房的椅子上。我可以嗎？老實說，我不確定。

「這本書馬上就會變成暢銷書，親愛的，可以讓妳重回戰場。」凱薩琳再接再厲，試圖說服我。「孩子在波士頓港被殺害後棄屍，接著母親因謀殺罪遭到起訴。抱歉，我真糟糕，我知道這太超了，但妳是唯一一個能寫這個故事的作家。我可以告訴他們妳願意接嗎？」

幸好她看不見我臉上的表情。一樁悲慘的弒童案，卻是這陣子對我來說最好的一件事了，雖然世人可能無法接受這種想法。自從周遭的人一個個離去，我就很少跟人接觸，也不再回覆任何人的來電，所以有好幾個月都沒有收到以前編輯的來信，現在，工作機會終於來了。

凱薩琳．克拉夫向我解釋，我所要做的，**就只有**從明天開始，使用與電視臺一樣的轉播訊號全程觀看開庭過程，然後寫一本關於波士頓寶寶謀殺案的「話題書」。「人們當然可以從電視上看到，」她說，「但萬一某個白痴製作人把報導搞得很無聊呢？或者萬一他們刪減了某些片段，只為了播一些小狗被困在牆上的新聞，或一些網路假消息呢？我們不能讓**他們**來決定要公開哪些資訊。所以，讓妳來全面報導才能萬無一失。我本來想要幫妳在法庭上安排一個座位，親愛的，但遲了一步。」

**幸好沒座位**，但我沒說出來。我怎能面對這麼多人？凱薩琳接著向我開出預付一萬五千美金的條件，在判決結束且書籍上市之後，再加碼一萬五千塊，未來還能拿到高額版稅。我確實需要錢。

「除非她無罪，」凱薩琳繼續說，語調變得十足輕蔑，「但這是不可能的。而一旦艾許琳·布萊恩被定罪，妳就會成為『暢銷作家梅瑟·漢尼西』，我保證。」

如果是那樣就太好了，更重要的是，這本書也許會成為我每天早上起床的動力，雖然我沒向凱薩琳承認這一點。

「殺人犯**從來不會**是媽媽，對吧？」她再加把勁，說得好像她最懂，「有可能是媽媽的男友，或爸爸。但媽媽本人？那根本就是瘋了。」

確實，從來不會是媽媽，若是的話，可就有好戲看了。

這個案子正是如此，確實就是非常瘋狂。凱薩琳現在人在她後灣區的辦公室，而我則在自己郊區住宅的小書房裡，但我能想像這位前任編輯的表情。她說的和我在電視節目上聽到的一樣，而大排長龍買咖啡的人群也是如此議論。人們互相問道：「到底是怎樣可怕的母親會殺死自己兩歲的孩子？」

「她……」我在腦中搜索著足夠可怕的形容詞。這個母親一定有罪。我迅速地讀完報章雜誌上的每一篇文章，看了所有相關的電視新聞和專題報導，甚至連俄亥俄州電視臺的網路新聞都看了。

這些報導全都寫滿了令人心碎又駭人的細節，描述這個小女孩如何失蹤，而後屍體又如何被尋獲。起初，我無法停止為那死去的可憐孩子哭泣，接著我對身為母親的痛苦感同身受，流下更多眼淚。用別人的悲傷來填滿自己的思緒對我來說輕鬆多了，更希望能藉此取代自己的悲傷。雖然沒有很成功，但總比空虛好上許多。

泰莎・妮可的身分終於確認時，我曾考慮打電話給艾許琳，可笑地想以同樣身為母親的身分來安慰她，我們都一樣沉浸在悲痛之中，哀悼珍貴的寶貝女兒。現在連想起這件事都讓我反胃。她怎能如此欺騙我、欺騙所有人？在她被捕的新聞播出之後，我簡直想親手殺了她。

肯定沒有陪審團會因此定我的罪。

「梅瑟？妳還在嗎？」凱薩琳完全處於開會模式，好像我們還在一起工作，每天都會說上許多話似的，「試試看吧，親愛的，就答應吧，已經夠久了，妳得重新開始工作；妳得**做**點什麼。」

**做**點什麼？要**做**什麼？我差點朝她大吼。但她是出於好意，她一直陪伴著我度過那些日落後黑暗籠罩的日子。凱薩琳盡可能理解我，比其他人所能理解的都還要多。我把自己的悲傷發洩在她身上並不公平，她說得對嗎？真的有任何事情是我能做的嗎？

或許……為了蘇菲？還有德克斯；或許就當作是彌補他們的遭遇，並接受我是活下來的那一個。我不是在自欺欺人，我永遠也做不到這一點，但此刻，我能感覺到德克斯，彷彿他正催促我去做。用我的文字去糾正錯誤，去伸張正義，就像他過去所做的那樣。**我彷彿聽見他的聲音對我說：**

**更重要的是，妳能以此紀念蘇菲。**

對，德克斯說得對。沒錯，我會去做，為「波士頓寶寶」復仇。然後我會暗自將這本書獻給蘇菲，獻給每一個被不公平帶離這世上的小女孩。我越想著這一點，就越明白自己做得到。我渴望去做，我的身體、心靈和情感都想要去做這件事。

更何況，寫一本書完全是我意料之外的選項。

**也許我會把房子燒了**。在凱薩琳打電話來的幾天前，我真的曾經大聲這麼說，只是沒有人聽見。

我彷彿能看見火焰；我想像著育兒家具上那些粉紅色花蕾和華麗的滾邊，全都被大火燻得焦黑，還有德克斯穿上法庭的時髦西裝、蘇菲的雛菊圖案睡衣和絨毛玩偶、婚禮照片和牙刷，還有……我們的東西太多太多了。林斯戴爾消防隊會前來與地獄般的烈焰和嗆人的濃煙搏鬥，試圖從大火中拯救漢尼西一家人曾經存在的證據，卻澈底失敗了，那時我會有什麼感受呢？我恐怕沒辦法活著知道了。

這就是重點。

「梅瑟？」凱薩琳打斷我的思緒。

我將凱薩琳的來電轉為擴音，從辦公椅上站起來，重新綁好我居家褲的抽繩，將繩子拉得更緊了一些。這套柔軟的黑色運動服是XL尺寸的，穿在我身上寬大得十分怪異。不是我的衣服，是他的；德克斯再也穿不上了。無論過了多久，我都無法習慣這一點。

「嗯，可能吧。」我邁開步伐走向書架，再回到書桌邊，心想著自己是不是**瘋了**。

「拜託，梅瑟，拜託，梅瑟，陪審團成員已經選出來了，那些無聊的行政流程也都結束了，現在一切都攤在鏡頭前了，妳只需要去挖出那個瘋狂母親的細節就好。」我邊走邊聽凱薩琳用極快的語速和語帶哄騙的編輯口吻說著話，彷彿回到我們都還在《城市》雜誌工作的時光，那時她與我和其他下屬溝通也都是這種語氣。今年她開始為雅博出版集團擔任組稿編輯，雅博是一間超級大型企業，《城市》雜誌等許多刊物都是這間股份有限公司旗下的出版品，還包含犯罪實錄的書系。

「我知道妳一定會想，『這不就是波士頓港的另一具屍體而已嗎？』」她繼續說，「但妳得明白這個案子不一樣！這可不是不良少年襲擊了同夥的抓耙子，也不是某個海洛因癮君子虐待自己的小孩，更不是什麼幫派械鬥。這次的凶手是一位年輕貌美的鄰家媽媽，就連她的名字『艾許琳』都這麼好聽。打開電視就會看到她的報導，還有她被捕時那副噘著嘴、蠻橫的模樣。我們希望妳能描寫出那種……妳知道的，表面上看似是典型美好的市郊家庭，私下卻充滿了痛苦與折磨。妳能賦予這些敘述真實感。」

**真實感**，知道了。我是個作家，是說故事的人，我將真實事件當作元素，並將這些元素變得引人入勝，但這個故事不需要過多的加油添醋。

「就像《冷血》那種非小說和報導文學。」凱薩琳接著說下去，彷彿我已經答應了一樣，「楚門・卡波提也只想像了其中一部分而已，就是編造角色之間的對話，他還能寫些什麼？但妳可以的，梅瑟，我知道妳可以。」

「嗯……好吧，」我說，「那就這樣吧。」我讓她以為自己說服了我。

「太棒了！我會再用電子郵件把文書資料寄給妳。沒有人比妳更適合這份工作了，妳一定會做得很完美。」凱薩琳說，「噢，抱歉，親愛的，妳知道我的意思。妳還好吧？」

「當然，」但她並不知道情況有多糟，「保持聯絡。」

我掛了電話，望向書房的窗戶，望向屋外我們的——我的石板路，還有我們——我身處的寧靜社區，眼前是九月早晨一片祥和的綠色景致，彷彿一切都一如既往；彷彿我的蘇菲仍在世，還有德克斯也在。接下這本書竟能帶給我這種感受。

「下地獄吧，艾許琳・布萊恩。」我說，「這是獻給你們的，親愛的。」

但當然，他們已經不在這裡了，無法向我說一聲謝謝。

## 2

「妳是梅瑟．漢尼西嗎？」我打開前門，一個穿著藍色防風外套的男人查閱了手中的文件夾，「我們送來法庭的視訊設備，小姐，請問要放在哪裡？」

凱薩琳想必很有信心我最後會答應她。星期一早上七點十五分，我簽收了八個紙箱的視訊設備，手裡拿著我的咖啡，在一大群穿著法蘭絨襯衫的男人忙著把所有東西拖進書房時，盡量不要擋到他們的路。他們從箱子裡拿出一臺銀色的螢幕、一個銀色的滑鼠、兩座鋁製的喇叭和兩臺黑色的路由器，接著解開橘色的傳輸線和白色的電源線，將線材全部安插好，如此就能像電視臺和廣播電臺一樣連線法庭的現場實況了。現在我的書房布滿了彩色的電線和延長線，看起來一片混亂，而我就這樣來到了波士頓寶寶的開庭現場。

「有沒有辦法錄下開庭過程，而不是只能同步觀看？」我問了其中一位工程師。

「可以啊，有辦法，」他說著，一邊用手機傳訊息，「但妳沒有設備。」

好吧，我會用我的 iPad 側錄下來，很陽春的辦法，但把影片儲存在平板電腦裡，可以讓我回頭確認要引用的句子，或回顧整個訴訟過程。九十分鐘後就要開庭了。

這群人離開之後，我把他們散落一地的氣泡墊和保麗龍都集中在一起，拖到餐廳，再一路拖到地下室。他們叫我保留包材，等訴訟案結束後再來收回。

「他們為什麼不能自己拿？」我對著紙箱喃喃自語，一邊將東西拖下滿是灰塵的儲藏室樓梯，然後打開燈。「真不敢相信我要下來這裡。」

地下室是我過往人生的墓地，每當我不忍再看到某樣東西，但又捨不得扔掉的時候，就會把它藏起來，像是蘇菲的第一張嬰兒床，也是德克斯小時候用過的，是白色藤編的款式。德克斯的母親當年將這張小床送給我們，眼裡含著淚水。我們把蘇菲抱在懷裡，熱切地收下了它。等她一離開，德克斯便火速將這個搖搖欲墜的老舊小床拖進地下室，聲稱父親的職責就是要保護家庭。儲藏室裡還擺著祖母的婚禮瓷器，上面鑲著金邊，是我媽送的，她在遺囑中說要留給我們；德克斯母親送的許多茶具也擺在這裡。另外還有我們的婚禮相簿，某個阿姨曾告訴我，婚禮會是我人生中最美好的一天，但她錯了。那天颳著十月的冷風，在南塔克特島，我們裹著毛毯瑟瑟發抖，一邊衝到斯康賽海灘，然後奮力扔掉手中的毯子，冷空氣讓我們不禁倒抽了一口氣，但我們拍下了一張美麗的照片。月光下，我赤著腳，身穿白紗，在德克斯的懷裡開懷笑著。那並不是我人生中最美好的一天，因為接下來的每一天都越來越好，直到蘇菲來了，那是另一個最美好的日子。

然後，一切就這麼停止了，再也沒有美好的時光。

我把箱子丟在樓梯最下面的一階，關上地下室的燈，也關上了我一部分的人生。我在黑暗中踏上階梯，穿過餐廳，來到廚房。

波士頓寶寶。

我不需要任何一本心理學入門書來解釋何謂**移情**，現在艾許琳·布萊恩已經不再是干擾我的情緒問題或潛在健康威脅，她是我的工作。

我往烤麵包機裡猛塞了幾片吐司，煮了咖啡，然後在一旁等著，因為這臺烤麵包機有點難搞。之後我把食物全都拿到書桌上，我要**開工**了，我將再一次成為原本的那個我。

回到書房，我坐在辦公椅上，輕晃滑鼠，並把喇叭的音量調大，但螢幕仍舊沒有畫面、沒有任何聲音、一片空白。

就像我的人生？不，我現在又有目標了。一個小女孩，屍首被海浪沖到城堡島海灘上。

波士頓寶寶。

還有一樁她媽媽被控謀殺的訴訟案。那個女人過去一年被關押在牢房裡，這是她應得的。如果一切順利的話，她還有很多歲月要待在裡面。她殺了自己的女兒，然後至少有一個月的時間，她對每一個人撒謊，煞有介事地假裝泰莎在別的地方。警方指出，除了艾許琳·布萊恩之外，沒有任何人有動機、手法和機會去做。我很幸運，艾許琳·布萊恩的辯護律師是德克斯的老同事。**幸運**，對，德克斯死了，而我獲得一個人脈。

但另一種不帶諷刺的幸運，是這個審理中的案子越來越鋪天蓋地，報紙、廣播、電視、網路全都大肆報導，我敢打賭，對艾許琳·布萊恩的憎恨讓電梯裡的陌生人都能同仇敵愾，而那個怪物被判終身監禁肯定也會是這本悲劇小說的必然結局。

「有罪！」我說，比畫著一隻手指來強調，即使……是啊，即使沒有人在這裡聽我說話。

**波士頓寶寶訴訟案——第一天**。我在筆記型電腦上輸入標題。

真正的新聞標題已經不再稱受害者為「波士頓寶寶」了，取了這個名字的那位警察後來證實她的本名是泰莎·妮可·布萊恩。

兩個月後，他們逮捕了泰莎的媽媽。我重看了好幾次新聞上她被逮捕的三十秒畫面，凱薩琳說得對，剪輯實在十分老套。**艾許琳·布萊恩**被戴上了手銬，她哭喪著臉，身上的黑色緊身T恤又皺又凌亂，但看得出來她長得很漂亮。人們躲得遠遠地觀察她，對此議論紛紛。之後她便遭羈押，去為謀殺自己的孩子懺悔。我無數次就這麼獨自坐著，思索她當時究竟是什麼感覺。

艾許琳·布萊恩，整個麻薩諸塞州都深惡痛絕的女人，甚至可能是全國上下都痛恨的女人。

法官富蘭克林·威姆斯·格林十分有先見之明，預先考量到開庭時勢必會有大批一心想搶新聞的記者和攝影師蜂擁而至，於是便要求法院在法庭內架設四臺攝影機，其中還有一架「艾許琳專用機」，專門鎖定這名被告的臉。每一架機器的取景角度都設置得非常嚴謹，分別拍攝薩福克高等法院三〇六號法庭內的各個位置，但不會拍到陪審團的成員，也不會拍到旁聽的民眾。

這些人將會提出和我相同的問題。

她**為什麼**要這麼做？

蘇菲以前總會問：**為什麼？**無止境地問。當然，並不是真的永無止境，後來她就不在了，只是當時如此而已。**為什麼？**

我們都覺得她如此可愛、有趣又聰明，即使她是一個不到三歲的害羞孩子。她有一頭黃褐色的鬈髮和一雙深棕色的眼睛。

還有她的睫毛。德克斯和我會在睡前對彼此輕聲說：「為什麼？」彷彿一個儀式，是我們之間的小密語，並為我們的快樂、幸運和未來而歡笑著。四年前，我們抱著養育孩子的打算，在林斯戴爾找到這間樣式有點古怪的灰色獨立平房。我很樂意住在郊區，也愉快地離開了我的雜誌事業，辭去《城市》雜誌記者的工作，成為一位全職太太，然後是一位全職媽媽，把全部的時間都給了家庭。

當時我完全不知道，這「全部的時間」竟是如此短暫。

我盯著依舊沒有畫面的螢幕。**一切都會結束**，但結束的時間和方式總讓人吃驚。

「再一分鐘。」一個空洞的聲音從電腦附近的小音箱傳來，讓我的思緒重回現實。

「準備好了。」我回答，彷彿那個聲音也可以聽得見我。我已經把蘇菲裱了框的塗鴉和德克斯的照片都從書桌上清掉了，其中甚至還有一張是德克斯從法學院畢業時他媽媽拍的照片。還有他從蘇格蘭帶回家的一小塊煤炭和英國哈洛德百貨買來的葡萄柚香氛蠟燭，也都被我一併從桌上拿開了。我只留下一件小東西作紀念，是一塊德克斯撿到的石頭，灰白色的斑紋，拳頭般的大小，稜角在愛琴海岸邊被打磨，終至平滑。

我眨去眼淚，再也不會有他送的禮物了。

「再三十秒。」音箱裡的聲音宣布。我想像一個身穿格紋襯衫的助理導播，或許還戴著一副玳瑁花紋的眼鏡，頂著一頭亂髮，坐在行動導播室的控制臺前，面板上各種指示燈閃爍著，而他們身處的白色廂型車就停在法院後面的停車場。

真的有白色廂型車嗎？真的有閃爍著指示燈的控制面板嗎？我坐在書桌前，在腦中描繪出法院外面的老舊石牆和花崗岩建材，還有崎嶇不平的柏油路上，媒體的廂型車爭奪著停車位。在這個熱辣黏膩、令人難以忍受的波士頓九月天裡，記者們背著沉重的托特包，抓著手機和線圈筆記本，準備進行報導。我已經看過這種場景無數次，還會有什麼不同嗎？

但也許廂型車是藍色的，也許一切都不同了；對我而言不同了。

「各臺請注意，」音箱裡的聲音說，「轉播即將開始，我們接下來會聽到地方檢察官羅約·斯巴福的開庭陳述。」

# 3

「他們在垃圾袋裡找到那個孩子腐爛的屍骸。」地方檢察官告訴陪審團。彩色的犯罪現場照片出現在法庭的投影布幕上，畫面恐怖且不可饒恕。

我閉上眼聽檢察官描述，直到再也聽不下去。現在，我正用一隻手撐著觸感冰涼的馬桶水箱，再次閉起眼睛，撥開臉上溼黏的頭髮。我無法呼吸或思考，視線一片模糊。

我淪陷在自己想像的畫面之中。

地方檢察官羅約．斯巴福所展示的照片，真實得讓我彷彿身處城堡島海灘；彷彿親眼看到她包覆著粉紅色衣料的腿上纏滿了海草；彷彿那隻黑色拉布拉多犬找到她時，我人就在現場。她的屍體腫脹，遭謀殺而死，還被裝進垃圾袋裡。

我的胃絞成一團，不住地作嘔。那個女人，親手把自己的女兒丟進垃圾袋裡。她自己的女兒！那是一個小女孩，不是什麼免洗餐具！

儘管浴室裡鋪著又厚又軟的地毯，我的膝蓋還是發疼，但我好多了，**我沒事**。我最後一次艱難地深吸一口氣，強迫自己站起身來。

我站直，一陣頭暈目眩，視線模糊，而且背部疼痛。我感覺心跳紊亂，注意力無法集中，嘴裡還有可怕的味道。

羅約．斯巴福向陪審團保證，也向我們這些在酒吧、辦公室和客廳裡觀看直播的所有人保證，他將證明只有一個人要為這可憐孩子的死去負責。

「只有艾許琳。」檢察官告訴他們，「只有她有辦法、有動機、有機會、有能力奪走小天使泰莎．妮可的生命。各位將會聽到艾許琳．布萊恩是如何描述自己的親生女兒，她認為這個孩子妨礙她夜夜笙歌。你們還會聽到艾許琳．布萊恩是如何惡毒地籌劃以氯仿和布膠扼殺一個無辜孩子的生命，接著不顧一切試圖掩蓋她那罄竹難書的罪刑。」

「只有艾許琳，」他重複著，一邊搖著頭，彷彿喃喃念著某種箴言，「只有艾許琳。」

我擦去臉上的淚水，蓋上馬桶蓋並按下沖水把手，渾身又溼又黏，上衣緊貼在背上。我想像我的寶貝蘇菲和我們來到那座沙灘上，海風吹起她的鬈髮，陽光映照在港口上。德克斯和我牽著手，知道我們會永遠活下去。

「我每天都愛著妳，」我輕聲說，「我真的很抱歉。」

唯一讓我感覺好過一點的是，我即將聽到辯方律師的一派胡言。她叫昆茵．麥克莫倫，是德克斯的同事。她本是個值得欽佩的人，我在心中為她感到遺憾。在我衝進浴室的時候，我的平板電腦替我錄下了她的開庭陳述。

我迫不及待想聽聽那**一大堆**不同的事實。我親愛的德克斯一定不會苟同我這般輕蔑，但我仍想知道昆茵．麥克莫倫如何能為這種卑鄙的罪行辯護。我之後會在她說「應該有空」的星期三和她通電話，她說得十分直接了當：她是因為尊敬德克斯才同意幫這個忙的。我只有十分鐘可以提問，好吧。

我脫下上衣，從櫃子裡拉出一件乾淨的衣服套上，泡了些茶，這才重新坐回書桌前。現在已經有點晚了，超過四點鐘，也休庭了，明天還會再開庭。我沒事了，我很好。

「讓我來聽聽妳能說出些什麼名堂來，昆茵，」我對著螢幕說，「但願陪審團訕笑妳的每一句話。」

我摸摸德克斯從愛琴海帶回來的那顆沉重幸運石，深吸一口氣，然後按下播放鍵。

畫面中穿著深藍色套裝的昆茵．麥克莫倫站了起來，原本一頭紅褐色的短髮，現在明顯變得花白，顯示出她在法律戰場上度過的歲月，她就像一名身經百戰的老兵，資歷與她的檢察官對手一樣豐富。她將一隻手放在艾許琳．布萊恩的肩上。艾許琳大約只有她一半年紀，二十四歲。報紙上說她們「像一對母女」，但當艾許琳抬頭望著她，她們看起來更像是正義使者與落難少女。

「少噁心了。」我喃喃說道，但她們的互動還是引起了我的興趣。

「我長話短說，」這位辯方律師也向陪審團提出保證，「不必我說明各位也知道，根據美國憲法，被告在證實有罪之前，皆應視為無罪。在我們的法律制度中，原告有責任證明被告有罪，且須排除合理懷疑。這意味著他們必須在合理懷疑之外證明每一項犯罪要素，包含了被告無正當理由殺害被害人，並且是有預謀的，他們認為她蓄意犯罪，事先經過籌劃，手段暴力殘忍。重點是，他們必須證明泰莎．妮可是何時被殺害，又是如何被殺害。他們聲稱『只有艾許琳』，那麼就必須證明她是怎麼做到的。」

昆茵吸了一口氣。法庭內一片死寂，靜得我能聽見她呼氣的聲音。她朝艾許琳抬了抬下巴，說：「我方當事人就坐在這裡，直面各位。艾許琳．布萊恩是無罪的，她和我都毋須證明這一點，這就是事實。」

昆茵．麥克莫倫又花了十七分鐘為艾許琳辯白，她表明沒有目擊者、沒有留下指紋、沒有殘留的DNA、沒有毛髮樣本，也沒有監視器畫面；沒有任何證據表明艾許琳．布萊恩與她的愛女之死有關。顯然現場導播無法順利調度攝影機來跟隨昆茵的步伐，所以我先是看著她的背影，然後才看到她的臉，甚至有一小段時間是失焦的。

最後她終於直接面向陪審團。「接下來的一週左右，我的這位法律同仁會試圖運用網路搜尋紀錄、嚇人的言詞和一些家庭糾紛來混淆視聽，但請各位每一次都捫心自問，這又如何？能證明什麼？」

「拜託，」我大聲抱怨著，憤而關掉影片，對著沒有畫面的螢幕繼續說，「能證明這個怪物絕對有罪。」

# 4

我並不是**不能**離開屋子，有需要的時候我還是會出門，甚至會開車。但我出去的時候，會不可避免地看到門前的車道、屋外的馬路和那棵樹。四百四十三天前，他們移走了那輛面目全非的車，也帶走了我的家人。當我出門的時候，也不可避免地遇到人們問候，他們會問我：「還好嗎？」我不好，我當然不好。

但現在，我一個人坐在書桌前準備寫作，我可以專注於另一個小女孩。多虧那些毫無休止的新聞報導，我已經彙整了一些有用的素材，有採訪、照片，還有當地與全國電視頻道的新聞畫面。凱薩琳還給了我一大堆內幕消息，包含代頓市警方的報告，和一些尚未公開的調查資料，都是她的線人提供的。現在我要盡快讀完這些東西，之後還會盡可能核對線索，要將一切寫得更貼近事實。

我並沒有用今天的開庭陳述當作整本書的開場，而是從艾許琳·布萊恩的父母著手，描述他們對失蹤孫女的看法。一兩章之後，我才會寫到庭訊的第一天。

這是有點狡猾的寫法。

法庭上，證人會一個接一個被傳喚，但這本書不會依照庭訊進度來編寫，而是依照案件始末的時間順序，就像是有兩個故事穿插進行，我的，和艾許琳的。

裁定的兩週後，艾許琳·布萊恩將接受判決。等法官送走她之後，出版社就會準備出版我的書。這表示從裁定到判決之間的這兩個星期，將是我的寫作馬拉松，更何況我還得替整本書收尾。

**收尾？她親手殺了自己的女兒！**我的大腦幾乎對著我尖叫，**而妳則在替自己的女兒下葬**。

十四個月前，新聞報導有人在海灘上發現一具小女孩的屍體時，我不禁有些錯亂。那是一個明媚的六月天，豔陽高照，美得猖狂，而我剛從德克斯和蘇菲的葬禮上離開。發生了這麼多事之後，德克斯的媽媽盡她所能地不要讓我知道這件悲劇。但就在喪禮上，某個我現在已經想不起來是誰的人，告訴了我「波士頓寶寶」事件；那時還沒有人知道這個小女孩是誰。

當然，艾許琳知道。

我看著螢幕上幾乎一片空白的文件檔案，將剛剛打下的「第一天」一字一字刪除，並輸入我現在想到的標題。

失蹤的小女孩

泰莎．妮可在哪裡？

那個夏日，西俄亥俄州一如既往地烈日高掛，代頓市彷彿被烤乾了一般酷熱。

擁擠的市郊區，一幢錯層式房屋裡，小女孩的外祖父母湯姆和喬芝亞．布萊恩正訴說著一個令人費解的故事。

喬芝亞化著淡色脣膏和薄薄的褐色眼影，身穿一件裝飾著粉紅色小珍珠的無袖上衣，她是全職家庭主婦，對家人十分關心和照顧。她看起來很年輕，一點也不像是祖母。她身邊的湯姆是保險業務員，頭髮已經斑白，他靜靜坐在那張金色緹花布沙發上，穿著短褲和針織高爾夫球衫，手裡拿著一杯冰茶。

喬芝亞滔滔不絕地說著，好像想把所有關於艾許琳的事情都說出來，還怕自己說得不夠快。艾許琳．路易絲，他們唯一的女兒。「我會從最開頭說起。」她對一位記者說。

兩年前的八月，艾許琳在埃奇沃特醫院生下泰莎．妮可，從那一刻起，這個小太陽一般的可愛孩子就成了她外祖父母的生活重心。艾許琳和泰莎一直到大約一年前才搬離布萊恩家的房子，住進一間公寓。當時艾許琳堅稱她「已經長大了，不能繼續和父母同住」。

「她二十二歲，我不得不承認她說得有道理，」喬芝亞說，「但泰莎需要我們，所以我堅持每天都要見到她。」

於是，每天早上八點四十五分，艾許琳都會把她的小女兒送來這裡，讓兩位老人家非常開心。湯姆總是立刻把孩子抱進彎臂裡，而小女孩會開心得咯咯笑。這對溺愛孩子的夫婦會讀故事書給泰莎．妮可聽，當她學著數數時，會在一旁哈哈大笑。她是一個如此可愛又漂亮的小女孩，他們對她永遠也不會感到厭倦。

但某一天早晨，泰莎和艾許琳卻沒有出現。艾許琳打電話來編了個藉口，隔天，她們依然沒有出現，然後是接下來的一整個星期，她們都沒有來。

「我一直追問艾許琳，泰莎在哪裡？」喬芝亞回想起當時的情景，憂愁的雙眼裡滿是焦急的淚水，「對吧，親愛的？」

湯姆沉默地點點頭。

「艾許琳總有理由，」喬芝亞繼續說下去，「像是她在托兒所、她跟其他孩子一起玩。還有一次她說，想讓泰莎跟她的新男友多多熟悉一下。你記得嗎，親愛的？她每次都用那種滿不在乎的口吻說話，『不用擔心啦。』她總是這樣說。」

但喬芝亞還是很擔心，日子一天一天過去，一個星期又一個星期。最終，艾許琳不再接聽喬芝亞的來電。「泰莎向你們問好，」艾許琳有一次用訊息這麼回覆，「改天再見面。」然後就又過了三個星期。

喬芝亞三不五時開車到艾許琳的公寓去，也經常打電話，但總是得不到回應，始終沒有人在家，也沒有人接電話。

她們到底在哪裡？

湯姆啜了一口茶，然後出聲趕走腳邊一隻惱人的小獵犬。在明尼蘇達州的保險業工作十年，他很了解家庭問題，這勢必會掀起一場風暴，但他仍讓妻子繼續說下去。

對，她承認，她和艾許琳也曾有過短暫的美好時光，但艾許琳一直很固執、心機重又強勢，是一個野心勃勃的女孩。喬芝亞也承認，自己的確是對她唯一的孩子太過縱容。艾許琳總是想要「脫離」她這個「一事無成」的原生家庭，還從大學休學，不斷換新工作、新生活和有錢的男人。

喬芝亞拿起一張裝在銀色相框裡的照片，上面的人正是艾許琳．路易絲．布萊恩。身材纖細、淡褐色的眼睛、豐滿水潤的嘴唇，穿著V領緊身毛衣。現在她在某個地方做著兼職工作，他們從來不確定她身在何處。艾許琳從沒提過泰莎的父親。這個家依舊為艾許琳保留了一個房間，這裡是她長大的地方；泰莎也有一個房間。

「艾許琳很愛泰莎．妮可，我知道她很愛她，」喬芝亞哽咽了，「泰莎也愛她。」

喬芝亞打開一本包裹著粉紅色皮革的相簿，封面上的標題寫著「泰莎．妮可」。她翻到最近的一頁，指著其中一張近照。她的外孫女有一雙大眼、一頭蜂蜜色澤的頭髮、小小的貝齒，穿著一件印著凱蒂貓圖案的吊帶褲，站在後院的秋千上，短短胖胖的小手緊抓著秋千繩。另一張照片上，她手裡抓著紫色蠟筆，面前的桌子上擺著一本攤開的小動物著色書。泰莎．妮可年紀太小，沒辦法正襟危坐地拍照。

但現在……她在哪裡？

「她在哪裡？」我一邊打字，一邊大聲問道，然後向後靠在椅背上，盯著自己輸入的文字，重新閱讀這第一幕場景。我必須確認故事的時間線，但也在心中鼓勵了自己一番，這草稿算是不錯了，而我也不再像剛才那樣反胃了。

「幹得好，梅瑟。」我對自己說，畢竟這裡沒有別人會如此對我說了。

現在是凌晨兩點十分，休庭時間則是昨天傍晚五點。從休庭之後我就一直寫到現在，我該去睡覺了，但卻異常亢奮。

我想列出一個疑點清單，這樣才不會有所遺漏。

**泰莎·妮可的父親？**這是我在黃色便條本上寫下的第一個問題。**他是誰？人在哪裡？**從目前已知的資料推測，未婚的艾許琳從未告訴父母她孩子的父親是誰，甚至有一些報導還暗指艾許琳自己也不知道答案，或者不僅僅是暗指，例如「**她的爸爸是誰？**」有一則新聞就是這麼下標的。「**遇害幼兒的父親身分未明！**」但這一點肯定會在法庭中揭曉，這位「身分不明的父親」會被傳喚為證人嗎？

我啜了一口皮諾酒，這已經是第二……好吧，第三杯了。

這是一項挑戰，我必須重新創造事實，所以不可避免地，必須自行想像其中的絕大部分。換句話說，就是必須編造。我接下來要描述的某些場景，如同我剛才寫下的段落，都是接近虛構的。我從未去過布萊恩一家人位在郊區的房子，更不曾踏入他們的客廳，只是根據雜誌上的照片和電視報導畫面來描寫。這樣的寫法正當嗎？但現在才想這些未免太遲了。

除了雙方的開庭陳述之外，今天的庭訊還有兩個瞬間引起我的注意，讓我忍不住貼近螢幕看。

其中一個瞬間，是艾許琳走進法庭的那一刻。她沒有穿橘色的囚衣，昆茵·麥克莫倫絕不會接受她那樣穿。這位辯護律師顯然想讓她的委託人用一身深色針織外套、寬鬆的裙子和黑色緊身衣來博得陪審團的好感，希望低調簡約的衣著能呼應她的清白。但現在天氣熱得很，這身打扮並沒有蒙騙到我。

而另外一個瞬間，也許是出自昆茵授意，或者是艾許琳的個人選擇，她稍稍調整了椅子的方向，好讓自己不要正面入鏡。

但有一次，艾許琳故意轉向攝影機，撥弄染成深色的頭髮，將髮絲塞到耳後，然後半抬起臉，透過她的睫毛向上看。攝影師似乎接收到她的邀請信號，將鏡頭拉近，而她那脂粉未施的臉龐上，流露出如同電影女主角般的憂傷神情，似乎在乞求憐憫。我不得不承認，她稱得上是一位美女。她充滿情感地望著鏡頭，彷彿在向人們保證：**我沒有做錯什麼，我只是一個悲傷的母親**。

嗯，好吧，我想，倒是很懂得譁眾取寵。

# 5

「星期二愉快，準備觀看庭訊的各位，泡好咖啡了嗎？我們即將開始轉播，」音箱傳來的聲音打斷了我早晨閱讀的寧靜，「再十五秒。」

我試著替那聲音取個名字，想要賦予他性格，但我想到的每一個名字都讓我心神不寧。米奇？這讓我想起德克斯最愛的洋基隊；達西先生？不行；跳跳虎？不行。

那麼還是叫「聲音」就好，這樣他就不會讓我想起任何事。「謝謝你，聲音。」我回答。禮貌一點也無妨，就算是對著空無一人的房間。

我已經準備好面對第二天的波士頓寶寶訴訟案了。我回到書桌前，打開筆電，桌上有兩杯法式烘焙咖啡和邊緣烤得焦黑的吐司。對我來說吞下烤焦的食物比修理烤麵包機要容易得多，我根本不知道如何修理機器，德克斯總是會處理。反正我對食物也不是很熱中，自從那些事情之後。

螢幕發出開機的聲音，但仍然看不到法庭裡的畫面。

我想起一個很重要的問題：艾許琳最後會親自作證嗎？

如果我被指控殺了自己的女兒，我一定會立刻跳上證人席，要求出庭作證。身為父母都會這麼做吧？

除非他們真的有罪。

我很希望聽到她的說詞，聽她試圖用作證來還自己清白。這可以寫成一整個獨白的章節，字字句句都充斥著自欺欺人和自我中心的思維。**艾許琳會作證嗎？**我寫在清單上。

說到戲劇張力，如果地方檢察官羅約．斯巴福依照原定順序傳喚證人，今天將會聽到一位女士的證詞。她那隻好奇的黑色拉布拉多在城堡島海灘上，對著某個不明物體狂吠不已。

我盯著仍然一片黑的螢幕，想像著那個場景。一個女人，也許穿著卡其布長褲和羊毛背心，走在廣闊的岩石海岸上，呼吸著充滿鹹味的空氣，也許撿拾著貝殼，剛升起的六月早陽將波士頓港照耀得閃閃發光，她的狗在一旁嬉戲著，卻突然停下來不斷吠叫。一股酸楚和不安的感覺湧現，因為每個讀者都知道她的狗發現了什麼。

*那具屍體怎麼會出現在海灘上？*我寫下。*是因為海浪嗎？*

今天將傳喚的證人還包含波士頓警探布萊斯・奧弗畢，是他打開了綠色塑膠袋，看見了這個被謀殺的小女孩；也是他將這位身分不明的受害者暫時命名為「波士頓寶寶」。我希望我能聽得下去，畢竟我必須聽完；這是真相。

庭訊怎麼還沒開始？我對著沒有畫面的黑色螢幕，想像著艾許琳的臉。不是昨天那個佯裝成好女孩、一本正經的艾許琳，而是另外一種樣子的她；一個擅長陰謀的壞女孩，在和母親大吵一架後終於情緒爆發。

我在電腦上打開「**失蹤的小女孩**」那份檔案，把我的大腦切換到講故事的模式。我準備用這段零碎時間寫些段落，在泰莎的屍體發現之前，艾許琳的母親就已經開始疑心了。我輸入一個新的章節標題，這次，我要扮演艾許琳。

## 媽媽最知道

「老天。」她媽媽？真的是她媽媽？喬芝亞怎麼會知道她人在羅恩的公寓？艾許琳撥開面前髒兮兮的窗簾，從二樓的窗戶向外望去，看見她母親那輛白色的本田汽車就停在路邊。她看著那個穿著太過緊身的褲子的女人，砰的一聲關上身後的車門。艾許琳認得那種走路的姿勢，她的媽媽準備好要「執行任務」了，幸好她的新男友現在不在家。

艾許琳三步併作兩步地奔下樓梯，而她的媽媽正粗魯地走上前來，大力扯開前門。希望沒有人看到。

「搞什麼，媽——」艾許琳開口。

一眨眼，喬芝亞就衝上前去抓住艾許琳的手臂，拖著她穿過人行道，然後把她塞進那輛本田汽車的副駕駛座。

「妳發什麼神經？」艾許琳沒有掙扎，她可不想要某個多事的鄰居打電話報警。「妳讓我很丟臉，也讓妳自己看起來很愚蠢。」

「從現在開始，妳必須回答我的問題。」喬芝亞將車門鎖上，發動引擎，駛離暫停的人行道邊。「帶我去找我的外孫女，馬上。」

艾許琳評估著她的兩個選擇：逃避話題，或是假意順從。當她媽媽這般咄咄逼人的時候，她只能選擇順從。

「好，妳別激動，我會帶妳去找泰莎。」艾許琳試圖讓自己聽起來很真誠。她媽媽那雙布滿皺紋的手緊緊握住方向盤，下巴繃緊，艾許琳看過這副神情好幾百萬次了。「她在保母瓦蕾莉家裡。這邊左轉。」

「為什麼不把她交給我們帶？」喬芝亞語帶埋怨的口吻讓艾許琳心生厭惡。「為什麼要一直說謊？」

閉嘴，艾許琳想著，如果她媽媽再不馬上停止囉嗦，好好安靜一陣子，她就要抓狂了。「把我載回羅恩家，我才要告訴妳泰莎在哪裡。」

「不行，絕對不行！我們回家，我倒要聽聽妳的說法。不回羅恩家，不行。」

「不行。」艾許琳嘲諷地模仿喬芝亞的語氣，她簡直是個女巫。「先回羅恩家，否則我就不告訴妳，妳又能拿我怎樣？」

「好一個**厲害的**女人。」我一邊大聲說，一邊存檔，然後把剛才寫下的段落讀一遍，確定自己描寫出艾許琳謊話連篇的行徑，還有她一貫編織的假象和她激進又自戀的態度。這一個章節不是我捏造的，而是來自喬芝亞·布萊恩某次接受代頓當地有線電視臺的採訪，那次的訪問內容出乎意料地鉅細靡遺。那次碰面之後，喬芝亞試圖把艾許琳帶去警察局，如果她當時成功了，也許泰莎就不會死，但也可能依然會遭到毒手。

有人來敲門。

「凱薩琳？」

我一開門她便用肩膀將我擠開，逕自走了進來，並滔滔不絕地說起話來。

「妳電話關機了嗎？妳沒在看電視嗎？」凱薩琳問道，好像我應該知道她在說些什麼。以前我們常說，她總是這麼「不出所料地出乎意料」。

我在她身後翻了個白眼，跟著她進屋。「沒有，大姐，我在寫東西，妳付錢叫我寫的。法庭轉播完全沒有畫面，但我的手機是開著的。」

她直接飛快走向客廳，我小跑步跟上。「凱薩琳？幹麼不回話？」

「快開電視。」她指著電視機。「還好我剛才人就在附近，否則妳會一直狀況外。」

我按了遙控器，打開電視。「天啊，凱薩琳，妳為什麼不直接打電話給我？」

「妳自己看。」她依舊指著電視畫面。

最新消息，法院進行疏散。
波士頓寶寶訴訟案遭到炸彈威脅。

# 6

「太誇張了。」凱薩琳身穿黑色緊身褲和粉色西裝外套，整個人向後跌坐進我的沙發裡。

我站在電視機前面，手裡還握著遙控器。「真的。」

第五臺的記者一身卡其色西裝，配上紅色領帶，站在法院的灰色外牆前面。我認識這個記者，他叫霍華．費李施。「如同各位所見，」霍華在太陽下瞇起眼睛說道，「官方已經下令疏散大樓。」他踏出鏡頭，好讓觀眾可以完整看見大批人潮正從法院正門前寬闊的階梯蜂擁而下，男男女女大多穿著西裝和高跟鞋，有些人手提公事包，全都眉頭緊皺。

「機靈的傢伙，」凱薩琳說。「沒人想錯過法院爆炸的那一幕。」

「防爆小組的卡車已經抵達現場，」霍華繼續說，「各位很快就會看見身穿白色防爆衣的小組人員拿出偵測工具。」

「糟透了。」凱薩琳拿出她的手機，用力按下號碼。

「妳要打給法院的人嗎？」我問。我突然意識到，凱薩琳是第一位進到家裡的訪客，自從……不知道從何時起。我猜在她看來，屋裡應該還是跟從前一樣，只是更空蕩了一些；玩具都收起來了。

「另外一臺黑色廂型車載著偵查犬，」霍華的聲音持續從電視機裡傳來，「警方已經封鎖現場，我們無法在這個視線清楚的位置停留太久。」

「妳覺得真的有炸彈嗎？」我問。「妳打給誰？」

「什麼？」凱薩琳掛掉電話。「轉到別臺，看看其他臺報了什麼。」

第四臺的取景畫面也一樣。「陪審團共十四人，」記者說，「包括十二名陪審員和兩名候補陪審員，他們已經被安排從後門撤離，並搭上巴士離開。」

凱薩琳正在傳訊息；我按下遙控器切換頻道，一臺換過一臺，但報導都大同小異，沒有什麼新內容，畫面全都固定在法院外面。

「有可能什麼事也沒有。」凱薩琳說。

「是啊。」我同意，但無論如何，炸彈威脅在波士頓仍舊很嚴重。

「艾許琳．布萊恩，」第二臺的記者說，「將受到保護性拘留，地點未知。」

「她一定很高興，」我說，「哈哈，說不定根本是她自己發出的恐嚇，或者她哄騙某個人去做，對吧？可能是為了拖延找到垃圾袋的那位警官出庭作證。」

有關在垃圾袋裡找到她女兒腐爛的屍首，我已經不需要多說什麼了。**那個可憐無辜的女孩。**

一股悲傷襲來，就連房間的燈光似乎也黯淡許多。我跌坐進扶手椅裡。**蘇菲**，還有德克斯，就因那一個偶然的悲劇，永遠被帶離人世了。

我始終沒有好轉，無論我如何試圖說服自己和別人。我強迫自己的思緒回到當下。

「艾許琳做的？我喜歡這個猜測，」接著凱薩琳又推翻了這個想法，「但更有可能是某個無聊的小鬼做的。」

「是啊，」也許根本不是某個針對艾許琳或想破壞訴訟案的人，「可能只是個愚蠢的惡作劇。一天到晚都有這種事，對吧？小孩不想開學，就做這類的蠢事？新聞目前也只是一直重複報導同樣的內容。」

「對啊，一定沒什麼大不了的。妳還好吧？」

「我沒事，」我說謊，「真的沒事。妳要喝點咖啡嗎？」

「不用。」凱薩琳將手機塞回大提包裡，又拿出太陽眼鏡。

「妳得趕快寫東西。對了，第一章寫得真好，妳對代頓的描寫非常精確。不得不說，我一點都不想念我的家鄉。」

她離開之前給了我一個擁抱，感覺非常奇怪，距離上一次有人擁抱我，甚至觸碰我，是多久之前的事了？有時候我會睡在沙發上，希望不去看床空蕩蕩的另一邊就能遺忘；遺忘德克斯睡著時呼吸的樣子，遺忘他的溫度、他的笑聲、他從客廳裡走進來找我的腳步聲。但我忘不了，我不能忘。我們甚至連道別的機會都沒有。回憶湧上，還有凱薩琳開車離開的聲音，幾乎又將我拉回黑暗之中。

**不行！**我關上前門，也關上了我的悲傷。至少從現在起，我必須關注別人的故事。我緩步走回書房，回到我的工作上，回到現實裡。我開著電視機，其中持續報導著搜索炸彈的最新進度，警方一邊調查，我則一邊寫作；寫下泰莎．妮可．布萊恩的故事，寫下她如何在母親的邪惡下犧牲。我的文字或許將成為歷史、成為真相，這帶給我很大的動力。

我打開草稿，帶著一種幾乎急不可耐的顫抖，重新進入艾許琳的大腦。

家庭糾紛

真是糟透了，她居然還得回拉弗翠大道的老家，尤其她好不容易才說服媽媽別再干涉她的生活。艾許琳提醒她媽媽，要是報警，地方報紙很快就會大肆刊登，接著她在鄉村俱樂部的朋友們全都會在背地裡講她的八卦。她媽媽很快就改變主意了，用這個方法總是能夠對付她。

「就兩分鐘。」艾許琳邁步走向前門的小路，一邊向自己保證，一邊拍拍口袋裡那副祕密的鑰匙。進去拿東西，然後馬上走人。

但前門卻打開了，媽媽正瞪著她。「泰莎在哪裡？」

甚至連招呼都沒打，艾許琳馬上知道誰在這個家裡比較重要。

「她在保母瓦蕾莉那裡，妳到底想怎樣？她在睡午覺，妳真的想把她吵醒嗎？妳怎麼這麼自私？」艾許琳試圖從媽媽旁邊擠進屋裡，但她卻擋住了路。

「我要見我的外孫女。」喬芝亞雙手叉腰站著，身上穿著一件非常難看的花上衣和陳舊的牛仔褲。

「現在不方便，」艾許琳咬牙切齒地說。「聽不懂嗎？」

「這位小姐，我認為妳在說謊，我要見我的外孫女，否則我就報警。」喬芝亞拿出手機。

她真的在撥號嗎？該死。艾許琳轉身衝進屋裡，一路跑向她的舊臥室，猛力拉開她的衣櫃，把裡面的衣服全部扒了出來。

「艾許琳？發生什麼事了？」她爸爸的聲音傳來。

湯姆．布萊恩站在房門口，穿著一件同樣醜到極點的俱樂部上衣，以為自己看起來像個有錢人。

「妳為什麼老愛跟妳媽媽吵架？」他朝她走近了一步。

艾許琳甩上衣廚的門，忿忿地轉身直視他。「我為什麼要跟她吵架？因為我是個惡毒的壞女人，她總是這麼說。」

「泰莎在哪裡？」他追問，「這個瓦蕾莉又是誰？」

閉嘴，她真的很想這麼說，但也許她的處理方式錯了。

她放下緊繃的雙肩，露出一臉挫折的表情。「爸比，你得幫幫我，瓦蕾莉就是個保母。我真的得暫時逃離一下當媽媽的生活，一小段時間就好，媽媽永遠不會理解的。」

走廊傳來聲音，是喬芝亞來了。

「我聽到了！我永遠不會理解？」她媽媽踏進房間裡，一隻手重重拍在床上，力氣大得連枕頭都跳起來了。「妳最好給我說清楚，這位小姐，她在哪裡？」

「聽我說，媽，泰莎好得很。」艾許琳繼續柔聲說道，也許這麼做才有用。她伸出兩隻手，彷彿在哀求。「我很抱歉，她在瓦蕾莉那裡，如果我保證——我保證妳明天就可以見到她，妳願意相信我嗎？」

喬芝亞看著她的女兒，她曾經抱在懷裡的小女孩，小時候她最喜歡吃梨子泥，總要抱著那髒兮兮的泰迪熊和藍色毯子才能睡得著覺。

「那為什麼妳要一直撒謊？」喬芝亞既相信她，又不相信她。「為什麼要惹我們生氣？」

「是妳自己愛生氣，妳動不動就生氣，爸比，你說是不是？告訴她。」艾許琳轉頭想找爸爸撐腰，但湯姆已經離開了。

很好，現在艾許琳只需要應付喬芝亞就夠了。她一隻手揪著一旁的花布床罩。「妳是一個很棒的媽媽，但我……我卻對身為人母感到很害怕。她們人在芝加哥，好嗎？聽著，我會打給瓦蕾莉，妳明天就能見到泰莎。」

喬芝亞舉起手機，把它當成武器一樣揮舞。「她為什麼帶泰莎去芝加哥？如果妳說謊——」

「媽，我沒有說謊。」艾許琳就快要說服她媽媽了，她看得出來。「惹妳生氣我真的非常、非常抱歉。瓦蕾莉的媽媽住在芝加哥，她好像是西班牙裔，她們應該會帶她去動物園。泰莎很安全，也很開心，相信我。」

「相信妳？」喬芝亞仍皺著眉頭，但已經把手機塞回口袋裡了。「那好吧，就明天。但如果妳又撒謊，我一定會報警的，我發誓。如果我的泰莎出了什麼事，我發誓我不會站在妳這邊，永遠不會、絕對不會，我會看著妳下地獄。」

妳先下地獄吧，艾許琳想要這麼說，但她只是大聲回答：「我保證，媽。」

還不錯，我描寫的艾許琳應該還算有說服力吧？我忘記提到她是開車到拉弗翠大道的，之後再補充進去。

艾許琳如此厚顏無恥地撒謊，又是一個失職的母親，再加上讀者已經知道最後的悲劇，這一幕看起來會格外令人心寒。當下只有艾許琳一個人知道發生了什麼事，所以我才描述「**泰莎很安全，也很開心**」。這也有可能是真的，甚至喬芝亞，還有湯姆，當時都這麼相信。

**湯姆怎麼了？**我在疑點清單中加入這一項。

「她一定是個惡魔，妳知道嗎？」那天早上凱薩琳在電話裡這麼說。「有人告訴她，她的孩子死了，有哪個母親可以像她那麼冷靜？」說完她突然停下那一連串信心喊話，而後沉默了好一陣子。

「我很抱歉，親愛的。」

覆水難收，但我給她臺階下。

「我沒事。」我撒謊，我已經說了無數的謊。

現在，我的工作是要寫下這個惡魔的故事。我會將這個故事寫得極為深入、極為真實，極度令人信服。

然後我會看著艾許琳．布萊恩被定罪，在地獄中腐爛。

# 7

「這是一起惡作劇，」一位主播在今天晚間七點的新聞中宣布，她戴著粗框眼鏡，還不合宜地露出乳溝，「防爆小組一無所獲。」

談話節目的名嘴們議論紛紛，直指艾許琳象徵「自私自利的後千禧世代」，更是「典型的失敗母親」。但也有少數擁護者試圖提出不同的看法，認為對一個毫無經驗的新手媽媽來說，扮演母親的角色和處理產後憂鬱都是十分困難的。不過，這種論點大部分的人都不買帳。

艾許琳**真的**憂鬱嗎？我所說的憂鬱是指例如某些時候，我會非常認真地想要燒毀自己的房子。但又有誰真的知道是什麼事情讓艾許琳憂鬱呢？她比我年輕十一歲，而且她的家庭生活顯然缺乏愛。

一股油然而生的同情讓我的心隱隱作痛，而且似乎正在削弱我的立場。我按了一下遙控器，推開那種感受。

另一個頻道中，某個過氣名嘴正面紅耳赤地抱怨著，認為疏散法院人員和延遲訴訟的決議實在浪費公帑。「納稅人的錢都被扔進水溝裡了，」她語帶譏諷，「直接來討論有罪裁定吧。」

真有意思，但我同意。

我將電視轉為靜音，思索著每個人所扮演的角色。凶手、律師、陪審團、記者，沒有人真正了解他人。我們**不是**那個人，又怎麼能理解對方的動機呢？

但我會盡力。很快就要開庭了，接下來要討論的是艾許琳的個人背景，當然也會講到泰莎．妮可，而檢察官保證會著重討論她的動機和惡毒的預謀。這一定是指那次 Skype 上的通話紀錄，也就是布萊斯．奧弗畢警探在代頓地方新聞中含淚描述的那些內容，當時地方報紙也刊登了所有對話紀錄。

我拿起放在桌邊的皮諾酒——我是什麼時候放的——並擰開瓶蓋，再拿了高腳杯，準備一邊喝酒一邊寫作。看著紅色液體緩緩流入弧形的玻璃杯，我似乎就會知道該如何講述一個故事。

## 幸好有SKYPE

「那是真的嗎？」喬芝亞．布萊恩無法掩飾自己的懷疑。大部分和電腦有關的事物都讓她困惑，但螢幕上是她那可愛小外孫女逼真的彩色影像，拍著她可愛的小手，咯咯地笑著。

她之前暗自擔心泰莎．妮可是不是死了，但那只是外婆的第六感而已，現在泰莎就在這裡，好好地活著，還活蹦亂跳的。「這確定是真的嗎？」

艾許琳坐在湯姆的書桌前，她不但沒有回答，反而還給了喬芝亞一個「妳夠了沒有」的眼神，她把臉湊近她爸爸的桌上型電腦，並點了一下滑鼠，然後對著螢幕揮揮手。「哈囉，泰莎小可愛，是媽咪喔。」她柔聲說道。

喬芝亞向前擠近螢幕，湯姆則在她身後。他們拉上了栗色與灰色相間的窗簾，那是湯姆最愛的俄亥俄州代表色，刺眼的早晨陽光被阻隔在窗外；他們還把小獵犬都關進了籠子裡。

「幸好有Skype。」艾許琳嘀咕道。

「媽咪！我看到妳了！」那細小的嗓音彷彿小麻雀嘰嘰喳喳鳴叫著，幾乎讓喬芝亞心碎。但泰莎就在那裡，還活著，至少——至少她很好。雖然她在很遠的地方，但她很好。

「嗨，親愛的！」即使在光線不均的電腦畫面上，這孩子的臉龐仍舊明亮而乾淨，她柔軟的沙色鬈髮看起來閃閃發光而有彈性。她的粉紅色吊帶褲也似乎燙得很平整，那是她和湯姆買給她的，沒什麼特別的原因，只是因為很可愛。

「我看到妳了！妳有看到我嗎？」

「外婆也在這裡！」喬芝亞不斷說話，朝她揮手，一邊把她的丈夫拉近一些。「妳好嗎，親愛的？」

「我們看到動物！」泰莎盯著螢幕，接著她似乎因為什麼而分心了。「噢，我們還——什麼？」女孩的身影離開了畫面，現在螢幕裡只剩下貼著花壁紙的牆。

「她去哪裡了？」喬芝亞強勢地問道，「她在跟誰說話？」

「當然是瓦蕾莉。」艾許琳回答。

「我們要跟保母說話。」喬芝亞轉向她的丈夫。「對吧，湯姆？」

「她很害羞，」艾許琳回答，「而且英文不太好。」

「什麼？泰莎一定得回家，艾許琳。」喬芝亞命令道。

「我看到妳了！」泰莎又回到螢幕上。

「我也看到妳了，親愛的，」喬芝亞輕快說道，這種語調比較適合對泰莎說話。「我們希望妳趕快回家，妳可以跟外公外婆一起玩，」她感到身後的湯姆也更靠近螢幕了一些，「我們希望妳……」

「我會去接妳，然後帶妳來找外婆，」艾許琳插嘴，而且幾乎擋住了喬芝亞的視線，「好嗎，親愛的？」

喬芝亞懷疑事情會這麼順利，「是嗎？」她提出疑慮。

「我明天就去接妳，我保證，」艾許琳自顧自地繼續說，「拜拜，小可愛。」然後她點了一下滑鼠，畫面又回到一片空白。

「妳為什麼結束通話？」喬芝亞說，「我都還沒跟她說再見。」

「妳還不滿意嗎？不管我做什麼，永遠都不夠嗎？」艾許琳雙手抱在胸前。「我說過會讓妳見到她，妳也見到了，她好得很，就像我告訴妳的，但妳永遠、永遠不相信我。」

湯姆站近她。「我相信妳，艾許琳。」他說。

「看到沒？」艾許琳碰了碰他的手臂，「謝謝你，爸比，至少還有人站在我這邊。」

「這麼說可不公平，艾許琳。」喬芝亞看向現在轉為一片黑的電腦螢幕，想著那張剛剛才看到的小臉。「我確實站在妳這邊，我二十三年來一直站在妳這邊！為了證明這一點，妳不需要開車去芝加哥接泰莎．妮可，我會出錢替妳們訂來回機票。」

艾許琳瞇起眼，抬高下巴，「還有瓦蕾莉的。」

喬芝亞看向湯姆，但沒有等他回應，「還有瓦蕾莉的。」

窗外，一道柔和的光線穿過窗簾照進房內，彷彿一線希望，喬芝亞想，一個好的預兆。

「那好吧。」艾許琳吐出這三個字。

「明天，或者——」喬芝亞想到一個更棒的主意，她的心也因而雀躍起來，「或者現在！當然妳可以先去換個衣服，我會載妳到機場！」

「明天。」艾許琳表現出沒得商量的態度，「還有一件事。」

「幹得漂亮，艾許琳。」我說著，一邊將剛寫好的內容存到這一章的檔案裡。如果我是外婆喬芝亞，我會相信一切都沒事嗎？如果這是電影情節，Skype視訊裡的可能是一個和泰莎．妮可很相像的小女孩，或者通話影像是偽造的。但事實上，視訊畫面中的人**就是**泰莎．妮可；至少我在報紙上讀到的是這樣。當時艾許琳已經計畫好她之後要做的那件事了嗎？除了艾許琳之外沒有人知道，這次的 Skype 視訊通話，是兩位老人家最後一次見到他們的小外孫女。

如果我知道那個週六是我最後一次見到蘇菲，我會怎麼做？我一定不會在她把牛奶麥片撒出來的時候對她大吼大叫，也不會抱怨遲到的事，更不會因為德克斯替她穿了一雙和衣服毫不相襯的荷葉邊襪子而大肆批評。我一定會對他們說……嗯，說**我愛你們**，毋庸置疑，我確定他們都知道。我還會希望改變什麼嗎？哦，我當然會，但我現在不允許自己再去想那些事；我**不**允許。

我將思緒拉回正在寫的書上。現在，痛恨艾許琳比痛恨我自己有益多了。讓她喊自己的父親「爸比」也許有些太誇張，但像艾許琳這樣的人往往都是「爸寶」。在佛洛伊德的論點中，父女關係往往是心理操縱的根源，也是女孩學習應付男人的方法，尤其是應付那些曾經英俊的老男人，就像這個已經兩鬢花白、成天打高爾夫球、參加鄉村俱樂部的湯姆．布萊恩。

反正如果我的判斷錯誤，之後可以再修改。

布萊恩一家的生活突然顯得如此真實，彷彿他們的故事不斷在我腦海中播放，而我只是抄寫下來而已。我幾乎能聞到丁香花室內芳香劑的氣味，是喬芝亞噴灑在家裡的，還能看見她打掃過的地毯上，有一道又一道吸塵器留下的痕跡；我能數得出在泰莎．妮可一片死寂的房間裡，有多少個她留下的玩具；更看得見艾許琳臉上那一抹輕蔑的冷笑，還有她蜜桃粉色的脣蜜和緊身褲。

我唯一無法理解的是為什麼。即便我小心翼翼摸索自己最黑暗的思想、探入自己最痛苦的低潮時刻，或者觸及我靈魂中最漆黑的夜晚——這很難找到字眼來描述——我仍然無法理解**為什麼**艾許琳會那麼做？她怎麼能那麼做？

我抹去眼淚，重新振作。寫這本書的時候，我一直想著泰莎和蘇菲。想著她們，但不是想念她們。我會想著正義，德克斯會希望我這麼做的。

# 8

昨晚，是我第一次一覺到天亮，我不記得已經多久沒有如此了。沒有任何打碎車窗和警笛大作的惡夢，沒有拍打棉被和大聲喊叫，也沒有在寒冷和恐懼中驚醒；只有睡眠。

更令人困惑、甚至不安的是，今天早上醒來我第一個想到的竟然是訴訟案，而不是德克斯和蘇菲。我將數字寫在鏡子上，比平常更加慎重。四四五，我描繪著數字，讓我的傷痛重新歸位。

那股不安的感受尾隨著我來到廚房，在我煮咖啡的時候不斷刺痛我；在我端著冒煙的馬克杯走到書桌前的時候，依舊揮之不去。**蘇菲**，如果她還活著，就又長大一歲多了，不知道她看起來會是什麼樣子？她生日那天我想必會很痛苦，為了假裝那個日子不存在，我要把自己裹在毯子裡，關上百葉窗，忽略所有來電。蘇菲將永遠只有三歲。

德克斯的生日則是浸滿酒精的惡夢。

事故發生滿一年的那天，我在鏡子上寫下數字三六五。德克斯的父母從斯科茨代爾打電話來，凱薩琳也打來了，還有幾個勇氣可嘉的朋友也是。我沒有接起任何一通電話。

我坐在書桌前的椅子上，打開電腦，永遠不會發生的事使我窒息。德克斯永遠不會邁入三十六歲；蘇菲永遠不會變成四歲；泰莎永遠不會長到三歲。而我會不斷改變，不斷想著為什麼發生這一切。

「各臺請注意，」聲音打斷我的思緒，讓我瑟縮了一下。

「各位週三早起的鳥兒們，」聲音繼續說，「書記官通知我們庭訊將按計畫於上午九點開始進行，並於下午五點休庭。這是艾許琳訴訟案，我們將待命至八點五十五分。」

這表示我只有半個多小時的時間準備。以前早上這個時間我會跟蘇菲聊天，跟她一起將早餐餐巾放在桌上。接著，德克斯的兩個女孩——他總是這麼叫我們——會一起送他出門上班，先拿給他藍莓馬芬蛋糕和咖啡，然後一人給他一個吻。

「你開車該怎麼樣？」我會大聲問。

「怎麼樣？」蘇菲會如此應和，這是我們的另一個例行公事。

「我會小心！」他回答，然後出門。

離職時雜誌社的同事全都不敢相信。**妳要放棄一切？**就我所知，我沒有放棄任何東西，我只是做了另外一種選擇；我選擇家庭。

但卻無法繼續了。

我瀏覽網路上關於訴訟案的更新資訊。現在，這是我的新生活。

*炸彈嚇壞一群傻蛋*，當地一家小報以此為頭條標題。這則煽動的報導寫道：執法單位向大眾保證現場沒有危險，而這些「製造麻煩的『小孬孬』將會被繩之以法」。根據法院官方公布的消息，被告平安無事，陪審團也無人受傷，庭訊將如期進行。

現在，距離開庭還剩三十分鐘。我打開「**失蹤的小女孩**」章節資料夾，將大腦切換到旁白的角色，描述另一個家庭的過往生活。

根據我讀到的資料，喬芝亞把艾許琳送到代頓機場後，艾許琳立刻卸下偽裝，變得十分咄咄逼人。我飛快打著字，想要盡快寫到那個部分。

*還有一件事*

「記得我跟妳說還有一件事嗎？」艾許琳在副駕駛座對著鏡子整理頭髮，之後將遮陽板歸位。她母親將本田汽車開到出境區的車道上。五分鐘後，如果一切按照計畫進行，艾許琳就要離開這裡了。

「當然記得，親愛的。」她母親說道，用那種艾許琳最討厭、假惺惺的語調，但她以後不必再經常聽到了。

「我很擔心泰莎和我……」艾許琳噘起嘴，皺著眉頭，彷彿在深思熟慮。

「妳很擔心？」喬芝亞放慢車速，轉進停車格，停好車後看向艾許琳，並伸出一隻手，放在她光裸的手臂上。

「是啊，」艾許琳試圖不要退縮，「我很擔心泰莎和我的相處時間不夠，這就是我打包兩人份行李的原因，這也是為什麼我很……為難。」

她確認了一下母親的反應。她媽媽會接受這番說詞嗎？喬芝亞很愛泰莎，這很好，但艾許琳實在無法應付她那種為人母的姿態，她的緊迫盯人、無止境的窺探，還有包裝成關心的干預。

「妳真聰明，親愛的，」她母親說，一副她最懂怎樣才叫聰明一樣，真是夠了。「和孩子多一些相處時間是好事，尤其是孩子還小的時候，像泰莎這個年紀。妳也還年輕。」

艾許琳覺得自己快吐了，但她可以度過這一關，她必須度過。「那麼，媽媽，我需要妳的建議，妳真的認為泰莎．妮可和我多一些相處時間比較好嗎？」

「噢，親愛的，當然了，」她媽媽轉過來面向她，頸部的皮膚微微顫抖著，露出她發黃的牙齒，「泰莎和妳在一起是最好不過了，和妳緊密相連。」

艾許琳將手放在車門把手上，按下開門鈕。她能聽見車內冷氣的運轉聲、汽車怠速空轉的轟鳴，還有遠處傳來飛機引擎的咆哮聲。

「我拿行李箱，等我一下，」她說，「可以打開後車廂嗎，媽媽？」

艾許琳推著行李箱回到敞開的副駕駛座車門旁，彎身探進前座，一隻手放在車頂上。

「好，謝謝妳，媽媽，」她看著媽媽背對陽光的黑色剪影，慶幸自己不必看見她的表情，「謝謝妳的建議，還有准許。」

「准……？」

「我不會回來了，」艾許琳說，「泰莎也不會。如同妳的建議，我會帶著她去度假，已經買好票了。」

「如同我的建議？」她母親伸出手，但艾許琳立刻往後退。

「是妳的建議，對吧？要『緊密相連』？不要來找我們，」艾許琳繼續說，「如果妳來找我們，我們會躲得更久。我有跟妳說我打包了兩人份的行李，不是嗎？妳根本沒注意到，因為妳從來不聽我說話。」

「但我沒有——」

「再見，媽，時候到了我們就會回來。」然後她用力關上門。

「真是個擅長玩手段的惡毒女人！」我大聲說，這才發現自己打字的速度越來越快，我文思泉湧，但草稿裡盡是筆誤和錯別字。艾許琳扭曲了她母親說的話，還假稱會搭飛機去芝加哥，為她接下來無數的謊言鋪路。

我搖晃著腦袋，思索著最後一個場景。也許還需要再加一句話？寫她離開前回頭望什麼的，但艾許琳不會回頭的，除非，也許，是一種自詡勝利的回望？

「各臺請注意。」聲音打斷了我做決定。

「六十秒後即將進入畫面。法官要求陪審團成員明確表態，問他們是否有讀到昨天發生的事，他們都表示沒有，因此開庭前沒有任何待議事項。各臺注意，四十五秒後進畫面。」

我點了一下平板電腦，準備將影像錄起來。

「又是地方檢察官羅約．斯巴福，真、無、聊，」聲音繼續說，沒有他我該怎麼辦。「他已經告知第一位證人將是亞絲卓拉．艾瑪朵，就是她的狗狗佛里斯柯發現了垃圾袋，在——各臺注意，再三十秒。」

我按下錄製鍵。

「準備進畫面，五、四、三……」聲音倒數著。可憐的亞絲卓拉・艾瑪朵，要重述海灘上那可怕的一天，我露出了鄙夷的微笑，艾許琳・布萊恩這一天肯定不會好過。

# 9

亞絲卓拉・艾瑪朵有一頭銀灰色的頭髮，向後梳成一個髮髻，她穿著一雙顯眼的鞋子，緩步走上證人席，並舉起右手準備宣誓。這位身穿藍色制服的店員正要開口，昆茵・麥克莫倫卻站了起來。

「庭上，」她說，「能否借一步說話？」

「哦，搞什麼，」我對著螢幕抱怨，「我要聽！」

法庭內的攝影機鏡頭拉遠。艾許琳正獨自坐在被告席上，雙手抱著頭。**妳要倒大楣了，女孩！惡有惡報。**

格林法官事前就已經規定，當雙方律師與他進行私下對話時，不能錄製和播出他們的對話內容，因此目前影像幾乎是無聲的。

我擺弄著手裡的筆，克制著再多喝一杯咖啡的衝動。我還有時間去個廁所嗎？

「請注意，」聲音又回來了，「我們暫時休庭，太扯了，怎麼老是出狀況。請等待進一步消息。」

**休庭？**為什麼？總不會又有炸彈威脅吧？還是真的有？如果是真的，那事態可就嚴重了，也許會有什麼可怕或糟糕的事發生。為了不要浪費太多時間乾等，我開始閱讀凱薩琳給我的大批資料，包含大陪審團證詞以及警方報告。我知道這些文件肯定很有料，但我現在心不在焉，實在看不出個所以然。我煩躁地抖腳，想不透為什麼又要休庭？

電話響了，我被鈴聲嚇得從椅子上跳起來。

「喂？」

「我是仲里美代子，」電話裡的女人說，「昆茵・麥克莫倫律師的祕書。」

一切都令人十分困惑。昆茵的祕書找我？「什麼事？」

「您是漢尼西小姐吧？她要我轉告您，她今天無法與您談話，她想問您是否能延期？」

「延到何時？」昆茵要我延期，甚至還休庭了，聽起來不太妙。

「她會再撥電話給您，」祕書說，「謝謝。」

我站在原地，聽著電話掛斷的聲音，盯著前方出神，心裡七上八下。我是一個說故事的人，我能想到無數個休庭的理由，每一個都像是場災難。現在是星期三上午九點二十七分，這些嚇人的推測不斷在我腦中呼嘯而過。如果……該怎麼辦？我慌張地用力按下凱薩琳的號碼。接起來，拜託**接電話**，讓我保持冷靜。

「我是凱薩——」

「聽我說，」我打斷她，「我很緊張，萬一艾許琳承認她有罪，這本書該怎麼辦？萬一她一想到要聽艾瑪朵的證詞就嚇得無法面對，無法忍受聽完找到屍體的可怕過程，決定要認罪，例如……過失殺人，而地方檢察官也接受，那訴訟不就結束了？這本書是否也就沒戲唱了？」

一想到此，我就胸口疼痛。我接下這份工作才不過四天而已，但我已經全心全意、充滿使命感地投入其中。為了蘇菲。現在我緊張得背部緊繃，不得不在椅子上坐下來。才四天，我就已經無法放手，全副身心都冀望艾許琳．布萊恩得到應有的報應，沒錯，她必須被繩之以法。

凱薩琳說得很明白，如果最後艾許琳不做無罪抗辯，雅博出版社一定不會想發行這樣一本無趣的書。

「認罪協商？那就糟了，」她說，「這會讓艾許琳顯得……怎麼說，顯得太值得同情。」

「值得同情？**那個女人？**」

「或是有點可憐。」凱薩琳呼出一口氣。「是啊，真是噁心，但畢竟我是媒體。聽著，孩子，我們不可能賣一本這樣的書，描述一個產後憂鬱症的患者對於她的罪行有多麼痛苦和悔恨之類的。」她停頓了一下，「除非……我不知道，除非妳想要寫成一本關於贖罪的書？贖罪題材是有賣點的。」

我**能夠**寫一本關於贖罪的書嗎？艾許琳試圖贖罪？**老天啊！**

「拜託，」我說，「贖罪跟認罪可差得遠了。」

「以法律來說是差不多的，」凱薩琳回答，「先靜觀其變吧。再聊，孩子。」

一旁的音箱發出一陣刺耳的雜音，法庭的影像轉為一片黑，接著螢幕上只剩下彩條信號。

「各位請注意，」那聲音說，「此案將休庭至週一早上九點。我想大家應該很困惑，所有人都是。為什麼老是這樣呢？我們下週再見了。」

**下週？**開什麼玩笑？星期一？四天之後？我盯著我的草稿，文字在我眼前變得一片模糊。做這些事還有什麼意義？如果事態發展偏離了軌道，書也不必寫了，這一切都白費了。吞下三杯「總比吃安眠藥好」的酒之後，我放棄了。我沒吃晚餐，只是盯著一片黑的電視螢幕，誰還在意什麼晚餐啊。

然後我第一個意識到的是周遭一片明亮。

我眨眨眼，想搞清楚自己身在何時、何地。沙發椅、早晨、星期四，但夢境依然緊緊包裹著我。我夢見……蘇菲。我試圖回想那個夢，回想**她**的模樣，蘇菲……正從我們廚房最底層的抽屜裡拉出一綑綠色的塑膠袋，她一圈又一圈地把袋子整綑解開，小小的身體跟著轉呀轉的，笑得好開心，直到轉了太多圈，弄得她頭昏眼花地跌坐在地上。只是，等等，夢境中那不是地板，是沙灘，或是一片碎玻璃？「媽咪，快看，我是小美人魚！」她說。接著，四周突然變得潮溼，非常潮溼，所有東西都溼淋淋的。就在這時，我醒了，我想是因為早晨的太陽照在我的臉上，而我這才發現，原來那是我的眼淚。

屋外的聲響將我從夢境中拯救出來，我擦乾眼淚，還有些恍惚，但也有點慶幸見到了女兒。我邁步走到前門取星期四的早報，報紙頭條終於將我拉回現實。

**艾許琳・布萊恩訴訟案再度延宕**。下方還有一行較小的標題，寫著：**週一重新開庭**。我還沒關門，就站在原地讀起報導的第一段。

「她生病了？」我邊讀邊大聲問道，只有空氣聽得見我懷疑的語氣。我側身用髖骨關上前門，「喔，**是嗎？**」

喬・瑞西納利搶到頭條，當然了，他總是如此。他現在是自由記者，專門暗中進行調查，他很有本事，能自己當家作主。最近他在幫《波士頓環球報》團隊寫有關這次訴訟案的報導。我和喬以前就認識了，當年在《城市》雜誌共事過。離職之後，我還是會固定閱讀他的報導。他真是個厲害的記者，每次掌握到的線索都深得我心，至少現在我不必擔心認罪協商了。

之前全是我杞人憂天。

根據喬的專題報導，事實情況是，亞絲卓拉・艾瑪朵站上證人席的時候，艾許琳寫了紙條給昆茵・麥克莫倫。她當然不是想認罪協商，而是抱怨胃痛。

「這個**騙子**！」我大聲說。但這是**我的**判斷，喬是個記者，他只能根據發生的事實報導。

我快速瀏覽了更多篇報導，一邊走向廚房想喝咖啡。喬・瑞西納利的文章寫道，艾許琳「輕微食物中毒」。顯然休庭是因為「被告不應該在法庭上感到不適」，我猜這是喬比較委婉的寫法。艾許琳八成會在庭訊中**吐出來**，我一定也會。

我翻閱報紙，在廚房門口停下腳步。**喬**，他是怎麼知道這些的？他要不跟法官是好朋友，要不就是與昆茵・麥克莫倫熟識，再不然，就是認識艾許琳。據我所知只有這幾種可能。我將咖啡膠囊扔進機器裡，一邊思忖著。

或許喬・瑞西納利打從一開始就想和艾許琳套關係，寄信到監獄給她，甚至拜訪她。根據我的研究，她似乎經常被高顏值又有權勢的男人吸引。我不確定喬多有權勢，不過他長得夠好看了。雖然他已經結婚，而且可能比艾許琳年長個二十歲，但又如何呢？只要她能利用他。我接著讀下去。

或許我可以打電話給他？問問他情況？不知道凱薩琳認不認識喬？我們之前都在《城市》雜誌工作，不過時間點不一樣。

總之，我現在打起精神了，感謝喬・瑞西納利。我暫時放下咖啡，去洗了澡，在起霧的鏡子上大大寫下我的數字：四四六。

像往常一樣，我花了一些時間，靜靜向這個數字所代表的意義致意。那個意義當然不是寬恕，永遠不會是，那個數字是我失去的、回憶和愛。就算鏡子上字跡消散，我相信每個數字都還會繼續存在，一直存在，就像在我心中德克斯和蘇菲永遠和我同在。

我渾身清爽地回到廚房，狀態已經大半回復正常。窗外的早晨是一片藍天和明亮的陽光，鄰居的車輛接二連三地經過；那是真實世界。沒有人知道**我的**世界裡發生什麼事，在我的屋子裡，或在我的腦海裡。

我將香醇的咖啡注入馬克杯，一旁的電話響了。

「就跟妳說了，」我還未將話筒貼近耳朵，就聽見凱薩琳說道，「了不起的喬・瑞西納利再度出擊，萬事大吉。當然，除了我們的被告之外。」

「是啊。早安，凱薩琳。」

「食物中毒？」凱薩琳繼續說，語調輕蔑，「不可能，她根本是不想聽到細節和看到照片。」

「有道理。話雖如此，我卻已經把整本書的大綱調整成贖罪的故事了，」我撒謊，「就算這本書最後沒出版，我也會拿到一筆未刊稿費吧？至少一千塊？」

「哪來的未刊稿費，」凱薩琳說，「聽著，算妳贏，孩子。這次會休庭到週一，意思是妳有更多時間寫稿了，珍惜時間啊，梅瑟。」

「我很珍惜。」我又撒謊了，我沒什麼可珍惜的。我在咖啡中倒入牛奶，走向書房。「但凱薩琳，她『想吐』？還有那一身寬鬆的衣服？她有可能懷孕了嗎？」

「現在的情況已經夠糟了，」凱薩琳回答，「別再做些更糟的假設，更何況她已經在獄中待了一年。聽著，妳不用再寄寫好的章節給我們，妳寫得很棒，只管繼續寫下去就對了。現在快回去工作，妳欠我一本書。」

她一掛掉電話，我就打開了「**失蹤的小女孩**」資料夾，安排我的下一段場景。其中一個懸而未解的重要問題，或許也是解釋為什麼「只有艾許琳」能下手的關鍵之一，就是艾許琳欺騙了她母親，離開代頓機場之後，究竟去了哪裡？

根據各方資訊，警方是在喬芝亞．布萊恩強烈要求他們「找出」她的外孫女之後才展開調查的。承接此案的是一位名叫瓦德里．羅格威契的中階外勤警探，他從代頓當地一間叫做「火熱」的噁心夜店展開調查，因為艾許琳經常在那裡出沒。

羅格威契認為事件必定起因於母女口角。「家家有本難念的經，」他在《代頓太陽報》中這麼說道，「我自己也有個女兒。」他的這句話讓我的心跳漏了一拍，我已經沒有女兒了。

# 10

不知道「火熱」店內是什麼樣子？我在YouTube上看了一段模糊不清的手機影片，就當是拜訪了一下這間夜店。我本來還希望影片裡會有艾許琳的身影，但在閃爍的燈光和搖晃的影像中，實在不可能辨識出任何人。看著這段影片，我幾乎能聞到性和大麻的味道。一大群隨著音樂鼓噪的二十多歲年輕人揮灑著熱汗，簇擁著手舞足蹈，狂飲著……我不知道，可能是莫斯科騾子[1]或蒂斯朵伏特加蘇打。臺上的歌手則戴著墨鏡，帶領臺下的派對分子，一起震耳欲聾地高唱著某些難懂的歌詞。每個人都在酒精催化下情緒高漲，而且穿得很少。

我戴上耳機，再播放一次影片，把音量調大、**再調大**，讓音樂大聲得將我與周遭的一切隔絕開來，擋住了現實。我想像自己身在現場，想像自己改變了，我不再是我。

我是艾許琳．布萊恩，來到「火熱」店內。我塗著唇膏，身穿緊身背心，潮溼的頭髮貼著後頸。我隨著音樂賣力舞動，汗溼的身體散發出刺鼻而性感的香水味，浸淫在令人心神麻木的旋轉燈光下。酒精的滋味誘人，充斥著甜味和萊姆的酸味。還有毒品，那是大麻甜美的低語，是一塊又一塊放在鏡面上的白色粉末磚，用剃刀片分毫不差地切成骰子般的大小，還有用二十美元鈔票捲成的吸管。

影片播放完畢，四下一片死寂，我又變回了自己的樣子。

好吧，其實沒有人特別提到過毒品。

1 moscow mule，以伏特加、鮮榨萊姆汁和薑汁汽水調成的雞尾酒。

「但那是夜店，對吧？」我獨自辯解道。我扯下耳機，除去腦中的疑慮。「一定有毒品。」

真正的艾許琳想必三不五時就會出現在「火熱」店裡，並總是盛裝打扮，準備隨時出擊，吸引目光。有一些報導指出，艾許琳不僅僅是常客，還和一些女孩一起充當非正式雇用的「小姐」，讓場子更熱絡。這些「小姐」得要先自掏腰包買一瓶頂級的梅斯卡爾龍舌蘭酒，然後再用更貴的價格，一小杯一小杯地賣給那些想找辣妹陪酒的老主顧。艾許琳在這方面可說是「登峰造極」，根據夜店老闆羅恩．謝瓦里的說法，「客人們都愛她」。

所以當她在夜店發揮「登峰造極」的手腕時，泰莎．妮可又在哪裡？是跟那位她稱為朋友、保母或不知道什麼身分的人待在一起嗎？

瓦蕾莉在哪裡？我在疑點清單上寫下。

我看了看時鐘，現在還早，不到喝酒的時候，尤其今天才星期四。好吧，還是得工作。

瞎掰

「這件事最好有個結果。」警探瓦德里．羅格威契一邊喃喃自語，一邊用力關上巡邏車的門，朝著一幢位在代頓南區的公寓大門走去。

他本來一直對 Skype 的線索很樂觀，直到 Skype 總公司的人通知他，沒有留下通話紀錄。至於「瓦蕾莉」這個人，喬芝亞．布萊恩告訴他這位保母的姓氏是「盧西歐或盧西亞諾之類的」，可能是西班牙姓氏，或是義大利姓氏，她「不確定」。他想像海外學生簽證上會出現的外國女孩照片，但也有可能她是非法移民。芝加哥的瓦蕾莉．盧西亞諾？這簡直是大海撈針。

但 Facebook 或許能幫上他的忙。艾許琳．布萊恩的一個朋友發布了一則動態消息，顯示六月十六日晚上，她的好友艾許琳和「火熱」夜店的老闆羅恩．謝瓦里一起去代頓的影城看電影。羅格威契警探查閱了一下他製作的「艾許琳日曆」——這是一張皺巴巴的列印資料，他將這張紙摺好收在皮夾裡。十六日是喬芝亞．布萊恩將艾許琳送到代頓機場的兩天之後，但在這位朋友發布的手機影片裡，卻能看到艾許琳和羅恩那天挽著手一起去看午夜場電影，是一部叫《致命玩笑》的限制級驚悚片。

這個發布影片的朋友名叫珊蒂．迪歐李奧，是「火熱」夜店的小姐，也在「上城電影院」工作。珊蒂顯然讓這兩人免費入場，還大肆宣揚。社群網站啊，羅格威契警探想著。人們總是把大小事都發布在社群網站上，就連那些會導致他們被開除的事情都要發布。

現在他知道了，如果艾許琳那時人還在代頓，事態就嚴重了，因為這表示她在說謊。

他敲了敲四B公寓的門，一個年輕女人探出頭來，手裡原本抱著的白貓一看見警探就掙脫跑走了。這名女子承認自己就是珊蒂，還邀請羅格威契坐在那張沾滿貓毛的沙發椅上。

「我會還公司電影票錢，我保證，」珊蒂立刻屈服於他的詢問，還乖乖將手機裡的影片傳給了他，又仔細調整好她低胸背心的肩帶。「我再也不會讓任何人免費入場了。請問我惹上麻煩了嗎？」

低胸背心這一招，誰不喜歡呢。想隱瞞事實的人反而最容易套話，因為他們往往非常拙劣。珊蒂簡直嚇壞了，根本沒有問他為什麼需要那支影片，只是假設老闆發現她偷東西。

「惹上麻煩？嗯，這有點複雜。」羅格威契抓抓頭，裝出一副珊蒂未來堪慮的模樣，接著謊稱道，「艾許琳說妳並沒有讓他們免費入場，為什麼呢？」

「她只是想保護我，我猜。她之前會帶泰莎來我家，我們三個會一起玩手機或電腦什麼的。但是，呃，有一次吧？應該是兩個月前？」她說，「我在開車，艾許琳在講電話。」

「接著說，」羅格威契回答，「順便問一下，當時泰莎也在車上嗎？妳知道艾許琳在跟誰講電話嗎？」

珊蒂顯然以為她的公寓天花板上寫了答案，眼神三不五時往上飄。

「不知道，」她說，「泰莎不在車上。艾許琳的語氣很溫柔。我只記得那之後的事。」

「之後？」羅格威契抬起頭，視線從筆記本上移開，寫字的手也停頓下來。

「對啊，」珊蒂還是沒有正眼看他，似乎是在回想當時的情景。「艾許琳掛斷電話之後，把手機扔在儀表板上，然後開始笑，是真的大笑喔！我問她：『是怎樣？』她就說：『哇靠，我真是太會瞎掰了。』」

這些對話不是我捏造的，珊蒂．迪歐李奧確實對羅格威契這麼說過，原字原句，而羅格威契後來告訴了《代頓太陽報》。「哇靠，我真是太會瞎掰了。」我從新聞網站上將句子複製貼上我的草稿，只改了字型讓格式統一。

如今這個故事似乎已步入正軌，但我寫的順序是正確的嗎？艾許琳胡亂「瞎掰」了一通，假裝離開代頓，但其實還留在代頓，至少有一段時間是如此；而泰莎顯然在芝加哥；喬芝亞則報了警。羅格威契展開追查，但之後艾許琳可能帶上了泰莎，兩人便一起消失無蹤了。兩週後，「波士頓寶寶」浮上水面，並出現了一些後來被證實誤報的新聞內容。我目前寫作的進度已經超過原本的預期——那是當然的——但仍舊還沒寫到那裡。之後，相隔千里的代頓警探羅格威契和波士頓警方根據現有情況做出了結論，再來便是搜索、逮捕、拘留、不得保釋與訴訟。

好吧，這行得通，接下來我有一整個週末可以繼續寫這本書。

雖然我寫的東西基本上都是真的，但我也的確是挺擅長「瞎掰」的。

# 11

「歡迎回來，各位。」星期一早上，音箱裡的聲音從書桌傳來，向我打招呼。「正如各位所知，雙方皆對亞絲卓拉．艾瑪朵的證詞表示無異議，所以她今天不會出庭。今天開庭時間為早上九點整，意思是，各位還有五分鐘的時間可以喝杯咖啡。希望大家週末都過得不錯。」

「謝謝你，聲音。」我對著空蕩蕩的房間說，「還有，我週末的確完成了不少寫書的工作，感激不盡。」我對於艾瑪朵不會出庭感到有點失望，我想這是因為她在沙灘上發現垃圾袋並不能為任何一方提供證據。我還是會將她和狗狗佛里斯柯寫進書裡，畢竟那段故事如此駭人。

德克斯和蘇菲的死因並沒有經過任何訴訟，因為那不是謀殺——除非一顆橡樹可以被判為殺人犯，而雨水則是同謀。警方告訴我諾沃克街的路面非常滑，而肇事重建小組認為當時有小動物衝過馬路，雖然現場沒有發現任何動物屍體。德克斯以前總是會為了避開優柔寡斷的貓或糊里糊塗的鳥而急踩煞車，要是有火雞大搖大擺走到街上，我們就會大笑出聲。火雞會說些什麼呢？只會咯咯叫！為什麼火雞要過馬路呢？

德克斯還把火雞的照片放到 Facebook 上。我現在已經不用 Facebook 了，因為上面的人看起來都太過幸福。

「全體起立。」法庭官員宣布。

我的平板電腦開始錄影。艾許琳如同往常一身故作低調無辜的打扮坐在被告席，一旁是身穿灰色套裝的昆茵．麥克莫倫。她還沒有回我電話，我不喜歡透過德克斯牽線，但昆茵明明答應要和我聊聊的，我一定會讓她履行承諾。

「聯邦政府傳喚布萊斯．奧弗畢警探。」羅約．斯巴福檢察官說。

奧弗畢是第一個看見垃圾袋的警察，他是個身形魁梧的中年男子，穿著一件毛呢外套。他大步走向證人席。

這時我的電話響了，是市內電話，來電名稱顯示是「格威普」，一間律師事務所，三個字分別代表格林、威爾勃和普里榭。

我無法呼吸，我已經許久沒有看過這個來電名稱了，我試著計算有多久的時間，算著每一聲鈴響，但我不能，因為那是數百個日子。

電話又多響了好幾聲之後，我終於說服自己將手伸向話筒，並迫使自己的大腦想起該說些什麼。

「喂？」

「梅瑟？」

我也認得這個聲音。

「嗨，小威。」這是我第一次覺得他的暱稱是有史以來最糟糕的名字。堂堂的信託及房地產律師威廉．普里榭，為什麼要自稱「小威」，而不是「威爾」或甚至「威廉」？我無法理解。總之，小威是、曾經是德克斯在律師事務所的夥伴，也是我們的房地產律師，如此而已，他還負責處理我們的遺囑。

現在是怎樣？他似乎正要開口，所以我等待著。

「總之，梅瑟，」他說，「這對我來說也一樣不好受。」

他說話的時候，我的腦袋彷彿爆炸了，他的一字一句都被炸得無影無蹤。不，他才**沒有**「一樣」不好受，一點也沒有。

「……所以，我們只是在想，什麼時候，」他說著，「或者如果，如果妳需要任何案件筆記、行事曆、信件、紀念品什麼的，就是……呃，德克斯的辦公室裡的東西。」

「辦公室？」我想像著德克斯的辦公室，一個出現在夢中的房間。那裡有書架、窗戶和許多他的證書，還有一些裱框的新聞剪報，都是他勝訴的案件，被告最終無罪開釋。他的桌上擺著好多張照片，有我們的婚禮照片，背景在南塔克特島，我們兩個各自頂著一頂愚蠢的帽子；有蘇菲出生時我們一家三口在醫院的全家福，媽媽寄來的粉紅色蝴蝶髮箍輕輕放在她淡色的細髮上；還有媽媽喪禮之前拍下的留念，我們身穿黑色喪服，手挽著手站在我兒時的家門前，那是紐約州的伊薩卡。

我閉上眼睛，試圖抹去腦中的畫面。

那個房間並不存在。

的確不存在，我意識到。小威的說話聲嗡嗡地傳進我的耳裡，而我的心不斷下沉。不會再有「德克斯的辦公室」了，那只是一個房間，一個閒置的房間，裡面擺滿了雜物，而那些雜物不屬於任何一個活著的人。

我桌上的螢幕顯示庭訊正在進行，奧弗畢警探仍在證人席上。我知道他今天出庭只會描述他看到垃圾袋並打電話給法醫的過程，相關調查的內容要後面一些才會進行到，但我錯過的這些段落仍舊很重要。只是，過去的一部分就懸在線上，對我說著話，不願放手。

「……我們一直在等，妳知道的，梅瑟，試圖給妳……」

我讓他繼續說，但他說什麼都不重要。螢幕上，我看見羅約．斯巴福檢察官指著那張放大的照片，上面就是海灘上的綠色塑膠袋。

「謝謝你，小威，你考慮得真周到，」我在輪到我開口的時機說道，「但我目前手頭上有工作，之後我會過去把所有東西都帶走，大概是……」我算了算，「一個月後。」

電話另一頭一陣沉默。

「假如我們寄過去呢？」他最後終於說，「我們需要——」

我不在乎他們需要什麼，但我沒有說出來。「好吧。」我還記得要保持禮貌，「再次感謝你的幫忙，在……」

我沒辦法說出那個詞，葬禮，所以我停了下來。

顯然小威也不想說出口。「妳最近好嗎，梅瑟？」他問。

「還好。」我在胡謅。螢幕上，昆茵・麥克莫倫走近奧弗畢警探進行交叉詰問。**速戰速決**，德克斯一定會這麼建議她。昆茵應該會提醒陪審團，當時奧弗畢警探並沒有證據證明艾許琳與謀殺有關，他根本連這具屍體是誰都不知道。

「好，」我用最快的速度回答。雖然我有將庭訊錄下來，但我**必須**趕快結束電話。「如果有人送來，那也——」

我一陣語塞，我該怎麼措詞呢？那也很好、那也不錯、那就太好了？沒有任何事情是很好、不錯或太好了，尤其事關我死去的丈夫，他的遺物即將被放進一個盒子裡；放進盒子裡，就像德克斯一樣。

「也**可以**。」我說。我目不轉睛地盯著螢幕，如同預料，昆茵快速結束了交叉詰問，現在輪到法醫芭芭拉・齊姆貝邁步登上證人席，她是一個纖瘦的黑髮女人，穿著一件黑色長袖上衣，看起來十分專業，她的眼鏡用一條銀鍊繫在頸子上。她舉起右手，宣示所言屬實。接下來的內容將會成為明天的新聞頭條，而且會令陪審團心碎。

「小威，我得掛電話了。」面對螢幕上播報的死訊比較輕鬆，那就是我的工作。

「我明白了。」他說。

他並不明白。我直接掛掉電話，恐怕是在他徒勞地想要安慰我並道別之前，我就先掛斷了。螢幕上正轉播著庭訊實況，那是別人的生命、別人的死亡，而我卻困在自己的回憶中，感到困惑和不確定。只有一件事情是確定的，這個案件讓我回到現實之中。

齊姆貝醫生正說到一半，我解除螢幕的靜音模式，並在椅子上坐了下來。

「……看來，相較於在陸地上，屍體在水中會呈現更進階的分解狀態。」

「意思是，屍體在水中腐爛得比較快。」斯巴福檢察官用較為易懂的口語重述她說的內容。

「是的。」

「也就是說，小泰莎．妮可的屍體只需要浸泡在水中很短的時間，就會達到那樣的狀態？」

「是的。」

「依據妳的經驗，」斯巴福檢察官繼續說，「妳認為受害者已死亡多久了？」

「庭上！」

我知道斯巴福想要做什麼，也知道為什麼昆茵．麥克莫倫想要阻止他，這與艾許琳的不在場證明有關。如果檢方準確指出死亡時間，就可以指出艾許琳當時身在何處。死亡時間越不肯定，就越難證明艾許琳有罪。

又有什麼能說服我她沒有犯案呢？我想除非艾許琳指認出「真正的犯人」，或者有人出來自首吧。但說真的，即便如此，我也許還是不會相信。有罪是看得出來的。

「妳可以回答這個問題。」法官說。

法醫兩眼看向地板，或許她深知自己正要揭開一個無可辯駁的事實，並讓斯巴福獲得最終勝利。我實在太想知道艾許琳．布萊恩此刻究竟在想什麼了。

「還是要根據溫度和潮汐來判斷，」這位法醫說，「並不能準確推測。」

「不能準確推測！」我大聲重複。不能準確推測，就像正義無法伸張一樣，令人感到悲哀。庭訊繼續進行了一個小時，充滿讓人痛心疾首的臨床證據。我呆滯地看著，忽然門鈴響起。

# 12

門鈴？我停下動作，手指放在鍵盤上。又是凱薩琳嗎？她這幾天來拜訪我的次數，遠遠超過六個月以來的總合。我等待著，門鈴卻沒有再次響起。我猜錯了嗎？

「妳太誇張了，好姊妹。」我大聲說。我依然很不習慣訪客，雜誌社的朋友從好幾個月前就沒有再來訪了。我知道他們在這裡很不自在，他們能感覺到我陰晴不定，和我也越來越沒有共同話題，尤其在發生了那件事之後。但也沒人覺得遺憾，就連凱薩琳也越來越少拜訪，直到最近。德克斯的父母有好幾個月的時間經常來看我，幾乎讓我覺得好過了一些，但他們現在決定要給我一些個人空間。

人生是如此不堪一擊，只要其中一件事情改變，所有的一切都會隨之不同。就好像有人踏進電梯時，原本在裡面的人會移動位置、調整姿勢，確保彼此之間留有距離。我生命中大部分的人都留我一人獨處了，我自知這其實是我的問題。

門鈴又響了。我發覺自己穿著運動褲，還頂著一頭亂髮。我今天有梳頭嗎？我抬起一隻手來確認。

透過貓眼看出去，門外站著的是希歐．巴勒羅，他是律師事務所的快遞員兼打雜助理。每個人都很喜歡希歐，現在他穿著扣領襯衫，搭配粉色系的領帶，鬆垮垮地繫在領子上，再配上時髦的樂福皮鞋。我很想稱讚他用心打扮，但他實在搭配得不怎麼成功。

他來這裡做什麼？

「妳好，呃……小姐，」我開門便聽到他支吾說，「我送來一些妳的包裹。」他指著身後臨停的銀色小貨車後車廂。

我們前院種的柳樹此時嫩葉飽滿，微風吹過便會沙沙作響。定時在早上十點多的灑水器已經完成工作，剛灑下的水滴在草地和羽狀的灌木葉上閃爍，羽毛狀的細葉綻放，散發出甜美的芬芳。好美的院子，路過的人曾經這麼對我們說。的確很美，和我們的房子、我們的家一樣美，人人欽羨，但我們還未充分對幸福表達感激，一切便已經太遲了。

「漢尼西……小姐？」希歐說著，「希望我沒有打擾到妳，這邊有三個箱子，還有……」

他停下來，也許是看到我的表情。

「還真快，」我說。小威想必是早就打包好了。「我承認我確實是沒料到有人會來按門鈴，也太快了。」

「要幫妳搬進去嗎？」

希歐並不是咄咄逼人，只是在盡他的職責。

「我也一起搬吧。」我說。越快解決這件事越好，小威這傢伙真是個騙子。

希歐從貨車後面抬出一個棕色的紙箱遞給我，這箱子只用一段膠帶封箱，重量也不重。我深吸了一口氣，厚紙板緊貼著我的胸口。或許我下意識在尋找德克斯的氣息，卻只聞到紙盒的味道。希歐把另外兩個紙箱疊在一起拿出來，用一隻腳大力關上貨車的後車門，他的樂福皮鞋閃閃發亮。他使勁捧著兩個箱子，讓我先從前門進去。

我很慶幸希歐不會認為我變成了一個邋遢鬼，如果男人真有在注意這些事的話。我們要走進客廳前會先經過餐廳，這裡已成了廢棄場所，只有一張幾乎空蕩蕩的橢圓形桌子，上面擺著德克斯家傳的銀色燭臺，和原本就放在上面的白色蠟燭。它們佇立在那裡，沒有任何功用，已經四百五十天了。如果偌大的屋子裡只有妳一個人住，當然顯得整整齊齊。

至少我的書桌看起來還有人在使用。

「在看庭訊嗎？」希歐問，朝著靜音的螢幕抬了抬下巴示意。

「大家都在看不是嗎？」希歐不必知道我在做什麼，大家都不知道，只有凱薩琳和出版社清楚這個案子。哦，還有羅約．斯巴福檢察官、昆茵．麥克莫倫、法官，或許也包括「聲音」和負責錄影的人。其實也沒有那麼保密到家。

「可憐的小孩，」希歐抬起一邊的膝蓋來支撐手裡搬的箱子，「可憐的小泰莎．妮可。」

我們把箱子放在客房裡，我大概永遠不會有客人吧。三個箱子，每一個側面都有律師事務所的標誌，箱頂輕輕用膠帶封住，很容易就能打開。箱子上還依序寫著：三之一、三之二、三之三。

「需要幫忙打開嗎？」希歐將兩手的灰塵拍在他的卡其褲後側。

我想到要打開箱子便臉色發白，但希歐只是想要表達善意。

「不用了，謝謝。」我關上客房的門，並送他出去。當他駛離門前的車道時，我想著：我再也不會進去客房了，永遠不會打開那些箱子，不會撕開膠帶，不會看箱子裡面的東西，永遠不會。

我早晨的寫作進度已經落後了。

回到現實，目前正在休庭中，等午餐後重新開庭。我將錄影檔倒帶，看看剛才為了那些箱子錯過了些什麼。然而，一道陰影掠過我的心頭，黑暗呼喚著我，要將我拉入谷底。德克斯的箱子，被封上了，**就像他一樣**。

「德克斯特．連恩．漢尼西！」我大聲說出他的名字。他不會希望我「繃著一張臉」，他以前總是這麼說，他會希望我振作起來。

一定要振作起來，所以我解凍了一碗喪禮後有人拿來給我的湯。標籤已經脫落了，所以我根本不知道裡面有什麼，但微波的時候，我聞到雞肉的味道；我記得這個氣味。

「湯湯！」蘇菲會在她卡通小豬圖案的嬰兒椅上咯咯笑著，開心舉起她專用的小兔子圖案湯匙。「湯湯棒棒！」

那根小兔子湯匙如今放在地下室的一個盒子裡。

我竭盡所能地擺脫那股黑暗，不能讓黑暗就此征服我。我把湯拿到書房邊工作邊吃午餐，並將平板電腦靠在目前沒有動靜的大螢幕上，然後快轉到今天早上的庭訊錄影段落。先是法醫的部分。平板電腦的螢幕小了許多，但這只是寫作的素材，所以沒有關係。我推估著影片的時間點，按下播放鍵。

「……解釋過程？」小螢幕上縮小版的斯巴福檢察官詢問縮小版的法醫。「妳接收屍體後，首先做了什麼？」

我手裡舉著湯匙，又按了一次快轉。我需要在下午開庭前，聽到有關「死因」的關鍵證詞。我推測著時間點，又按下播放鍵。

「……淹死嗎？」斯巴福問道。

「剩餘的肺部不足以做出這樣的判斷。」齊姆貝醫生回答。

「是否有明顯外傷跡象？例如骨折？」

「沒有。」

「內傷呢？」

「因為屍體的狀態，我……沒有，沒有明顯跡象。」

「瘀傷？」

「一樣，因為屍體的狀態，沒有。」

「那是否有休克或窒息跡象？例如眼球出現瘀點？」

「沒有眼球。」法醫說。

我手裡的湯匙砰的一聲掉在硬木地板上，我沒有撿起來，因為我再也吃不下了。平板電腦的音量很小，但我能聽見旁聽民眾一片譁然，然後是法官的小木槌敲擊聲，要求這群被嚇壞的民眾肅靜。

「我明白了。」斯巴福檢察官慢吞吞地移動他桌上的文件，又清了清喉嚨，「那麼當妳完成驗屍後，嗯，依照妳的看法，那麼……死因是什麼？」

法庭陷入死寂。我把面前那碗噁心的湯移開，彎身貼近小螢幕，好像靠近一點就能聽到齊姆貝醫生在想什麼一樣。她在奧爾巴尼街九十四號冷冰冰的地下室裡進行驗屍時就知道自己會被傳喚。她戴著面具、手套，聞著太平間裡腐臭和消毒劑混在一起的氣味，面前光滑的鋁板上，擺著一具小小的無名屍體，那是一個小女孩，一個死去的小女孩。她知道自己要在法庭上陳述她的工作，理解死亡，並且描述死亡，或許還會使某個扼殺無辜生命的人被定罪。

「他殺。」齊姆貝醫生說。

「並非死於事故？」斯巴福檢察官問，「為什麼？」

「各臺請注意，」大螢幕的聲音插話，現實生活又要開始了，「一分鐘後重新開庭。」

這下我錯過了齊姆貝醫生的答案，我再次倒帶。**事故**，我憎恨這個詞，但我現在必須專注，不要想起蘇菲，不要想起德克斯，不要想起我的人生，不要想起那可怕的、未知的、突如其來的悲劇是如何從我身邊奪走了所愛之人。我簡直想要**殺了**艾許琳．布萊恩。人們總說事故是無法預防的，而光是事故便已如此令人難以接受，我們又該如何去理解她做的事，理解這樣一個**怪物**，像她這樣真正的怪物……

我手忙腳亂地操作著平板電腦，手指絲毫不聽使喚。我必須聽到這一段。

「各臺，還有三十秒。」聲音說。

「齊姆貝醫生，」我又聽到了，「並非死於事故？為什麼？」

法醫戴起她的眼鏡，又拿下來。

「斯巴福檢察官，」她說道。「因為她被裝在垃圾袋裡。」

我聽到有人發出一陣壓抑的抽泣聲，然後才知道原來是我自己的聲音。

「沒有其他問題了。」斯巴福檢察官說。

「十秒鐘後開始播放。」大螢幕的聲音說。

接下來是昆茵．麥克莫倫的交叉詰問，再下去是肖像重建畫家。

但我哭得太厲害，什麼也聽不進去了。

# 13

如果我讓情緒影響到工作，就證明我不可能恢復到從前的我了，那就——好吧，我本來想對自己說，那就**太可悲了**。但另一方面，這也是真的，我的確不再是從前的我了，我必須習慣這一點。

聽完法醫的證詞之後，我又情緒潰堤。我瑟縮在床上，用毯子把自己從頭到腳包起來。然後我又重振旗鼓，至少我還做得到這一點。

因此現在，雖然我雙眼浮腫，而且只想繼續睡覺——或許我想要永遠沉睡——但我還是說服自己起床，煮了咖啡、倒了酒，再用牙齒撕開一包鹹薄餅。現在是晚上十點半，我強迫自己聽完今天的庭訊，並完成一點寫書的進度。

陪審團的成員現在入睡了嗎？我打開書房的燈，點擊開啟電腦中的草稿，拍掉膝蓋上的鹹薄餅碎屑，一邊想著那十四個陪審團成員。他們在家裡，沒有被法院隔離，但他們禁止休庭後談論案件、閱讀相關消息或觀看電視重播。**沒錯**，整個陪審團制度都建立在「不允許」之上。

為了避開不肯罷休的媒體報導，昆茵．麥克莫倫曾強烈建議將此案移往郊區的法庭審理。換場地的提議立刻被否決了，甚至沒有解釋原因。我同意格林法官未說出口的理由，將此案移往外地審理又能帶來什麼幫助呢？每個地方、每個人都知道泰莎和艾許琳的事。

法官最終詢問了陪審團的每位成員：「各位是否能拋開任何對於被告先入為主的想法，聽取證據，並僅根據證據做出裁決？」

所有在席的陪審員都回答可以。有幾個人說謊呢？

我打開平板電腦觀看錄影檔，並按下播放鍵。我準備好了。

但畫面沒有動。

「什麼？」我問，又試了一次，「**快點。**」

螢幕上有一個清晰的停格畫面，我可以看到法醫芭芭拉．齊姆貝準備接受昆茵至關重要的交叉詰問。如果問完還有時間，就會輪到肖像重建畫家艾爾．庫克出庭。可儘管我按下播放鍵，卻什麼反應也沒有，只有那一幀畫面，我的錄影檔就結束了。

「**什麼？**我弄錯什麼了嗎？」我笨拙地操作著平板電腦，進行聲音測試。

「詹姆斯．詹姆斯．莫里森．莫里森，威瑟比．喬治．杜普利，」我對著內建麥克風朗誦詩句，這是我以前經常讀給蘇菲聽的床邊詩；**雖然那時她只有三歲**。我倒帶，按下播放鍵。「詹姆斯．詹姆斯……」我聽見自己的聲音傳來，機器沒有問題，但我卻不然。

「可惡！」太糟了。我啜了一口卡本內紅酒，再一口，然後喝了咖啡。

等等，我安撫自己，沒關係。

我可以在網路上找到齊姆貝的證詞，而且也不一定需要聽肖像畫家艾爾．庫克的部分，畢竟有一大票煽動的採訪報導和遣詞激烈的文章揭露他筆下的「波士頓寶寶」重建肖像大錯特錯。當我看到肖像畫時，就像所有人一樣，以為這可憐的孩子是西班牙裔小女孩。

肖像畫掀起的軒然大波可以寫在下一個章節，我在心中構思。

先是「**你認識我嗎？**」的海報公開，上面是庫克執筆的全彩肖像畫。整座城市的人議論紛紛，談論著女孩瞪大的雙眼，和她那令人心疼的表情，還有她的深色鬈髮、紫色的蝴蝶結髮夾。我沉浸在這背後隱藏的、令人極其不安的人倫悲劇。

沒有人知道她是誰，但波士頓收留了她。哀悼的人們帶著蠟燭和泰迪熊前往城堡島海灘致意，電視媒體前往採訪後，來致意的人潮還增加了。「**#她是誰？**」成為全國轉貼的社群媒體話題標籤。

這個可憐的女孩是亞曼達・蘇・羅傑斯嗎？她在格洛斯特懸崖失蹤時，她的家人不過在六公尺外的地方野餐。但亞曼達並不是西班牙裔。那麼她是莉莉安・帕拉多嗎？她在埃弗里特遭到綁架，但她當時已經七歲了。或者這是某個非法移民的孩子，意外溺水身亡？而她的父母擔心出面指認後會被驅逐出境？

不僅僅是波士頓警方展開調查，失蹤兒童基金會、葡萄牙互助收容所、巴塞隆納同鄉會也全部投入其中。某家報紙報導，心生懷疑的在地居民首度關注起周遭的拉丁美洲裔鄰居，試圖回想自己是否曾見過畫像中的孩子，也許他們應該提高警覺；也許每個人都該提高警覺。

但我之前不知道的是，當時有一位名叫柯蘿塔・西里爾的波士頓警探，將受害者的頭髮、組織樣本和衣服的布料碎片送到了猶他州一個具領先地位的鑑識實驗室，並堅持要實驗室加快檢驗進度。

整個過程花了兩個星期，根據凱薩琳給我的警方報告，鑑識人員測量了頭髮的「碳氧同位素比」之後，推測她並非新英格蘭區域的本地人，而且在這裡待不到三個月。實驗室的孢粉專家——誰知道那是什麼——鑑定了她的腿部，發現殘留了一些只生長在中西部地區的孢粉，尤其是俄亥俄州的七葉樹。「孢粉在適當的保存條件下，」專家的報告中寫道，「是不會遭到破壞的。」

柯蘿塔・西里爾警探於是決定聯繫俄亥俄警方，詢問失蹤小女孩的相關資訊。

撥打了一百一十三個分機號碼後，她聯繫上了分機十七的瓦德里・羅格威契。

「太驚人了！」我大聲說。重讀這份報告的時候，我無法控制地對著空氣揮拳。接著，即便屋裡只有我，沒有人親眼目睹我此刻竟對這場悲劇的某些片段感到心滿意足，我還是羞愧地放下拳頭。凱薩琳說得對，記者都是混蛋。

但好故事依然是好故事，所以我在電腦上輸入了我的章節標題。

那是她的髮夾嗎？

有時候我的大腦運轉得太快了，手指跟不上。要寫下這個肖像重建畫家錯得有多離譜，大約需要十五分鐘；寫出他僅正確畫出了她的頭髮和圓胖的臉頰，他筆下這個看似西班牙裔且至少五歲的「波士頓寶寶」，一點也不像皮膚蒼白、藍色眼睛、大約三歲的泰莎・妮可・布萊恩。這才是她生前的樣子。那幅不精確的「波士頓寶寶」肖像，是根據錯誤的理解和假設繪製而成的，是艾爾・庫克職業生涯的一大致命傷，讓他立刻退休了。

但泰莎的髮夾，庫克是取材自真實物件，瓦德里・羅格威契指認了它們。

這本書一定行得通。

# 14

「這本書行不通的！」我把枕頭蒙在臉上，蓋住自己對著天花板大肆抱怨的聲音。然後我平躺，在枕頭下柔軟的黑暗中呼吸。現在證據紛沓而至，我感到資訊超載。我怎麼會認為自己有能力寫出一本聰明又令人信服的真實犯罪書籍，去講述一個在國際上惡名昭彰的母親如何殺死她可愛的女兒，還認為自己可以在一個月或六個星期以內完成任務？我真搞不懂自己。

我雙手抱住枕頭，把世界隔絕在外。我知道現在才早上六點，但我睡不著，我甚至無法嘗試入睡。顯然我答應接下這本書的時候，我的決策能力就已經出問題了；我的整個世界都出了問題。當時我以為自己可以重新開始生活、找到寬恕。好吧，當時的想法已不復存在，但我的責任感沒有因此消失。既然我答應接下這個不可能的任務，就已經沒有回頭路了。

**好吧**，我要起床。

穿上上衣、綁好運動褲、踩著拖鞋，吞下止痛藥、喝了水，繼續前進。

今天是四百五十一天，鏡面因為我剛才淋浴而起了霧，我一如往常地在藥櫃鏡子上畫出數字，才意識到這個時日。我穿著拖鞋走進客廳並朝廚房走去拿咖啡，我思索著自己數日子的行為。這麼做健康嗎？或者我只是在提醒自己我並不快樂？

但人都需要儀式，並仰賴儀式來保持理智。我也將之視為一種明證，提醒我德克斯和蘇菲曾經存在、依舊存在，永遠不會被遺忘。

無論如何，今天是庭訊的第五天。我一邊點燃茶壺下方的瓦斯爐，一邊自我診斷著。也許是過量的咖啡因讓我神經緊張，也或許是因為我全神貫注在一個失蹤的小女孩、一個死去的小女孩身上，同時又試圖不要過度沉浸其中，至少不要每天、每分鐘都在想她。但現在，我的工作就是必須想。

我感到一陣怒火、一片黑暗，讓我腦中的文字全都扭曲成了斜體。對**凱薩琳**的憤怒是，她給了我一個明知痛苦的任務。對**自己**的憤怒是，接下了這個任務。對**艾許琳**的憤怒是，她摧毀了她生命中一樣永遠無法替代的美好事物。

我把茶放在書桌上，小心翼翼地不讓易碎的陶瓷杯和茶盤碰撞。這組茶具是一件禮物，是哈維蘭德家的傳家寶，是德克斯的母親送給我們的。茶具的其他配件如今都收在地下室。此刻，看著陶瓷上彩繪的薰衣草和淡綠色藤蔓，我平靜下來了。這也讓我領悟生命多麼脆弱，我們多麼需要及時擁抱愛和美好，並試著找到意義，並留下價值。我端坐著，雙手托著下巴。好吧，我原諒凱薩琳，她只是在盡她的職責，但我永遠不會原諒艾許琳，也不需要原諒她。

我對著半空舉起茶杯，「敬你們，我最親愛的人。」

我決定換個地方做事，便帶著平板和筆電來到廚房，上網搜尋昆茵・麥克莫倫對驗屍官的交叉詰問。之前在德克斯的堅持下，我們將屋內的牆面都漆成了白色，蘇菲出生之後，我馬上就後悔了。但現在，每當想起她曾在底層的櫥櫃門上留下的骯髒小手印，我就會後悔當時對她發脾氣。真希望我沒有清掉那些痕跡。不過，我後來還是保留了那扇兒童安全門，儘管每次看到都得忍受內心的疼痛，我還是無法狠下心將門拆除。廚具則都是黑色的，黑色的瓦斯爐面、時髦的黑色烤箱，還有瑞典品牌的洗碗機。哦，我們真是人人稱羨的一家，直到一切都回不去了。

我的電話響了，來電者名稱顯示是昆茵・麥克莫倫。

「喂？」

「太早了嗎？」直接聽到昆茵的聲音，而不是透過螢幕擴音器或直播畫面，感覺很奇怪。或許她昨晚也睡不著。

「當然不會，」我說，「謝謝妳打電話過來。」

我瞧了一眼時鐘，早上六點四十二分，她之前說只會跟我聊十分鐘。

「最近好嗎，梅瑟？」她的聲音比在法庭上說話時柔和了一些，「我很……驚訝妳接下這個案子。妳還好嗎？」

「我沒事。」我搖搖頭，不管是誰都會問我同樣的問題。

「很抱歉我沒去參加喪禮。」她又說了德克斯出事後大家都會說的另一句話。

「沒關係。」我像背臺詞一樣回答，想知道這些對話會不會算在我的十分鐘裡。「無論如何，謝謝妳的來電，我知道妳很忙，但我想問妳關於——」

「艾許琳的事。為了妳那本書？要揭發『難以想像的罪刑』？」她的聲音沉了下來，我等她繼續說下去，「我猜妳要把她寫成有罪。」

真希望我能看見她的模樣，或許她已經穿好衣服準備上法庭了；或許她身在南端社區那間超級高檔的辦公室裡，有赤褐色砂石窗格、華麗的挑高天花板和極富設計感的壁爐；或許她現在也跟我一樣，還待在市郊的家裡，穿著普通上衣和運動褲。我知道她是被指派來負責這個案子的，但她也打贏過不少高價官司。

「不盡然。」我撒謊。

「這是個好工作，梅瑟。」然後是一陣沉默。

「是啊，我……嗯，這本書是我重新回歸的方式。」裝可憐的同時我感到有點內疚，不過我說的也是實話。「重新回到真實世界，理解別人也同樣在面對傷痛。」

「我明白了，」她說，「我很遺憾，真的，這對妳來說一定很艱難。德克斯真的是一個——」

「謝謝，他也很敬佩妳。」

「這個案子我能說的不多，」她說，「我相信妳能諒解。」

「妳覺得她真的有做嗎？」我有些退縮，但也感受到時間的壓力，時間催促著我前進，「我是說——」

我聽到她嘆了口氣。「聽著，我知道自己答應過要跟妳聊，德克斯的事我也很遺憾，還有妳女兒和妳的遭遇，真的，但我不認為我可以向妳透露任何細節。」

「或許說說妳和艾許琳**見面**的情況？」我聽得出來她很想掛電話，但我不能放棄，「這本書要到訴訟案結束後才會出版，而且這能展現出妳在法律界是一個經驗老道、積極進取的——」

「在證實有罪之前，艾許琳．布萊恩是無罪的。」昆茵打斷我的話，「這對我來說太過冒險。」

「相信我，昆茵，或許跟我說說妳們是怎麼認識的就好，說說妳察覺到些什麼，不一定要跟這個案子有關。」試圖操弄她是個愚蠢的行為，她一定比我更有手段，還有超過二十年的辯護經驗。

一陣沉默。我能聽見她的呼吸聲，她一定有什麼**計畫**，畢竟是她自己打電話給我的。

「妳還有七分鐘。」

「沒問題。」我的精神都來了，我得把握機會獲取我所需要的一切。

最後，我們的對話遠遠超過七分鐘。

沒人會知道

那天早上，昆茵．麥克莫倫見到了她最新的委託人。艾許琳．布萊恩一身橘色囚衣，袖子捲至手臂，走進了南灣監獄的律師會客室。

「我是昆茵‧麥克莫倫，」這位律師說道，「被指派為妳的辯護律師。」灰色的金屬門喀噠一聲關上，艾許琳坐在一張斑駁的金屬摺疊椅上。

「我父母會付妳錢，」艾許琳沒有打招呼，也沒有起身或握手的打算，「我的意思是，付妳更多錢。」

「不管拿多少錢，我都會盡我的職責。」昆茵試圖保持親切，甚至展現同理心。她坐了下來，把公事包放在兩人中間的會議桌上，然後打開扣環。該是把規則說清楚的時候了。「我受聯邦政府指派，這是妳的權益。如果妳的父母可以付錢，妳也可以自行雇用律師。妳想要另請高明嗎？」

「聽著，」艾許琳傾身向前，連身囚衣的領口往兩旁敞開，昆茵能看見她豐滿的胸部、光滑的皮膚，和一個幾乎看不見的細小紋身，是一顆粉紅色星星。「我是要付妳額外的錢，沒人會知道。」

「我是來保全妳性命的，布萊恩小姐，不是來毀掉我自己的職業生涯。」眼前的這個女孩，年紀是她的一半，似乎對於要在監獄度過餘生的可能性視而不見。「來談談妳的情況吧，好嗎？」

艾許琳聳聳肩。昆茵幾乎能聽到她腦中的想法，可能是「愚蠢的律師」或者「爛貨」。

「首先，妳女兒失蹤後為什麼妳沒有報案？」昆茵問。

「因為她沒失蹤。」

「那麼她當時人在哪裡？」昆茵又問。

「在我男朋友那裡，有時候跟保母在一起。瓦蕾莉人還不錯，我有跟她聊過。」

昆茵點點頭，一邊在她的黃色便條本上做筆記。「妳男友是誰？人又在哪裡？」她提出的這些合理懷疑都是必要的，「還有這個保母在哪裡呢？」

「在哪裡？我……不知道。」艾許琳說。

鬼扯！她最討厭聽人鬼扯。

「聽著，」昆茵說，「如果有個『男友』在照顧妳女兒，或者『帶走』妳女兒，他就會是我們調查的對象。妳到底想不想離開這裡？想的話就告訴我他是誰、人在哪，妳有打電話給他嗎？他的電話幾號？」

「好，沒問題，」艾許琳回答，她攤開雙手，試圖解釋，「但路克的電話停用了。」

「路克？全名是路卡斯、路瑟爾，或者就是『路克』？他姓什麼？有他的出生年月日和地址嗎？另外，瓦蕾莉姓什麼？有她的聯絡方式嗎？他們彼此認識嗎？」

艾許琳直盯著滿是刮痕的桌面，好像上面有寫答案似的。

「好吧。」昆茵放下手中的筆，十指交叉，放在桌上。

這個女人在自掘墳墓，不過麻省沒有死刑，算她好運。「妳知道這為什麼很重要嗎，布萊恩小姐？如果妳女兒之前跟這個路克待在一起，他就會被列進合理懷疑的範圍內。」

「萬一路克．沃許是個假名呢？」艾許琳停頓了一下，又重新開口，「我不知道，我受不了了，大家都恨我，我沒有殺死我女兒。」

「我明白，艾許琳。」昆茵清楚記得那一刻。「在法律層面上，妳現在是無罪的，聯邦政府必須證實妳有罪。」

「他們無法證明的。」艾許琳說。

真是有趣的答案。「艾許琳，」她催促道，「如果妳知道任何事情，請現在就告訴我。如果妳有任何相關的——」

「我懂了，」艾許琳猛然站起身，兩眼瞇成一條細縫，「連妳都恨我。」

# 15

當我把這一個章節儲存到資料夾中時，我知道自己有麻煩了。畢竟沒人會想打斷獨家爆料，所以我讓昆茵一直說下去，但我很驚訝她會洩漏這些細節給我。或許她可憐我的遭遇，或許她認為自己能說服我幫助她的委託人，或許她想要自我宣傳。我猜她說到途中發覺自己揭露得太多，便開始有所保留。

「我真不該告訴妳這些，」她說，「這些都不能公開。不論是錢的事、她的刺青、態度之類的，這些都不能說。」

「但這些都是真的，對嗎？」我問，「感覺艾許琳打從一開始就想要操弄妳。」

「我說完了。」昆茵的聲音變得冷酷，我聽得出來她迫切想要掛斷電話，「我對德克斯和妳女兒的事真的感到很遺憾，我知道妳這段時間很難熬，但有關艾許琳．布萊恩和這個案子，我現在就要說清楚：永遠、不准、再打給我。」

她幾乎可以說是直接掛斷我的電話。

所以，把這些「不可公開」的場景寫進書裡，可能會帶來麻煩，雖然我認為「事後回溯」不算是「公開」，畢竟當你轉述給第三人時，就已經算是公開了。

沒機會問她關於瓦蕾莉和路克的事讓我有點失望，我在疑點清單上寫下：**瓦蕾莉在哪裡？還有路克．沃許？**

而且我也沒機會問昆茵是否知道任何有關泰莎父親的事。**泰莎的爸爸是誰？**我在這個問句底下畫線，又對自己的行為翻翻白眼。這件事情如此重要，根本不需要特別提醒。

晚一點再來研究，現在我還有二十五分鐘的時間，可以透過當地電視臺網站上刊登的錄影片段，來看和寫昆茵交叉詰問法醫的部分。由於剛才的通話，我能更傳神地想像昆茵的思緒。我只會擷取部分的證詞寫進書裡，當然是比較精采的段落。

要求臆測

「異議！」

羅約．斯巴福站起身來，昆茵．麥克莫倫能感覺到這位檢察官散發的敵意。昆茵對著陪審團笑了笑，彷彿在說：檢方竟然有異議，你們能相信嗎？我們都希望審判是公平進行的，對吧？

法醫在證人席上端坐，一隻手焦躁不安地搓弄著自己的一個金色耳環。

「妳還有一些時間進行交叉詰問，麥克莫倫小姐，」法官說道，「請繼續。」

「謝謝，庭上。所以，齊姆貝醫生，小泰莎．妮可是否可能……」麥克莫倫停頓下來，假裝低頭檢閱她的黃色便條本，但其實是想讓斯巴福檢察官明白她已經贏了這一回合，還搶走了本來可能屬於他的優勢。「小泰莎．妮可是否可能被綁架？被她所信任的人綁架？」

「異議！」斯巴福檢察官又站了起來，「庭上，這不在本案的範圍之內——」

「麥克莫倫小姐，請重新措詞。」法官打斷他。

「好的，」這確實是沒有法律根據的一個險招，但昆茵必須在陪審團的腦中埋下各種可能的種子，「那麼有沒有任何一項檢驗結果，能夠排除泰莎是遭到我方當事人以外的人綁架和殺害的可能性？」

「沒有，但我——」

「那麼頭部受傷呢，醫生？她會不會是不幸撞傷了頭部，例如說，摔倒？有可能她摔下某個不明人士的船？然後這艘船的主人事後試圖將她的屍體藏起來？」

「有可能，但同樣地，就如剛才所說，我無法明確指出除了他殺以外的死因，所以……」

昆茵親眼看見證人用眼神向檢察官發出無聲的求救。「齊姆貝醫生？妳回答之前不需要經過斯巴福先生的核准，我相信妳可以自己回答。既然妳作證表明妳無法確切指出死因，那麼泰莎·妮可也可能是噎死的吧？或許是吃熱狗的時候？」

「是。」

「那她也可能是得了不治之症，死在家中床上，然後她親愛的家人決定採取海葬，而不是葬在公墓裡？」

檢察官氣得面紅耳赤，昆茵從未見過他臉色如此漲紅。「異議！」斯巴福好不容易吐出這個詞，「庭上，我請求您！癌症？熱狗？」

「這完全不是投機取巧，」昆茵堅持說，「事實上，這還縮小了範圍，如果驗屍官無法排除某些死因，陪審團難道不應該知道這一點嗎？」

格林法官短暫閉上眼睛，又睜開，「請繼續，麥克莫倫小姐，但注意分寸。」

昆茵點點頭，但她的下一個問題更加挑釁，恐怕斯巴福很難坐著聽完她的提問。

「齊姆貝醫生，受害者是否可能是移民人士的女兒，一家人來到美國謀生，她卻不幸得了重病？或者她本來和父母一起搭船來，試圖找到安全的落腳處，結果卻從船上摔了下去？」

斯巴福站起身，昆茵忽略他，語速更快了。

「事發之後，他們一家人太害怕會被驅逐出境，因此一邊禱告，一邊痛心疾首地將她裝進塑膠袋裡海葬？」

「異議，庭上，我堅決反對！」檢察官的語調中充滿嘲弄，甚至還因此破音。「梳子上的DNA已經證實了她並不是——」

「齊姆貝醫生，妳運用法醫專業所得出的結論難道不是正確的嗎？難道妳曾經確信的結論並不正確嗎？」昆茵知道她的時間所剩不多，「現在妳同樣確信那個結論是不正確的，怎麼會這樣呢？」

這是檢方找的證人，而昆茵的任務就是要說明檢方的舉證有多不確切。DNA測試確實證明了泰莎不是西班牙裔移民，但當初檢方自己找來的專家卻推測她是西班牙裔。加上法醫又無法確切指出死亡時間及死因，所以這勢必會產生合理懷疑。

法官用小木槌制止旁聽民眾議論紛紛的噪音。

「不要得寸進尺了，麥克莫倫小姐，到此為止。」

「謝謝你，庭上，」至少陪審團都聽到了，「最後一個問題，齊姆貝醫生，在妳的檢驗當中，泰莎．妮可的身上是否有任何物理證據，例如頭髮、細胞、血液、組織或指紋，能夠證實她的死因與我方當事人有關？讓我再重複一次：頭髮、細胞、血液、組織、指紋，證實死因與我方當事人有關，有或沒有？」

法醫看向檢察官，短暫的一瞥。「沒有。」她說。

「謝謝妳，沒有其他問題了。」我贏了，羅約。昆茵想著，這就是該死的合理懷疑。

「要來杯咖啡嗎？」聲音問道，彷彿是對著我說話，「感謝今早的延誤吧，各位，你們還有十五分鐘。」

「謝謝你，聲音，」我說，「真是個好主意。」

我為這一章感到驕傲，這證明了我是公平的，我寫出昆茵自認的長處。我不希望這本書出版之後讓她感到厭惡，所以我在這個她知道注定會敗訴的案件中，為她寫了一個勝利的時刻。

咖啡機加熱時，我望向窗外，試圖回到現實之中。現在是夏末時分，即將於九月初盛開的大理花鮮豔稠密的花瓣正蓄勢待發。或許我應該去散散步？我以前能先跑上五公里，再跟著德克斯這個健身狂一起跑，然後再追著蘇菲跑，但去年一整年卻只是來回踱步，或坐著，或躺著。

「我得多出門走走。」

我得多出門走走？我剛才真的那樣說了嗎？

對，我承認，而且出門不是只為了運動和新鮮空氣，我也想看看艾許琳．布萊恩本人，這樣能把這本書寫得更好，更加生動，更令人信服。

最有趣的是，她會看見我，但不會知道我正在寫她的故事。

「各臺注意，再十分鐘。」我在客廳聽見聲音傳來。我將音量調得非常大聲，好確保不會錯過任何事情。或許凱薩琳能想辦法在法庭裡替我弄個座位，就算只有一天也行。

我回到書房裡，攤開筆記本，打開電腦，盛滿一杯咖啡，平板電腦正準備錄影。我將今早寫的段落讀了一遍，想像讀者讀起來會是什麼感覺，怎麼樣能使他們認為這是真的？

德克斯肯定會笑我，他很擅長處理這類具有爭議性的刑事案件，他還會提醒我，裁決並不一定是事實。的確，裁決是一群陪審團成員在證據與情感之間拉鋸，並根據法律判斷出來的結果，但我認為這次就連德克斯也不得不承認，這個案子不論昆茵．麥克莫倫如何使出渾身解數，都不可能勝出。

如果泰莎真的在波士頓被某個陌生人綁架，就算是被身分不明的瓦蕾莉或路克．沃許綁走，為什麼艾許琳．布萊恩沒有報案說自己的女兒失蹤呢？

如果她真的不小心被熱狗噎到，或是溺水了，或發生任何意外，為什麼沒有人叫救護車？

泰莎就這樣死了。

沒有人打電話幫她求救，反而是將她裝進垃圾袋。

她自己的母親。

就是這樣。

「再五分鐘，」聲音提醒，「各臺請做好準備。」

我向後靠在椅子上，望向垂掛著蕾絲窗簾的窗戶外面。柳樹沙沙作響，優雅的枝條被微風吹起。

我真心想要弄明白，當自己的女兒被綁架或者死亡的時候，艾許琳為什麼會一聲不吭？

但我想不出答案。

# 16

「實在是個大驚喜，對吧？她十分鐘後要出庭作證了，各位，」聲音說，「真是毫無冷場呀。」

原本應該是那位顏面掃地的肖像重建畫家艾爾．庫克站上證人席，但美聯社發出公告，表示庫克「家中有急事」，無法依照羅約．斯巴福檢察官的原定計畫出庭作證，已將出席時間延後。家中有急事，**最好是**，但如果我是艾爾．庫克，我也老早就逃到山上躲起來了。

現在換成喬芝亞．布萊恩即將出庭，我等不及了。

我敢打賭，地方檢察官的目標是讓陪審團成員別再去想像什麼熱狗、渡船和某個哀痛的移民家庭，並將注意力集中在這個被裝進垃圾袋的女孩身上。提醒他們泰莎並不是被垃圾食物噎死，也沒有意外溺水。斯巴福檢察官要讓他們記住，這是一樁謀殺案。

那麼誰會是讓陪審團重新正視事實的最佳人選呢？

就是受害者傷心欲絕的外婆，也是被告的母親。

原告方的證人。

我的螢幕一片黑，開機後也沒有任何動靜。有那麼一刻我走神了，只是盯著書房的牆壁，試圖想像她們母女倆的關係，又試著不要去想。

如果是我的母親，她會出庭說出對我不利的證詞嗎？誰會這麼做？

只有無比疼愛泰莎的人，才會願意不顧一切替她報仇；只有相信艾許琳有罪的人，才會出庭作證。

我知道那種感覺。

「各臺注意，」聲音說，「又是我。布萊恩太太的出庭延遲了，現在將短暫休庭三十分鐘，上午十點整重新開庭。」

音響不再傳來聲音後，我思索著喬芝亞．布萊恩的感受。她聽到令人難以置信的新聞，並從中得知她孫女的死訊，得知她孫女遭到謀殺，而她自己的女兒是主要嫌疑犯，她會是什麼感受？

波士頓警探柯蘿塔．西里爾著手調查案件，而瓦德里．羅格威契則深入代頓地區展開追查。感謝凱薩琳提供給我他的調查報告，其中詳細記錄了來龍去脈，我不需要聽任何證詞來撰寫這個部分。

我在電腦上輸入「自我提醒」這個章節標題。

羅格威契翻拍下洛根國際機場的監視器畫面，位置是在B航廈的哈德遜售報亭，他在照片旁寫上：疑似為戴著棒球帽的艾許琳，身旁的孩子疑似為泰莎。

運輸安全管理局追蹤到艾許琳三天之後回到代頓，而且是單獨回來。

這之間發生了什麼事？為什麼泰莎最後會陳屍在波士頓港，而艾許琳卻回到了代頓？

或許羅格威契當時還在代頓街上穿梭，想著如果他找對地方、來對時候，也許就會見到艾許琳，但最後他沒有見到。

羅格威契告訴喬芝亞：「艾許琳就在城裡的某處。」然後他想到了辦法。

他要喬芝亞發訊息給艾許琳，說某個親戚過世了，而艾許琳分到部分遺產，需要當面討論，是一大筆錢。艾許琳回覆了，她的手機訊號出現在代頓郊區的某處。

「教科書上的老套伎倆，」羅格威契告訴主管，「利用貪婪這點肯定不會錯。」

接著他打電話到波士頓，五個小時之後柯蘿塔．西里爾來到代頓。

我讀著寫好的書籍大綱，這一定行得通，接下來我還會再多鋪陳一些，斟酌要寫入多少細節總是一件棘手的工作。

羅格威契曾向喬芝亞展示艾爾・庫克畫的重建肖像，這一段我應該寫進去嗎？喬芝亞看了之後放聲尖叫，並且想要將畫像撕成兩半，這一段該寫嗎？

我是否應該寫下她澈底心碎的那一刻，喘著氣痛苦地指認出畫中的髮夾？羅格威契甚至還沒有提問，喬芝亞便從抽屜裡取來了髮夾套組中的另外兩個蝴蝶結。套組中缺失的兩個髮夾幾乎能證明是家中有人將它們拆下來，夾在泰莎的鬈髮上。

# 17

我回到廚房，同時思索著那些怪物。母親蓄意謀殺自己的孩子，這樣的事情有多常發生？我知道有個女人開車衝出碼頭，把孩子留在車裡淹死；還有個女人在浴缸裡殺了她的女兒。如果我沒記錯的話，這兩位母親最後都被判有罪，而沒有「因精神異常獲判無罪」。

艾許琳是否精神異常？我在清單上寫下這個疑問。

凱西・安東尼是年輕女子被控謀殺幼女的典型案例，幾年前在佛羅里達州獲判無罪，讓所有人都感到恐懼和荒謬。但我沒有將**「艾許琳是清白的嗎？」**列入考量範圍，我只考慮現實的各種可能性。

艾許琳是否真的是精神病患者？或是有反社會人格？萬一她真的是呢？我打開冰箱拿出牛奶。昆茵・麥克莫倫並沒有提出精神異常的抗辯，艾許琳希望以無罪定讞，但我知道這並不代表她是清白的，這只顯示了她想要賭一把而已；賭聯邦政府無法排除合理懷疑來證明她有罪。

我攪拌著剛泡好的咖啡，坐下來準備面對寫書的現實。我的這些疑問很值得探討，但我總是忘了我不必自己找出答案，我只需要聽完訴訟過程，然後寫下來。可我必須說，這段時間我越來越有「幽閉恐懼」，我得問問凱薩琳我是否能上法庭旁聽。

真可惜沒辦法今天下午就去，我很想看看艾許琳的母親會怎麼將她推入火坑。

這是母親第二次背叛，將會是定罪的關鍵。艾許琳很清楚喬芝亞・布萊恩會這麼做，應該說是很肯定她會這麼做，畢竟正是喬芝亞主動誘騙她女兒回家，並證實了她的嫌疑。

衣櫥裡的警探

站在拉弗翠大道上敞開的大門前，喬芝亞抬起一隻手，揮動著打招呼，試圖表現得一切如常。她敢打賭，艾許琳肯定比她更擅長演戲，這讓她作嘔。

湯姆一如往常不在家，喬芝亞沒有告訴他這件事，因為他一定會試圖要她別再干涉，說她不公平、不忠、太衝動，還會說艾許琳是他們的女兒。

呵，她難道沒有把艾許琳當自己的女兒嗎？在她糾結著究竟該怎麼做才好的那晚，不也是徹夜難眠嗎？等他們知道更多詳情之後，她會再說服她丈夫的，一切都要看等一下會發生什麼事。

艾許琳漫不經心地也向她揮了揮手。她的頭髮又染成誇張的金色，進了監獄之後，她肯定沒機會染大金髮了——如果她真的去坐牢的話。

喬芝亞的眼神絕對不能飄向前廳裡的那座衣櫥，她把前排的外套移到客房裡，這樣瓦德里・羅格威契警探就有空間可以藏身。這個面露倦容的警探前一天帶著那張可怕的肖像畫來找他們，並堅持今天要躲在衣櫥裡，說他需要在艾許琳以為只有她們母女倆的情況下，親自聽聽艾許琳會說些什麼。而另外一位警探，那位來自波士頓的黑人女警，則暫時待在她們視線範圍之外的廚房裡，坐在餐桌旁。喬芝亞替她倒了杯冰茶，他們決定，如果被發現的話，喬芝亞可以說她是來訪的朋友。

她的女兒走了過來，穿著一身喬芝亞沒看過的衣服，高跟涼鞋搭配白色牛仔褲。她以為自己會對這一切感到更加悲傷，但一顆早已破碎的心要如何變得更加破碎？喬芝亞已經身在地獄，而她僅有的安慰，便是深知艾許琳很快也會下到地獄。

不管怎樣，她認為一定是艾許琳做的，而他們設下的這個圈套，是喬芝亞能夠知道真相的唯一辦法，她要知道她最親愛、最甜美、最可愛的小外孫女究竟出了什麼事。如果艾許琳當時將這個可憐的孩子留在她該待的地方，交給疼愛她的外婆照顧，她現在還會活得好好的。想到這裡，喬芝亞就怒火中燒。

「嗨，親愛的。」喬芝亞覺得自己像個演員，正在現場演出，也確實是如此。

「嗨，媽。」艾許琳來到門口，短暫擁抱了她的母親，短暫得讓喬芝亞來不及回以擁抱，但她慶幸自己不必這麼做。

「泰莎在哪裡？」喬芝亞演著戲，仔細看著門前的小徑，彷彿在期待她親愛的、死去的外孫女蹦跳著踏上種滿秋海棠的小路，就像往常一樣。艾許琳走進屋裡後，喬芝亞關上門，她快要吐了，但現在她必須勇敢。

「親愛的，已經過了一週，我的小外孫女怎麼樣了？」

「她很好。」艾許琳掃視客廳一圈，然後躺在棕色的扶手沙發上。她的腳趾甲塗成了亮藍色。

「所以瑪莉阿姨的事怎麼樣？我本來以為她活得還可以。」

「泰莎在哪裡？」喬芝亞問。

「媽——」只有艾許琳能把這麼短的一個字拉這麼長的音，「我們還要再吵一輪嗎？」

喬芝亞等待著，試圖讓自己冷靜下來，看起來像平時的喬芝亞，像平時的外婆，像那個被愚弄的人，那個永遠不復存在的人。艾許琳接下來說的話，可能就是一切的答案。

「老天，妳擔心太多了，」艾許琳說，「泰莎在芝加哥，她一直都待在芝加哥，她很喜歡那裡，跟瓦蕾莉待在一起。妳還想要再跟她用 Skype 通話嗎？可以啊，我來安排。」

「可以幫我跟她說外婆向她問好嗎？」喬芝亞希望自己的表情沒有洩漏她的情緒，心力交瘁、擔憂又恐懼，她試圖讓自己看起來一切如常。「還有告訴她我愛她。」

「當然，」艾許琳說，「她也要我轉達她愛妳。」

「噢，真是太好了。」喬芝亞一陣哽咽，或許是她誤會了。「她今天說的嗎？」

「對，今天早上我離開芝加哥前說的，行嗎？」

「妳今天有見到她？」喬芝亞用比平常更大的聲音說話，她希望警探可以聽見，也希望自己不會昏過去。

「對，拜託，妳到底想怎樣？」艾許琳的臉色沉了下來，但很快又換上柔和的表情。「瑪莉阿姨過世我很遺憾。」她說，彷彿一瞬間變了一個人，變成哀悼中的姪女。「所以遺產的事他們是怎麼跟妳說的？我真不敢相信她也留了錢給我。」

「妳這段時間都待在芝加哥嗎？自從妳把我丟在機場那天之後？」

艾許琳站起身，腳上那雙羅馬涼鞋的鞋跟太高了，讓她搖晃了一下，白色牛仔褲下的粉色內褲依稀可見。

「妳在做什麼？」艾許琳環視了房間一圈，掃過書架、前窗、玄關桌、櫥櫃門，最後停留在喬芝亞身上。

「沒什麼，親愛的，只是聊天而已。」喬芝亞退縮了。不要追問，警探事前已經指示過她：如果妳快要問出真相而她遲疑了，不要強迫她回答，讓她自己說話，也可以聊聊「遺產」。

喬芝亞重新開口，「那些錢……幸好妳有回覆我的訊息，親愛的，我之前試著打給妳，但電話不通。」

「對，我手機不見了，在芝加哥的時候。」艾許琳從口袋抽出手機，「我叫他們幫我辦理停話，後來我又找到手機，好像是昨天吧，所以就復話了。我還得去換顆新電池，真是麻煩。不過，對啊，就像妳說的，幸好。」

喬芝亞的手機響了，她接起來，「喂？」她很清楚是誰打來的，也知道為什麼打來，這是衣櫥裡的警探給她的暗號。

這簡直是電影劇情吧？昆茵．麥克莫倫千方百計想要阻止喬芝亞出庭，聲稱當時讓喬芝亞來執行「應屬警方的任務」是「違反憲法」的，但這個論點被駁回了。陪審團接下來將會聽到那位持有拘捕令的瓦德里．羅格威契警探，是如何躲在櫥櫃的門後偷聽所有對話。他呼吸著雪松門板落下的木屑，穿著短袖上衣的前臂被羊毛冬裝搔得發癢，身體被羽絨夾克包裹著，而且艾許琳說的每一句話他都聽得一清二楚。

陪審團也會聽到柯蘿塔．西里爾警探描述她在廚房裡等待，不敢攪動她的茶，擔心冰塊會發出碰撞聲，驚動到她的「獵物」。他們還會聽見喬芝亞．布萊恩是如何反覆嘗試自我安慰——我一定會如實寫出這一段——她告訴自己她親愛的艾許琳或許真的不知道泰莎出了什麼事，但後來，可怕的真相終究浮上檯面。

艾許琳當時告訴母親她「今天早上」才和泰莎說過話，彷彿她才剛在芝加哥與她道別，但喬芝亞知道那不是真的，躲在衣櫃裡的警探也知道。

我還記得他們來告訴我德克斯和蘇菲出事的那一天，不，我其實不太記得。過了四百五十一天，我彷彿依然能聽見他們的敲門聲，似乎開門之後還會看見兩位警官站在門口，但除此之外，一切都像蒙上了一層霧般模糊不清。

就像我的人生一樣，一切都在瞬間改變了，就因為我們有意或無意間做出的選擇。在我的家人出事之後，如今回想起來，當天我肯定會做出一些完全不同的選擇。那麼艾許琳會嗎？

如果喬芝亞沒有向瓦德里．羅格威契哭訴，他便會告訴柯蘿塔．西里爾，代頓地區並沒有小女孩失蹤，沒有戴髮夾的小女孩失蹤。但喬芝亞當時決定採取行動，現在，她將再次付諸行動。

再過不久，她就會在證人席上宣示所言屬實，然後向陪審團說出她的故事，而那將會決定她女兒未來的命運。

我又說得太戲劇化了，不是命運，是**罪行**，艾許琳可怕的罪行。

# 18

我不得不捨去一些段落。「沒人想看法律流程。」凱薩琳某次斬釘截鐵地告訴我，她還指出了我的文章可能有濫用公開檔案的問題。如果這本書以娛樂讀者為主要目標的話，我想她或許是對的。

因此現在，不僅是為了要讓凱薩琳滿意，也因為州際法太過繁瑣，我決定跳過柯蘿塔・西里爾取得拘捕令並通知代頓警方的細節，還有瓦德里・羅格威契必須取得特殊的逃犯拘捕令，才能執行衣櫥竊聽的部分，我也一併捨棄了。

那天的行動結束之後，艾許琳遭到羈押，直到法官聆聽引渡請求。柯蘿塔・西里爾警探隨後在麻省申請了一份特殊的州長拘捕令，這份拘捕令也必須得到俄亥俄州長的批准；這些都是程序。

這些法律程序讓艾許琳在代頓的監獄待上了好幾天，我試著想像待在那裡是什麼感覺。根據監獄的官網資料，牢房只有兩坪多大，艾許琳在那令人窒息的空間裡吃著起司三明治配牛奶，對自己的母親設計她落入警方圈套感到極度憤怒。

喬芝亞告訴那些前仆後繼的記者，整個逮捕的過程她都在哭泣。「但我能怎麼辦？」她哀痛地說，「她說泰莎跟瓦蕾莉・盧西亞諾待在一起，大概是這個名字吧，但我知道那不是真的。難道我該讓艾許琳再次搞失蹤嗎？如果她可以幫忙找到真凶，讓他繩之以法呢？」

的確，艾許琳當時為何沒有承認自己不是個好媽媽，只說都怪自己太相信別人？為何她沒有坦承自己把女兒留給了一個「本來只是填補空缺，最後卻發現他是個壞男人」的傢伙，然後把謀殺歸咎於他呢？或者是「她」，那個瓦蕾莉？

在羈押期間，艾許琳持續堅稱她什麼都不知道，而且就她所知，泰莎活得好好的，她那天早上**才**跟她說過話，好吧，是通過電話。

這只能被歸類為妄想，比妄想還嚴重，簡直是噁心。艾許琳一定知道她女兒死了，更知道她是怎麼死的，但她不知道警方調查到什麼程度，所以她盡其所能地想要隻手遮天。

不過她已經玩完了，瓦德里．羅格威契警探宣讀了「米蘭達權利」，告知她有權保持緘默，並逮捕了她，而她只回答了一句：「我要律師。」

艾許琳還是跟她媽媽通了一次電話，通話全程錄音，而代頓一家週報不知用什麼方法弄到了經證實為真的逐字稿，真是不敢相信。

白費功夫

艾許琳完全不知道接下來到底會怎麼樣，但她堅持自己的說詞。

她盯著這愚蠢牢房的愚蠢柵欄。他們真的要把她送去麻省，去另一座監獄？門都沒有！她得出去。她怒不可遏，走到砌著煤渣磚的公共區域，拿起滿是汙漬的公共電話，撥給她的母親。她的家人毀了她，可真厲害。

「妳找了警察，一個該死的警察，躲在客廳那座該死的衣櫃裡！」艾許琳大吼。

喬芝亞．布萊恩握緊她的手機，透過廚房窗戶望出去，看著他們空蕩蕩的後院，思索著該回答什麼。的確，她是讓警察躲在衣櫃裡，也的確，要不是她與代頓警方合作，她女兒不會被關進監獄裡。

「妳得想辦法讓我出去！」艾許琳的嗓音震耳欲聾。

事實上，如果喬芝亞一開始沒有告訴瓦德里．羅格威契警探她的外孫女失蹤的話，根本沒有人會把波士頓寶寶和泰莎．妮可聯想在一起。

「別對我大吼，艾許琳，這不是我能決定的事。」喬芝亞回答，坦白說這讓她鬆了一口氣，「如果妳需要幫助，妳何不告訴我——」

「因為我根本不知道她『出了什麼事』！」艾許琳打斷喬芝亞的話，她的聲音拔高，充滿了鄙夷。

「艾許琳，不要對我大呼小叫，」喬芝亞說，「妳是在責怪我害妳坐牢嗎？」

「正是如此。」艾許琳回嘴。

「怪妳自己吧，」喬芝亞斥責，「因為妳說謊。」

電話那頭一陣沉默。

「艾許琳？」雖然這是她女兒，但還是很難摸透她的情緒，自從發生了——無論是什麼事之後。

「妳告訴我妳早上見過泰莎，我知道那不是真的。」

「妳真是個白痴，」艾許琳說，「我只是為了讓妳好過一點才那麼說的，並不代表就是真相。他們隨便拿一張畫像來，我們怎麼知道那一定是泰莎？他們想惡搞我們，看看我的處境，都是因為妳，母親大人，都是因為該死的妳。」

又是一陣沉默。

喬芝亞已經不知道要回答什麼了，她的眼中滿是淚水，幾乎能看見泰莎的臉龐就在眼前，聽見她盪著秋千發出的笑聲，聞到她草莓泡泡澡的香味。她走到哪都要拖著她那隻看起來傻呼呼的垂耳絨毛兔玩偶，她叫它「兔兔」，現在她永遠看不到兔兔了。

「兔兔在妳那邊嗎？」喬芝亞不假思索地大聲問道。

「妳開什麼玩笑？」艾許琳嗓音再次拔高，「嘿，等等，瑪莉阿姨的事也不是真的吧？妳說她死了，但其實沒有吧？哦，真是太高明了。那妳告訴我啊，母親大人，妳也對我說謊了，對吧？對吧？妳說瑪莉死了，但她沒死。如果泰莎的事也是他們騙妳的呢？回答我，為什麼我不能為了讓妳冷靜下來而說謊，但妳卻可以對我說謊呢？」

艾許琳說得對嗎？那張肖像畫看起來的確不像泰莎，有可能泰莎還活著嗎？海灘上那個死去的小女孩只是另外一個戴著相同髮夾的孩子？

不，艾許琳又想操弄她，又在說謊了。但在這種情況下，任何人想否認事實都無可厚非吧，就算是艾許琳也一樣，畢竟大家都處於哀痛之中，對吧？

「親愛的，我知道妳很難過，但……」喬芝亞開口。

就在話說出口的當下，她馬上又停了下來，事實上，艾許琳根本不難過，就算難過，也不是為泰莎；艾許琳只在意她自己。

而且她還千方百計想拿回她的手機。「叫他們拿給妳，」艾許琳咆哮，「我所有的聯絡電話都在裡面。」

喬芝亞沒辦法回答。

「妳沒聽見我說的話嗎？」艾許琳的嗓音十分輕蔑，充滿了不屑，「我根本不知道到底發生了什麼事。」

「不管怎麼樣，我們都會找出真相的，艾許琳。」

「沒什麼真相可找，」艾許琳堅稱，「反正我這裡沒什麼真相可找。」

這次通話值得玩味的是，她們的對話內容解讀起來很見仁見智，我讀逐字稿的時候就這麼想了。從某個角度看來，這是一個無辜的人感到沮喪、困惑和恐懼而說出來的話。我根本不知道到底發生了什麼事、我這裡沒有什麼真相可找。

但是一個恐慌、緊張、充滿算計的罪犯，又會說些什麼呢？肯定是一模一樣的內容。

還有非常重要的一點，就是連涉嫌殺妻的運動明星辛普森當年都發誓要找出真凶，但艾許琳卻沒有。她根本不在意泰莎出了什麼事，也沒有問她身在何處，看起來一點也不擔心。

她是否真的不相信泰莎已經死了？或是知道她**並沒有**死？但如果她女兒當時沒死，就能成為「烏龍一場」的鐵證。如果她知道女兒在哪裡，哇靠——這是她會用的詞——當時就是把她帶出來的最好時機。

我讀著逐字稿，感到困惑不已，就像掉進《愛麗絲夢遊仙境》裡的兔子洞。我想起泰莎的「兔兔」，蘇菲也有隻「邦邦兔」。

寫這樣的東西讓我的腦袋彷彿被高溫油炸，我必須融合已知的真實情況和故事中的案發現場。艾許琳在獄中通電話時指定了律師，不久後一位代頓當地名叫泰吉．達菲的辯護高手，便著手準備針對警方的要求提出抗辯。當時警方要求法官授權提供艾許琳的DNA，以驗證受害者是否為她的女兒。

總而言之，法官後來還是授權警方採取樣本，而地方檢察官辦公室告訴記者，他們「正在加速進行檢驗」，可檢驗結果始終沒有出來。這份檢測還可以證明泰莎的父親是誰，如果他的DNA有記錄在案的話。

艾許琳／孩子父親的DNA？我在清單上寫下。

若要證明死者就是泰莎，檢方只要從她的粉紅色維尼梳子上取下一根頭髮，和波士頓寶寶的DNA進行比對即可，而且結果相符。我想只有律師會關心DNA的檢驗結果，可能還有陪審團。泰莎失蹤了，岸上的屍體穿著和她相同的衣服，還有絨毛兔、孢粉檢驗、以及那條我還沒有寫到的毯子。死者就是泰莎；**曾經**活著的泰莎。

我將 DNA 的疑問從清單上刪除。

**艾許琳是否知道獄中的通話被錄音？**我又寫上這個疑問。萬一她當時是想要利用這次通話紀錄來彰顯她的清白呢？也可能她沒有在利用什麼，或許就只是實話實說而已。

若是如此，那這就是她第一次說實話了。

# 19

「我無法獲得平靜……」音響裡的最後一句歌詞在我打開前門時正好唱完。我站在門口，感受陽光灑在我的臉上，同時向對街的鄰居麗姿．雷朋斯揮手，她正牽著她那隻米色可卡貴賓犬健走；麗姿也向我揮了揮手。有一瞬間，我感覺這就像是一個美好社區裡的尋常早晨，還有和睦的鄰居。但我一邊微笑，一邊回想剛才聽見的歌詞，並察覺到自己的思緒——我正在想喬芝亞。屋裡的聲音告訴我，她將在二十分鐘後出庭作證，也就是下午一點。我打開一罐鮪魚罐頭，看起來油亮亮的，並倒了一杯冰咖啡，然後把我的午餐放在書桌上。我馬上就要聽到此案審訊以來最令人期待的證詞了。

我檢查了前廊的信箱；我很希望能夠改掉這個習慣。我們——我唯一會收到的信件總是讓我情緒低落，像是令人心煩意亂的嬰兒衣物和玩具型錄，還有德克斯的法學院校友募款，以及一些在提醒我自己是孤家寡人的帳單。今天還有一張水費帳單，我不得不羞愧地承認，四百五十一天之前，我根本搞不清楚水費和電費是多少錢，德克斯會處理這些事，還會管理所有的錢。我負責煮飯和添購日用品，還有我最擅長的清掃工作。德克斯也負責接送我們和平衡收支。而現在，每個星期四早上，當我把那個藍色塑膠垃圾桶推到路邊時，便會想，這件愚蠢的家事竟然曾是他生活的一部分。他從沒抱怨過，也從沒漏掉任何一個星期四，我以前從來不曾注意過，但現在我知道了。

今天也一樣，沒有其他信件，多麼淒涼啊，彷彿我一無所有，身邊也沒有任何人，連信件都拋棄我了。

我差點忽略汽車停在門口車道上的聲音，車輪擠壓礫石發出聲響；是凱薩琳。她從她的白色凌志裡走出來，用力關上門，然後小跑步到門前的小徑上。
「穿得真好看，」她邊說邊上下打量我，「運動褲，真是時髦。」
「省省吧，凱薩琳。」我說，拍了拍自己穿著刷毛褲的大腿，「我是在工作，不是在花花世界裡玩樂。是妳叫我工作的，記得嗎？而且這還是一個不可能的任務。」
凱薩琳穿著白色夾克，深色水洗緊身牛仔褲，和亮藍色的高跟鞋，她拿出一個米黃色的信封。「有妳的信。」她說。
我接過信封，十分困惑，我才剛確認過信箱。「這是什麼？」然後我朝半開的前門比畫了一下，「要進來看喬芝亞的證詞嗎？再十五分鐘她就要出庭了。」
「不了，沒時間，」她說，「快點看看我剛拿給妳的好東西。」
我扳開信封上的金屬夾，撕開密封條，問道：「這是什麼？」
「我從一個朋友那裡弄到的。」凱薩琳說，「我一定要過來一趟，看看妳拆封後的表情。」
我從信封裡拿出一張紙。
「我們不打算公布這個，」凱薩琳繼續說，「也不確定是否還有其他人拿到，但我們希望這能成為妳書中的獨家消息，或許還可以當作封面。」
這是一張八乘十吋的厚紙，我將紙張翻面，原來是彩色照片。
「這是什麼？上面是艾許琳吧？」她身後的牆上有一個標誌，但不是很清晰，STU是我唯一看得出來的字，還能辨識出艾許琳的樣貌。
「答對了！」凱薩琳說，「她穿著溼透的白上衣，顯然我們的女主角參加了某種溼身大賽，可能是去年。」
「STU就是那間叫『火熱』的夜店吧，妳覺得呢？」

凱薩琳點點頭，「真是不敢相信，對吧？」

我看著照片，想像當時的情況。

「幸好我們那個年代的手機不能拍照，對吧？」我說，「就不會被偷拍這種照片。更慶幸我出門都會記得穿內衣，不過……只因為她參加過溼身派對就把她寫成殺人犯，這樣公平嗎？」

「妳是在替艾許琳辯駁嗎？」凱薩琳打斷我，抬起一邊眉毛，「事實就是如此。」

她離開時車速快得像一道白色閃電，迅速消失在諾沃克街的盡頭。

我回到門口，盯著照片看。如果凱薩琳能拿到這張照片，羅約・斯巴福是否也有呢？陪審團會怎麼想？

艾許琳全身溼透，臉上帶著笑容，唇上塗著口紅，身穿一件溼透的白色上衣，站在某個房間外面。我猜裡面應該滿是來「火熱」參加派對的人群，照片上看不到其他人。不過，這就能確定她殺了親生女兒嗎？不能。這就是德克斯經常說的「假關聯」之一，看起來好像很重要，但其實不然。

接下來絕對**很**重要的是喬芝亞・布萊恩的證詞。我打開電腦，她就要和盤托出了。

五分鐘後，我完全沉迷其中，忽略了我的午餐，甚至沒辦法做筆記。太戲劇化了，彷彿一九四〇年代傳奇影后瓊・克勞馥的獨白。喬芝亞・布萊恩，一個住在郊區的母親，做了一個難以想像的抉擇。她選擇了外孫女，而不是她的女兒；選擇了正義，而非忠誠。她的藍色裙子和她過緊的外套不太搭配，大翻領上還沾著可能是粉底的髒汙。

她一邊用殘破的白色衛生紙擦著眼淚，一邊訴說著她的故事。她告訴陪審團的一切正好呼應了我書中所寫的內容，這讓我放心不少。但我在意的是喬芝亞的心態，她怎麼會做出這種選擇？

無數次我看著《內幕》雜誌刊登的家庭照片，試圖從中找到他們一家人的情感線索。兒時的艾許琳有一頭鬈髮，戴著銀色的腳鍊，全身溼透地在某個游泳池畔擺出姿勢拍照。再來是青少女時期的艾許琳，穿著啦啦隊短裙，抬高了腿，身上是淡粉紅色的V領運動服，稍微有點太緊。而後是艾許琳剛為人母時微微發福的照片，她手裡抱著小小的泰莎，喬芝亞則站在她們身後。我得說，這時的艾許琳看起來容光煥發。

但後來艾許琳卻成為一個自以為魅惑的女人，還認為——根據聯邦政府的論點——她親生的女兒是她派對生活的絆腳石。

而她的母親、她孩子的外婆又要怎麼接受這一點呢？

「妳為什麼會同意讓警探躲在衣櫥裡呢？」斯巴福問。

「因為警察說他們需要聽到她對我的說詞，」喬芝亞回答，「他們說——」

「異議！」昆茵聽起來很不爽，就連我都知道這種轉述叫「傳聞證據」。

法官表示異議成立，斯巴福接著提問：「在那之後，妳得知了什麼？」

昆茵將雙手放在被告席桌上，準備一聽到令人難以接受的證詞就要站起來抗議。

「警探給我看了一張肖像畫，上面的小女孩戴著跟泰莎一樣的髮夾。我知道那就是泰莎，但艾許琳卻說那天早上才看到她活得好好的。」

「妳覺得這表示什麼？」

「表示艾許琳說謊，因為我知道泰莎死了。」

# 20

崑茵、喬芝亞和艾許琳，這三個女人組成了一個可怕的三角形。其中一角是辯護律師，她準備粉碎另一個女人的證詞，而這個女人就在三角形的另一角，是艾許琳的母親，本該是艾許琳最強力的後盾；而三角形的頂端正是艾許琳。她現在身穿端莊的普通毛衣和保守的灰色裙子，聽著法庭上的每一個字。我也專注聆聽，整個人彷彿黏在椅子上。崑茵很有才幹，但她的委託人是個怪物。

崑茵用一些不出所料的問題展開交叉詰問，顯然是想替被告的立場打下基礎，要建立「艾許琳是個好媽媽」的論點，但這基礎實在是太不牢靠了。我必須承認，詰問過程中崑茵確實有幾個亮眼的表現，她讓喬芝亞顯得沒那麼有同情心，但她沒辦法讓艾許琳顯得不那麼有罪。

無論在法庭上發生了什麼事，經歷了這種背叛，我想這對母女一輩子都不會再和彼此說話了。

她怎麼知道？

「我想請問，」崑茵．麥克莫倫的語調透露出一絲輕蔑，熟練的禮貌措詞背後顯露出她的敵意，「妳是否從未親眼看過妳女兒艾許琳用任何方式虐待泰莎？」

喬芝亞．布萊恩在堅硬的木椅上挪動了一下身子。她不喜歡看這位律師的臉，她的表情看起來好像是喬芝亞犯了什麼錯，但她分明沒有犯任何錯。

「對，我沒看過。」這是實話，如果她指的是艾許琳有沒有打過泰莎的話，艾許琳從沒這麼做過，她沒看過。

「泰莎是否曾經挨餓、居無定所，或是有任何生活上的匱乏？」

「不，她什麼都不缺。」湯姆和我確保她生活無虞，她很想這麼說。

「泰莎愛不愛艾許琳？」昆茵問。

「噢，當然，她當然愛，她是她的媽媽。」到此為止了，艾許琳不能抱怨她母親的回答。喬芝亞感覺好一些了，沒有人能說她沒有為自己的女兒辯解，雖然替殺人犯護航令她噁心。

「再幾個問題，布萊恩太太。首先，妳和妳丈夫是否曾想將泰莎的名字註冊為商標？」

喬芝亞能聽見旁聽民眾的反應，而她的丈夫正怒視著她。他們沒有告訴過任何人這件事，甚至沒有告訴斯巴福檢察官，更別說艾許琳了。這個女人怎麼會知道這件事？

「有，」喬芝亞回答，斯巴福檢察官告訴她只要回答問題就好，但她實在忍不住，「但我們從沒真的——」

「我明白了。」昆茵沒有讓她說完。這位律師拿起一個米黃色的信封，並打開。「最後，這本《內幕》雜誌，」她舉起雜誌，向法官、陪審團和攝影機展示，「庭上，這已被列為呈堂證供。我可以走上前嗎？」

她走近喬芝亞，近得能聞到她的香水味。「現在，布萊恩太太，這是一篇關於此案的文章，對嗎？其中還有家庭照，包含泰莎嬰兒時期的照片，以及我方當事人高中時期擔任啦啦隊長的照片。這些照片是否出自妳的家庭相簿？」

「是。」這個女人怎麼會知道，怎麼會！

「妳是否，」昆茵繼續說，「將這些家庭照販售給雜誌？」

她知道？她是怎麼知道的？「是。」喬芝亞回答。

「賣了多少錢？」

這無法迴避，「兩萬元。」

「讓我釐清一下，」昆茵說，「妳為了兩萬元賣掉家庭照？」

「異議！」斯巴福頭也不抬，「重複提問。」

昆茵看了喬芝亞一眼，我贏了；喬芝亞立刻還以顏色，臭女人。

「沒有其他問題了。」昆茵說。

感謝老天，當斯巴福檢察官向她走來時，喬芝亞試著平復呼吸讓自己鎮定下來，她知道這叫做「再詰問」，至少他是站在她這一邊的。

「只有一個問題，」檢察官說，「妳是否……」

他的聲音聽起來有點奇怪，有點小聲，她想。

「妳是否相信是妳女兒殺了泰莎？」

「異議！我提出無效審理！」昆茵從座位上跳起來，幾乎將桌子翻倒，她抗議道，「喬芝亞·布萊恩的想法不可供採信，檢方深知這一點。

「還有，」昆茵將一隻手放在艾許琳肩上，「我要求地方檢察官因不當行為而接受懲處。他的提問帶有惡意，且具有操縱性。這攸關一條人命。」

她指的是艾許琳的命，但我猜法庭裡的人都以為她說的是泰莎。我從沒看過辯方律師像那樣跳起來，還大吼大叫，「**宛如上演《梅森探案集》**」，我打賭電視新聞會下這樣的標題，如果還有人記得佩瑞·梅森[2]是誰的話。

2 佩瑞·梅森（Perry Mason），系列小說的主角，作者是賈德納（Erle Stanley Gardner）。梅森是一位律師，常替蒙冤的罪犯洗清罪嫌。小說曾於一九五七～一九六六年改編為電視影集《梅森探案集》。

我不耐地頻頻抖腳，雖然與我無關，但我依然覺得無效審理是最糟糕的結果。如果審理無效，那我的書也沒得寫了，或者只能淪為一本餬口飯吃的爛書。

螢幕上顯示格林法官坐在椅子上，瀏覽著文件。整個法庭一片死寂，每個人都坐在位子上。他會那麼做嗎？送陪審團回家，迫使聯邦政府從頭來過？二次審理是每個辯護律師的夢想，就像重生的機會，為什麼斯巴福要冒這麼大的風險提出這個問題？在法官做出決定之前，一切都靜止了。

所有令人毛骨悚然的證詞、證據和抗辯，背後的爭吵、記者的預測，全都像一劑毒藥，而我已然陷入其中。更可怕的是，我與世隔絕，沒有人知道我正在看著這一切，我是身負祕密任務的窺伺者，為了懲罰艾許琳，並為泰莎復仇。

我的小女孩也走了，但至少，我承認她的死因，雖然不是在法庭上。

我瞇起眼，這個世界上不會再有比艾許琳更邪惡的人了，無效審理讓她更有機會擺脫謀殺的控訴。我清楚知道她就是謀殺犯，幾乎像我對自己一樣了解。

我在腦中想著泰莎腐爛的屍首，而法官的木槌驚醒了我。「本案休庭到明天早上九點。」他說。

# 21

我花了十五分鐘洗臉、穿好牛仔褲和上衣，梳了頭髮，穿上一雙真正的鞋子，然後就出門了。

夏末的空氣十分厚重，我們家——我家隔壁鄰居的籬笆上，紫色的繡球花甜美綻放著，蜜蜂在花朵周圍嗡嗡地飛。我坐進車裡，沿著諾沃克街行駛，經過市中心商店林立的廣場、條紋遮陽棚和綠色的長椅，駛入林肯大道，道路兩側滿是盛開的燈籠海棠。當我抵達超市外的停車場時，午後的陽光讓我瞇起眼睛，試著辨識新環境。

「購物，」我大聲說，「在真實世界裡。」

德克斯的父母在事故發生的一個多月後，帶了一輛速霸陸小車過來，我知道他們想要幫忙。似乎有人把那輛撞壞的富豪汽車移走了，或許是他們安排的，我不知道。派翠克和麗塔．漢尼西出於好意，堅持我一定會需要車，不久後，一輛淺灰色小轎車就送過來了。我曾發誓再也不開車，一副自暴自棄的模樣，十分荒謬，但幾個月後，我漸漸發覺開車能讓我重新找回一些對生活的掌控。小轎車的鑰匙擺在梳妝臺上，我確實開過幾次，像現在一樣去超市，也會開去墓地，還有去買酒。開車時，我會提醒自己這並不是我腦中的**那輛車**。

現在，派翠克和麗塔正在某處乘船旅行，可能是加勒比海的阿魯巴島。也許就像我一樣，他們也試圖忘記。旅行可以安慰他們，讓他們繼續生活在一起。我很慶幸自己的父母早已離開人世，沒有活著看見德克斯和蘇菲出事，也沒有親眼目睹他們的女兒有多絕望。如果他們還在，媽媽會堅持要我搬回伊薩卡的老家，而爸爸會試圖用爬山和網球分散我的注意力。我一定會拒絕，但我很想念我的父母，我想要有人陪我聊聊，讓我依靠，當我的家人。

我穿過超市的旋轉門，感到空氣變冷。代米拉是當地一家超市，深受一些挑剔的顧客和忙碌的家長喜愛，他們會來這裡選購牛奶、起司或必需品，像是酒、尿布和咖啡。我拎起一個黑色塑膠籃掛在手臂上，在過去的四百五十一天裡，我出門購物了許多次，但這個世界仍然不太……可靠，我想應該是這麼形容的。我依舊會在意身後發生的事，會聽見人們議論紛紛，側眼便能看見有人在一旁徘徊，但等到我轉過身去面對他們，他們就躲開了。他們也在等著有人率先跟我問好，或打開天窗說亮話。

「得了吧。」我一邊喃喃自語，一邊挑了兩罐秋葵雞湯和一罐義大利蔬菜濃湯扔進籃子裡。或許我的挫折感是一種徵兆，或許我已經厭倦了悲傷，但我還無法接受悲傷澈底消失，那太不忠誠了。唯有哀悼才能讓德克斯和蘇菲顯得真實。

我接著去拿冰淇淋，摩卡碎片口味，還有一袋杏仁。人們學著與傷痛共處，即便失去了至親之人，傷痛足以將人摧毀，還是繼續生活下去。因為人總得活下去吧，我想。

「謝謝。」我對一位媽媽說。她盤著一個亂糟糟的髮髻，穿著卡其短褲，將她的雙人座嬰兒車移開好讓我過去，嬰兒車上坐著她的雙胞胎女兒。「真可愛。」我又說。

看到沒？我也可以和周圍世界互動。

我在收銀區排隊，前面的男人從購物籃中拿出多力多滋玉米片、酪梨和穀類，而我在一旁的貨架上看見一排標題吸睛的八卦小報，吸引不耐煩的顧客衝動購買。其中一道頭條標題寫著：「**殺女凶手的祕密自白**」，並附了一張模糊的剪影照片，可能是艾許琳·布萊恩，也可能不是。另外一份小報上印著性感女星安娜·妮可·史密斯的照片，但標題寫的卻是：「**泰莎，『妮可詛咒』的最新受害者**」。下面一層架子上，還有一本封面鮮豔的《內幕》雜誌，揭露泰莎·妮可還有一個弟弟，而副標寫著：「**他也身處險境嗎？**」

這就令我難以抗拒了，雖然我知道裡面的內容全是鬼扯，泰莎根本沒有什麼弟弟。我將購物籃放在收銀臺的輸送帶上，並跟著籃子慢慢往前移動。接著我翻動那本雜誌五顏六色的內頁，尋找「泰莎的弟弟」那篇報導。

「真可怕，對吧？」收銀員說。她大概只有十七歲，似乎想打扮成哥德風，在亮紅色超市圍裙底下穿著一件黑色上衣，名牌上的名字是「卡曼迪」。「怎麼會殺了自己的小孩？」

可怕？**妳不知道有多可怕**，我腦中這麼想著。「是啊，」我大聲回答，「真不敢相信我在看這個。」

「大家都會。我是說，都會看這些。」她掃描了罐頭湯上的條碼，收銀機發出「嗶」一聲，她又拿起杏仁掃描，「這個艾許琳肯定有罪，對吧？」

人們用名字而不是姓氏稱呼她，我想著，真是有趣。

「真想知道陪審團最後的決定。」我說。如果法官最後決定繼續審理的話。

卡曼迪快要結完帳的時候，我將雜誌放回層架上，小心地避免摺到紙張。

「對啊，我朋友的媽媽是陪審團成員。」她一邊掃描冰淇淋的條碼，一邊說，「她說她說那裡的一切都太恐怖了。」

她說她說？我試圖理解她的句子。

「妳是說妳朋友的媽媽，是陪審團成員之一，她跟妳朋友說——」我停下來。

「對啊，」她拿起我的芹菜和希哈葡萄酒，輸送帶又往前動了一些，「我朋友跟我說的。」

這是一個未知的領域，按理說，陪審團成員不應該與任何人談論和訴訟案相關的細節。現在我該怎麼辦？

我從彩色糖果架上隨便抓了幾條口香糖，放在結帳輸送帶上，然後又把那本有「泰莎的弟弟」

報導的雜誌拿來，也放在結帳輸送帶上，還放了一條薄荷香味的脣膏、一塊金色包裝的北方喜悅牌巧克力。

在我後方等候結帳的隊伍裡，有人因為我突然增加購買數量而誇張地大嘆一口氣。我置之不理，希望卡曼迪能繼續剛才的話題。

「**一定**有罪，」卡曼迪翻了翻白眼，說道，「而且她上班很麻煩。」

「妳朋友的媽媽嗎？」我假裝誤解她的意思，這是一種歷久不衰的採訪技巧。我沒有打算要做什麼，但如果我能找到她朋友，就能找到她媽媽，這樣就能認識一位陪審團成員了。

「不是啦，」卡曼迪回答，用一種彷彿在說「**白痴客人**」的語氣。她把我最後一批商品裝進第二個牛皮紙袋，把三罐湯和冰淇淋放在雞蛋上面。「是我朋友。她在家得寶大賣場上班，妳知道那家吧？現在凱姿只能搭 Uber 去上課，因為她媽媽要開車去法院；她們都很討厭這樣。」

我腦中有千頭萬緒，「謝了。」我說，抓起兩個牛皮紙袋。**凱姿，家德寶大賣場**。

「你好。」卡曼迪對下一位氣呼呼的顧客說。

現在呢？旋轉門將我轉回了夏末午後。我把東西裝進車裡，腦中一邊思索著我的計畫，一邊等待面前那輛長型貨車緩緩駛過。陪審團成員中有七名女性，現在我知道其中一個女人告訴她女兒一切都「太恐怖」，無論那是什麼意思，還有她很「討厭」這樣，又是什麼意思。她還告訴女兒她對艾許琳的想法，顯然，她說的是「有罪」。

# 22

這個時間五金大賣場裡人很少，室內散發著一股新鋸木材和泥炭肥料的氣味。來到這裡，讓我感覺訴訟案的細節變得極為真實，歷歷在目。一大排塑膠袋、一卷又一卷封膜的銀灰色布膠，還有橡膠手套。

我打了個冷顫，心中想著還得寫一章關於犯罪現場的證詞。我推著一輛嘎嘎作響的橙色購物車，暗自希望留在車上的冰淇淋不會融化，讓後車廂變成黏糊糊的災難現場。我假裝在尋找某些零件，而不是尋找某個在這裡打工的學生。沒看見任何人戴著上面寫著「凱姿」的名牌，也沒有「凱爾姿雅」、「凱爾姿」之類的名字。

一個店員的名牌上寫著「羅里」，她有一頭灰色鬈髮，戴著上面印有賣場商標的棒球帽，對她來說有些太小了。她正直直地盯著我看。

「需要幫忙嗎？」

「噢，麻煩妳，」我嚇了一跳，然後回話，「呃，我老公之前都找一位『凱姿』協助，他說可以找她。」

當妳跟別人說妳丈夫叫妳做某些事時，人們總會信以為真。

「哪一個凱姿？」羅里歪著頭，想要幫我的忙，「這邊有兩個。」

這樣就縮小範圍了，很好。「哦，老天，她還是個學生。」

「凱姿·格？」羅里說，「不過抱歉，她不在。」

「凱姿·格，對，」我對她微笑，「她完整的姓氏是什麼？我跟我老公說，方便他下次找人。」

「不知道，」她回答，「總之是『格』開頭的奇怪姓氏。」

**奇怪的姓氏，「格」開頭。**

我看了看手錶，「噢，都這個時候了，」我說，「得回去準備晚餐了，他下次可以自己來找。男人都這樣，對吧？」

「男人都這樣。」羅里贊同道。

等我到家的時候，天色又暗了一些，籠罩著夕陽的餘暉。白天的時間越來越短，每天都更短一些，但漫長的夏日依舊還沒結束。似乎是為了證明這一點，屋外的蟋蟀仍「窸窸窣窣」地叫著，這是蘇菲會用的狀聲詞。我和德克斯還曾經上網搜尋，想知道如何用蟋蟀的叫聲來推算氣溫。現在外面有人在修剪草坪，還有人在燒烤，氣味搞得我頭昏眼花。德克斯以前也很喜歡燒烤，但最後食物總是燒焦，真希望我從沒抱怨過。

我在想起蘇菲和她最愛的烤棉花糖之前關上自己的記憶，將冷凍庫裡的千層麵推到一旁，那是麗姿和以斯拉．雷朋斯在喪禮後送來的，好騰出空間來放我那盒融化成一團黏稠物的冰淇淋。關上門時，一股冷空氣撲面而來。

**奇怪的姓氏，「格」開頭。**對於這個格姓陪審員，我有義務舉報，讓她被開除資格嗎？

如果我打給昆茵……我該打給她嗎？她叫我永遠不要再跟她聯絡。

我打開冰箱旁的旋轉立櫃，將罐頭湯一一放入。陪審團成員不應該與任何人談論案件。她說很「討厭」這樣，也算是談論嗎？有可能只是隨口說說。

但我已經知道有一位「格」開頭姓氏的女性陪審團成員和她的女兒談論案件；她的女兒也和她至少一位同齡的閨密隨口聊起她們的看法——「有罪」；而閨密更是隨意與陌生人談論這些內容。

我把芹菜收起來，一如往常地塞不進擺蔬菜的那一層抽屜。這位格姓陪審團成員的行為是否太過猖狂？還是微不足道、沒有意義？是否違法？

德克斯會提醒我，這違反了陪審團的宣誓：在所有證據提交之前都不得發表意見，甚至不能抱持成見。如果格姓陪審員已經認定艾許琳有罪，德克斯會堅持知會昆茵・麥克莫倫，因為這意味著陪審團不公平，將會「汙染」評議。

羅約・斯巴福檢察官一定也很想知道此事。若他知道有位陪審員已經被原告方說服，不知道他會怎麼做？或者這位陪審員根本不需要被說服？

我從袋子裡拿出最後一件東西，希哈葡萄酒。我把酒瓶藏在烤麵包機後面，無法一伸手就拿到。嘿，如果格姓陪審員認為艾許琳・布萊恩有罪，而她顯然是對的，我又怎麼有權干涉？這不是我的義務。

我拉出德克斯的餐桌椅，在桌旁坐下，手指敲打著桌面，最後一次深長地凝望著那瓶葡萄酒，然後決定回去看庭訊片段。犯罪現場的證據，這從許多層面來說都是種考驗，包含我的胃、我的決心和我的理智；或許對艾許琳來說也是。

我阻隔情緒，假裝一切都不是真的，這是我面對考驗的方式——這些只是我要寫的故事而已。我按下播放鍵。

在法庭的錄影畫面中，我看見一臺螢幕發亮的筆記型電腦，連接在金屬推車上的一臺小機器旁邊。數張全彩照片一張接一張地投影到大型投影布幕上，上面盡是令人痛苦的細節：破爛的綠色塑膠袋、泰莎的臉，還有她粗糙亂髮底下清晰可見的蒼白頭骨。以及一個紫色髮夾，曾掛在那可愛小生命的頭髮上。**這一切都不是真的。**

這些照片的畫質都極度清晰，泰莎的頭骨白得嚇人，空洞的眼窩中塞滿了咖啡色的垃圾碎片，薄薄的海藻纏繞她的四肢。感謝老天，直播攝影機的鏡頭從照片上移開，轉到證人和地方檢察官身上。

「這些是什麼？」

「咬痕。」犯罪現場鑑識人員派翠夏．魯科坐在證人席上。肩膀挺直，戴著黑框眼鏡，身穿白襯衫，一副公事公辦的模樣。

「人類的嗎？」斯巴福檢察官問。

「不，咬痕來自水中生物。」

魯科還證實，塑膠袋中另有三卷布膠帶、一條爛掉的白色毯子，和一個看起來像是粉紅色的絨毛玩具，也都被水泡爛了。

「這是哪一種絨毛動物玩偶？」斯巴福低聲問，幾近無聲。

「可能是兔子。」

我看不下去了。兔子？**兔子？**我試圖鎮定下來，試圖停止哭泣。許多小女孩都有絨毛兔，這不是蘇菲，這是、曾經是泰莎。我坐直一些，挺直背脊、意志堅定地坐定，就像那位犯罪現場鑑識人員一樣。她和我的工作是一樣的，我們都要讓世人知道這樁謀殺案有多麼天理不容。

絨毛兔的照片從畫面上消失，跳至下一張。

現在看的是粉紅色褲襪的特寫，其中一側有鋸齒狀的裂痕。還有小小的條紋上衣，已經被浸泡得不成形。我在心中數到五，啜了一口水，轉頭看向書房窗戶外的暮色。**這些照片都不是真的。**

「這是什麼？」斯巴福檢察官又指向畫面。「還有這個、和這個？」

「布膠的殘膠，」魯科回答，「在受害者顏面下半部。」

「也就是下巴、嘴巴和鼻子？」斯巴福用易懂的詞彙重述一遍。

「是的。」

布膠。我胃部一陣翻攪，幾乎能聽見撕膠帶的聲音，感覺膠帶封上自己的嘴，或是蘇菲的嘴。我簡直不能呼吸。

艾許琳將她的針織外套拉到下巴，她低著頭，瑟縮成一團，並擦拭眼淚。法官警告旁聽的民眾，如果受不了這些照片，可以離開現場。

「可惜**妳**不能離開，妳這巫婆。」我對著螢幕說。

想起陪審團中有個人與我的見解相同，給了我一種恐怖的滿足感。格姓陪審員認為艾許琳．布萊恩殺了她女兒。等到陪審團的裁決結果出爐時，我會很開心地記錄下那一天。

我按下停止鍵，最後那張可怕照片上的頭骨和海水轉為一片黑。我深吸一口氣，試圖不要再想那些現場照片。事發之後，我從沒真正看過德克斯和蘇菲的模樣，雖然他們就在那裡，在樹旁。從此我的人生也轉為一片黑暗。我從沒讀過報上關於事故的報導，也沒看電視新聞播報，即使真的有相關報導。我更不談論此事，從不談論。那就是一場車禍，不是任何人的錯，警方最後的調查報告也證實了這一點，但現在，我的知覺似乎慢慢甦醒過來了。

在一片死寂的廚房中，我幾乎能聽見德克斯的聲音。他提醒我，如果裁決**之後**，有人聽說了陪審員早有偏見，那麼就會像昆茵提出的訴求一樣，艾許琳將可能得到另一次審理機會。

那就糟透了！更何況，我的書也完了。

我應該告訴昆茵．麥克莫倫嗎？她堅持要我別再跟她連絡，所以我不必打給她，這是她自找的。沒錯，我不會打給她。

屋外傳來一陣汽車防盜警報聲，劃破了寧靜，引起街坊的注意。一輛車、一陣警報聲、一個警告，是德克斯給我的暗示，我知道是。

**好吧，好，我聽見了。**

「嗨，昆茵，我是梅瑟・漢尼西。」我留下語音訊息，用隨興的語調說道，「抱歉，這麼晚打擾妳，但我想十點應該沒什麼關係。我知道妳叫我別再打給妳，但這……」我遲疑了，決定什麼都不透露，誘使她回電給我，「這件事妳應該會想知道。回電給我，好嗎？隨時都可以。」

兩個小時過去了，我在書房等待著，一邊工作，但現在已經很晚了，她不可能回電。至少我試過了。我已經寫完警方找到關鍵證據的段落，他們在艾許琳的電腦中發現搜尋氯仿的紀錄。

氯仿？我在疑點清單上寫下。這真是……令人費解。全世界的人都知道檢察官相信惡名昭彰的凱西・安東尼用氯仿殺了她女兒，對吧？和艾許琳一樣，凱西也被控謀殺她年幼的女兒，但最後凱西・安東尼無罪開釋。艾許琳一定看過這個新聞，她當年可能十四歲？那時就像艾許琳的案子一樣，凱西・安東尼也被媒體大肆報導，令人毛骨悚然的細節成為人們茶餘飯後的八卦內容。

現在回想起來，凱西和艾許琳的生活方式也有相似之處，但那些外表美貌、喜愛夜生活、總愛和男人周旋的派對女孩，生活方式也都很相似。而且，艾許琳是否研究過凱西的案子？是否看了無數紀錄片或鉅細靡遺的改編影劇？她是否鑽研了凱西的無罪判決，給自己上了一堂「謀殺入門課」？

「謀殺入門課」，這讓我寒毛直豎。

根據我查到的資料，氯仿可以在五分鐘內讓人暈厥。難以想像、恐怖、痛苦的五分鐘。線上醫療資料還說明，如果患者的體型較小，需要的時間則更短。

我停頓了一下，想像著幼小的身體，然後拿起酒杯啜飲，但杯子已經空了。四下靜得我幾乎能聽見桌上鹵素燈發出的嗡嗡聲。蘇菲這麼小，她的兩隻腳都可以塞進德克斯的一隻鞋子裡。**我還留著那些鞋子。**

心理治療師曾告訴我，像現在這種時候，這樣的瞬間，我必須把自己拉出黑暗，回到現實。艾許琳正在接受一級謀殺罪的審判，她事先策劃、惡意預謀、極端殘忍，使用了布膠和氯仿。

我看著一旁毫無動靜的手機，顯然昆茵根本不在意我要告訴她的事，關於多嘴的格姓陪審員，可是真的有人在意嗎？

接著，我有了一個想法，不過現在已經太晚了，明天再去做。

# 23

第一聲鈴響無人接聽，我把手機拿近耳邊，又聽見第二聲鈴響。我一邊看著送報人將星期三的《環球》早報扔到我的門欄上，一邊重新評估我的決定。一個記者致電另外一個記者？我比平時起得更早，而且異常清醒，迫不及待想要展開新的一天，連我自己都感到驚訝——除了我以外，這裡也沒有其他人會驚訝了。耳邊是第三聲鈴響。

今天早上鏡子上的數字比平時停留得更久一些，也許是天氣變了？我一如往常地看著停駐的數字逐漸消退，並用這段時間問候蘇菲和德克斯。

「我時時想念著你，」我大聲說，「我所做的一切都是為了你。」這時數字開始瓦解，我只好快點說完。「親愛的德克斯，謝謝你，你教我的東西很受用，這一切都是為了你，為了你們兩個。」我停頓下來，數字幾乎消失無蹤了。「我愛你們。」我輕聲說。

時間來到七點三十分，我打了這通電話，第四聲鈴響尚未結束，電話就接通了。

「我是喬・瑞西納利。」一個聲音說道。

萬一他不記得我了呢？「嗨，喬，我是梅瑟・漢尼西，我——」

「嘿，梅瑟，好久不見！」他頓了一下，「呃，妳好嗎？」

當然了。「還行，」我說，「聽著，有件事別外傳？」

「應該可以。」喬給了一個模稜兩可的回應，「怎麼了？」

我思考過可以告訴他多少，又必須透露多少才能引誘他洩漏一些內情給我，還有從長遠來看，這會有多重要？我昨晚躺著模擬了談話內容，試著同時扮演兩個角色，就像我在重要採訪前會做的準備工作。

「是關於布萊恩訴訟案，我正在──請不要對外透露，我正在寫一本關於這個案子的書。」

「好。」

「我沒有到法庭去。」我繼續說。

「我想也是。」

「我知道你在現場工作，所以我希望你能接受我的採訪，提供我一些犀利的個人觀點。」

電話另一頭沉默了一陣子。記者通常很難說服其他記者透露他正在追蹤的案件，這種交易通常一開口就失敗了，因為另一方早有防備。

「除非法官最後決定審理無效，」我繼續說著，好像我們還是新聞圈的夥伴，「但這樣我們就全都沒戲唱了。」

「聽著，梅瑟，」喬說，「我有興趣。我是妳的粉絲，以前很愛看妳的報導。我們何不約在法院廣場的快餐店喝杯咖啡？大概……九點十五，趁今天十點開庭之前。可以從案件的背景聊起。」

「太好了。」

「沒問題，」我說，「到時見。」

城裡最搶手的門票

每個法庭都有一些常客，有些是不想成天關在公寓裡的六十多歲退休人士；有些是想成為警探的新人；還有些是《梅森探案集》的粉絲，或《CSI 犯罪現場》的狂熱分子，自認很懂犯罪現場和刑事鑑定，很了解心理變態和殺人魔；也有一些是想尋求廉價刺激感或世道正義的人。

「什麼樣的母親會謀殺自己的孩子？」一個身穿綠色上衣的女人對記者說，她的衣服上印有影集《犯罪心理》的圖案，「這可是城裡最搶手的門票。」

過去幾天，許多人跑到法院廣場凹凸不平的冰冷水泥地上打地鋪過夜。他們睡在充氣床上，躺在發出細微嗡嗡聲的探照燈下，面向被波士頓摩天高樓劃破的九月星空。然後等早上五點三十分集合時間一到，他們便狂奔衝向領取觀審證的排隊處。

庭訊第一天結束後，觀審者找到了自己的一套方法來保持先到先贏的公平局面。其中一個大家稱為「夏比夫人」的紅髮女人，會用很難洗掉的馬克筆在大家手上寫下數字，代表每個人在排隊隊伍中的順序。

現在是早上九點五分，我人在法院廣場快餐店的「甲板」區域，更準確地說，是這間餐廳滿是鴿子的戶外用餐區。我剛在筆電上寫完這一段場景，身下是一張非常不舒服的金屬椅子，面前是一張搖晃不穩的鍛鐵桌。

甲板區可以將法院外面一覽無遺，那扇巨大的雙開門前站了一大排想要觀審的人潮，隊伍從大約第十個大理石臺階開始向下延伸，一路擴散到水泥廣場上。烈日當空，人潮中有些人撐起遮陽傘。我瞇起眼想要看看他們手上是否像《先驅報》描述的那樣，有夏比夫人寫的數字，但太遠了，我看不清楚；我會再和喬確認這點。這也是個打開話匣子的好方法，讓他在對談過程中扮演聰明且掌握資訊的一方。

庭訊的第六天，一切看起來都很和平，我啜了一口紙杯裡的苦澀咖啡。

早晨光線的方向變了，我把椅子沿著桌緣挪了半圈，眼睛盯著法院前門和那一大群想要觀審的人潮。如果法官最終認為斯巴福對喬芝亞的提問足以提出異議，更足以停止審理，那麼所有人都只能回家了。這個結果遠比我的咖啡更加苦澀。

開車來這裡的路上，廣播的晨間新聞都在猜測這件事，所有人都在猜測。

「如果不是艾許琳幹的，還會有誰？」一位時事評論家輕蔑地說，「可憐的地方檢察官現在不能放棄任何微小的勝訴機會。」

我看有兩種可能：如果這次審理無效，顯然聯邦政府會再次起訴，一切都重新開始；而另一方面，如果陪審團無法做出公正的裁決，那依照法律還是**必須**重新審理。如果我是被告呢？我認為的公平會是怎樣？我想要的又是什麼？

這也是為什麼我必須告訴喬有關陪審員的事；德克斯會希望我這麼做。

我的手機提示音響起，是喬傳來的訊息。**抱歉**，訊息上寫道，**晚點打給妳。**

我皺起眉頭。抱歉？還有，晚點打給妳？他為什麼改變心意了？法院廣場上似乎也有事發生，排隊領取觀審證的隊伍傳來議論紛紛的聲音，而且越來越大。

我的記者本能一瞬間全都回來了，也許是觀審員聽到了什麼風聲。我把微溫的輕奶油貝果扔進我的托特包，接著從皮夾拿出兩塊錢的小費塞在壓紋玻璃杯和黃色鹽罐下方，然後離開。

我踏著記者的步伐走上法院臺階，一邊對排隊的觀審員投以微笑。「我是媒體人員，」我解釋道，以防有人報警。我的表情十分自信，**畢竟已經做過幾百萬次了**。「怎麼回事？」

「不予置評。」其中一個男人說。他別過臉去，調整了一下黑色棒球帽。

我試著不要笑出聲，我根本不在乎這個男人的回應，這些人電視看太多了。我打量著隊伍尾端的人潮，想找出幾個看起來比較文明理性的人。「大家在吵什麼？」我問其中一個穿紅色牛仔褲的年輕女人，「發生什麼特別的事了嗎？」

「我們也不確定，」她的手上寫著一個黑色的「七」，「平常這個時間律師差不多該到場了，所以大家都說可能審理無效，而且——」

「才沒有**大家**都說！」一個男人轉過身來打斷她的話，他的手上寫著「二」。我沒看到誰是一號。

「謝謝。」我邁步穿過沉重的旋轉前門，離開早晨的陽光，走進砌著深色磚牆的昏暗法院。鋪著黑鑽大理石地磚的入口通道原本看上去十分雄偉，現在卻裝上一個醜陋的灰色金屬探測門，門前裝有橡膠輸送帶，還有兩個神色嚴峻的保全站在一旁。一週前這裡曾遭炸彈威脅，無論是否虛驚一場，如今都能感覺到揮之不去的警戒。

「嗨，兩位。」我對兩位保全投以愉快的微笑，彷彿在告訴他們**不用擔心**，同時翻找著我的媒體通行證。這個場景再熟悉不過了，我的身體記憶自動將我帶回記者模式。喬．瑞西納利沒有赴約，但既然我人來到現場，也許可以在法庭裡找到一個座位。我很想見見艾許琳本尊，還有喬芝亞和湯姆。如果審理無效，而且是因為喬芝亞出庭作證造成的，那喬芝亞會怎麼想？這起訴訟案由她而起，也由她結束。

我拿出護貝的記者證給保全看，上面印有我的笑臉大頭照和所屬單位《城市》雜誌。如果他們發現記者證已經過期，那我會先裝出一副困惑的模樣，然後再來想辦法。我將包包放上輸送帶，但輸送帶卻沒有往前移動。

比較矮的那位保全名牌上寫著「西維歐．歐提茲」，他拿起我的記者證隨便看了一眼便還給我，「妳要去哪一間？」他問。

我知道答案。「三〇六。」我說。

「妳的布萊恩案通行證呢？」比較高的那一位保全問。

「噢。」我說。

「嗯，抱歉，」歐提茲朝一邊看去，我們都聽到旋轉門的轉動聲。「小姐，能麻煩您讓一下嗎？」

我轉過頭想看看是誰有優先通行權。

原來啊，原來。

「嗨，昆茵。」來者正是昆茵．麥克莫倫，她手裡拎著兩個鼓起來的黑色皮革公事包。昆茵是我第一個致電想舉報格姓陪審員的人，現在她人就在這裡。**抱歉了，喬，**你就這樣錯過了一條獨家。

「妳好，梅瑟。」她黑色上衣的袖子捲至手肘，珍珠耳環與她的項鍊配對。足以翻轉局勢的審理無效決議逐漸迫近，現在也許不是接近她的最好時機，不過這也是我僅有的時機。

「妳有收到我的訊息嗎？」我問，「能借用妳兩分鐘嗎？」

「現在不行。」她將兩個公事包放下，一手將瀏海從眼前撥開。她肯定還有其他同事協助這個案件，但我一直沒看到他們，也許他們不在攝影機的拍攝範圍內，又或許她希望艾許琳看起來更無助一些，所以沒有安排他們出席。

「今天很重要，妳知道的，」她說，「要決議是否審理無效，所以無論妳有什麼事都得等。」

好吧，先是喬爽約，現在昆茵．麥克莫倫所有的肢體語言都在向我宣告「**我不想聽**」。

說真的，我只能暗自聳聳肩，如果她不在乎，我又算老幾能強迫她聽我說呢？就算格姓陪審員被換掉，遞補她的人還是可能投下「有罪」的一票。

但我的良心——德克斯，又深深刺痛了我。如果我放棄這件事，就等於背棄了他所堅持的一切。

「沒有法治就沒有真正的正義，」他會這麼說，「我們透過公平競爭展現對體制的信任和尊重。」

我曾經讓德克斯失望，而我發誓再也不會那麼做。昆茵叫我不要再打電話給她，但我的良心不允許。

「昆茵？」

她皺起眉頭，彷彿我越矩了。「再見，梅瑟。」

「昆茵，」我朝她走近一步，又再近一步，「等等。」後頭還有幾個我沒見過的人，正在拆下自己的皮帶，連同皮夾和手機都扔進灰色的金屬掃描箱中。保全正專心檢查他們，他們也專心應對保全，並看著掃描輸送帶向前移動，所以我和昆茵暫時被忽略了。

「聽著，」我壓低嗓音，怕其他人聽見，也擔心大廳會有回音，「是跟陪審團有關的事。」

「妳確定嗎？」我飛快說完之後，她這麼問道，「格姓陪審員？」

「不確定，」我小聲回答，「當然不確定，但她跟我說這是『她說她說』的。」

她盯著我，然後抬頭看向右方。「她會不會是說格呂內華德？或格拉諾普羅斯？」

「那個人沒有說出完整的姓氏，」我提醒她，想著她是不是不小心洩漏了兩位陪審員的身分給我，「只說是格開頭，而且姓氏很奇怪。」

「顯然還認定艾許琳有罪。」昆茵翻白眼。

「我不確定，」我其實不確定任何事，這些都是聽來的，「我只是想……」

「妳做得很對，梅瑟，德克斯一定會……呃，很贊同。謝謝妳。」

我從沒在任何人臉上看過這樣的表情，同時充滿感恩、擔憂，並對眼前人快速重新評估。

「法庭上見。」我回答，但當然我不會進去，畢竟保全根本不會讓我通過。如果我不盡快回家，就要錯過等一下的好戲了。

# 24

結果我根本不必趕著回家。現在是下午一點，我又穿上了運動服，而庭訊還沒有開始。喬沒有回電，昆茵也沒再說什麼，甚至法官也還未表態。

於是我麻木地假裝自己目前的生活沒有遇上任何問題，假裝訴訟案還是會照常進行。如果一切照舊，我接下來要寫些什麼？我坐在書桌前，打開平板電腦觀看先前還沒看的證人出庭段落，然後打開米黃色的文件夾，裡面滿是凱薩琳蒐集來的簡報和取證文件。很好，我決定寫和布膠有關的事。

## 並非每捲布膠都相同

「佩瑞．喬杜里，」身穿白袍的男人按照羅約．斯巴福檢察官的要求報上自己的姓名和職稱，「州警局罪證化驗室的證據分析員。」

他原本打算穿一件普通的運動外套出席，但被檢察官拒絕了。穿上你的白袍，斯巴福指示，能讓你看起來更可信。他本來還打算剪個新髮型的，真可惜。

現在他坐在證人席上，試圖不要盯著艾許琳．布萊恩看，不要想像她所做的事。他明知道自己應該要保持客觀專業，此刻卻很難做到。

「那麼，喬杜里先生，」斯巴福指著大型展示背板上布膠的截面，「在未經專業訓練的人看來，所有的布膠都一樣，但真是如此嗎？」

「不，並非所有布膠都相同。」喬杜里回答。

「那為什麼這個物證對此案關係重大？」斯巴福又問。

「因為只有一家製造廠會使用這種鋁粉將膠帶做成銀灰色，這家公司叫做艾希索。」

「泰莎・妮可身上的布膠是艾希索公司生產的嗎？」

「是。」

「艾希索公司的膠帶是否容易取得？」

「不，我有查過，這種膠帶非常，呃……」喬杜里停頓了一下，「少見。」

「艾希索膠帶很……少見？」斯巴福對著陪審團抬了抬眉毛，確認所有人都專注聆聽。

「對，」喬杜里說，「還是買得到，但必須要到當地購買。」

「了解，」斯巴福若有所思，接著說，「在俄亥俄州買得到嗎？」

「可以，」喬杜里說，「只有在俄亥俄州買得到。」

斯巴福轉身背對證人，好像他已經問完了，然後他又重新轉過身，對著喬杜里抬起一隻手指，「還有一個問題。除了受害者身上之外，你們是否還有在其他地方找到這種『少見』的布膠？」

「有，」這位化驗室分析員拉拉他那件看起來有點小的白袍，「在布萊恩家的冰箱上。柯蘿塔・西里爾警探在布萊恩家的廚房待命時看見了這種膠帶，便向俄亥俄州的執法部門索取樣本，而化驗結果……」他嚥了一下口水，「兩者是相符的。」

「沒有其他問題了。」斯巴福說。

昆茵・麥克莫倫在斯巴福坐下之前，便已經站了起來。

「喬杜里先生，」她開口。該死的布膠。「冰箱上的布膠，是做什麼用的？」

「似乎是用來固定一個散熱口。」

「了解，」她說，「布萊恩家用他們的膠帶修理他們的冰箱。那再說說綠色塑膠袋裡的布膠，上面是否有其他衣料纖維或皮膚組織的痕跡？」

「沒有。」他回答。

「了解。」她說，「那麼請問，若想使用這種膠帶，尤其是用手撕，是否一定會留下指紋？」

「是。」

昆茵清清喉嚨，看向艾許琳；而艾許琳一如她被指示的那樣，端坐著，擺出全神貫注的表情和眼神。

「最後兩個問題，喬杜里先生，請回答是或否即可。我方當事人遭到逮捕後是否有接受指紋採集？而在此之前她的指紋是否從未記錄在案？」

「是。」

「沒錯。那麼，接下來一樣回答是或否即可。你是否有在案發現場的布膠上發現她的指紋？回答是或否就好。」

「否。」

「沒有其他問題了。」麥克莫倫還沒坐下來，斯巴福便已經站起身。

「能否進行再詰問？」斯巴福說，「喬杜里先生，你是否有在布膠上發現任何指紋？」

「沒有。」

「那麼，既然有人使用了這卷膠帶，代表這個人當時可能是戴著橡膠手套？」

「是的，」喬杜里說，「她可能有戴。」

「要求進行反詰問？」昆茵幾乎沒有等待法官首肯便繼續說下去。

「喬杜里先生，你剛才說『她』。你覺得艾許琳·布萊恩從她父母家裡把布膠帶去波士頓嗎？你覺得她打包行李時，特地裝了一卷俄亥俄州才買得到的膠帶？」

「異議。」斯巴福冷冷地說，根本不想站起來。他朝著陪審團翻翻白眼。「庭上，拜託，這只是荒謬的強辯。」

「收回。」昆茵說。就讓陪審團自行消化吧，她想。但她還是有些擔心這卷布膠會拖垮她的委託人。

布膠。我寫在疑點清單上。斯巴福這一擊打得十分有力。俄亥俄州才買得到的布膠？真不錯。這兩者的連結是逃不掉的，昆茵．麥克莫倫對這逃不掉的連結也束手無策。

身為作家，我可以用比較客觀的角度思考這卷布膠。我會描寫它如何纏繞在泰莎的臉上，整個過程有多麼邪惡。從作家的角度來說，這會是引人入勝的故事。

但身為人母，這卻是一段慘不忍睹的過程，我無可避免地去想像，要是發生在蘇菲身上呢？我可能會情緒崩潰，或直接發瘋，或兩者都會。艾許琳怎麼能如此鎮定地接受這一切，聽著那些證詞、看著那些照片？那全都是關於她寶貝女兒的悲劇。

艾許琳非常擅長避免正視鏡頭，因此當我在畫面上看到她的正面時，就會更加仔細觀察。昆茵提出審理無效的那天，艾許琳看了一眼那架聚焦在她身上的攝影機，僅此一次，彷彿在發出某種訊息，或許是自認勝利的訊息？但這個解讀可能只是我的偏見。

能肯定的是，她的眼中沒有悲傷。我認得悲傷的模樣，因為我每天早上都能在鏡中看見。

# 25

審理無效的訴求遲遲沒有定奪，我焦慮得快發瘋了。明明拖得越久，我就有越多時間寫書，但我卻只想著：拜託，快一點公告結果！快要下午三點了，但法院那邊沒有半點動靜。

好吧，我得工作。

湯姆．布萊恩，我在橫線便條本上寫下，然後列出幾個相關要點：父親、退休、會計師、飛行員、帶小孩。

從資料上看來，他和艾許琳處得並不好，為什麼？我又在疑點清單上寫下：湯姆與艾許琳的關係？

根據《內幕》雜誌報導——我知道這是最不可信的消息來源，但當時在超市實在難以抗拒——艾許琳討厭她父親的可能原因是，他背著喬芝亞偷吃。我寫下：外遇？

也許是在波士頓？湯姆．布萊恩去過波士頓嗎？一定有人查過這點。等待法官定奪的期間，我可以預寫湯姆．布萊恩出庭作證的段落。目前不確定他是否會出庭，如果最後他沒有到場，那麼這個段落就不重要了；如果審理無效，那這一切都不重要了。

編造這些故事讓我筋疲力盡。

我需要食物、需要運動。

而且我很孤單。我在廚房中央停下腳步，忽然意識到就算我在這裡尖叫、大吵大鬧，甚至澈底發狂，也**沒有任何人**會知道。也許這些日子以來我一直在這麼做，我一直大哭大叫，但再也沒有人會聽見了。

「夠了，梅瑟，」我大聲對自己說，「振作點！」我一手放在冰箱門上，思索著。也許我該養隻狗？或一隻貓？我的想像變得越來越具體。一隻從流浪動物中途之家帶回來的貓，可愛的、毛茸茸的玳瑁貓。我準備打開冰箱的門，又停頓下來，笑著搖搖頭，太傻了，蘇菲對貓過敏。

然後我愣在原地，手指緊緊抓住冰箱，否則我就要跌坐在地板上了。

無論蘇菲是否對貓過敏，都已經沒有差別了。這幾乎將我擊垮，但，我不會倒下。

我不會。

眼下，我正想辦法完成一本書，正想辦法繼續生活下去。

我只需要喝一瓶水，吃一顆蘋果。我舉步維艱地走回書房，貓的事依舊讓我沮喪。

「各位還在嗎？」那個聲音打斷了我的憂鬱，「法官似乎對於審理無效的訴求已有定奪，十點將正式公告。」

同時，門鈴和手機都響了。我想來電的人一定不是昆茵·麥克莫倫，畢竟她正在法院，所以我讓電話轉入語音信箱，但我得去開門。法庭的直播將在十點開始，所以我只剩八分鐘又三十秒來搞清楚到底是誰在門外，並叫來者趕快滾蛋。

我走到門口，手機又響了幾聲才終於掛斷。

我透過門上的貓眼往外看。

喬·瑞西納利？

「是妳做的吧，是不是？**這就是**妳本來要告訴我的嗎？」我還沒打開門他就說了起來。一輛銀色的寶馬迷你停在我門前的車道上。「關於陪審員的事？還有，剛剛是我打電話給妳。」

「嗨，喬。」現在我們面對面，他在門外，我在屋內。他穿著牛仔褲和運動外套，我穿著運動服。我們兩個都帶著婚戒，只不過他的配偶應該還活著。「告訴你什麼？……陪審員？」

我知道自己當時盤算著要採訪喬，但我真的有說出「陪審員」三個字嗎？

「對，」他說，「陪審員。珊卓．格拉諾普羅斯。」

他笑了笑，是友善的笑容，但我相信這是他在採訪時一貫會掛上的笑容，好讓受訪者多說一些。

我也用同樣的方式回以微笑。我絕對沒有對他說過陪審員的**名字**，因為當時我根本不知道陪審員的全名，是昆茵．麥克莫倫在法院提到了兩個姓氏。**這點**我記得很清楚，格拉諾普羅斯就是她提到的其中一個。

「珊卓．格拉諾普羅斯？」我重複了他說的名字，「庭訊快要開始了，所以——」

「是嗎？」喬說，「打算邀請我進屋嗎？」

我有點困惑，不確定法庭那邊究竟發生了什麼事，但無論是什麼，現在只剩四分鐘了。

「當然，」我伸出一隻手招呼喬走進客廳，「我得去，呃，存個檔。」我朝房間胡亂比畫著。我至少得用平板電腦錄影。「請坐，我馬上回來。」

「我知道妳在看現場轉播，」我走到廊道上時他在我背後說，「而且我也知道妳在寫書。」

「等我一下，好嗎？」我跑進書房，對他說的話不予置評。我不想玩這個遊戲，顯然有人把一切都告訴了他，或透露了不少，而且能洩漏給他的人沒有幾個。不過也許誰說的並不重要，最重要的是這本書。

「好了。」我說，一邊走回客廳。喬坐在沙發上用手機，見到我來便關上螢幕，然後將手機收進外套口袋。

「如果妳給我一些情報的話，我也會給妳一些。」他又對我微笑，不斷微笑，然後指著他對面的扶手椅要我坐下，一副這裡由他作主的樣子。

我忍不住笑了出來，並沒有坐下。「你只是說說而已。」

喬板起臉。「聽著，首先，我保證我不會告訴任何人我的消息來源是妳，如果妳也保證的話。再來，妳告訴我陪審員的事，我就告訴妳艾許琳懷孕的事，她還透露了孩子的父親是誰。」

我對他眨眨眼，想起我之前的猜測，懷疑他和艾許琳私下交流過。或許他們在監獄會客室裡碰過一次面？也可能見過好幾次？他是個記者，非常厲害的記者，所以這件事應該有更多內幕，畢竟現在一切都很不明確。

「再兩分鐘轉播就要開始了，」我很想知道他要告訴我事，但他親自跑到這裡十分不合理，尤其是現在跑來。「我很驚訝你沒有親自在現場聽法官的定奪。」

「法官會駁回審理無效的提議，但要四點才會正式公開，」喬說，「他要換掉珊卓．格拉諾普羅斯，但他不會解釋原因，我想**妳**能解釋給我聽。然後他會暫時休庭，明天再重新開庭。」

「什麼？」我很驚訝喬知道得一清二楚，但他畢竟是喬．瑞西納利，所以他的確有可能知道。我在椅子上坐下來，發覺自己還穿著運動服和愚蠢的絨毛拖鞋，不過幸好我有穿內衣。

「休庭，所以我們有時間可以聊聊，相信我。」喬一副自得的模樣，向後靠在白色沙發靠墊上，翹起二郎腿，用手摸了摸他鞋子上的髒汙，而且似乎注意到我的拖鞋，然後他又對著我微笑。「還有，妳不是說要我提供一些『犀利』的個人觀點？呵呵，不錯的嘗試，梅瑟，但這招實在太老套了，妳本來究竟要聊什麼？」

被識破了，**但反正我本就打算告訴他的**，我又替自己緩頰。如果我告訴他「收銀員卡曼迪」的事情，但不說出她的名字，交換他透露一些好料，又有什麼關係？

「要喝杯咖啡嗎？」我問。這也讓我想起另一件事。「還有，你在訊息中說的『抱歉』又是什麼？」

喬的表情黯了下來。「要處理一些私事。」他說。

私事，那就不關我的事了。「要加奶精或糖嗎？」我填補沉默的空檔。

他跟著我從走廊走進廚房，還一邊仔細地看著牆上的家庭照片。他畢竟是個記者，換作是我也會在他家裡做同樣的事。但我依然加快了腳步，好讓他沒太多時間窺探我的隱私。我們經過書房時，我看到法庭內的攝影機前面貼了一張圖卡，上面寫著：**三點四十五分將重新開庭**。聲音失業了嗎？但喬似乎又說對了。

「你是怎麼知道的？」我問。

「亂猜的。」他肯定在說謊。他在餐桌旁的椅子上坐了下來。「回到剛才的提議，為了表現誠意，就由我先說吧。」

在過去一年多裡，沒有人坐過那個位子，我無可避免地注意到這件事。那是蘇菲的座位，柔軟的椅墊上還有她粉紅色小豬圖案的兒童餐桌留下的凹痕。但喬並不知道這件事，我也不能叫他換位子。我把咖啡豆倒進機器裡，察覺自己快要被情緒淹沒，於是試圖化解。「沒問題。」我說。

「好，那再說一次，妳不是從我這裡聽來的。」喬再次確認我會信守承諾，然後在白色的桌面上敲敲手指，又停下來。「有關泰莎，一開始，艾許琳試圖隱瞞她懷了泰莎的事實，她編了一些老掉牙的理由來解釋她為什麼變胖。」

「嗯哼。」我說著，一邊拿起脫脂牛奶，對他露出詢問的表情。

「好。」他對著牛奶說。「後來肚子變得太明顯，瞞不下去了，才被喬芝亞逼問小孩的父親是誰。」

我一邊將咖啡倒入杯子，一邊想像著一個不和睦的家庭會發生什麼事。我在自己的杯子裡加了顆糖。「艾許琳沒有生過別的小孩，對吧？」

「我知道了，妳有看《內幕》雜誌。」喬笑了起來，「總之，她一開始告訴她媽媽是傑夫．普里查克，她高中時認識的一個男生。但算她倒楣，喬芝亞認識傑夫的媽媽，所以發現了傑夫在當兵，過去六個月都待在阿富汗的喀布爾，而艾許琳懷孕才四個月，根本是不可能的事。」

「哇，」我放下馬克杯，拉出椅子。艾許琳說謊成性，堅稱這個男人是孩子的父親，但其實根本**不是**？典型的艾許琳作風。「這太誇張了，也很愚蠢。」

「『她可真敢講』，」喬說，「這是喬芝亞對她的形容，還說她『創造了自己的現實』。總之，喬芝亞有點激動地告訴我，艾許琳後來承認孩子的父親是在那間叫『火熱』的夜店認識的人。妳有聽說過那間店嗎？一個叫巴克爾．霍特的男人，也是代頓本地人。接著，她又告訴喬芝亞這個『巴克爾』是個『很棒的人』，但他死了，發生車禍，就在代頓。那時泰莎還沒出生。」

「死了，」這太超過了，「死於車禍。」

喬遲疑了一下，「抱歉。」

我擺擺手，表示沒關係。「所以，在泰莎出生之前，後來呢？」

「嗯，但我有拿到一份出生證明的影本，正本已經被扣押作為證據。出生證明上並沒有寫出父親是誰。」

「真的有巴克爾．霍特這個人嗎？」

「誰知道？」喬聳聳肩，「我查不到任何巴克爾．霍特的死亡證明，但這也不能代表什麼。」

「那她是怎麼跟**你**說的？」

「嗯，」他舉起馬克杯敬我，「好問題，不過現在該妳說了。」

我們都喝了口咖啡。我告訴他陪審員的事，是刪減過的版本，但他似乎很買帳。任何人看到我們都會以為是兩個朋友在喝咖啡聊是非，而不是在討論一個殺女凶手和謀殺訴訟案，或者一個二十多歲的女人懷孕後不斷說謊，並認為養育孩子對她來說太複雜了。

「我們是不是忘了聊聊沙灘上的小女孩？」我問他，有點意外自己把腦中想的大聲說出來了。

「可能吧，」他搖搖頭，「記得那些泰迪熊嗎？本來它們應該要跟『波士頓寶寶我們愛妳』的標語和獻花一起擺在城堡島海灘上，直到葬禮結束，但某天，某個晚上吧，那些東西全部被裝進垃圾袋扔掉了。有個官員告訴我，是因為這樣會『妨礙到遊客』。」

「妨礙？遊客？」我想像著現場的畫面，在海灘上有一座令人毛骨悚然的祭壇，擺滿絨毛熊、手工做的標語和已經枯萎、風乾的花束。某個官員認為這有礙觀瞻，於是找來底下的走狗替他清除乾淨。「真沒良心。」

「是啊。總之，從那時開始，大家都在吵著要讓泰莎走得『沒有遺憾』。」他轉動眼睛，「但事實上在訴訟案結束之前，也無法舉行正式的喪禮，畢竟可能有些東西會需要取證或重新檢驗。所以他們也就妥協了，只舉辦了追思會。」

「真令人傷心。你有去參加嗎？是在代頓吧？我知道艾許琳沒有去，雖然我看到報導說大家有邀請她。」

他點點頭，盯著手裡的馬克杯，好像那是一面鏡子，不久後他又抬起頭來。「有，」他說，口吻和剛才完全不同，「我去了，很難過。」

喬是個令人尊敬的記者，他去了追思會，沒有比這更好的取材對象了，我本來得要花更多力氣調查追思會現場的狀況，而現在，我會在他離開後把他說的內容寫下來，但他不會知道。

換我對他微笑了，充滿同情和理解。「跟我說說吧。」

三個小時後，我又是獨自一人了，螢幕上的文字被我的淚水模糊，真希望喬沒有告訴我追思會的事，那些細節令人心碎。要我把這些內容寫下來實在太難承受，我怎麼有辦法不想起德克斯和蘇菲的葬禮？

雖然喪禮是我籌備的，可我卻不記得過程。有許多人來，包括德克斯的父母，還有他律師事務所的全體同仁，但我很可能記錯了。我在《城市》雜誌的同事也來了，還有一些鄰居。我花了一整個星期寫感謝函給送花、卡片和食物的人，每一封都客氣地寫滿了感謝。非常感謝你，我寫道，同時想著，**我為什麼要感謝你？**感謝你讓我想起我的家人死了？想起他們有多美好？想起他們再也不在我身邊了？

窗外天黑已久，我錯過了晚餐，寫著追思會的場景，完全沒離開書桌。

喪禮。有好幾天、好幾個星期，喪禮在我腦中揮之不去，一次又一次重播，我不斷想起，同時努力遺忘。我不得不說——但我不會再說第二次——我能理解艾許琳為什麼沒有參加泰莎的追思會。為什麼要坐在那裡，被一群悲傷的人包圍，為妳的失去哀悼和哭泣？他們結束後就會結伴回家，心中暗自慶幸他們不是妳。而妳只能獨自回到家裡，別無選擇，只有**妳自己**。

這是我的切身之痛。

我閉上眼睛，想起斯康賽海灘。我們總是去南塔克特島度假，還在那裡租了一間島上最搶手、小而美的木屋。我閉上眼睛，在一片黑暗中，彷彿能聽見海鷗的聲音、聞到海水的鹹味、感受到灑在肩上的陽光，我還想起每年八月讓我們萬分期待的英仙座流星雨。蘇菲看到了流星，就那麼一次而已。我們破例讓她玩到很晚才睡，她開心得跳上跳下，在星光劃過的夜空下手舞足蹈。

# 26

「哇，好險不是審理無效，對吧？」凱薩琳用過度愉悅的語調在電話另一頭高聲說著，「這法官把大家搞得雞飛狗跳。抱歉這段時間都沒跟妳聯絡，我只能說我們也差點完蛋了。無論如何，妳的進度還好吧？一切都發生得好快，對不對？妳還好嗎，孩子？」

「很累。」我盡可能回答得越簡短越好。現在是星期四晚上十點，第十二天的庭訊結束，我之所以知道，是因為我一直都有跟上進度，否則這些日子整天埋頭在證詞、筆記、錄影、研究和寫作裡，很容易搞得霧煞煞。今天是第四百六十天，我終於厭倦了喝湯，午餐改成咖啡和花生醬吐司。我也戒了酒，大致上。每天晚上我都叫外送披薩，可能發胖了，但至少食物會送到家門口。

話又說回來，喬之前說對了，法官最後駁回審理無效，而陪審員珊卓·格拉諾普羅斯遭解除資格，並找了人來遞補。審判繼續進行，只有這麼一點小小的異動而已。我說出了我知道的事，這是好事，對吧？

凱薩琳還在滔滔不絕，她已經有好一陣子沒來吵我了，這也是件好事。現在我只希望她能冷靜一點。「跟上進度」根本不足以形容我做的事，原告舉證的五天裡我瘋狂工作，現在已經進入被告舉證的第三天。

昆茵·麥克莫倫後來讓警方坦承，他們不知道泰莎屍體被發現的幾週前，艾許琳和泰莎人在哪裡。運輸安全管理局也承認，艾許琳可能沒有搭上飛機前往芝加哥，而他們也無法確定她身旁孩子的身分，甚至無法肯定這名小孩有沒有搭上飛機。肖像重建畫家艾爾·庫克出庭時彷彿老了十歲，可能還喝醉了，他承認自己繪製的失蹤兒童畫像多出於個人的想像。「火熱」夜店老闆羅恩·謝瓦里說艾許琳「似乎很愛她的女兒」，但也曾告訴他泰莎「人在芝加哥或某個地方」。而艾許琳的無腦閨密珊蒂・迪歐李奧則再次重申「小艾和小泰」是分不開的，直到後來泰莎「去了別的地方」。

「去了哪裡？」昆茵問。

「艾許琳沒說。」

「布萊恩小姐當時是否顯得緊張或擔憂？」

「一點也不，」珊蒂瞪大眼睛，「但她**超愛**泰莎。」

法庭裡每個人似乎都對這些「好媽媽」證詞嗤之以鼻，我也不例外，但昆茵還是得做她該做的事。我最喜歡的部分就是斯巴福叫珊蒂轉述「哇靠，我真是太會瞎掰了」的這一段。

我還等著看路克・沃許這個所謂的男友和保母瓦蕾莉會不會出庭。

「我做了些安排。」凱薩琳在我耳邊喋喋不休地談著之後審訂和校稿的事，又提到書封設計和裝幀，我試圖專心聆聽。

我用「**太棒了**」和「**好極了**」為我們的「對話」加料，同時分神用黃色螢光筆在我列印出來的訴訟案筆記上標出重點。我無時無刻只要睜開眼睛就在想著這個訴訟案，即使在睡夢中也不停歇。

昨晚，我夢到巴克爾・霍特來到證人席上，身上覆蓋著溼答答的水草，彷彿狄更斯筆下的人物。他告訴大家他是和泰莎一起死的，但沒有人找到他的屍體。**這是一個夢**，我在夢中告訴自己。醒來後，我花了一點時間才記起這件事並沒有真的發生。

「我有插播，」凱薩琳問，「可以等我一下嗎？」

「當然。」我試著別讓語氣太諷刺，但凱薩琳已經去接另一通電話了。

為了提醒自己庭訊的哪些部分是真實的，我做了一個表格記錄主要的證人——沒有任何一個人身上披著水草。

**會計師**：斯巴福傳喚她出庭，是為了證實艾許琳把母親買給她的芝加哥機票地點換成了波士頓，但只有去程。這本該是要讓陪審團相信，泰莎死時艾許琳也在波士頓，所以可能與她的死有關，但這個策略在交叉詰問中碰壁了。

「她在波士頓是否有使用信用卡？」昆茵．麥克莫倫問，「是否有紀錄？」

「沒有。」會計師承認。

「那妳是否有找到她在波士頓或其他鄰近地點的任何財務使用紀錄？」

「沒有。」會計師又說。我知道昆茵是為了說服陪審團沒有證據能證明艾許琳曾在波士頓，所以她與泰莎的死無關。然而斯巴福也沒有調閱哈德遜售報亭的監視器影像，我覺得這很奇怪。他只有試圖削弱信用卡證詞對原告方造成的不利，反問會計師是否有任何追蹤現鈔的方法。「絕對沒有。」會計師說。

**鑑識人員**：斯巴福傳喚了檢測艾許琳車子的鑑識人員。車上是否曾放置氯仿？不確定。昆茵．麥克莫倫只問了他一個問題：「你是否有在任何與艾許琳．布萊恩相關的地點發現氯仿？」鑑識人員說沒有。

**海岸防衛隊的海洋學家**：出庭作證潮汐和漂移的分析結果。如果一具屍體在六月被沖上城堡島海灘，那麼棄屍地點可能是在哪裡？「一定是在波士頓嗎？」昆茵問道，答案是「不」。

**波士頓警探柯蘿塔．西里爾**：原告方的最後一位出庭證人。我逐字轉錄了她足以毀滅艾許琳的證詞。

「妳調查的重點是什麼？」斯巴福問她。

「『如果艾許琳．布萊恩沒有殺了泰莎．妮可，那麼是誰殺了她？』我追蹤所有與這個問題相關的線索，」西里爾說，「但沒有得到其他答案。是布萊恩小姐把她女兒送到波士頓，後來又對她母親撒謊，說那天早上看到泰莎還好好的，但我們知道她當時已經死了一段時間，還被裝進城堡島海灘上找到的那個垃圾袋裡。她為什麼要說謊？會這麼做的只有艾許琳。」

**只有艾許琳**。我在這句話底下畫線；這也是斯巴福開庭陳述時說過的話。

凱薩琳繼續讓我在線上等著，她到底在搞什麼？

以犀利生猛的交叉詰問技巧聞名的昆茵，連珠炮似地對西里爾警探提問艾許琳的男友和保母的事，絲毫不打算掩飾她的嘲弄。

「妳有找到**他們**嗎？有訊問**他們**嗎？」

「沒有。」

妳有懷疑過夜店老闆羅恩．謝瓦里嗎？有沒有懷疑過湯姆．布萊恩或喬芝亞．布萊恩？昆茵又提出一連串的疑問，砲火一次比一次猛烈，但西里爾警探的證詞依舊堅定，認為所有的調查結果都指向艾許琳。

這些提問，感覺就像——這只是我的感覺，可能不重要——就像用利牙無謂地死咬著一根細小的吸管不放，畢竟這些人有什麼動機要殺死小泰莎？

所有的新聞評論和名嘴也都同意我的看法，檢方證人提出的證詞讓他們瘋狂。**她一定有罪**，他們全都這麼說，否則哪來這些謊言、欺騙和布膠。他們還說，如果她無罪，就一定會親自站上證人席。然後他們全都引用了羅約．斯巴福的開庭陳述，《先驅報》更將那句話做成斗大的頭條標題：**只有艾許琳**。

「我之後再打給妳。」凱薩琳的聲音從電話中傳來。

「好啊，」我說，「很高興跟妳講——」

但凱薩琳已經掛斷了，至少我現在能在明早開庭前好好看一下被告方證人的筆記，並且希望──奢望──能一夜無夢到天亮。

在昆茵．麥克莫倫走的這條鋼索底下，有一張大大的法律保護網，因此她不必證明艾許琳沒有殺人，在原告能證明之前，她的委託人都是無罪的。她也不需要證明當時艾許琳人在哪裡、在做什麼，甚至不必證明是誰殺了泰莎，她只需要──只需要──讓陪審團明白，原告提出的一切都無法超越合理懷疑，其他人、甚至**任何人**都可能是凶手，而她不必證明那個人可能是誰。

但我知道誰都不是，只有艾許琳。

# 27

我的市內電話又響了。現在是晚上十一點四十五分。

「妳還醒著嗎？」凱薩琳劈頭就說，「就像剛才講的，他們現在在想書名，還有——」

「妳覺得她男友和那個保母怎麼了？」我打斷她，「還記得我跟妳說的那些人嗎？昆茵告訴我艾許琳跟她提過的那些。」我停下來，也問自己同樣的問題，「妳懂我的意思嗎？為什麼艾許琳不告訴昆茵這些人的下落？他們明明可以證明她的說詞啊。」

「也許艾許琳根本不知道他們在哪，」凱薩琳說，「或昆茵不想傳喚他們。當然這個『男友』可能讓被告律師勝訴，尤其是如果他能提出艾許琳的不在場證明。但是，他也可能是個壞蛋。還有那個保母，新聞有提到她的名字對吧？她的情況也一樣，她也可能……我不知道，是個壞保母。或者有可能變成對原告有利的證人，或許她知道艾許琳不是個好媽媽，對小孩漠不關心之類的。」

「也是。代頓警方之前就在找她，」我說，「但斯巴福也沒有傳喚這位保母。」

「總之，艾許琳是個大騙子，而且很快就要變成監獄裡的永久住戶了。我剛剛在想，梅瑟，妳覺得泰莎會說話了嗎？可能艾許琳擔心的是這個。」

「哇喔，這太嚇人了，妳是覺得艾許琳害怕泰莎會說出什麼祕密嗎？」我擺弄手上的筆，筆飛了出去，撞到桌上的黃色便利貼，然後掉到地板上。泰莎**能**說多少？我幾乎能聽見蘇菲的聲音，聽見她牙牙學語。「為什麼？為什麼，媽咪？」她充滿熱情和想像力。而泰莎又會說些什麼呢？

「但艾許琳總不可能憑空捏造出兩個人吧，」我說，一邊重寫筆記。我在疑點清單上寫下：**泰莎會說話嗎？**「這個路克和瓦蕾莉想必**其來有自**。」

「就像昆茵說的，這個女人有點問題，可能……」凱薩琳聽起來分心了，「妳可以再等我一下嗎？抱歉，有插播，先別掛斷。」

好啊，可惡，又要我等。我現在還有哪些事要做？

昆茵在開庭陳述中曾**保證**我們會聽到艾許琳的「問題」。什麼問題？什麼時候的問題？她吸毒嗎？還是兒時受虐？或有什麼不堪的過往回憶？還是在夜店出了什麼事？又或者有**家庭**問題？

嗯，家庭問題。

我在黃色便條本上敲打著手裡的筆，又轉了一圈敲打著末端的橡皮擦。筆尖、橡皮擦，又轉回筆尖。或許她和父親之間出了問題？

說到父親，泰莎·妮可的父親呢？再說到「問題」，他的身分怎麼不會啟人疑竇呢？

「梅瑟？妳還在嗎？」凱薩琳回來了。

這麼晚了我還能在哪裡，我的背正緊靠在椅背上，手指黏在鍵盤上。

「在啊。」

「妳覺得艾許琳明天會出庭作證嗎？」凱薩琳接著說，又開了一個新話題，好像她剛才沒讓我等過一樣。

這也是一個好問題，但一樣，我覺得不重要。

「她是個自戀的臭女人，」我說，然後想起喬·瑞西納利告訴我的話，「她媽媽說她會『創造自己的現實』，或許她自認可以擊敗羅約·斯巴福。妳不想看這場好戲嗎？」

「他肯定會讓她輸得很難看，」凱薩琳說，「如果他把那張夜店溼身的照片公開給陪審團看一定很精采。那張照片想必還有其他備份。」

「是啊，」我說，「但我想她現在能玩的把戲就只有沉默吧，總之明天就知道了。我現在可以回去寫作了嗎？我半夜的產值特別高。」

掛了電話後，我回來面對我的草稿。

「再五分鐘。」聲音說。這一定是作夢。「這是作夢……」我喃喃說著，然後突然發現自己其實大聲說出來了，而且還趴在桌上，臉埋在臂彎裡。我一整晚都睡在這裡嗎？我眨眨眼，在椅子上坐直。已經早上了，外面一片明亮。

「我只是想讓眼睛休息一下。」我對著空氣解釋，還不太確定我究竟已經醒了還是仍在作夢。

「再四分鐘。」聲音又說。

醒了，而且還起得太晚了。我心跳加速，但腦袋依舊昏沉，我一個箭步衝進浴室，摸摸鏡子，祈求好運。我知道今天是第四百六十一天，但卻沒有時間在蒙上蒸氣的浴室鏡子上寫下數字了。「愛你們！」我大聲說，然後衝進廚房裡，扔了一顆咖啡膠囊再狂奔回到書房。我打呵欠、伸懶腰，拚命讓自己清醒。

轉播開始的時候，艾許琳的專屬攝影機拍到她正坐在位子上，姿勢端正，穿著冰藍色的上衣，還戴了珍珠耳環。畫面接著切換到昆茵從椅子上站起來。

「被告不作證。」她說。

我猜對了，艾許琳不會站上證人席，真是聰明，畢竟她又能說什麼呢？她能捏造什麼現實？德克斯會提醒我，根據憲法，陪審團不能因她保持沉默而裁定有罪，但他們一定會想知道她為什麼不替自己辯解。不作證的決定對艾許琳來說是個損失，但也正是我所希望的。

還戴珍珠耳環？拜託。

「本案將休庭到週二。」格林法官說，「律師，我們先處理行政事務，結辯將於星期二早上十點開始。各位陪審員，一如往常，你們不能閱讀或觀看任何與本訴訟案有關的新聞報導，也不能與任何人談論案情，即使陪審員之間也不得相互討論。」

法官敲了敲木槌，轉播終止，螢幕又回到一片黑。整起訴訟案就只剩下裁決了。

我的世界靜止下來。

我盯著黑色螢幕出神了一會兒，被它的寂靜吸引，彷彿有一股引力，將人拉進無窮盡的虛空之中。我想著夜裡黑色的潮水，黑得像此時的螢幕一般，還有那個在水中載浮載沉的小女孩。我想著兩個小女孩。我鑽進白色的被子底下，筋疲力竭又極度孤單，即便早晨的陽光從臥室窗戶照進來灑滿整個室內也視而不見，我遁入一片黑暗之中。

# 28

結辯是整起訴訟案的關鍵。今天早上，羅約．斯巴福必須證明被告有罪，證明被害人是如何被殺害，證明艾許琳．布萊恩無論如何都該為此負責。依照麻省的法律，被告方的辯護律師將會先發表結辯詞，她只需要說服陪審團原告方無法超越合理懷疑而已。有時候這也不是件簡單的事。

這是雙方的最後機會，也是被告的最後機會。這個章節我無法預寫，因為其中字字句句都是無法預料的。

整個週末和星期一我都在工作，被屋外的暴雨和無情的交稿期限困住。喬正打算來訪，他打電話來說報社今天派了其他人去觀審，於是便問我他能否帶咖啡來和我一起觀看結辯，他想看的是一般的電視轉播，不是法庭現場直播。想必各臺都會轉播，所以我說好啊，都可以。也許喬也喜歡和人一起討論訴訟案，或者他想在我的書中多占一點篇幅。我換上牛仔褲和德克斯的牛津襯衫，並梳好頭髮。

過了五分鐘，德克斯律師事務所的希歐打電話來，說他們還有兩箱物品想要送過來。有何不可，大家都來我家開派對好了。

如果九點四十五分前喬還沒到，我就準備自己一個人看結辯。今天將是「**失蹤的小女孩**」一案勝訴的日子，也是永遠與她道別的日子。

我幾乎能聽見截稿期限逼近的腳步聲。我走進客廳打開電視，一切都靠陪審團了。

陪審團現在共有十三名成員，有男有女，十二名原成員，和一名遞補成員。這些人的面孔我從未見過。我想起之前那位格姓陪審員，珊卓．格拉諾普羅斯，她或許也在家中觀看訴訟案。因為我的關係，她沒辦法參與艾許琳是否終身監禁的裁定，不知道對此她有何感想？

萬一她的一票將扭轉整個結果該怎麼辦？

我停在走廊上。萬一艾許琳最後得以脫罪呢？因為我的關係？萬一艾許琳無罪開釋，這是世上我最不希望發生的事，結果我卻讓它發生了呢？因為德克斯希望審判公平，所以我揭露了格姓陪審員的行為。我為德克斯做了正確的事，但如果對蘇菲來說反而是錯誤的呢？我又搞砸了嗎？再一次搞砸了嗎？

想到這點讓我幾乎站立不穩，我伸手扶住牆壁，在走廊前端的鏡子裡看到自己的倒影，然後想起——**鏡子！**今天我寫上了數字四六五。

門鈴響了。喬來了嗎？我開著電視，人走到門口。不是喬。

「凱薩琳，親愛的，」我說，「怎麼回事？」

「讓我進去。」她說。我從沒見過凱薩琳的頭髮這麼亂、神情這麼憔悴。她時髦的短夾克被沉重的手提包背帶拽下一側的肩膀，太陽眼鏡掛在她的雪紡襯衫領口。「有人跟蹤我。」

我走到門廊上，凱薩琳則溜進屋裡。「跟蹤妳？」我問，「誰？」

「快點進來，」她焦急地說，「不要讓他們看見妳。」我來來回回看著門前的馬路，沒什麼可疑人物。我走進屋裡關上門，凱薩琳看上去很不安，我從沒見過她的眼神如此焦躁。

「誰？」我又問了一次，「為什麼有人要——妳從哪邊過來的？發生了什麼事？」

「是一臺銀色的車，」她說，沒有回答我的問題，「看起來是銀色的，一直跟在我後面，開得飛快。」

屋外的街上傳來一陣喇叭聲，把我們都嚇得瑟縮了一下。

一輛時髦的寶馬迷你停在我門口的車道上。

「那臺嗎？」原來不是什麼可怕的跟蹤狂，「那是喬．瑞西納利，他要來我家。」

凱薩琳眨眨眼，給了我一個眼神。我看不出她究竟是對他的來訪感到很意外，還是在思考這輛車是不是她剛才看到的，但寶馬迷你很好認。

「不確定，」她說，「出版社收到炸彈威脅，老闆覺得是因為這本書的關係，警方說這只是惡作劇，但還是嚇到我了。不該告訴妳這個的，我真白痴，但我真的有看到一輛車。」

「什麼？」我說，「炸彈威脅？因為那本書？我的書？聽著，這……非常讓人不安。」

喬小跑步走向前門，穿著卡其褲和休閒鞋，手裡端著一個裝了三杯咖啡的硬紙板咖啡架。記者總是擔心咖啡不夠多。

凱薩琳整理了她的外套又梳了梳頭髮，我猜她還在整頓情緒。

「嗨，喬。」我朝門口說著，並舉起一隻手打招呼。我壓低聲音向凱薩琳解釋道，「我們要一起看新聞臺轉播的結辯，他提議的。我為了寫這本書有訪問他。」

街上又傳來一陣喇叭聲，一隻手從駕駛座的車窗裡探出來揮動著，然後那輛銀色奧迪也轉到了我的車道上。

「**那**又是誰？」凱薩琳往後退了一步讓喬走進來，然後又靠近我，「聽著，我需要和妳談談。」

「我也需要和妳談談，好姊妹，」我說，「**炸彈**威脅？還有，那只是德克斯律師事務所的希歐，」我接著說，「把德克斯的私人物品裝箱送來而已。很蠢，因為我根本沒開過那些箱子——嘿，或許妳看到的是這臺銀色的車？」

「可能吧。」凱薩琳回答。

喬端著咖啡走進屋裡，凱薩琳只是盯著我的門框看，希歐把車停在寶馬迷你後面，早上九點二十五分發生的事情可真多。

儘管喬和凱薩琳都聽過彼此，我還是匆匆介紹他們相互認識，然後把喬和他的咖啡一起推到客廳的大螢幕電視機前。希歐在人行道上拉著一輛手推車，上面擺了兩個超大的紙箱。在他抵達門口之前，我大概還有十秒鐘可以說話。

「凱薩琳？」我拉住她的手臂，「炸彈威脅？」

「別提了，警方堅稱那沒什麼。」

「開什麼玩笑？炸彈可不是小事。」

「那**不是**真的炸彈，什麼也不是，就像那天法院發生的事一樣。我不該提的。聽著，我們可能找到那個保母了。」

「瓦蕾莉？」我問。蠢問題，因為沒有其他保母。「『我們』又是誰？」我看著敞開的大門外面，快速掃視是否有其他銀色車輛，或炸彈。希歐與我們只剩五步的距離，但又轉身去調整了一下紙箱。

但，天啊！保母瓦蕾莉可以證實她何時帶走泰莎、泰莎與艾許琳的關係如何，還有艾許琳對泰莎去向的說詞，或許她也可以解釋艾許琳有什麼「問題」，以及路克是誰。

我的頭腦彷彿以光速運轉，衡量著所有可能的結果。瓦蕾莉的出現肯定會引發軒然大波。

「昆茵．麥克莫倫知道嗎？」我問，「斯巴福檢察官呢？這個瓦蕾莉人在哪？」

「她死了。」凱薩琳小聲說。

「**死了？**」

「嗨，漢尼西小姐，」希歐站在門口的臺階下，指著身後的手推車，「東西有點重，需要我幫忙搬進去嗎？」

「我得走了，」凱薩琳說，「妳這裡人太多了。」

我從希歐的手推車上抱起一個箱子，搬進屋裡後扔在地上，擋住他進門和凱薩琳出門的去路。她可不能完全不解釋這條**大新聞**就離開，死了？瓦蕾莉死了？

「謝了，希歐。」我又拿起另一個箱子，好像它根本沒重量一樣，然後疊在剛才那個箱子上，「我想你得趕快回公司了，而且我現在有點事要談。」

我努力擠出一個看似禮貌的微笑後將門關上，把他擋在外面，凱薩琳則被關在裡面。她不能離開，至少得先說明這件大事。

「瓦蕾莉**死了**？」我小聲說，把現有的資訊聯想在一起，「是因為**炸彈**嗎？」

「要開始了！」喬大喊。

「之後再告訴妳，」她低聲回答，「但梅瑟，相信我，沒有什麼炸彈。」

凱薩琳似乎被她所謂的「開銀色車的跟蹤狂」嚇壞了，最後決定也在我的沙發上坐下來，於是我們三個就這麼來了一場觀看結辯轉播的咖啡聚會。我仍然將平板電腦放在書房錄影，這樣就可以到客廳跟喬、凱薩琳和全國人民一起看電視轉播。凱薩琳拿起一杯咖啡。一切都很好。

艾許琳專屬攝影機對著她的臉，在昆茵．麥克莫倫結辯時，這位被告閉上了眼睛。

「真愛演，對吧？」我戳破她的演出，但沒人回答我。

至少艾許琳還有點自知之明，沒有誇張地雙手合十、假裝祈禱。不得不說，現在只有**天外飛來**的救星能救得了她，就算法院失火，或有人心臟病發，甚至是另一起炸彈威脅，也只是拖延必然的結果而已。

「這起案件中最關鍵的問題始終沒有答案或證明，」昆茵說，「那就是：泰莎．妮可．布萊恩是死於何時，又是怎麼死的？如果你們無法回答這一點，就只能裁定被告無罪開釋。」

不知道艾許琳會不會同意我在定罪之後採訪她？就在監獄中進行？她肯定很想延長她的十五分

鐘會客時限。

喬和凱薩琳安靜地看著昆茵的結辯，而我則在電腦上做筆記。大約三十分鐘的時間，我聽得出來昆茵正一步步堆疊她偉大的結論。

「光想到一個母親傷害自己的孩子就令人不安，」她說，「但將一個悲傷的母親裁定為有罪，又是多麼令人惶恐？更何況這個罪名是如此不堪，還是她根本不曾犯下的罪？我想請問，問問每一個人、每一個美國公民，請你們也都捫心自問：我是否掌握了足夠、無可辯駁的證據、確切的事實和可靠的真相？目前為止，有任何——任何——一項證據說服你了嗎？在座的各位先生、女士，也許你們不喜歡她，但你們不是來這裡和她交朋友的，而是誓言要排除合理懷疑來進行裁定的。

「你們知道，根據鑑識人員發誓屬實的證詞，他們沒有採集到任何指紋，也沒有DNA、沒有目擊證人、沒有頭髮樣本、沒有組織樣本，沒有任何一項具體證據，甚至無法證明艾許琳曾經待在波士頓，更無法證明死因。

「『只有艾許琳』，這是檢方不斷重申的，但你們都知道那並非事實，也無法超越合理懷疑。」

昆茵坐下來時我拍了拍手，給了她一陣諷刺的掌聲。「當你手裡沒有牌的時候，就把美國搬出來，德克斯總是這麼說。」

「嗯，但她說『無法證明死因』倒是很有說服力，」喬回答，「而且也沒有任何物理證據能夠證實與艾許琳有關。」

「拜託。」我說。

「有人餓了嗎？」凱薩琳問，「梅瑟？我和喬可以去找點東西吃嗎？」他們走向廚房，邊走邊討論要做花生醬和果醬三明治。他們很聊得來，彷彿在《城市》雜誌共事過一樣；好像他們一直以來都一起觀賞刺激的訴訟案，再一起料理午餐。有人來家裡做客真是一件有趣的事，我們因為一樁謀殺案而聚在一起也很奇妙，但這種感覺真好。

# 29

弄個三明治要那麼久嗎？凱薩琳最好別告訴他關於瓦蕾莉死了的事。

「你們兩個！」我對著廚房大喊，「要開始了！」

我打開筆記資料夾。陪審團不可能記得所有的證詞，而跟所有原告方一樣，斯巴福一定希望陪審團忘記那些對定罪不利的要素，只記得有利的。

我幾乎能感覺到德克斯在我身邊的體溫，我甚至還聽見了他的想法。**就看誰比較會說故事**，他說。我伸手觸摸身旁的沙發椅墊，想像他最常穿的牛仔褲和淺藍色襯衫，然後在凱薩琳回來坐下時迅速收回我的手。花生醬的味道跟著她一起入座，她端著一盤三明治，一個又一個三角形整齊地排列在我媽媽的銀色盤子上。

「真好。」我說，拿起其中一個，回到現實。「喬在——」

「廁所。」她說。

我無法控制地想像喬站在浴室裡，在我的鏡子裡看見他自己。**別碰那面鏡子**，我想著。喬回來後，我試圖在他的表情中尋找……我不知道我想尋找什麼。

他拿起一個三明治，自然得好像我們每天都這樣相處在一起，然後坐進扶手椅裡。他穿著牛仔褲和格紋牛津襯衫，我突然感到很困惑，為什麼他人在這裡，而不是在法庭？報社派了別人去報導結辯？聽起來不太對勁。他知道我在寫這本艾許琳的書，他有什麼目的？

電視螢幕上出現了法庭畫面，庭內所有人都已就位，沉默無語，但法庭架設的麥克風依然收到紙張的沙沙聲、旁聽民眾移動雙腳的聲音和一些細碎的低語，彷彿在為下一階段揭開序幕。法官席上，格林法官正一頁頁翻著手裡的文件，他那條黃色領帶從長袍領口探出來。在鏡頭之外，陪審團成員想必都坐在那些光禿禿的鋁製椅上。

法官抬起頭來。

「開始了。」喬把最後一塊三明治吞下去，滿懷期待地搓搓手，也有可能只是為了搓掉麵包屑。

「妳們覺得會怎麼樣？」

「就看誰比較會說故事，」我想著德克斯說道，「但她一定有罪，沒有人的故事能說服我她無罪。」

「我想也是。」喬說。

「是啊，」凱薩琳說，「應該吧。」

「應該？」我對凱薩琳抬起眉毛。我一定會好好寫下定她罪的那一刻。「斯巴福一定會給她好看的，你們不認為嗎？」

「我們怎麼認為並不重要。」喬說。

為她發聲

「各位先生、女士午安，」羅約．斯巴福開口，「謝謝你們無限的耐心和善意。」這位資深檢察官的開場十分聰明、經驗老道且有見識。他接下來將要說出一個能抓住陪審團的心和想法的故事，並說服他們這些證據超越合理懷疑，讓他們認定艾許琳．布萊恩是有預謀和計畫的，她親自執行了這個計畫，殺死了她的親生女兒。

他的結辯重點十分有力，既令人心碎又讓人信服。他要說的是，艾許琳打破了為人父母神聖的使命，她應該在監獄裡關一輩子。

「在開始前，我想先讓各位看一樣東西。」

斯巴福開啟電腦畫面，一段泰莎的影片出現在法官席右側的螢幕上。

「這是泰莎．妮可．布萊恩，」他幾乎是低語，希望陪審團豎起耳朵聆聽，希望泰莎的身影在他們腦中揮之不去，希望讓泰莎顯得更真實。「她是各位之所以在此的原因。這是她最喜歡的絨毛兔，這是她後院的秋千，這是溺愛她的外祖父母。然而——」他停頓下來，不想做得太過火。「她走得太早了。」

他又點擊了一下，螢幕回到一片黑。「是誰奪走小泰莎充滿朝氣的眼神？」他轉向艾許琳．布萊恩，而她也直視著他，他認為是有人指導她這麼做的。

「艾許琳．布萊恩，」他一字一字清楚地說，雙眼緊盯著她不放，「她不想再當泰莎的媽媽，認為帶小孩不方便，是個錯誤，所以她著手計畫和安排，她做了研究，暗中謀劃，然後，她讓這個小女孩永遠消失在世界上。」

他轉身面對陪審團，在語調中加入一絲哀戚。

「喝酒、跳舞、玩樂並沒有什麼錯，」斯巴福理了理他那條深紅色的絲質花紋領帶，「但為人父母，我們必須調整優先順序，而艾許琳還沒有準備好，於是她決定要設法改變。」

他停頓下來，讓陪審團想像。沒有什麼比想像更有力量的了，可怕的事實再加上想像總能導向定罪。

「艾許琳．布萊恩很聰明，」他說，「她想做的事情就一定能找到辦法達成，她會創造新的現實。」

他轉向仍坐在前排專注看著他的湯姆和喬芝亞．布萊恩，快速地朝他們做了一個手勢，喬芝亞點點頭表示同意。就連她自己的母親都認為她有罪，他多想這麼告訴陪審團，但當然他沒有說出來。

「艾許琳說謊成性，」斯巴福繼續說，注視著陪審團，「她一下子拖著泰莎到處去，沒多久又把她丟給保母或一些不明人士。可憐的孩子，她根本不知道真正的生活應該是什麼樣子，偶爾能待在外祖父母家就已經很幸運了，有他們的照顧就一切都好。」

喬芝亞伸出手，緊緊握住她丈夫的手。

「但艾許琳知道，」斯巴福用一種不祥的語調說，彷彿在替犯罪實錄節目配旁白，「她知道她那充滿謊言的生活就要結束了，接下來一切都會不同。」

他知道陪審團的每一位成員都全神貫注地聽他說話，駭人的謀殺案最能引人注意。

「請記住，」他接著說，「泰莎還只是個兩歲的孩子，只有艾許琳能描述她們兩個的生活是什麼樣子。原本泰莎只會喊『外婆』、『兔兔』，什麼問題也沒有。」

他深吸一口氣，預示著接下來要說的話至關重要。

「但後來泰莎開始牙牙學語，能組織字句了，能夠用語言交流了，於是艾許琳也有麻煩了。因為泰莎年紀太小，不懂什麼是『祕密』。」

現場記者們面面相覷，一邊點頭稱是。他說得對，他們用口形說。泰莎有一天會洩漏艾許琳的祕密。

「被告的辯詞說了些什麼呢？」斯巴福的嗓音冷漠起來，「一場意外？一根熱狗？不治之症？」他為其中的荒謬搖搖頭，「真讓人搞不懂啊。

「如果泰莎死於一場意外，難道不會有人打電話叫救護車嗎？」沒有任何慷慨激昂的情緒，斯巴福只是冷笑了一聲，「但沒有人叫救護車。

「庭訊的第一天，我就對各位說『只有艾許琳』，只有艾許琳能對泰莎痛下毒手。是否有任何──任何──一項證據，」他刻意模仿昆茵的辯詞，「能超越合理懷疑，說服你泰莎的死是其他因素造成的？

「最重要的是，艾許琳更改了她慷慨的母親買給她的機票，和泰莎一起飛往波士頓，那裡沒有人認識她們。而後，她不知道用了什麼方式──什麼方式都有可能──以一塊浸泡過氯仿的布，和三捲她為了避免被商場攝影機拍到而從家裡帶來的布膠，就這麼奪走了她女兒的生命。她把泰莎小小的身體裝進塑膠袋裡，也許又裝進一個不起眼的大型手提袋裡，像垃圾一樣把泰莎帶到城堡島。也許她曾向泰莎道別，我們只能這麼想像，然後回到代頓，自由自在、再無牽掛地展開她想要的新生活。她創造了一個新的現實，告訴所有人泰莎在『別的地方』。各位先生、女士，泰莎的確在別的地方；泰莎就陳屍在波士頓港。」

他一邊說著，他的同僚一邊從旁協助，螢幕上又出現了畫面，一個綠色塑膠袋，在輕柔的海波中浮沉著，擱淺在城堡島的海灘上，彷彿為海岸留下一道疤痕。

「艾許琳．布萊恩就坐在那裡，」他指著她，「她現在如此沉默，但各位之前已經從其他證人口中聽過她的行徑。有一句話我特別希望各位記住，她說：『哇靠，我真是太會瞎掰了。』」

這句話就像是最後一擊，現在，斯巴福準備要收拾她了。

「各位先生、女士，你們都很清楚，只有艾許琳能造成這場悲劇，事先謀劃並蓄意犯罪，只有艾許琳。請為泰莎．妮可挺身而出，」斯巴福在現場一片死寂中停頓了一下。有位陪審員在啜泣，他知道自己抓住了他們的心。

「請為泰莎發聲。」

斯巴福坐下來時，我們全都靜默不語，法庭裡也一片鴉雀無聲。

「完勝！」我啜了一口完全冷掉的咖啡。斯巴福說了整整九十分鐘，用完法官分配給他的所有時間。而他的整段結辯中，我們三個一直保持沉默，我則拚了命地寫個不停，雖然知道在定稿中勢必得刪除不少。當然，我在電視轉播裡並沒有看見艾許琳的父母和陪審團，所以之後我得確定一下是否真的有人哭了。我會讓這本書成功的。「他打敗她了，你們不覺得嗎？」

「就看陪審團了。」喬說。

「是啊。」凱薩琳附和。

「我真不敢相信，」我說，「你們怎麼會認為有其他——」

凱薩琳站起來拍拍身後的灰塵，然後看了看錶。「親愛的，妳有工作要做，我也得走了。」

「我也是。」喬站起來說，「陪審團已經離場了。嘿，等一下要一起吃個晚餐嗎？」

我必須說，我真的搞不懂喬在想什麼，晚餐？我知道他已婚，之前我出於好奇在網路上搜尋他太太的資料，雖然能找到的不多。而且他也從沒跟我聊過任何訴訟案以外的事。誰知道他在搞什麼，我更沒打算進行多餘的交際。

「這主意不錯，」凱薩琳說，「梅瑟？」

「我得工作。」我說。如果他只是想表達友善——我的意思是，單純吃晚餐——那我可能真的反應過度。德克斯會希望我「快樂」的，大家都試著這麼告訴我，但現在太快了，太、太、太快了，我甚至覺得永遠不會發生。

他們往門口走去，繞過律師事務所搬來的那些堵在門口的愚蠢紙箱。我把箱子推到一邊，**愚蠢**的箱子。打開門後，我轉向凱薩琳，我得問她是否有可能面對面訪問艾許琳，但在那之前，我需要先弄清楚瓦蕾莉的死。

喬背對著我們。「凱薩琳，我們是不是該聊聊？關於……書的事？」

「我再打給妳。」她對我說完，然後便離開了。

# 30

「你們都沒長腦嗎？」我對著一片空白的法庭直播螢幕大喊大叫。評議的第五天已經快結束了，卻什麼消息都沒有，連直播訊號的嗶嗶聲都沒有。整整五天，我坐在書桌前瘋狂寫作，狂灌咖啡和葡萄酒，配蘇打餅。我簡直快瘋了！

陪審團到底在搞什麼？

「這表示有人意見相左。」當地電視臺的一位名嘴安下定論。

「你**什麼**都不懂。」我對著電視裡的傢伙說道。

「沒有死因證明。」另一個穿西裝的傢伙附議。

「那又**怎樣？**」我也反駁他，一隻手指戳著他螢幕上的臉，「死了就是死了，而且不是死於意外事故，那個孩子被裝在**垃圾袋**裡。」

接著我開始自我安慰，一邊吃著鹹薄餅，一邊告訴自己最終結果一定是裁定有罪。陪審團當然不會在沒有仔細考慮所有證據的情況下貿然裁定罪名，畢竟罪名成立後，肯定會判處無期徒刑，但裁定結果也應該快要出來了。

過去裘蒂．艾亞斯謀殺前男友一案，陪審團花了兩天做出裁定，而殺死親生父母的曼尼德茲兄弟則花了四天。斯科特．皮特森殺了他的妻子蕾西和她腹中了孩子，陪審團用了十一天裁定他有罪。

同樣是殺死自己女兒的凱西．安東尼一案，那組白痴的弗羅里達陪審團竟然只花了**十個小時**就裁定她的罪名不成立，而辛普森案更少於**四小時**。四小時！所以，這麼長的評議過程最後結果一定是罪名成立。我津津有味地想著，艾許琳一定也很清楚這一點。

**但萬一她獲判無罪呢？**

我一定會很想死。

「喂？」我在鈴響結束之前接起了電話，是凱薩琳。

「聽著，孩子，我之前不是跟妳說瓦蕾莉死了嗎？但結果不是同一個瓦蕾莉。」

「啥？不是同一個？」

「對，我們一直在找她，想替妳挖點好料。我們以為找到她了，結果她跟艾許琳沒半點關係。雖然她死了，但她跟案子無關，抱歉嚇到妳了。」

「是啊，妳真的嚇到我了。」如果跟案子有關的人死了，事情可就大條了。所以，只是個錯誤情報，可憐的、死去的另一個瓦蕾莉，不知道她是誰，在世時又是什麼樣子。「真奇怪，那**我們的**瓦蕾莉在哪裡？」

「誰知道。是啊，很怪。所以，妳還有在寫吧？妳對陪審團有什麼想法？」

「我只覺得他們最好快點討論出結果。」我說。

掛了電話之後，我覺得自己幾乎能聽見裁定結果逼近的腳步聲，我敢打賭艾許琳也一樣。我想像她在監獄裡的樣子，焦急又憤怒地踱著步，隨時害怕聽見獄卒朝她走來的腳步聲；我等不及要寫到這個段落了。她罪有應得，活該經歷這些悲慘的時刻。

優柔寡斷的陪審團至少給了我更多的寫作時間，我正在寫一個章節描述湯姆．布萊恩的故事。為什麼艾許琳的父親不出庭作證？只有一個合邏輯的解釋：他對原告方和被告方同樣不利。雙方都認為他的證詞會製造麻煩，所以雙方都不傳喚他。為什麼？

當我試圖剖析艾許琳的人生而不是自己的人生時，我竟然感到比較快樂，如果「快樂」這個詞恰當的話。我想知道她**怎麼能**那麼做？或許陪審團無法想像真的有母親會殺了自己的女兒。

那他們就錯了。

因為艾許琳說謊。警探躲在布萊恩家前廳衣櫥裡的那一天，艾許琳還說她早上才見過泰莎，但警方很肯定她早就知道泰莎已經死了。如果她沒什麼好隱瞞的，又何必說謊？德克斯會說這叫「罪咎感」，她表現得像是有罪，因此證明她確實有罪。

我是否應該好好犒賞自己一下，直接跳過去寫定罪的章節？我可以根據自己的預測來寫，但萬一結果不如我所料呢？

「那我就把房子燒了！」我大聲說。

被告請起立

裁定結果公布時，簡直讓人難以置信。四十一個小時，陪審員一定是在那間悶熱的會議室裡打了一場硬仗，會議室沒有窗戶，空調也不甚可靠，只有一塊釘在牆上的白板，還幾枝易擦的馬克筆，沒有人能窺知他們在白板上寫下了什麼。

陪審團是否製作了一個寫滿正反意見的表格，列出所有的有罪和無罪條件？是否也有列出一個合理懷疑的清單？

與此同時，記者前仆後繼地擁入媒體室，不斷猜測結果，但在正式公告之前，他們什麼也不能報導。

「沒有死因。」其中一個記者說，視線沒有離開正在輸入訊息的手機。

「這點很重要。」

「也沒有任何真正的物理證據。」《先鋒報》的刑事案件記者把一個皺巴巴的紙杯扔進垃圾桶裡，一邊宣告自己的判斷，「肯定是無罪。」

「開什麼玩笑，」另一個廣播記者撥弄著他的線材，確認自己的手機有在充電，「如果不是艾許琳幹的，還會有誰？只有艾許琳能殺了泰莎‧妮可。」

直播設備傳來書記官的聲音，打斷了他們的爭論。

「裁定已有結果，」她說，「被告請起立。」

「各臺注意，裁定已有結果。」那聲音說。

聲音打斷我時，我萌生了一個令人不安的想法，覺得自己好像居住在平行宇宙裡。

「四十一個小時。」聲音說。我把一隻手放在胸前，像一九四〇年代老電影裡忐忑不安的少女。我的草稿反映了現實，雖然原本就應該如此，但我想像中的場景和現實中的法庭進度竟然完全一致，還是很令人不安。除了德克斯和蘇菲之外，我腦中所想的全都是這個，在過去三十二天裡皆是如此——我數過了，就在昨晚我嘗試睡著之前。

今天將是艾許琳‧布萊恩新人生的第一天，接下來的每一天，她都將在監獄中度過。

# Part 2

一條繩子若只是用來固定箱子，妳很容易便會相信它足夠強韌。但若妳跌落峭壁，命懸於這條繩子之上，妳是否會質疑自己曾經對它的信賴？

——C. S. 路易斯，《卿卿如晤》作者有時候，我會夢見那些被遺忘的房間，那些看起來很熟悉的地方，熟悉到我能描繪出奶油色羊皮毯上的圖案、四格窗戶、昂貴的壁紙、橡木衣櫥的光澤和細窄的抽屜櫃。抽屜十分寬大扁平，像專門存放地圖的大小，但裡面襯著絲絨，總是裝滿珠寶、披巾、毛織品和絲綢質料的衣物。抽屜門大大敞開，向外展示著其中的華美。

我能描繪出寬闊而彎曲的樓梯，和每一階彩繪著小花圖案的豎板，還有寬敞、整潔的客廳，皮沙發上擺放著舒適的靠枕。大窗上沒有窗簾，遠處沒有其他房子。窗外的景色是一片靜謐、波光粼粼的湖泊和高聳的群山。這是家，清晰得像是一張照片，但卻不是**我的**家，我不知道這是哪裡。

為什麼我會在一個從未去過的地方感到舒適？為什麼我渴望這個地方，並稱之為家？為什麼我會認得這些美麗的物品，而且知道這都屬於我，即使我知道這一切並不存在？那麼我還沒看過的房間呢？走廊上，有些門是緊閉的，而我總是路過它們，也許這表示這些房間等著被發現，是我從未開啟過的門，是我尚未面對的祕密。

我閉上眼睛，把薄薄的白色涼被拉到下巴，努力不讓自己忘記，緊緊攀著夢境的邊緣。有時候，在白天、在現實生活中，我也會想起那些房間，而且總覺得自己幾乎能夠觸碰到那些門扇，彷彿如果我右轉，走到右邊的某個角落，或者打開右邊的門，就會在那裡看到絲絨、風景和山脈，還有我的家人。

但這裡就只是這裡而已，一成不變，沒有山。

德克斯不在這裡，蘇菲也不在。

我睜開眼睛，現實逐一歸位。

包括裁定結果。

# 31

廚房裡的電視傳來晨間新聞的音樂，而我仍在恍惚。

雖然已經不重要了，但我還是拿起遙控器調大了音量。不重要了，沒有人能改變裁定結果，不可能的，就像沒有人能改變過去一樣，這一切都不可能改變。

「……在她位於紐伯里波特的家……」一個面色凝重的二十多歲記者說道。

我認得這個記者，她是瑞秋．卡內普。她穿著一件紅色袖子的洋裝，黑色的長髮隨著微風飄動。在她身後，是白色雙層斜頂房屋的一角。我不認得那棟房子，也不認得兩側種滿金盞花的柏油車道，或是看起來像是中產階級住宅區的社區。大概只是另一則典型的煽動無味的假新聞，我習慣性地拿起一個咖啡膠囊，這些都不重要了。

「無人受傷，但今早消息來源指出，破壞者是昨天稍晚在麥克莫倫律師家的外牆上噴漆，」瑞秋說著，「他們也打破了房屋後面的一扇窗戶，顯然後來被警報系統嚇跑了。」

**什麼？**某個白痴試圖闖進昆茵．麥克莫倫的家？還在房子上塗鴉？我站起來，咖啡膠囊還拿在手裡，直盯著電視看。**什麼？**

「我們無法讓各位看他們寫了什麼，」但瑞秋的語氣和表情說明了牆上的噴漆內容肯定很讓人反感，「畫面進行了馬賽克處理，只能說這真的非常無禮又非常可惡。顯然是某個不贊同麥克莫倫女士替艾許琳．布萊恩辯護的人寫的，或者某個不贊同裁定結果的人。」

我往螢幕站近一步，彎身好看得更清楚。我想到了法院的炸彈威脅，當時警方判定只是虛驚一場，但這個呢？

在麥克莫倫房子的畫面中，白色的牆壁上蓋滿灰色的汙點。我等畫面播放了二十秒，然後暫停DVR，倒帶後再逐幀播放。因為播出時間的壓力，電視臺的後製人員打馬賽克通常會有一些破綻，如果我能找到一幀畫面，看出——啊，找到了。

「殺女凶手」，牆上的噴漆寫著，後面是一串髒話，「下地獄吧」。

「消息來源指出，昆茵．麥克莫倫現在很擔心艾許琳的安危，」瑞秋報導著，「警方正介入調查……」

「是啊，懂了吧，人生很難的。」我提醒電視機裡的瑞秋，然後調低了電視音量。我的書已死，無論這些人遇到了什麼事，對我來說都不重要了。我當然為昆茵感到遺憾，但我根本不在乎那噁心的艾許琳會發生什麼事，我想所有人都不會在乎。**殺女凶手，下地獄吧！**我都想自己去寫了。

我洗了澡，因為我需要蒸氣。至少現在還是早上，十點半左右還算早上。裁定後的第三天。我依然能聽見判決內容；能看見艾許琳哭了出來，倒在昆茵的懷裡；能看見她走出法院大門。

「我很抱歉，親愛的。」我一邊寫上數字一邊輕聲低語。四、七、五，我的手不知怎地很沉重，沉重得幾乎無法寫字，但我現在能做的就只有記得這些數字，這也是我唯一的工作。

咖啡？水從廚房的水龍頭裡湧出來，我縮了縮手，又轉得太燙了。酒？反正我幾乎一想到食物就想吐，管他的。

「敬你們。」我說。

書房裡的螢幕關掉了，它的工作也結束了。他們得過來把這些浮誇的機器拿回去，這裡不需要這些東西了。

電話又再度響起，大概是凱薩琳打來的，我邊想邊把咖啡膠囊扔進機器裡。我在躲她，還刪掉她傳來的訊息，讀都沒有讀，我沒辦法討論這件事。

我想我總有一天會接電話，反正也不重要。她會同情我、說我做得很好，諸如此類，但現在也沒意義了。之前做的研究和痛苦的寫作過程，那些根據真相和經驗編織的故事，就算極具說服力，足以成為一本非小說類的暢銷書，現在卻什麼也不是了。

「再會了，我的心血。」我一邊大聲說，一邊從冰箱裡拿出牛奶，湊近鼻子聞了聞，然後往後退。牛奶酸掉了。

「你是認真的嗎？」我問牛奶，「全宇宙都要惡整我是吧？是嗎？」

我把牛奶倒進水槽裡，四周瀰漫著可怕的氣味。或許我該回去睡覺就好，最好永遠睡著，但我要先去書房刪掉那本該死的書，把它扔進永遠被遺忘的電子空間裡。

也許我應該刪除自己，把自己扔進被遺忘的虛空之中。

但我只是站在原地，看著水槽裡噁心的液體滑進排水孔。

無罪。

這時門鈴響起，我勢必得開門了。奇怪的是，不管怎樣我都不覺得會是什麼好事。

我穿上昨天的運動褲，也可能是前天的，但「隨便」，那個卑鄙而且現在無罪、是**自由**之身的艾許琳．布萊恩總是振振有詞地這麼說；或至少我筆下的她會這麼說。門鈴再度響起，我舉步維艱地穿過客廳。

「隨便！」我大聲說。門鈴聲在我腦中揮之不去，蘇菲很喜歡這個聲音，所以我們會放任她一直按鈴，然後笑得人仰馬翻。現在我聽見門鈴就會想起蘇菲。

是凱薩琳，我透過貓眼看到，還有——

我的下巴差點掉下來。

「嗨，梅瑟。」凱薩琳語調友善地說道。她一身深藍色的西裝外套，頭髮梳得十分整齊，朝站在一旁的女人比比手勢。是個挺美的女人，但臉色有些蒼白，眼神疲倦，她身穿一件大地色系的長版上衣洋裝和平底鞋，一頭長髮在腦後綁成一束柔軟的馬尾。「這是艾許琳·布萊恩。可以讓我們進去嗎？在被人看到之前？」

# 32

我試著表現得有禮貌、正常一點，但我肯定已經進入《陰陽魔界》的虛構世界裡，也可能跟愛麗絲一起夢遊仙境了，或是走入卡夫卡的魔幻寫實場景。

凱薩琳正喋喋不休地說著，一邊啜了一口她銀色保溫瓶裡的飲料。而她身邊那個手裡拿著一杯氣泡水的人，正是艾許琳．布萊恩，那杯氣泡水還是我倒給她的。見到她時，我有點驚訝我們的身型看起來差不多，顯然我寫她在監獄裡變胖是個錯誤。

現在是早上十點四十三分，一個平凡的九月早晨，她們兩個並肩坐在我的餐桌旁，自然得像是人生無大事，彷彿上週這個女人沒有蹲在一間骯髒的牢房裡等待她的判決，以及她曾親手將自己的女兒悶死、勒死或毒死，然後把她裝進垃圾袋扔到大海裡。

也沒有人提起昆茵房子的事。

**妳有看到那些噴漆嗎？**我很想這麼說，**上面說妳是殺女凶手**。但我沒有說出來。

這是一個尋常的星期五，艾許琳無罪開釋，現在就坐在我家廚房。**她的案子一定不可能重審**，凱薩琳正在說話，我腦中卻分神這麼想著。真希望德克斯也坐在這裡，他能向我解釋法律問題。但我想從法律上來說，她女兒的死不可能以民事案件重新起訴，就像當年辛普森殺妻案，妮可．布朗的家人也曾想這麼做（我記得小報上的標題是「妮可的詛咒」）。沒有人能為泰莎提起民事訴訟，因為泰莎．妮可唯一的「遺產」繼承人只有艾許琳這個被起訴又無罪開釋的殺人犯而已。我想唯一可以這麼做的人只有泰莎的父親，但卻不知道他是誰，人又在哪裡。喬．瑞西納利告訴我，艾許琳說他已經死了。

艾許琳是不是就這樣澈底脫身了呢？雖然我不是律師，但我很確定這大概就是現實，她將永遠逍遙法外。

我意識到，現在就算艾許琳在她燈塔街的公寓裡大笑大喊：「是我幹的，是我幹的！哈哈哈，我騙過你們這些蠢蛋了！」也不用負起任何法律責任，除了可能因為妨礙社區安寧而被檢舉之外。

剛才進門時，艾許琳甚至沒有對我說「妳好」、「很高興見到妳」和「謝謝」。我注意到她的牙齒很好看，十分潔白，但她的髮尾分岔，需要修個頭髮，而她的指甲被咬得凹凸不平，她的黑色蛇皮紋平底鞋看起來是新的。

「……救贖，」凱薩琳說著。我把自己拉回現實，察覺到她的語調中有股協商的意味。她舉起馬克杯朝著我比畫了一下，「對吧，梅瑟？」

毫無疑問我完全沒在聽她說話。「抱歉，」我開口，「妳的意思是……」

「**救贖**，梅瑟。」她回答。

我可以從她瞪大的眼睛裡看出有些事情我被蒙在鼓裡，也看得出她對艾許琳散發出一種「一切都在掌握之中」的態度。艾許琳低下頭來喝她的氣泡水，我朝凱薩琳做出一個「**妳到底在搞啥？**」的表情。

「我跟艾許琳說了妳在寫關於這次訴訟案的書，」凱薩琳繼續說，「一本明白、客觀的書，揭露訴訟案背後不為人知的內幕。當然，我們很希望妳能繼續把書寫完，這是一定的。」

這真是我聽過最荒謬的「當然」了。為什麼她不事先打電話或寄信告訴我這件事？不管這件事到底是什麼。但即使她真的嘗試聯繫，訊息也被我刪了。

「而且現在這本書將更有說服力，」凱薩琳以一種提案的架式繼續說下去，「我們可以運用妳已經寫好的部分，讓這本書變成……」

她思考措詞的時候我皺起了眉頭，困惑已不足以形容我現在的感受。這本書玩完了，訴訟也一樣，是凱薩琳自己說的，唯有艾許琳被定罪，這本書才會有看頭。

凱薩琳用眼神暗示我，然後又開口：「……變成一本**重磅巨作**。一本硬殼精裝的重要回憶錄，描述一個無辜的母親如何在熱心的律師和公正的司法體系幫助下，從這場膠著艱難的訴訟案中脫身。在這段悲慘的考驗之後，艾許琳同意讓我們——讓妳書寫她的獨家故事，寫下她在法律和情感上的救贖，寫她勇敢地重新展開新的人生。」

屋外天色漸明，我快速瞄了一眼電視機，注意到媒體的風向已經變了，從一致認為艾許琳有罪，到現在變成大搞煽情的戲碼。

凱薩琳伸出一隻手放在我的手臂上，另一隻手則放在艾許琳肩上，像一座橋，連結起兩座孤島。

「我也跟艾許琳說，無論有沒有她幫忙，我們都會完成這本書，」她接著說，「但有她的幫忙更好。我想妳們兩個一定合得來。」

凱薩琳停下來，而我則看向艾許琳，艾許琳也看著我。這種感覺真詭異，過去三十幾天來，我經常在電視新聞和報紙上看著她，而她這輩子卻從未見過我。凱薩琳嘆了一口氣，我感覺她的手指捏緊了我的手臂，不知道她是不是也對艾許琳這麼做。

「妳們兩個都失去了親愛的女兒，」凱薩琳輕聲說，「過去這一年妳們兩個都很悲慘。」

我克制自己不要大笑出聲。哦，是啊，沒錯，真「悲慘」。這真是一個精確的用字。我得面對兩個警察出現在我家門口的悲慘事實，艾許琳大概也是吧。我努力控制自己的反應，試著不要把手臂從凱薩琳捏緊的手裡抽出來。她的這個捏緊充滿了暗示，是新聞入門技巧之一，**能製造共鳴**。

我想像艾許琳對我說，「噢，妳也殺了妳女兒嗎？」但她當然沒這麼說。

「我為妳的遭遇感到遺憾，」她說道，「她叫什麼名字？她幾歲？」

好，這實在太超過了，我不會，絕對**不會**對這個女人說出蘇菲的名字，只要我還活著，就絕對不可能。這簡直是不忠不義，我最先想到的是這個形容，然後才是太假、太愚蠢、太虛偽。我不會再對別人說出她的名字，更不可能告訴這個無恥的女人，我多希望她為犯下的罪刑付出代價，偏偏事與願違。而現在她竟然有膽——這絕對不足以形容她的行為——有膽坐在我家廚房餐桌旁向我問起蘇菲。

至於凱薩琳，她實在太擅長剝削他人，真該頒個貢獻獎給她。她對我做的事實在太不恰當、太骯髒，她玩弄了我，更欺騙了我。真是個好朋友啊，她跟艾許琳簡直是天生一對的好姊妹。她甚至沒事先打電話就跑來我家（也可能她有）。

凱薩琳清了清喉嚨，鬆開我們。「抱歉一直在談生意，」她說，「但我們真的覺得這本根據真實案件寫成的驚悚小說，如果能融合『大眾所知』的故事版本和幕後真相，一定能大獲成功。抱歉，艾許琳，這件事妳肯定不太好受，但我們會把妳們兩人的名字都放在書封上……」

「我沒問題，」艾許琳說，「如果妳也同意的話，梅瑟。」

我時常想像自己獨自一人小心翼翼地走在一條鋼索上，一步步朝著看不見的盡頭走去。有時候我能走得很好，但大多數時候，就像現在一樣，我必須試著找回平衡。我等待搖晃的鋼索靜止，就像現在，我等著自己接受眼前的事實，這個女人喊了我的名字，還想徵求我的同意，稀鬆平常得像是要一起去參加茶會而已。我等待自己冷靜下來。

「昆茵．麥克莫倫對這件事有什麼看法？」這是我唯一能想到聽起來比較像是回應的話，雖然什麼也沒回答，「我看到新聞說——」

「妳們**相信**嗎？他們——」艾許琳開口。

「妳提到這件事真是聰明，」凱薩琳打斷她，「我原本接下來要提的。」

又是另外一種新聞技巧，假意讚美妳潛在的對手，讓他們因此而與妳站在同一陣線。

「聰明？」我不知道我和誰同一陣線，我連要保持冷靜都很難。

「是啊，」凱薩琳說，「因為那——」

「我人就在**那裡**，梅瑟！」艾許琳低聲說道，手肘放在餐桌上，手掌撐著臉頰，「就在屋裡！那些人怎麼會知道？他們差點**闖進來**！那真是**太**可怕了！而且電視新聞竟然公開昆茵的住處，**太**扯了！」

「沒有人知道妳在那裡，」凱薩琳將一隻手放在艾許琳身上，「而且昆茵會離開一陣子，等到煙消火滅之後。」

「煙消火滅？」我問。還有人去她家縱火嗎？

「我是說煙消雲散，去避避風頭之類的。」凱薩琳擺擺手，想打發這個話題，「總之，現在我們得做些決定。」

「**超**可怕的，」艾許琳還沉浸在回憶裡，她搖了搖頭，「昆茵家的警報器響起的時候，我整個人嚇死了，我永遠都無法安心了。真不敢相信人有多可怕，對吧？」

我該回她嗎？調成靜音的電視上，正播放著某個法庭節目，有個扮演法官的女人在伸張正義。而廚房的窗外，一隻看起來像蟬的昆蟲撞上玻璃，又飛走了。

「這正好帶到我要說的結論。」凱薩琳拿起她的保溫瓶喝了一大口，然後把瓶子放下。我坐在蘇菲的座位上，凱薩琳坐在德克斯的椅子上，而艾許琳則坐在我的位子。

「我跟昆茵聊過這本書，」凱薩琳繼續說，「所以她知道。我們本來計畫在妳們完成草稿的期間，讓艾許琳先暫住在昆茵家，反正書本來就快寫完了，如果妳們兩個都全心投入的話，大概只需要再花兩個禮拜就能完工，總之越快出版越好。但現在昆茵不方便，她家當然也不能住了，出版社和我覺得，如果……」

她看向我，深吸一口氣。

開什麼玩笑！我的腦袋正在放聲尖叫「不可以」，大聲到我確定她們兩個一定都聽到了。**凱薩琳**真要我這麼做？

「嗯，我們覺得這樣很有效率，」我從沒在凱薩琳臉上見過這副表情，「如果艾許琳可以跟妳住在這裡，每天早晚一起工作。我是說，妳家也有間客房，如果妳可以讓她住兩個星期，出版社願意付妳兩倍的費用，連生活開銷都會一併支付，例如餐費那些，」她笑了笑，「還有酒錢。」

我張開嘴想回答，卻說不出話。她說的是六萬美金，這個數字真是太瘋狂了。我頓了頓，試圖平復自己的情緒。我想起蘇菲房門緊閉的房間，想起客房裡德克斯的箱子，想起我的浴室、我的鏡子，今天早上的數字是四七五。不行，我會拒絕，我必須拒絕。

「艾許琳待在這裡很安全，」凱薩琳往下說，「可以讓她躲開那些想找昆茵算帳的人，還有那些垂涎三尺想挖她新聞的記者。妳也知道那種想躲起來的感受，在妳家人出……意外之後。對吧，梅瑟？那有多可怕。」

其實我不知道那是什麼感受；我試著什麼也不要感受。

「為什麼她不出城就好？」我問。

「沒錯，我們就是打算這麼說。」凱薩琳點點頭，好像又在誇獎我很聰明，「我們會**對外公開**說艾許琳出城了，這樣就沒人知道她在這裡。妳的書就像是她的浮木，現在她的父母疏遠她，她的家庭破碎又聲名狼藉，實在無處可去，只有妳了，梅瑟。」

# 33

我任由熱水沖過頭髮和臉頰，感受水溫和蒸氣沖走昨天的烏煙瘴氣。我依舊感到困惑和防備。我該怎麼辦?直接告訴艾許琳：「出去，去住飯店，我每天早上在咖啡廳跟妳碰面」？

也許吧。但我挺需要這份工作的，就算現在連昆茵家都出事了。我需要這筆錢，畢竟我現在是靠德克斯的保險理賠過活。我本來想用這本書替艾許琳釘上棺材板，並獻給蘇菲，但荒謬的裁決結果讓這個想法變得不切實際。況且，身為記者，就是靠寫字吃飯的。

記者總會被好故事吸引，但所謂的「好」也經常有商量的空間。

那我**這次**該怎麼做?世界上確實有些無辜的人被定罪，我憑什麼認為自己知道所有實情?我是個記者，更應該興致勃勃地想要查出真相，不是嗎?

我對著空氣吐吐舌頭。拜託，但我明明**知道**真相啊，算了。

接下來艾許琳・布萊恩會住進我家客房，我依舊無法理解。她今天早上就要過來了，然後我們會一起工作，凱薩琳再三堅稱不會有其他人知道她在這裡。

「她明天會過來，」凱薩琳昨天是這麼說的，「也就是星期六。然後從下星期二算起兩週後截稿，當天一大早就要交。我保證不會打電話吵妳們，專心工作。」

艾許琳走回車上時，我拽住凱薩琳的手臂不讓她走。

「昆茵家出的事很嚇人，」我說，「現在妳要把艾許琳帶來我家?我不確定這是一個……該怎麼說，說得好聽一點，這不是一個慎重的決定。」

「親愛的，別管這些了，妳是一個記者，妳會遇上的破事成千上百。」她輕拍我的手，「相信我，我剛才收到一封訊息，昆茵家的事跟艾許琳根本無關，妳晚點應該也會在新聞上看到。警察**抓到**那群亂塗鴉的人了，只是些愚蠢的小屁孩而已。」

「跟用炸彈威脅法院的是同一群人嗎？」我問，但她不知道答案。我想如果警察說沒事，應該就是真的沒事，要分辨什麼是「真的」已經越來越困難了。

所以就這麼說定了。

我將壓花紋路的白色浴巾圍在身上，然後像往常一樣，用一根手指在蒸氣瀰漫的鏡子上寫下數字四七六，又是真實世界裡新的一天。

「兩個禮拜，親愛的。」我說。

昨晚，我就著屋外街燈的亮光，拿起枕頭下蘇菲的照片看了好一陣子，好讓我能在夢中更靠近她。那是一張德克斯抱著她的照片，我們在前院隨手拍下的，幾乎失焦了——也許是凱薩琳拍的？她很喜歡他們倆。如果我現在過著另外一種人生，可能會將這張模糊的照片刪除，但我不會再刪除任何照片了，因為再也不會有照片了。

我用手撥乾頭髮。如果艾許琳不曾痛下毒手呢？說真的，光想到我在考慮這種可能性就想吐，但如果不是她幹的，她其實算是個討喜的人。她看起來一點也不像是愛抱怨、自私又有心機的人，完全不是她母親在採訪中和證人席上描述的那種「壞女人」。很難想像昨天在我家的這個女孩，和那個在夜店溼身大賽被偷拍的女人是同一個。當然，這很可能是艾許琳的欺騙手法之一，先讓對方放下戒心然後就能下手，像一隻變色龍。

「有本事就試試看啊，女人！」我大聲說，對著自己在鏡中模糊的倒影露出淺笑，鏡面上的霧氣逐漸散去，開始滴水。我遇過更糟的情況，而且能親耳聽聽她想說什麼倒是很有趣。我之前確實很想聽聽她在法庭上的證詞，現在她就要替自己作證了，在我面前。

對著我說。

我深吸一口氣，想讓自己的道德指南針重新歸位。

**只對我說的證詞**，這會是一個好故事，非常棒的故事。說不定還能給這個心機重的惡毒女人真正的懲罰，讓她在世界各個角落都惡名昭彰，永遠抬不起頭。我將為整件事伸張**正義**，我幫不了蘇菲和德克斯，也無法改變裁決，但我可以寫出實情、說出故事，揭發真相。

門鈴響起的時候，我已經準備好了。艾許琳昨晚住在凱薩琳家，我想她應該不怎麼擔心自己的處境。她們出發前凱薩琳也傳了訊息告訴我，現在凱薩琳揮揮手便開車離開了。

「我幫妳買了咖啡，」艾許琳戴著玳瑁花紋的太陽眼鏡，紅襪隊棒球帽下束著馬尾，「加了脫脂牛奶，我昨天在妳的檯子上看到牛奶罐。好險沒人跟蹤我們，我猜『他們』還沒找到我，我是指記者，沒有其他意思。」

她對我微笑，遞給我紙製咖啡架，上面有兩杯特大杯星巴克咖啡。在她身邊有一個黑色拖曳式小行李袋，看起來很新。她穿著牛仔褲，看起來也很新。她上半身穿的是黑色T恤，看起來體面又舒適。不知道她把法庭上穿的那身蠢衣服怎麼樣了？我真想燒了它們。

「謝了。」我說，招呼她進門，「沒錯，記者是會窮追不捨。」我深知這是事實，因為我親身經歷也親眼目睹過。艾許琳顯然非常細心——細心嗎？——會去注意到脫脂牛奶。但我決定把她當作一個寫作主題，而不是朋友，我無意與她交朋友。不僅是因為我仍相信她是怪物，採訪新聞也不是要來交朋友的，雖然有些重要專訪中，雙方都投入許多心力，因此受訪者難免會產生這種誤解。

但我不會，這是老套的採訪技巧了，讓受訪者相信這個故事對**他們**有利，而不是只對記者自己有利。惡名昭彰的艾許琳和小泰莎將是我接下來兩週的重點，然後她們就會永遠離開我的生活，艾許琳的人生將會澈底毀滅，過得痛不欲生。

艾許琳看了一眼我前廳的衣櫃，我猜她會不會害怕裡面躲著一個警察？我差點笑出來。

「我帶妳去客房，」我說，「然後我們就可以開始工作了。」

經過走廊時，她看著牆上的家庭照，我記得喬．瑞西納利也這麼做過。牆上有德克斯和蘇菲的照片，也有我的照片。先是德克斯和我，然後是蘇菲。有雨中的巴黎、百慕達浮潛、和尼加拉瓜大瀑布前兩個身穿黃色救生衣的蠢蛋自拍照。我很後悔事先沒有將照片全部拆下來，她的目光侵犯了我的隱私。

但她沒說什麼，我也沒有。

我試著用她的眼光來環視客房，她最近住過的地方是一間沒有窗戶的房間，一間用灰色煤渣磚砌成的牢房。眼前的這個房間則是淡黃色和白色的，鋪著柔軟的枕頭、棉被和白色窗簾，還有一座擺滿書籍的書架。我原想在床頭櫃上放些鮮花，但對這種虛偽的款待感到不自在。

「浴室在走廊盡頭，白色的門。」我指指床腳的兩卷黃色毛巾，不是我用的那種白色壓花浴巾。我其實一點都不想跟她共用浴室，我第一次為這棟房子只有一間浴室感到惱火。我又指著地上那一堆德克斯的紙箱，一個疊著一個，靠在房間的牆角，「抱歉了，我沒有其他地方能擺這些。」

「這裡好漂亮，」她說，「好明亮。謝謝妳，妳人真好——」

「我們二十分鐘後在廚房見，好嗎？」一切都要公事公辦，「然後我們就開始訪問。衣櫃裡有衣架。」

幾個月前我就清空衣櫃了，在憤怒和絕望之中，我流著眼淚把德克斯的全部東西都扔掉，只留下幾盒照片和剪報，還有一些我過時的外套和幾雙鞋子，所以書房的衣櫃裡也沒有德克斯的東西了。我根本不想要她住在這裡、走進書房、廚房或任何地方，我只想用塑膠布把所有東西都蓋住。

我走到走廊上，感到怒火中燒。過去……嗯，一年多以來，從來不曾有人在這裡過夜，只有我和我的回憶獨處，如今這個女人來了。

我溜進書房，關上身後的門，試圖將身心分離。這是工作，雖然我彷彿要在比札羅世界[3]中度過兩個星期，但這只是一份工作。

可能有人會問：妳會讓一個殺人犯住在妳家嗎？或許吧，陪審團可不認為她是殺人犯。就算認同羅約．斯巴福的論點，她殺死泰莎也是因為這個麻煩的女兒擋住了她的去路，而我正好相反，她認為她需要我，以為她可以利用我，她認為我是她的贖罪券，所以不會殺**我**。

況且，她以為我相信陪審團的無罪裁決，更知道沒有任何法律程序可以改變這個裁定結果，而我也明白。我只需要讓她住得開開心心就好，讓她以為我是她最好的朋友，越是這樣，我就越安全。

我闔上筆電，電腦旁擺著我在訴訟期間寫的疑點清單，全都是無解的疑問。

第一個問題是：泰莎．妮可的父親是誰？

再來是：

艾許琳／父親的DNA？

瓦蕾莉在哪裡？還有路克．沃許？

泰莎會說話嗎？

我掃視清單，發覺原來我早已為接下來的訪問規劃好完美的脈絡了。

昆茵所說的「問題」是指什麼？

布膠？

艾許琳是否曾用電腦搜尋氯仿？為什麼？

3 Bizarro World，美國DC漫畫裡的虛構星球。借指陷入怪異或是與期望完全相反的情況或環境。

為什麼她的父親湯姆沒有出庭作證？湯姆怎麼了？

艾許琳為什麼要去波士頓？

艾許琳為什麼不作證？

艾許琳為什麼沒有為泰莎的死感到難過？

艾許琳是否精神異常？

最重要的是：誰殺了泰莎・妮可？

我當然知道是誰，這不是什麼懸案，但我需要知道為什麼，還有她是如何動手的。

我聽見艾許琳在硬木地板上的腳步聲正朝浴室走去，然後是門關上的聲音。我將散落的筆記本全數蓋上、收好，整理好書桌，再次確認我的疑點清單，將內容記在腦子裡，再來就是要有一番計畫。我將清單摺起來，壓在闔上的筆電底下，最後走向廚房。

現在我想知道，忍不住想知道，這是不是有史以來最好康的事。我已經引起她的注意，很快就要贏得她的信任，正如凱薩琳說的，她暫時無處可去，也許讓她住在這裡是最好的手段。

艾許琳不知道的是，我的目的並不是讓她接受法律制裁，而是揭發真相。

我會運用所有的新聞技巧讓她親口說出來。

# 34

「這裡真棒。」艾許琳又戴上她的太陽眼鏡和紅襪隊棒球帽，肩上裹著一條條紋薄紗圍巾。我們並肩走在林肯大道上，她無數次吸引路人投以好奇的目光。她指著雷朋斯家外面種的金黃色菊花、枝葉茂密的楓樹，還有一隻知更鳥在剛修剪好的草坪上蹦跳。「好美。妳在林斯戴爾住多久了？」

「一陣子了。」我回答，我絕不會和她閒聊自己和我的家人。

這是我們共事的第一天，距離截稿日還有兩個禮拜又多一點，我們得趕快開始工作了。但是當艾許琳終於離開浴室來到廚房，她問我能不能一起散散步。我不怪她，能夠出門，或者說被允許出門、自由自在地走動對她來說一定鬆了一口氣，而且這樣也比較好。我希望她可以自在一點、放下心防，我需要她信任我。人行道上有隻死去的麻雀寶寶，一邊翅膀張開，我們都注意到了，但都沒有多說什麼，只是一直往前走向市中心廣場。總會有這種事發生，我們都知道。

「我們要進城嗎？」她說。

呵。「對啊，去林斯戴爾市中心。」

「那邊有餐廳和小店嗎？像代頓就只有一大堆商場。」

「噢，」我得維持禮貌，「我們也有很多商場。」

一些車輛駛過我們身旁，是正要外出買貝果、或前往五金賣場、或準備去看週六足球賽的家庭。

我們安靜地走著，由我帶路。

艾許琳大概比我更想吃些真正的食物，但我不太敢帶她去代米拉超市。萬一收銀員卡曼迪認出她來，可能會毀了艾許琳「我只是個普通郊區住戶」的偽裝，而且萬一結帳臺旁邊的報架上擺了頭版印著艾許琳照片的早報，那就更糟了。

雖然看艾許琳讀關於她自己的報導可能會很有意思。之前就有份報紙標題斗大地寫著「殺女凶手脫身」，而《環球報》則維持較為規矩的報導路線，僅寫了「布萊恩無罪開釋」，還有一排字級較小的副標寫道：「誰是殺了泰莎．妮可的真凶？」她看過這些報導了嗎？待在凱薩琳家時，她們有沒有一起看電視？所有的報紙都提到昆茵．麥克莫倫的回應，她只是簡單地感謝陪審團，並要求保有隱私。沒有人訪問羅約．斯巴福，據說他「正在休長假」，而且「可能永遠不會回來」。可憐的傢伙，被一個極富心機的被告和受騙的陪審團打敗了。真希望我能打電話給他表達遺憾，而且他一定會喜歡我的計畫。

「**艾許琳得分，斯巴福零分**」，《紀錄報》的頭條標題充滿諷刺，我一定會替斯巴福拿回分數的。

喬．瑞西納利也寫了一篇有關評議過程的文章，就算沒有任何一位陪審員公開說明評議過程，喬仍舊有本事寫出一整篇來。根據他的兩個「線人」表示——肯定是陪審員或者法院官員——陪審團爭論了整整四十個小時，其中有三人堅持裁定有罪，接著減少為兩個，最後只剩下一個。最終他們究竟是怎麼達成「無罪」決議的，就連喬也無法證實。

我一直想起那位格姓陪審員，這個我從未謀面的女人一直困擾著我。說不定她會堅持下去，導致陪審團始終懸而未決？或者甚至能說服其他人裁定她有罪？要是艾許琳之所以現在能和我並肩走在寧靜的郊區大道上，唯一的原因就是我當時做了那樣的決定呢？我做了這些事想贏得德克斯的認可，但這個決定也讓艾許琳得以脫身。如果……不，做對的事一定不會錯，這個可悲又愚蠢的裁定不是我造成的，但卻感覺像是我的錯。**我很抱歉，蘇菲。**

「轉到肯霍街上，」我說，「我們快到了。」

艾許琳點點頭，沉浸在她的世界裡，自由自在。

愚蠢的陪審團。我之後一定會想辦法讓喬告訴我法庭的內幕，但接下來兩週我必須先暫時躲著他，現在是我和艾許琳的對決。

「妳還好吧？」我們走到最後一個路口時，我問。

「因為是在……外面。」她說。

我很想問：**妳不想念妳女兒嗎？妳怎麼有辦法承受這一切？真相到底是什麼？**無論用什麼方式，我最終一定會問出個結果。聽她想盡辦法要將「他們**無法證明**我殺了她」扭轉成「我**沒有**殺她」一定很有趣，尤其是她真的殺了泰莎。

我也很好奇她現在是如何看待這個世界的，她害怕嗎？生氣嗎？如果她遇到陌生人，會如何自我介紹？無論有罪與否，只要她一說出自己的名字，人們就只會想到一個詞：**殺女凶手**。妳又如何能夠消除這種恥辱和猜疑？如果妳是清白的，那當然就容易多了。

當我們抵達市中心，艾許琳瀏覽著櫥窗，研究裡面的格紋毛呢和粗針織的秋季新裝。里斯特托咖啡廳的戶外座位區坐著幾個穿瑜伽褲的媽媽和她們毛躁的小孩，根本沒有人注意到我們。一個走在人行道上的年輕女人推著精緻的娃娃車朝我們的方向走來，當她經過我們身邊時，娃娃車裡的孩子——從她粉紅色的袖子判斷，應該是個小女孩——將一個綠色的絨毛布偶扔到人行道上，可能是一隻龍之類的，然後哭喊起來。

艾許琳停下來，盯著灰色水泥地上的鮮綠色布偶。

那位媽媽將布偶撿起來，有點不安地向我們投以抱歉的眼神後便推著娃娃車離開了，一邊安撫著她的孩子。孩子沿路大哭，「媽咪！給給！」

「妳看到她們的時候在想些什麼呢？」我盡量讓語調保持客觀，並帶有一絲同理心。我畢竟是個記者，訪問只是純然的交易。「一定很……」我沉默下來，想要讓她填補空白，這也是老套的採訪招數。

「當媽媽很難。」她說。我看不見她琥珀色墨鏡下的眼神。

我等待著，但她沒有繼續說下去，那換我了。

「那個小女孩正在學說話。」我想的是我的疑點清單，*泰莎會說話嗎？*

「嗯。」她似乎被瓦倫娜精品店櫥窗裡擺設的花呢圍巾給迷住了。

「妳女兒會說話了嗎？」我沒有提起泰莎的名字。

她轉向我，太陽折射在她的深色鏡片上，閃閃發光。「一點點，但足以讓我每天都懷念她和她說的話了。」她的聲音裡有一絲情緒，這當然是假的，但足以讓我的良心微微刺痛。

「我懂那種感覺，」我回應她的語調，忽略我的良心，「但……我可以問嗎？妳記得妳們最後一次說的話嗎？在哪裡說的？什麼時候說的？」

「我當然記得，」她輕聲說，「那個年紀是學說話的關鍵期，妳知道嗎？她學會了好多單字。孩子們會模仿，對吧？」

一輛救護車呼嘯而過，我們都停下來，轉過頭去看。咖啡廳的客人也抬起頭來，災難總能吸引人們的目光。他們若發現人行道上跟我並肩而行的人是誰，又會怎麼想？只是個和殺人犯一起散步的尋常週六而已。明明是凶手，卻被無罪開釋，而她的女兒擅長模仿「好多單字」，或許像是**氯仿？古柯鹼？**我亂猜的。

「我知道我們得工作了，有沒有地方可以買些外帶餐點之類的？」艾許琳說，「我已經受夠了那些可怕的食物，我很想吃培根，或是可頌塗奶油。」

「當然。」我說。她想轉移話題、避重就輕，但她總有一天得說些什麼，我可以先陪她耗。她拒絕讓我錄下訪問內容，這真的非常荒謬、讓人不爽又很不方便，但我很會做筆記。

我們回到家的時候，已經在母親的話題上產生共鳴。我在心裡向自己的媽媽道歉，我一路上把她形容成一個心機重的壞女人，那完全不是真的，但我想藉此套艾許琳的話，看看她會如何回答。我們輪流使用浴室，我永遠不會習慣這一點，而且一直想要用消毒劑把所有東西都清洗一遍。現在我們在餐桌邊面對面坐著，享用里斯特托咖啡廳外帶的冰咖啡和火腿起司可頌三明治。

「但我媽已經死了，」我舉起剩一半的三明治說道，這是真的，「讓我的日子輕鬆一點，跟妳比起來。」我又咬了口麵包，裝出很同情她的樣子，「總之，我們是不是該來討論書的內容了？妳想從哪邊聊起？」

「我媽出庭作證，妳相信嗎？」艾許琳用一隻手指從盤子裡沾起一片可頌碎屑放進嘴裡，整個三明治她沒吃幾口，分明是她說要買的。她的眼睛看起來還是很疲倦，「可憐的人，她真的……很軟弱。」

這真是令人驚訝。「軟弱？但看起來比較像是，抱歉，像是捅了妳一刀。」

「是嗎？」她的眼睛盯著遠方，「可能吧，我想如果妳不知道她的人生是什麼樣子，就會覺得她捅了我一刀。」

「她的人生？」我是寫這本書的人，有權問問題，「跟妳父親之間有問題嗎？」

她的臉色黯了下來，「嗯，他們並不快樂，至少他肯定不快樂。他以為自己是電影明星，妳知道嗎？他覺得自己長得很帥，但他都這把年紀了。這也意味著我媽，她，嗯，妳知道的，算了，」她露出半個笑容，「忘了他們的事吧，別提了。」

「當然，這是關於妳的書，」我又想了想，**她母親出庭作證**，「妳知道嗎，我有錄下幾乎全部的庭訊過程。」

「嗯，凱薩琳跟我說她有幫妳安排直播設備，」艾許琳嘆了口氣，將頭髮撥到其中一側耳後，「有一架攝影機就正對著我，每天每分每秒都對著我，簡直跟被關在那座爛監獄裡差不多，我連一秒的隱私都沒有，所有人無時無刻不看著我，這場訴訟案關乎我的……自由，但那臺該死的攝影機卻一直拍我的臉，就像……警察一樣。」

「畢竟是為了電視播出，」我簡短答道，「他們就是這樣窮追猛打。如果妳想要的話，在書中探討這段心情也不錯。」

我人真好，但這只是暫時的。我很肯定當時她一定利用了那架攝影機，從中獲取好處。雖然陪審團沒有看到，但艾許琳精明得很，她知道公眾意見對法庭的影響。她是否在向某個人傳達訊息？朋友或同謀？也有可能是我充滿陰謀論的記者腦又在發瘋了。

「妳覺得妳朋友有看訴訟案的直播嗎？」問問看也無妨。

「什麼朋友？」

好吧，再下去又會是另一個話題了。「那我們回來聊聊妳媽媽好了。她在這整起案件中扮演非常關鍵的角色，妳會不會覺得她選擇了泰莎而不是妳？」聽聽她會怎麼回答，「她甚至沒有替妳說話。」

艾許琳抬起兩邊眉毛，我注意到從庭訊開始她一直將眉毛修剪得非常整齊，也可能她這幾天和凱薩琳一起去了趟美容沙龍。

「妳的印象是這樣嗎？」她問，「妳是這樣**寫**的嗎？」

「這——」

她對我瞇起眼睛，「梅瑟，我想看看妳是怎麼寫的。」

# 35

「等等，等一下，妳有**那段影片**嗎？我媽出庭的那段？」艾許琳咬了一口她的三明治，「該死，那個叫斯巴福的檢察官扭曲了所有她說的話，祝他下地獄！**這句話**妳可以用。」

「**我們**可以用，我們一起完成這本書。」

「是啊，」她攪弄咖啡裡的冰塊，發出清脆的聲響，「但我想看昆茵詰問我媽的那一段。」

「沒問題。」我說。當然好，任何能讓她忘記「我想看妳已經寫好的部分」的事都是好事。

我打開平板電腦，找到標示著「昆茵」的超大檔案。我已經在時間軸上標記出比較有趣的段落。讓艾許琳重看庭訊是否很殘酷？畢竟她已親身經歷了整個過程。我按下播放鍵並快轉，再按下暫停。

我將椅子挪到離艾許琳更近的地方，這樣才能一起看螢幕，然後將平板電腦的保護套折成三角形，讓螢幕立起來。我們的肩膀彼此相碰，於是我稍稍退開，盡量抑制自己想要瑟縮起來的感受。她彷彿散發著一股——熱氣？寒氣？這當然只是我的想像。

法庭錄影中空洞而低沉的聲音讓人有些懷念，這場訴訟案彷彿是上個世紀、上一輩子的事，我好久沒有重看這些檔案了。

「播放吧。」她說。

微弱的聲音在廚房裡響起，我能感覺到艾許琳的呼吸，跟她一起重看庭訊的感覺真奇怪，她既在我身旁，也在螢幕裡。坐在證人席上的是喬芝亞・布萊恩，穿著一身怪異而不搭調的藍色衣服，我還記得她的大翻領上沾著粉底的髒汙。昆茵・麥克莫倫帶著珍珠耳環，抱著必勝的決心，走向證人席進行交叉詰問。她的聲音很有禮貌。

「妳是否從沒親眼看過妳女兒艾許琳用任何方式虐待泰莎？」

「對，我沒看過。」

「泰莎是否曾經挨餓、居無定所，或是有任何生活上的匱乏？」

「沒有，她什麼都不缺。」

「妳是否曾看到艾許琳對她漠不關心？」

「嗯，沒有，但她告訴我有時候她覺得——」

「泰莎愛不愛艾許琳？」

「噢，當然，她當然愛。」

艾許琳用食指按下停止鍵，然後轉向我。

「那麼，梅瑟，妳有聽到哪句話在說我不是個好媽媽嗎？妳剛才說她沒有幫我說話，但妳也聽到了，對吧？所以妳是怎麼寫的？我覺得我應該看看妳寫好的部分。」

就像所有作家一樣，我清楚記得自己寫過什麼。我略過一些證詞，還為每個答案編造出喬芝亞．布萊恩的內心對白，目的就是要讓這些答案多一些解讀空間，加入雙重意涵、合理的解釋和無聲的抗議。沒有了這些解釋，喬芝亞說的話的確可能被認為是站在艾許琳這一邊的。

「好，妳當然可以讀。」我必須這麼說，否則她會認為我在隱瞞什麼。凱薩琳把這本書形容為「客觀的」，如果是指我如何描述艾許琳充滿謊言的生活，那真的很客觀，但我也可能——我肯定對於艾許琳的罪行加入過多的形容，畢竟她真的有罪，只不過考量到目前事態的發展，我暫時不能讓她看到草稿。眼下，若能讓她在截稿日期之前自白，我就不必再綁手綁腳，可以暢所欲言地寫完這本暢銷大作。萬一她就是不肯說的話，我就只能寫經她包裝過的版本。

不過凱薩琳也說，書中會包含「大眾所知」的故事版本，所以就算我在其中寫了與她說法相反的內容，也只是在寫「大眾所知」的故事，而不是「錯誤」的敘述，是出版社出錢要我寫出來罷了。

但她會說的，她必須說出來。我一定做得到，我必須做到。

「梅瑟？」她把平底鞋掛在一隻腳趾頭上，一邊搖晃著腳，「我現在就要讀。」

「現在的內容還很零碎，」我說，想要像艾許琳一樣轉移話題，「而且也沒整合起來。我們先看完影片，妳記得這一段嗎？」

在她回答之前，我便快轉到昆茵交叉詰問的後段。

「再幾個問題，布萊恩太太。首先，妳和妳的丈夫是否曾想將泰莎的名字註冊為商標？」

「有，但那從沒真的——」

「妳知道這件事嗎？」我問，「他們想要把妳女兒的名字註冊為商標？」

影片播放的過程中，艾許琳沒有看我一眼，「不知道。」

「真的嗎？那妳對這件事的看法如何？」

艾許琳揮揮手，想跳過這個問題，「我怎麼知道他們在想什麼，湯姆鬼點子一堆，而我媽總會跟著他打轉。如果他們想要什麼——尤其是錢，他們就會想辦法去賺。」

近午的陽光從廚房的百葉窗照射進來，艾許琳和我移動椅子和電腦螢幕的方向，好避開強光。我們的可頌屑還留在盤子裡，咖啡裡的冰塊也幾乎融化了。這樁謀殺案會跟錢有關嗎？

「下一個部分是昆茵問妳媽媽把家庭照賣給《內幕》雜誌的事，」我說，「妳聽聽看。」

「妳是否將這些家庭照販售給雜誌？」

「是。」

「賣了多少錢？」

「兩萬元。」

「讓我釐清一下，妳為了兩萬元賣掉家庭照？」

「那這件事妳知道嗎？」我按下暫停鍵，「我的意思是在訴訟案之前？他們有**分給妳**一些錢嗎？」

「沒有。」艾許琳就是不看我。

「妳媽媽似乎對昆茵很不滿。」

「對啊，」艾許琳幾乎要笑出來，「我認得她那副表情，我媽在想：**臭女人**。」

「那**妳**怎麼想的？聽完這些之後？」

艾許琳向後靠在椅子上，遠離了小螢幕，並把雙手放在頭頂。「我覺得……**太棒了**。我媽和我繼父從我的刑事訴訟案中牟利，靠他們小孫女的死賺錢。他們總是需要錢，但拜託，他們還對雜誌社講那些屁話，就連**妳**都沒辦法瞎掰出那些東西。」

我忽略她不屑的語調，「來看剩下的段落，」我又按下播放鍵，「再詰問的那一段，斯巴福問了妳媽媽最後一個問題。」

「妳是否相信是妳女兒殺了泰莎？」

「後來就是提出審理無效的那一段，」我將影片關閉，「法官也沒有讓妳媽媽回答。妳覺得她可能回答什麼？」

「拜託，」她說，「妳沒看到嗎？這個女人當時的立場有多糟，非常糟，可以想見比我的處境糟多了。」

「有多糟？」我將我的盤子拿到水槽裡，她的盤子上還有沒吃完的可頌。

「梅瑟，如果妳寫她沒有試圖為我辯護，那妳就錯了。她有，她完全有。當然她根本不知道真相，她說的是她以為的真相。這有點像是兩個不同的真相，而且兩個真相可以同時存在，妳知道嗎？這對**她**來說是真的，她完全相信是這樣。」

她用手指指著我，「但妳也聽到昆茵問她我是不是個好媽媽，我媽每次都回答『是』。」

「沒錯，」我說，「這也有寫進書裡。」

「嗯，」她拿起她的可頌，「我想也是。」

「不，說真的——」話還未出口，我便停了下來。其實我討厭聽到別人說「說真的」，這總會讓我懷疑他們之前是否說謊，真不敢相信我也這麼說了。但「好媽媽」這一段真的有寫進書裡，只是用不同的角度來描述。我得讓她開心，「我真的都有寫進去。」

「那妳怎麼寫湯姆的？」她問。

「妳爸爸？」她不斷換話題，讓我鬆了一口氣，同時想起我的疑點清單。*湯姆怎麼了？*「那妳跟我說說他，他扮演什麼樣的角色？」

這時我看見她目光閃爍，而且搖著頭，彷彿說了無數個「不」。但這個瞬間一閃而逝，很容易忽略。她只咬了兩口就放下潮掉的半個可頌三明治。「為什麼？」她問，「妳跟他談過嗎？」

我沒有，但我不需要告訴她，除非我覺得說了會有幫助。「聽我說，艾許琳，」我讓語調聽起來更像是在談公事，「我們是在工作，我們會拿到薪水，抱歉說得這麼直白，但我們要寫一本引人注目的暢銷書。對妳來說，這可以修復妳的名譽，讓妳重新開始生活；對我來說，這是我謀生的方式。」我想她會理解這種必要性，她也沒有其他收入來源了。「若想要成功，我們就要互相信任。」

「有些事我永遠沒辦法談，永遠沒辦法，」艾許琳說，「不管是為了這本書，還是為了任何人。」

我等待著。

她也等待著。

然後她又重新拿起可頌三明治，端詳著它的邊緣，把一些快掉出來的起司推回去。「嗯，對啊，記得嗎，昆茵在開庭陳述的時候說我有一些『問題』？」

「記得，當然。」艾許琳和她的家庭有些「問題」，昆茵告訴陪審團，而這些問題我們從未在庭訊過程中聽到，問題也被我列在疑點清單上。

「妳有沒有想過為什麼我沒有作證？」她問。

「嗯，妳又不需要。」我沒有確切地回答她的問題。

「我**很想**，」她說，「真可惜。但萬一我在證人席上被問到這些『問題』，我就不得不說謊了。否則就會，妳知道的，毀了我父母的生活。」

# 36

我坐在書桌旁，電腦螢幕是屋裡唯一的亮光。我摀著臉，透過手指間的縫隙看向螢幕。如果陪審團裁定艾許琳有罪的話一切就容易多了，但現在我只能自己當檢察官，即使連羅約．斯巴福都做不到，我也必須想辦法證明她就是凶手。只不過，定她的罪顯然對我這個檢察官來說是道送分題，因為我也身兼陪審團。

我一直溫和對待艾許琳，試圖誘導她說出真相，但今天下午討論到她的「問題」時，她說她不想「毀了父母的生活」，我問她是什麼意思，畢竟這句話非同小可。

而她的答案呢？她只是一口氣喝光剩下的冰咖啡，然後說她想要小睡一下，顯然又想避重就輕了。這又將我推回搖晃的鋼索上，若想成功，我就必須千方百計地讓她說出實情。作為她的傳記寫手，我相信她最終別無選擇，只能依賴我替她發聲。

但如果她到頭來還是不願意說，或是氣跑了，這本書——還有正義——就無法付諸實踐了。所以，我當然答應她去休息。她出獄了，逃脫了終身監禁和懲罰，給她一點私人空間也不為過。要是她無法信任我，我就無法成功。現在她在睡覺，而我在工作。我把筆電帶到客廳的沙發上，繼續研究我所能找到的每一篇關於訴訟案的文章。

大概傍晚五點的時候，我聽見浴室傳來水聲。我想像她站在我的淋浴間裡，拉上浴簾、關起門；我想像浴室裡的鏡子。

如果她出來後問起鏡子上殘留的數字，並問我那是什麼，我該怎麼回答？我試著想出答案。**我不像妳，我想念我女兒和她的爸爸，也就是我的丈夫。**也許我應該試著將事實和盤托出，告訴她我是為了蘇菲而寫這本書；為了所有逝去的小女孩。然後看看她會作何反應。無論如何，她都必須付出代價。

我繼續閱讀網路上的文章，水聲停了下來，有好一陣子屋裡十分安靜。

「抱歉，」然後她出現在客廳入口，穿著一件粉紅色T恤和普通的牛仔褲，「我應該是太累了。」

我關掉網頁，打開筆記本，然後故作輕鬆地站起來。

「一切都還好嗎？」

「總有一天會好吧。」她在沙發上坐下，將腿伸直。她禮貌地拒絕我一起看新聞的邀請，但同意喝一點卡本內紅酒。

我走進廚房拿杯子和酒，而艾許琳似乎又改變了主意。當我回到客廳時，她正在用遙控器選擇頻道。她將電視轉為靜音，最後停在看起來無害的電影頻道上。也許她認為房裡太過空蕩，在這個夏末午後，只有我們兩個單獨坐在客廳裡，還得來一場**正面交鋒**。

但也可能她只是感到很放鬆、很安全，所以隨手打開了電視。若是如此的話，這正是我求之不得的狀態。她上一次有這種感受是什麼時候？也許我能試著挖掘這個過程，挖掘這一段擊垮她靈魂的旅程，從一個無憂無慮的派對女孩到殺人嫌犯，再到囚徒，然後到如今，也許陷入一種極為私密、孤獨且混沌的狀態。我遞給她一個紅色烤漆的杯墊，她將酒杯放在上面。我可以扮演她的保護者、支持者和懺悔對象——希望如此。

「我可以重來嗎？」她問。

她的髮尾仍有些潮溼，使深色的髮根看起來更深，我還注意到她沒有塗脣膏，一點也沒有。她現在就像一隻在叢林裡迷路的動物，眼神充滿警惕與脆弱，彷彿卸下所有的夜店妝容，她就成了另外一個人，也或許這樣的無邪少女模樣只是偽裝，狐狸精才是真的。

「我是說，我的人生可以重來嗎？」她沒有等我回答便繼續說下去，「我有聽到斯巴福是怎麼說我的：殺人犯、自私、夜店咖。反正就是些難聽又不公平的形容詞。我要怎麼用本名繼續生活？妳覺得我是不是得一輩子躲躲藏藏？遮掩自己的身分、迴避別人的問候？說真的，他們**以為**我能過得多好？」

我其實也在想同樣的事，無論是關於艾許琳或是我自己。我坐在沙發的另一頭，把自己的身體盡量往角落裡縮。「我想這需要時間吧。」

她啜了一口酒，而我等待著。酒對採訪來說一直是個好東西，但如果你是記者，那就另當別論了。我的杯子還放在茶几上。

我開始試水溫，想要朝懺悔的方向前進。「需要時間，還有真相，妳明白吧？」

她大嘆一口氣。「那我問妳，我跟妳說的事，一定會被寫進書裡嗎？」

「當然不會。」我在說謊，只有記者才能理解此刻的緊張局勢。該怎麼讓一條聰明的魚上鉤呢？放長線，讓她以為自己是自由的，再一點一點把線收回來，然後再放手，再收回來，等到獵物離妳夠近的那一刻，立刻抓住她。我現在該做的就是放長線。「沒有什麼『一定』，這是關於妳的書，對吧？」

我假裝抿了一口酒，這是個有用的偽裝。她現在已經喝第二杯了，大概因為獄中無酒可喝，所以想要補回來吧，但此時我可不想喝酒來揮霍我的腦力。

「不過我們只有兩個星期的時間，沒寫成的話就拿不到薪水了。」我笑著說，假裝我剛剛才想起這個重要的事實。電視正在播放一部黑白老電影，人物穿著禮服跳舞。我轉過身來面對她，盤腿而坐，把自己整頓好。「開始吧，妳剛剛說到『問題』。」

艾許琳穿著她的黑色平底鞋，將腳撐在茶几邊緣，膝蓋彎曲，並將一個流蘇靠枕墊在背後。她一語不發地盯著前方，過了一會兒轉過頭來，露出詢問的表情。

「妳之前從沒跟我說過話，怎麼有辦法寫一本關於我的書？妳和我的……」她又喝了一口酒，「家人聊過嗎？」

我盡可能在短時間內向她解釋那些密集的研究過程，還有如何草擬架構、運用庭訊素材並穿插不同時間點的事件；我告訴她什麼是「報導文學」。

她點點頭，彷彿聽懂了。「所以妳並沒有跟我的家人聊過，妳只是取用各種素材，有些可能是真的，有些可能不是，然後把**妳**認為的事實，或妳想要的事實全部加起來，寫成一個聽起來很**真實**的故事？」

沒錯，妳要這樣說也行，陪審團也是這樣。但我當然沒這麼回答。

「某方面來說是這樣，」我試著不要顯得防衛心太重，「但那只是初稿而已。在裁定結果出來之前都只是初稿，當然我也沒辦法自己編造結局。」幸好這**是**實話。「所以現在我們有了一個很棒的機會，讓妳能把這一切梳理清楚。」

「我想是吧。」她又替自己倒了更多酒。

我需要提出一些更有說服力的說法嗎？該是讓魚上鉤的時候了。

「艾許琳，如果妳能解釋當時的情況……」我開始收回我的釣線，用柔和且試探的語調說話，假裝我正在思考適當的措詞，「如果妳能夠證明妳沒有……我的意思是，如果妳能證明事件的真相，畢竟這就是缺少的部分：沒有證據。當然在法律上妳的確是無罪的，但我們要怎麼確——」

「好，剛才說的，**問題**。」她打斷我，語調變得嚴肅許多，好像她做出了某個決定。「我的『父親』其實是繼父，妳的那些資料中有提到這個嗎？」

我皺起眉頭思考了一會兒，「我想是沒有。」

「不意外，」艾許琳說，「他們從不提起這件事。我媽在醫院當志工，我想妳應該記得，她在庭訊時提過。她在那裡遇見湯姆，他是私人機師，妳有讀到吧？」

「有。」

「他原本是保險業務員，後來參加那個慈善計畫，就是用私人飛機送重病的小孩去醫院的『慈善航空』。」

「對。」我嘗試表現得胸有成竹，但其實我根本不知道這些內幕，這讓我很不安。又或許這些根本不是重點？這聽起來像是記者會用來加強戲劇性和諷刺性的橋段。

「她在兒童病房工作，他們就是在那裡相遇的。妳知道這件事嗎？」

「不知道。」我現在十分焦躁，不確定還有多少是我之前不知道的，但或許這無關緊要。我應該拿個筆記本，不過又不想打斷她。

「我的親生爸爸在我很小的時候就去世了，所以我媽一直用她原來的姓氏。本來只有我和我媽兩個人，後來湯姆來了，走進我們的生活。」她做出開槍的手勢，**砰**，「然後，砰！她所有的重心都擺在湯姆身上，我們就成了布萊恩一家。他說什麼我媽都照做，我的意思是——算了。我還得叫他『爸比』，妳想想我的人生成了什麼樣子？一個十五歲的青春少女，身邊突然多了個男人，還要那樣叫他？」

我眨眨眼，「這……」

「就像妳剛說的，我們只有兩個禮拜，」她換了一種語調，然後拿起遙控器切換頻道，螢幕的光線照亮她的眼睛，又暗下來，在她的臉上籠罩一抹陰影。她停在某個播放犯罪節目的頻道，裡面上演著警匪追逐戰，電視的聲音幾不可聞。「所以一言以蔽之，我只能說他是個混蛋加爛人，都怪我沒辦法早點逃出那間房子，才會發生那種事。」

這次我真的啜了一口酒，試著理解她說的話。我將杯子放下，才不會繼續喝。「發生哪種事？」

一個懂得拿捏分寸的記者會讓談話保持流動性，也願意給獵物多一點空間。

「不管妳現在想到的是什麼，八成都是對的，」艾許琳說，「我不想說那個詞，我真的……沒辦法。我可憐的媽媽，事情發生的時候我才十五歲，十五歲！從那時起她就恨**我**了，她恨**我**！」

電視上一輛警車煞車不及甩了出去，撞上一根燈柱，而幾近無聲的警笛填補了我們之間的沉默。

# 37

「妳先。」我對艾許琳說，口氣不太有禮貌。如果她在我之後使用浴室，我就沒辦法在鏡子上寫數字了。她出來後，輪到我進去。星期一，第四百七十八天，我的家人告訴我他們很平靜。

我們穿過走廊，她圍著浴巾，而我穿著T恤，像恐怖電影裡一起參加姐妹聚會的好閨密。房子裡死氣沉沉，和她共住的前兩個晚上，我感覺自己住在異地或是陌生的孤島。每當我試圖入睡或休息，都會聽見她走動的聲音，有時在浴室，有時在廚房倒水，但也許只是我的想像。書房的門是關上的，但我知道就算那樣也無法阻止她走進去。初稿就在我的筆電裡，我們都在家的時候，我會把筆電放在身邊，現在則放在德克斯的枕頭底下。

我們正一起走往里斯特托咖啡廳，途中多半沉默。艾許琳想吃可頌，她又換上那一身「週末帶孩子去看足球賽的媽媽」的裝扮，穿著牛仔褲和T恤，再戴上棒球帽和圍巾。走到林斯戴爾市中心的路上會經過那棵釀成車禍的橡樹，我不會提起這件事，除非必要，否則我不打算分享自己的傷痛。一片太早轉紅的樹葉落下，旋轉著飄到人行道上。那些鋸齒狀的葉子一個禮拜後就會落盡，露出光禿禿的樹幹，但此刻，那棵樹彷彿用搶眼、鮮紅色的葉子嘲笑我，證明即便樹葉枯萎，這棵樹依舊活著。

這棵樹是殺人犯，就像我身邊的這個人。

「妳想聊聊嗎？」我試著提出關於亂倫和虐待兒童的問題，但很困難。

「可以不要嗎？」她說。

「當然。」我回答。

如果艾許琳被她的繼父性騷擾——這是我從週六的「談話」中唯一能推斷出來的——那就太可怕了，雖然這不能抹煞她殺了親生女兒的罪行，但若是真的，為什麼昆茵．麥克莫倫不將這個虐待的「問題」當作減輕刑罰的手段？

我真的替她感到難過，畢竟我沒這麼冷血，但她終究是個殺人犯。

昨天是星期天，她睡得很沉，我七點起床時，客房裡一點聲音都沒有。我煮了咖啡，然後一邊等她，一邊將我的草稿從頭到尾看過一遍。

我發現眼下的問題是，我主要的消息來源就在我身邊，這讓情況變得很複雜。透過她的視角來讀我這些「預寫」的內容，便突然少了許多「真實感」，成了一本平淡無奇的小說，這讓我有點心煩。主角和我一起寫故事，我也就失去了報導的自由。

「別跟自己過不去了。」我咕噥道。這類的書不可避免會有虛構的部分，畢竟沒有人真的「知道」真實人物的內心想法或動機，所以讀的時候自然也會明白這些段落是虛構的。而且我手裡握有的警方調查和犯罪實驗室的資訊一定比她多，她沒有這些資料，所以也無法批評。

我讀草稿一直讀到中午，感到無比挫折，於是起身清理廚房和洗衣服，接著我放棄再做其他事，決定等她就好。

終於，大概四點左右，她緩步通過走廊來到廚房，睡眼矇矓，但有一絲歉意。

「我想我的身體正在重新適應自由。」她用手揉揉眼睛，「在監獄裡他們會不斷叫醒我們，就好像……不管我們想要什麼，他們都會試著剝奪。抱歉，如果我打亂了妳的——我們的時間安排。」

「沒關係。」我說，到目前為止確實還沒什麼關係。

我們聊了一個下午，然後做了晚餐。是義大利麵，很好吃。艾許琳告訴我，語調不帶一絲諷刺，她十幾歲時渴望成為海洋生物學家，但後來因為極度「厭惡」大學，她「連兩個月都待不下去」，便輟學了，在代頓市內一間名叫「蕾波」的精品店找到銷售員的工作。「很時髦，」她說，「而且他們說我是個管理人才。」她只說了這些經歷，沒有什麼重要內容。

吃晚餐時，我設法問了她好幾次，希望她能詳述她繼父騷擾她的情況。一開始，她不斷轉移話題，到了第三次時，她的回應讓我非常吃驚。

她坐在餐桌對面望著我，好像十分茫然，「我沒有這麼說。」

「但昨天……」我記錯了嗎？不，絕對沒有。「在沙發上的時候，我記得很清楚，妳確實提到——」我會不會太太咄咄逼人？「妳說妳媽媽為此恨**妳**。」

「妳一定是搞錯了。」她用叉子捲起一些義大利麵，看著沾滿醬料的麵條纏成一束。「妳是不是喝了很多酒？」

儘管她完全是在撒謊，但爭辯也沒用。我很清楚她說過什麼，而且是**她**喝了酒。她偶爾會透露想法或證實某些事，隨機提供一些細節，有時還會完全改變她的說詞。她還沒有說出關於泰莎·妮可的實情，這本該會是她最想告訴我的，如果她無罪的話。

以前德克斯經手謀殺訴訟案時，從不會直接問被告是否犯了罪。「我不想知道，」他總這麼說，「因為說謊是不道德的，讓我方當事人對陪審團說謊也不道德。」現在艾許琳面前可沒有什麼陪審團，只有我一個人。

但即便眼下沒有遭到法律制裁的風險，我認為艾許琳也不會太快坦白，畢竟她以為這本書是要讓她得到救贖。

確實是，而且不只是對她而言。

星期天晚上，吃完義大利麵後，我們討論了疑點清單上的另外一題：氯仿。我的意思是，**她**認為我們討論了，簡直太可笑，她以為我不知道凱西·安東尼的案子嗎？那個案子就是關於氯仿。

是艾許琳主動提起這個話題的。她大肆嘲笑這件事，也大肆反駁斯巴福在庭訊過程中對她提出的指控。她解釋道，會有氯仿這「鳥事」都是她媽媽害的。她說，喬芝亞「超級容易受騙」，而且是個養生狂熱分子。

「有一天我回家，看到她的牙齒是綠色的，」艾許琳說，「她說她在礦泉水裡加了葉綠素，是不是很誇張？她還開網頁想跟我解釋這些鬼東西，結果她輸入的時候拼錯字[4]，於是搜尋引擎上就出現了氯仿。她就是個白痴。」

她指著我的筆電說：「妳試試看。」

於是我也輸入錯別字，而氯仿就出現在網頁搜尋結果的第一項。

「妳吃完了吧？」艾許琳拿起我的盤子，連同她的一起拿去水槽清洗。

「我懂妳的意思。」我用足以蓋過水聲的音量說道。雖然她沒有看我，但我還是面不改色地看著她，以防她突然轉過來。這個「媽媽打錯字」的說詞，正是凱西．安東尼在面對氯仿證據時捏造出來的藉口，我迫不及待想把艾許琳厚顏無恥的模仿行為寫進書裡了，她果然替自己上了一堂「謀殺入門課」。

還有，艾許琳的母親是醫院志工，她說不定假意到醫院拜訪她，然後從那裡順手摸走一些氯仿。或者她媽媽**也有參與**？

「所以妳的意思是，妳根本沒有用電腦搜尋『氯仿』，」我假裝接受這才是事情的原委，「那只是輸入錯誤，而且她還打錯好幾次。」

「對。」她說，「我要去睡了。」

4 葉綠素的英文是 chlorophyll，喬芝亞錯打成 chlorof，變成與氯仿 chloroform 接近。

晴朗的週一，我們走在城裡的人行道上，對所有人來說這只是尋常的一天，而她離家千里，遠離了她原本的人生，不知道她在想些什麼。

「妳想念俄亥俄州嗎？」我想從這個問題聊起。

「開什麼玩笑？」她轉過頭來，表情十分誇張，「我在那裡什麼都沒有。」

「要聊一聊嗎？」

「散散步就好，可以嗎？」她朝著街上色彩斑斕的群樹和點綴著雲朵的天空擺了擺手。一輛車經過，車窗敞開著，沿路都可以聽見裡面傳來狂暴的吉他樂聲。「真不敢相信我莫名其妙地蹲了一整年的牢，什麼鬼司法！」

「是啊。」我說。

我們在一個十字路口前停了下來，我看著一群小學生排隊準備搭上鮮黃色的校車。太陽光從後照鏡折射出來，一排小轎車停在校車後方等紅燈。這些孩子新的一天剛要開始，一切如常，也一切平安，但蘇菲永遠不會是那群孩子中的一個，我幾乎無法直視。孩子們一個接一個踏上校車的階梯，彷彿踏上通往未來的第一步。女孩的小腳上穿著笨重的鞋子，小小的腿上包裹著褲襪和飄逸的小裙子，肩上背著過大的書包。泰莎也永遠不會搭上校車了。

有一瞬間我幾乎情緒潰堤。每個人生來都面臨各種可能性，但那些充滿可能性的大門隨時可能一扇一扇地關上，有時，不，**往往**我們甚至來不及注意到。**她**怎麼不會情緒崩潰呢？也許艾許琳從來不懂愛，也許她太年輕了。

也許她太邪惡。

我之所以提起俄亥俄，是因為昨晚在廚房裡，我在電腦上一邊做著筆記，我們一邊談到她在那裡的生活。艾許琳厭惡代頓，說那裡是個「鳥不生蛋的地方」，完全無事可做。她也不記得過世的親生父親。

「可惜，」她當時說，聲音變得輕柔，「如果他還活著，我的生活或許就會變得很不同……」她別過眼，轉而望向廚房的牆壁。

然後她冷笑著說，她那強勢的繼父退休之後，就一直在開私人飛機和搞外遇。但不管我怎麼努力，都無法讓她回到受虐的話題上，而我很清楚她真的有說過。

她媽媽是一個縱容、傳統又全心投入的家庭主婦，在艾許琳高中時期致力將她打扮成舞會皇后。後來因為「湯姆」經常不在家，她便把全部的注意力都放在她的狗身上。

「狗不會頂嘴，她都這樣說。」艾許琳用嘲弄的假聲模仿她母親的口吻，然後咬了一口我從冰箱拿出來的餅乾，那是喪禮後有人送來的。幾塊餅乾屑掉到她腿上，她伸手拍到地上。「喬芝亞真的很沒用。」

引擎隆隆作響的黃色校車仍停在街角，一個穿著粉紅色貓咪圖案高跟鞋和黑色外套的年輕媽媽，一邊講著手機，一邊在兒子踏上校車之前彎腰親吻他的頭。

艾許琳的手機在哪裡？我一直沒看到她拿手機，也沒想起這件事。她有打給父母、朋友嗎？還有男友或那位保母呢？

「管他的，對吧？」艾許琳沒頭沒尾地說。

「什麼？」我知道我剛才沒有問她任何問題，十字路口也沒任何異狀，除了有隻毛絨絨尾巴的松鼠冒著生命危險在車流中奔跑。**會死在路上**，我無法控制地想著。

艾許琳轉向我，調整了一下她的太陽眼鏡。「天啊，抱歉，我真是個瘋子，」她說，「我在想別的事情，而且一定是……」她搖搖頭，深色的鏡片遮住她的表情，「沒事。」

「妳的手機呢？」我問。

「該死的警察沒收了。」她無奈地攤手，「昆茵**還在**想辦法幫我拿回來。」距離里斯特托咖啡廳只剩下一個路口，不管艾許琳喜不喜歡，接著都得進入正題，畢竟出版社付錢要我採訪她。

正如我的預期，咖啡廳的戶外座位區只有幾桌客人，有些桌子上方架著遮陽傘，蓋住了鍛鐵桌面和客人，好避免陽光直晒。

「我有點擔心截稿日期，艾許琳，」我揮手讓她先走進戶外座位區的鍛鐵圍欄入口，朝著角落一張方形的桌子走去。桌上鋪著白色桌巾，一把藍綠條紋的傘撐在傾斜的金屬桿上，在桌子上方敞開。青綠色的陶瓷花瓶裡有一束橙色菊花，放在桌腳不穩而微微搖晃的桌面上。「我們能加快速度嗎？」

「沒問題。」她拉開椅子坐下，金屬椅腳在水泥地上劃過。她坐定後，拿起護貝的菜單，翻到背面，又翻到正面。「寫完書我們就能拿到一大筆錢，對吧？」

我坐在她的對面，想了一遍我的疑點清單，試圖從裡面選出一個主題來討論。我暫時先不討論大問題，例如泰莎的父親，無論他是誰，為什麼**他**不是嫌疑犯？還有身分不明的保母瓦蕾莉，為什麼**她**也不是嫌疑犯？還有那個莫名缺席的男友路克，**他**又為什麼不是嫌疑犯？我們擺弄著面前的餐巾和銀色餐具。

「那我們來聊聊羅恩．謝瓦里？」我決定從這裡開始，她在獄中跟她媽媽通電話時曾說要找他，雜誌報導還提到她曾住在他家。「《獨家》雜誌上寫道，他開的『火熱』夜店是——」

「妳知道為什麼這間夜店叫『火熱』嗎？因為裡面的東西全都是燙手的贓物，真的。但妳好妙，」艾許琳將餐巾攤開放在腿上，「已經過了兩天了，妳為什麼不直接問我泰莎．妮可出了什麼事？」

# 38

艾許琳的回答讓我忽然像是頭頂上那把遮陽傘一樣搖搖欲墜，像青綠色的陶瓷花瓶一樣失去平衡。我無謂地用白色棉布餐巾擦拭面前的刀子。「好啊，當然，」我說，一副好像我也是這麼想的樣子，「我只是不想讓妳覺得我咄咄逼人。」

「聽著，所有人都很樂意討厭我，」艾許琳的語調變了，比以往都要柔和，「我真的很感激妳，梅瑟，我知道妳這麼做是為了幫助我。其實某種程度上，我跟妳很像，不是嗎？我是個單親媽媽，努力想把生活中的鳥事做好。現在我們都失去了女兒，我們的人生都被摧毀，我們都——」

我挺直背脊，瞇起眼睛。我可不吃她「我們都」如何又如何那一套，她虛偽的同情更不會分散我的注意力。我強迫自己也掛上一副感同身受的表情，暗自希望她看不出我有多假。

一個穿著黑色T恤的服務生來了，他的名牌上寫著「肯恩」。感謝老天，有人打斷了這個話題。他送來我們的咖啡，他先擺上白色瓷盤，然後是白色瓷杯，最後是白色陶瓷奶盅。

艾許琳沉默下來，好像在太陽眼鏡底下擦拭眼睛。她半個身子被覆蓋在陽傘的陰影下。肯恩離開後，我們之間只有茶匙在咖啡杯裡攪動砂糖的聲音。街上一陣車子的喇叭聲呼嘯而過，她又抬起頭來。

「至少**妳**還有路可退，沒有人責怪妳，」她用茶匙指著我，一滴咖啡落在白色的桌巾上。「至少**妳**可以悲傷，可以慢慢變好，然後有一天，或許妳能重來。但我呢？我女兒死了，跟妳一樣，但我的人生毀了，而妳沒有。」

**我沒有嗎？**我嚥下回答，然後又被肯恩的打擾拯救，感謝廚房。他送來一籃肉桂捲，辛辣的香味通常令人陶醉，但現在卻甜得令人作嘔，太過濃烈。我發誓我不會和這個女人討論蘇菲，但她卻主動提起，說得一副我們同病相憐似的。

「我連自己的名字都不能對旁人說，」艾許琳挑了一個肉桂捲，撥開黏膩的螺旋，雙眼看著食物，沒有正視我，「我知道他們怎麼叫我，『殺女凶手』，還有更糟的。無論陪審團的裁定是什麼，也無論妳寫了什麼，沒有人會相信我根本沒有殺死泰莎。人們還是會想：噢，她一定是個**變態又可怕**的人。他們**希望**我有罪，他們認為『無罪』只是因為我僥倖逃脫了而已。」

**妳是嗎？**我還想問，**若不是妳殺了泰莎，那會是誰？**但我暫時吞了回去。

「但我沒有犯罪，我沒有。」她皺起眉頭，把塗滿肉桂醬的麵包放在盤子上，「我就像凱西・安東尼。陪審團說她是清白的，但她甚至不能……我的意思是，妳能想像她說出自己的名字嗎？**嗨，我是凱西・安東尼。**大家要不是躲開，要不就是不屑，或是跟她自拍上傳到Facebook。她永遠不可能用本名自我介紹了。」

「妳研究過那個案子嗎？」我問。**拜託承認。**

一道眼淚從她的墨鏡邊緣落下，滑過她的臉頰。這是我第一次看到艾許琳哭泣，她擦去眼淚。

「我知道我答應了凱薩琳，」她說，「答應讓妳採訪，讓妳寫這本書。我也需要這筆錢，跟妳一樣，對吧？我以為我能做到，而且妳一直對我這麼好。」

**妳誤會大了**，我想。但這正是我希望她相信的，所以我點點頭，好像謙虛地承認我的慷慨。她忽略了我剛才的問題，但有必要的話，我等一下可以再把話題轉向凱西・安東尼。

艾許琳鬼祟地環顧四周，似乎怕有人偷聽，但此時這裡一片清靜。那些必須到辦公室打卡上班的人已經走了，而計畫在波士頓度過一天的人也趕著將孩子送去托兒所。她傾身向前，一隻手伸向我，但沒有真的碰到我。

「我對妳的遭遇感到很遺憾，」她輕聲說，「凱薩琳把妳家人的事都告訴我了。」

**果不其然**，我想我真的不意外。凱薩琳利用我和我的遭遇當作籌碼，或說得更有力一點，當作子彈。我刻意不與艾許琳討論我的私事，避免提到德克斯和蘇菲，雖然這會是一個好的連結，但我就是不想牽起這條線。喝了幾口過燙的咖啡之後，我明白凱薩琳是怎麼說服她一起完成這本「說出真相」的書的。她應該是說「妳們就像一個模子刻出來的」，或諸如此類令人生厭的比較。

「我明白了。」這是我唯一能想出的回答。

「其實，這就是我同意讓妳採訪的原因。**只有梅瑟**，我告訴凱薩琳。」艾許琳兩隻手肘都撐在桌上，用手指按著太陽穴，頭沒動，但能微微看見她太陽眼鏡下的眼睛左顧右盼，最後停在我身上。「她向我保證妳能**明白**的，她說我可以相信妳。但現在，我不確定了，關於我們的這本書。」

「不確定？」我把面前的肉桂捲移開。德克斯以前最愛吃肉桂捲，我們真不該來這裡。

「因為妳完全認為我有罪。」她說。

「什麼？我沒有。」我差點被咖啡嗆到。

「我敢打賭妳整本書都在寫我多邪惡，這對我來說真的……太難過了。我一直在想到底能不能相信妳，相信妳不會……妳知道的，不會陷害我。」

「這本書不是妳說的那樣，現在根本還沒寫完。」我不能讓她這麼想，她一定察覺到我的態度了，察覺到我像釣魚一樣想引她說出些什麼，我得想辦法讓她放心。「我當然不認為妳有罪，陪審團也說妳沒有。我只是個記者。」

「嗯，」她又開始攪弄茶匙，在杯子裡不斷旋轉，「所以我能先讀妳目前寫好的所有內容嗎？我只是覺得妳問我的問題聽起來都像是妳認為我**有罪**，不管陪審團的裁定是什麼。妳對我很好，但就像妳說的，妳是個記者。」

「但……」我傾身向前，試圖不要表現得太急切，更不要表現得太想狡辯，畢竟她說對了。

「不，」她抬起一隻手，「我沒有罪，我沒有那麼做，而且……」她歪著頭，似乎想通了某件事，「這是**我的**書，不是嗎？整本書的**重點**就是要——是啊，我不確定妳是不是寫這本書的合適人選。」

好，進入一級戒備狀態，她是認真的。絕不能發生這種事。出版社當然有合約，但這一切都取決於她合作與否。如果她猶豫不決或想退出，凱薩琳也會服從出版社的命令另找寫手，就算我們是朋友。她會找一個不像我這麼在乎、不像我這麼需要這本書的寫手；找一個不像我如此關注正義能否伸張的人來執筆。但我全心全意投入這本書。

「妳當然可以先讀。」採訪的老招，無論受訪者要求什麼，先答應就是了，不管有沒有打算兌現，而且，我忽然想起，我還有一個法寶沒用上。

「那我能不能告訴妳一件事，艾許琳？是個機密，妳一個字都不能透露，但這可以證明我不認為妳有罪，超越——」我停下來，她可以自行填上「合理懷疑」四個大字。

她看起來很困惑，「證明？當然，好啊，我不會說。」

「妳先保證不會透露。」

「**我保證。**」她小聲回答。我啜了口咖啡，準備說出我的故事。一輛公車轟隆隆地經過，我聽到服務生肯恩在另一桌接受點餐。我環顧四周，檢查是否有人在偷聽，但沒人注意到我和殺人犯一起坐在這裡。「當時有一位陪審員……」

我停了一下，細細品味艾許琳臉上露出的一絲期待，還有我此刻的感受。

冥冥之中給了我這個重要的領悟，只要我用不同的方式思考，就可以創造新的現實，讓格姓陪審員被解除職務的事情變成有用的利器，變成我的子彈。我傾身靠近她，把整個故事說出來，包括收銀員卡曼迪，當然沒有說出她的名字，還有那句「她一定有罪」。我也說了我到五金賣場去找人的過程，或許還有些加油添醋，但基本上我沒有打昆茵的小報告，只說出我做了什麼。

「那個每次都用鄙夷眼神看我的蠢婦？」艾許琳抬起眉毛，「是**她**嗎？」

「這我不知道，」我的咖啡現在嘗起來很不錯，「我沒看過陪審員，他們不能被法庭內的攝影機拍到。」

「她**恨**我，」艾許琳用叉子戳爛盤子上殘存的肉桂捲，「她**超恨**，我完全看得出來，我還在想這個人有事嗎？」她嘆了口氣，似乎腦中在想像另一種裁決結果，「天啊。」

「是啊，」我忍不住認可她腦中想像的畫面，「我知道她認為妳有罪，如果我希望妳被定罪，那我不吭一聲就行了。而我要是真的那麼做了，她就會參與評議，那妳現在可能就在大牢裡，而不是在市中心的咖啡廳喝著深焙黑咖啡了。」

接招吧，艾許琳。

她笑了，舉起咖啡杯敬我。「好吧，嗯，那真是有趣，我得說。所以，好吧。好，暫時沒事了，對吧？我會……一邊重新評估，一邊跟妳聊，同時也要先看妳寫好的部分，然後我們就知道了。」

# 39

危機解除。經過我們昨天在里斯特托咖啡廳的**和解會談**，雙方都同意要以真誠的方式重新開始，而且不會再去咖啡廳。每天早晨我會先將她說的話記錄下來，然後再趁她去晒太陽或看電視的空檔，把這些內容寫進書裡。我很慶幸寫作的時候她不會緊迫盯人地站在我背後。現在我坐在書桌前，打開筆電。我們不知為何今天早上都穿了T恤配牛仔褲，我穿白色，她穿黑色，看起來很好笑。

「準備好了嗎？」我問。

「來吧。」她說。

我們要討論的分明是一個死去的孩子，她卻表現得像是明星受訪的模樣，幸好這一切很快就要結束了。

她占據書房裡那張大扶手椅，那是以前我和蘇菲一起坐著看書的地方。我後來在椅子上蓋了一條粉紅色漸層的毯子，說服自己那不是同一張椅子。毯子是蘇菲的外婆一針一線織的。艾許琳把第二杯咖啡放在一旁的桃花心木茶几上，沒有墊杯墊，這種事總會讓我抓狂。她很粗心，但也許我可以利用這點。

我準備直接切入重點。

「那麼，艾許琳，我會再問妳一遍，妳回答完之後，我們再來看看妳希望怎麼把這些寫進書裡。」我撒謊。「泰莎．妮可出了什麼事？」

她正拿起咖啡杯要舉到唇邊，瞬間停了下來，眼睛睜大。「對啊，這就是重點，梅瑟，對吧？重點就是，我不知道。」

鬼話連篇。「真的嗎？」我說，「這真是太……我不知道……太難以置信了。妳是說，妳完全沒概念嗎？」

「對。」她點點頭，我看見她眼裡竟然有眼淚。她短暫閉起眼睛，又睜開，「我們可以換一個問題重新開始嗎？」

是嗎？好讓妳有時間編故事嗎？她在牢裡明明有很多時間可以編故事，但也許現在她得想一個新的版本，畢竟法院已經審理過，有許多證據浮上檯面，所以每一個編造的事件經過都必須要和證據相吻合才行。

「好，當然，我希望能讓妳好過一點，」我說，試圖表現出同情，「我知道這一定很艱難，但都是為了完成這本書，對吧？這是一個很好的理由。那麼……妳最後一次見到妳女兒是什麼時候？是在洛根機場嗎？還有，妳們為什麼要一起去那裡？」

「我們沒有一起待在波士頓過。」她搖搖頭。

這下換我閉上眼睛。我闔上筆電，試圖隱藏我的不耐。這怎麼會這麼難？

「哦，天啊，真的嗎？」我拉開裝著資料夾的抽屜，翻動綠色的分類檔案夾，抽出上面標示著羅格威契警探的米黃色文件。

「妳知道羅格威契警探吧？」我說。

「一個混蛋。」她回答。

「總之，這個警探的調查報告上寫著，他在洛根機場的監視器畫面中看到妳和泰莎準備要搭飛機去芝加哥。妳們站在某個售報亭旁邊，和一隻小狗玩。」

「妳從哪裡弄來那些資料的？」她似乎一點也不想靠過來看。

「我做了些研究。」我翻閱那些文件，讀著羅格威契寫在警方制式調查報告中的句子，「妳說妳們從沒有一起待在波士頓，但抱歉，我的意思是，如果書裡這樣寫，讀者會對監視器畫面感到很疑惑，」這也是一種新聞技巧，叫做「變位法」，讓她認為是廣大讀者而不是**我**在質疑她，「那我們該如何解釋？」

「可能那不是我？或不是泰莎？可能根本就不是我們兩個？我怎麼知道怎麼解釋？」她每一個問句都拔高聲音，「我沒有去洛根機場，況且，如果那是重要證據，檢方為什麼不在法庭上把畫面播出來？我的意思是，如果他們有影像可以證明我人在波士頓，當然會想要播出來，不是嗎？」

我必須承認，她說的這些我也想過。「所以那不是妳？那麼泰莎失蹤期間，妳曾經去過波士頓嗎？」

「她從來沒有失蹤！」艾許琳攤手、站起身來，踱步到書架前面，又走到門口，然後解開她的馬尾，再綁回去，「這就是重點，這也是為什麼我說我根本不知道出了什麼事，因為她跟保母在一起，跟……」

她說到一半停了下來，呼吸變得有點急促，可以看見她的胸口在黑色T恤下起伏。「瓦蕾莉，她跟瓦蕾莉在一起，至少我這樣以為。」

「好，」我說，「那瓦蕾莉現在在哪裡？」

「我不知道，我**不知道**！」艾許琳又開始踱步。

「那路克呢？路克．沃許？他和妳交往是在羅恩．謝瓦里之前還是之後？他跟這一切有關係嗎？」

「妳是怎麼知道路克的？」她在書架前停下腳步，瞇起眼轉向我。

換我停下來了。路克在我腦中一直跟事件有關，但我是怎麼知道這個人的？噢，我從昆茵．麥克莫倫口中聽來的，還有喬．瑞西納利也說過，但這兩個來源我都不能洩露。

「所以**真的有**一個叫路克的人？」我繼續進攻，希望這招有用。

「有這個人，但他和這件事無關。」

「那誰跟這件事有關？」我忍不住繼續問下去，但馬上又決定要退後一步，畢竟與她為敵不會有任何幫助，我只要誘導她無意間說出實話，或說出一些內幕，什麼都好，給我一點有料的就行。

「妳什麼都不懂！」她忿忿走向書房門口，作勢要離開。

「那就幫助我了解，」我回答她，像一隻蜘蛛逼近蝴蝶，「幫助我，好讓我幫助妳。」

# 40

現在我們換了座位。我坐在蘇菲的扶手椅上，艾許琳在我的書桌前，讀著我的——我們的書的其中一段。為了誘導她繼續說下去，我建議她先讀一些段落，然後給我建議。在她還沒來得及選擇之前，我已經打開有關代頓監獄內通話紀錄的部分，當時她在電話裡對她媽媽大吼大叫。從長遠看來，她對這些草稿怎麼想根本就不重要，但這是眼下可以做的事。

「噢，妳看，這邊錯了，」她一邊說一邊往下滑動頁面，「我想這不是妳的問題，妳只是……」她聳聳肩，「我是說，我猜妳之前根本沒想到我會讀到這些內容，或就算我讀到，也已經來不及改變什麼了。也許妳只是想要顯得，就像妳說的，客觀，但還是寫錯了，這不是當時的情況。」

她瞇起眼睛繼續往下讀。我把檔案都分開了，所以她一次只能讀到一個部分。

「妳有**聽過**那段電話錄音嗎？」她問，「妳知道我們的語氣嗎？」

我當然沒有，我只有讀逐字稿。我假裝思考了一下，說：「我想沒有，但有一份逐字稿——」

「嗯，」她打斷我，傾身靠近螢幕，大聲讀出草稿文字。「『妳得想辦法讓我出去！』艾許琳的嗓音震耳欲聾。『這不是我能決定的事。』喬芝亞回答，坦白說，這讓她鬆了一口氣。」

她坐直，搔搔她的臉頰，剛才她還拔高音調模仿她媽媽說話。

「妳看，」現在她又回復自己的聲音，「妳寫我媽『鬆了一口氣』，但她沒有這樣**說**，對吧？妳怎麼知道她這樣想？妳寫得好像她很高興我坐牢，她的確是個討厭的女人，但也沒這麼惡劣。」

「嗯，我——」

「讓我繼續讀完，這邊先是我媽，然後是我說話，」她清清喉嚨，「『如果妳需要幫助，妳何不告訴我——』，『因為我根本不知道她出了什麼事。』艾許琳打斷她的話，她的聲音拔高，充滿了鄙夷……『妳開什麼玩笑』？」

艾許琳停下來。「妳寫說『她的聲音拔高，充滿了鄙夷』，妳真的聽到了嗎？」

「當然沒有，但這只是——」

「等等，」她用一隻手指著螢幕，又挑出其中一段對話，「『艾許琳，不要對我大呼小叫，』喬芝亞說，『妳是在責怪我害妳坐牢嗎』？『正是如此。』艾許琳回嘴。『怪妳自己吧，』喬芝亞斥責，『因為妳說謊。』」

艾許琳又停下來，我能從她的聲音裡聽出嘲笑的意味，所以我等著聽她要說什麼。另外，我也發現我用了太多動詞。

「這很過分，梅瑟，」艾許琳說，「我沒有**大呼小叫**，我當時嚇壞了，而且**的確**是我媽害我被關進監獄，是她做出那麼恐怖的事，讓警察躲在衣櫃裡。」

她盯著頁面看，「我**真正**的意思是我想要趕快出去，而且我根本不知道發生什麼事。梅瑟，我說的這些話哪裡有罪呢？」她轉過來看著我，眼中充滿淚水。「妳把我**寫得**像是有罪，像是個**絕對**有罪的人。」

我試著想出該怎麼回答，她說得對，這麼看的確沒有錯。

「所以我們才要回過頭來看草稿，」我解釋，「把這些段落確實改成妳所說的內容。而且我有刪掉髒話，對吧？」我繼續說下去，想要緩和氣氛，「如果那份逐字稿有如實記錄妳說的每個字，那妳的確罵了很多髒話。」

「嗯，大概吧。」她翻翻白眼，「告訴妳，我還真希望能說點好聽話，但我在牢裡！為了什麼？我不像妳是個記者懂怎麼寫作，但妳應該很容易就能寫出『從艾許琳說的話聽來，她完全不知道女兒出了什麼事』這種感覺才對。」她聳聳肩，「妳應該可以寫得更好的，寫得更真實。」

「了解，」我假裝同意，「還有謝謝妳。但現在妳明白為什麼我們要重新編輯了吧，可以釐清很多細節。繼續往下看吧。妳當時為什麼一直要求拿回妳的手機？」

她眨了好幾次眼，「如果**妳的**手機被拿走，妳會有什麼感覺？更何況那個笨警察**到現在**還扣押著我的手機，妳相信嗎？是妳的話，妳不會生氣？」

「也是，我承認我手機不離身，但——」

「就是這樣，」她說，「而且我得告訴羅恩我在哪裡。妳能想像被逮捕這種事有多羞辱人嗎？我想要**親口**告訴他這一切鳥事。」

「抱歉，我得要問，大家會覺得為什麼妳沒有問起泰莎？問她人在哪裡？」

「當然是因為我知道她人在哪裡！」

「那妳當時為什麼不說？」

「因為……那太蠢了！我太生氣了！我很抱歉我不是個完美的媽媽，梅瑟，但警察就因為我跟我媽說我親眼看到泰莎而**逮捕**我，難不成每次我對我媽撒謊，他們都要把我抓去關嗎？妳有沒有對妳媽說過謊，梅瑟？」

她這番話逗我笑了，**她**也笑了。有那麼一瞬間，我竟然必須提醒自己我有多恨她。

# 41

我**必須**時時記得我有多恨她，還有為什麼恨她。如果她不是如此地……我不知道，不是如此地有說服力又機智，就無法引誘這麼多人替她做她想做的事了。趁她去浴室的時候，我回到書桌前的椅子上，利用這段空檔試著重新找回我在這段關係中應該扮演的角色，為此我第一次對於她進去我的浴室感到鬆了一口氣。我下一步本想討論她的陰謀，但最終還是從分類資料夾裡拿出一個米黃色信封。現在，我要走回正軌，回到對正義和真相的追求上。

她回到書房時，已經重新梳好頭髮，臉頰邊緣掛著水珠，似乎用冷水潑過。

「繼續吧，」我說，「不過現在已經是午餐時間了，妳餓嗎？還有在那之前，我想先讓妳看個東西，這讓人有點困惑。」我露出一點笑容，證明我是真的很友善，以及完全公事公辦。

我拿出那張她穿著溼T恤的照片，身後是「火熱」夜店的標誌。

「可以跟我說說看這張照片嗎？」我站起身將照片遞給她，語調盡量保持中立。

「噢……」她邊說邊接過照片，緩緩坐進蘇菲的扶手椅裡，「妳從哪裡拿到這東西的？」

「研究資料。」我給了她制式答案，等待著。

「這真是……」她的表情和緩下來，伸手擦去眼淚，「噢，可惡。」

我又皺起眉頭，她在哭什麼？「嗯？」

「我在社區大學兼職，妳知道嗎？在代頓。這是學生會，妳看到上面有寫 STU 嗎？」她指著上面的字母，「那天他們幫漸凍人協會辦了一個之前很流行的『冰桶挑戰』活動，還替癌症兒童募款，所以這真是……」她做了個鬼臉，「真是不該穿白色衣服。我挑戰完之後就衝去廁所，趕快換上運動服。但……很值得，對吧？」她本來打算將照片還給我，手卻停在半空。「如果妳不需要這張照片的話，我很想留下來。這是很美好的回憶，妳知道吧，沒有多少個美好回憶了。」

「當然，」我說，身子靠在書桌邊，「留著吧。」凱薩琳會殺了我，但我該怎麼拒絕呢？我還有機會把它要回來的，況且我們也不該用那樣的照片羞辱她是個蕩婦。現在我為艾許琳感到有點遺憾，但這不是什麼好事，因為這會讓我變得脆弱。是時候讓**她**成為脆弱的那一個了！我不喜歡表現出惡意，但她親手殺了自己的親生女兒，也許她的榜樣凱西．安東尼也曾經參加慈善募款，這不代表她就無罪。

「我能跟妳商量一下嗎？」我忽略剛才的同情心，「我寫了一個段落，內容全部來自研究資料，但對妳來說可能會有點不好受，妳願意讀嗎？」

「當然，」她說，「先讓我把照片收起來。」

她回來時，我也回到書桌前。我印下標題「**妳是我的太陽**」這個章節。《內幕》雜誌的報導說那是泰莎．妮可最喜歡的歌，甚至在泰莎的追思會上，風琴樂手也演奏了這首歌。

艾許琳盤腿坐進蘇菲的椅子裡，期待地看著我。

「妳怎麼沒有去參加追思會？」我退縮了一下，阻止自己往下說。「抱歉，艾許琳，我這樣問不太禮貌，但我剛才說的就是這一段場景，」我舉起列印好的紙張，「泰莎的追思會。」

我讓這個醜陋的字眼懸在我們之間：泰莎的追思會。

她抿起嘴，露出喪氣的表情。

「我為什麼沒參加？」她終於回答，「因為我被關在牢裡？」

「法官說妳可以去，」我提醒她，「但妳拒絕了，所以我得像記者一樣問妳這個可怕的問題，」我誠實地繼續說下去，「妳那時在想什麼？」

「噢，梅瑟，妳永遠不會理解，但——嘿，妳應該懂，妳有去蘇菲的葬禮嗎？」
我點點頭。這是我自找的，但我能應付；短暫應付。
「那妳有……有感到放下了嗎？」
「沒有。」
她點點頭。「對，但是，梅瑟，既然妳問了，那我就告訴妳真相。我知道人們可能會說這是妄想症，但事實上，什麼追思會，我那時還不相信那個死去的孩子就是泰莎，我還覺得她在別的地方。他們給我看那張重建肖像，妳一定看過，那看起來完全不像泰莎。我一直、一直在想，如果DNA測試結果是錯的呢？我覺得某天他們就會帶著泰莎出現，我好像能清楚看見那一幕，無法從我腦中抹除，我想像昆茵來監獄找我，旁邊就跟著泰莎，然後他們會說……」
「但妳以為她在哪裡？跟誰在一起？」
「我不知道，我真的**不知道**，這就是為什麼我要找羅恩和我繼父，妳知道他們彼此認識嗎？」
「什麼？」
「對，妳知道那間夜店為什麼叫『火熱』嗎？」
「妳說過，是因為裡面的東西都是燙手的贓物。」
「我知道我說了什麼。妳不覺得那很……方便嗎？」她抬起頭，把腿伸直，將光裸的腳放在地毯上，「對一個專門經營贓物買賣的人來說，認識一個有機師執照的人很方便，尤其是這個機師還在某個愚蠢的投資上輸光了所有退休存款。抱歉，這聽起來真的很像某種犯罪節目的橋段，但我……我也被捲進去了。他們知道我願意為了泰莎做任何事，我當然沒有真的**經手**，但我了解……」
她又靠到椅背上，望著天花板說話，「我了解羅恩，了解我繼父，非常了解。」
「所以發生了什麼事？」我覺得我們離得太遠了，所以推著椅子遠離書桌，移到靠她更近的位置。

艾許琳傾身向前，我們的膝蓋幾乎碰在一起，我能聞到她身上嬰兒爽身粉的味道，還混著咖啡味和沐浴乳的花香味。

「泰莎很愛她外公，願意跟著他到處跑，無論他帶她去哪裡，無論瓦蕾莉人在哪裡，泰莎**就在**哪裡。湯姆．布萊恩也深知我很清楚羅恩控制了他、控制了我、泰莎和我們一家人，我們的命都在他手上。如果我說出他們在做什麼交易，說出他們逼他載了什麼東西，就完蛋了。而且他是她的**外公**，我從來沒有想過他會做出傷害她的事，從她在我腹中孕育的那一刻起他就如此愛她，所以我什麼都沒說。一直以來我都希望、盼望著、期待著他們能把她帶回來，但我不能這麼說，我當然不能這麼說！梅瑟，妳覺得我繼父為什麼拒絕出庭作證？」

「等等，艾許琳，但**羅恩**有出庭，說妳是他『朋友』，會去他的夜店玩。」我又拖著椅子坐近了一點，「為什麼昆茵沒問**他**……贓貨的事？」

「梅瑟，妳不懂嗎？因為她不知道！她當然不知道。用謀殺指控來陷害我是為了試探我，看我會不會抖出他們的勾當，妳懂嗎？那時我不確定那女孩到底是不是泰莎，我只希望如果我嘴巴閉緊一點，他們就會把她還給我。」

我沉默了一陣子，思考這個故事的真實性。

「所以妳自願這樣跟他們周旋？」我短暫閉了閉眼，想像著，「妳願意為了保護泰莎去坐一輩子的牢？」

「自願？」她倏地站起來，快得我來不及將椅子移開，「我或許不會用『自願』這個說法，但我會不會拿自己的命交換我女兒的命？」

她的問題重重壓在我的肩上，我知道她接下來會問什麼，而我想著，**拜託別問我**。

但她就要問了，我能從她的眼神看出來。

「**妳**不會嗎？」她問，「不會為她犧牲自己的生命嗎？」

這一瞬間房間顯得太小了，小得容不下我、艾許琳和兩個死去的小女孩，所有的記憶一擁而上，我們所做的每一個選擇、我**曾經**做的每一個選擇、我該做的每一個選擇，當時**可以**做的選擇……不能再想了，不能再想著這些重擔，哦，不，不是重擔，我不是故意選擇這個詞……

「梅瑟，妳知道嗎？」

我眨眨眼，讓自己回到現實。

「我**想要**讀追思會的這段，」她繼續說，「我從沒向任何人問起追思會，也沒有讀過任何相關報導，但我想妳的書——我們的書——能讓我為她重回現場，也許能讓我放下、向她道別。我從沒有機會向她道別，妳知道那種感覺，對吧？」

我沒有回答；我無法回答。

「我想像過那個場面，」她又說，「在腦中想像，但**妳**比較懂得怎麼創造現實。」

「我完全取材自研究資料，然後——」

「我不是說妳瞎掰。」她伸出一隻手，「給我看吧。」

我把印出來的紙張遞給她，看著她坐回那張粉紅色的椅子。讀了我寫的東西，她就能重回她女兒追思會的當下。她能想像那些粉紅色的花環，是玫瑰和滿天星編織而成的；能聽到兒童合唱團的細聲歌唱；還有穿著黑色衣服的牧師，尋找著適當的措詞，安慰那些悲傷的與會者和心碎的外祖父母；她能看到祭壇的正中央，擺放著一張栩栩如生的照片，上面是她有著一雙大眼睛的女兒，周圍擺滿了白色的百合花。這些是我寫下的，盡我所能以最深刻、最痛心、最心碎的方式寫下來。

我原本確實是想讓她如臨現場，但突然間這卻像是一件……錯誤的事。

我從她手裡抽回紙張。

「妳在幹嘛？」她問，「我說我要讀！」

「妳可以讀，」我說，「隨時都可以。但我們先去散步，去里斯特托咖啡廳吃午餐。我得出門走走，我覺得我好像在——」

我差點說出坐牢。

「是啊，」她說，「我聽見了。」

# 42

「兩位嗎？」穿著藍綠色圍裙的服務生肯恩現在是我們的老朋友了，他從耳後抽出一枝黃色鉛筆，「跟平常一樣嗎？」

艾許琳和我點點頭，我們「和平常一樣」。

「兩杯冰咖啡，一杯要加榛果，再兩份起司火腿可頌。」肯恩說，「馬上來。」

艾許琳此刻似乎有點焦慮，煩躁地整理她用來喬裝的圍巾和棒球帽。她選擇了庭院角落的桌子，倚著白色的磚牆，她的側臉對著餐廳入口。太陽高掛在頭頂，但搖晃的藍綠色陽傘遮住了我們。艾許琳仍戴著太陽眼鏡。

「怎麼了？」我問，「妳還好嗎？」也許她是為了剛才討論追思會的事情而焦躁。是啊，的確應該如此。

「我很擔心，梅瑟，」她拿起桌上的鹽罐，倒了一些在手上，然後將鹽粒撒過她的左肩，接著又把鹽罐推開。「我不該告訴妳私人飛機運送贓物的事，還有湯姆的事。」

「沒關係，真的，」我說，「別擔心，我們就像律師和委託人一樣有保密協定。這是妳的書，妳告訴我的事都會保密。」我完全在胡扯，根本沒有什麼保密協定，事實正好相反，她可是親手殺了女兒的凶手，我當然不可能真的跟她訂下任何協議。「我們只會用妳想要用的內容。」

「嗯，不是，我的意思是……」她摘下太陽眼鏡，看起來幾乎有點怯弱，我們的艾許琳又換上了一副全新的、前所未見的神態。「我的意思是，因為那不是真的。」

「什麼？」

她用餐巾非常仔細地擦拭太陽眼鏡，頭半垂，抬起眼來透過睫毛看著我，好像她剛才又想到了一個新點子。「我是說，那是我的推測。但這也**可能**是真的，對吧？湯姆到現在都**還是**機師，而且那間夜店也肯定有在幹些不法勾當。羅恩做生意的成本到底從哪裡來？但的確，那些都是我瞎掰的，」她又把擦得晶亮的太陽眼鏡戴上，「都只是推論。」

真慶幸我們現在在公共場合，如果是在家裡，我會朝她那穿著過緊牛仔褲的屁股踹下去，一腳直接踹到門外。我承擔不起後果，但我一定會忍不住這麼做，因為我真的覺得「很幹」。德克斯討厭我說髒話，但我還是在心裡說了，然後又對自己的行為生氣。

「艾許琳，妳是**認真的嗎？**」我挪動椅子，不小心撞到桌上的叉子，叉子落在水泥地上發出巨大而清脆的聲響，又惹得我一陣惱火，各種不耐煩和挫敗感交雜在一起，讓我完全被情緒牽著走。「跟我說實話到底有多難？」我試圖把音量降低到公共場合可以接受的程度，但卻無法減少苦澀的語調，「聽著，要不要我打電話給凱薩琳？妳是不是不想寫這本書？妳為什麼要這樣搞——要這樣亂來？」

「梅瑟，梅瑟，」艾許琳手肘撐在桌上，雙手摀在臉上，兩束微鬈的細髮從紅襪隊棒球帽邊緣露出來，「我知道妳看透了我，妳很擅長看人。對，我在逃避現實，我很清楚，但我完全不知道該怎麼辦，我迷失了方向。我不知道該說什麼、該做什麼、該告訴妳什麼。我的生活毀了，我的家庭也毀了，我什麼都沒做，我真的什麼都沒做，但我好怕沒有人會明白。」

我撿起落在地上的叉子指著她，「那妳就給我說來聽聽。」

「兩位的餐點。」肯恩端來餐點放在桌上，似乎察覺到自己打斷了我們。他快速離開後，我們都把盤子推到一邊。艾許琳撕開兩包糖包，全部倒進她的榛果咖啡裡，一些糖粉灑到了桌巾上。

「好，真的，我會告訴妳全部的真相，但妳一定要好好聽完。」

我懷疑地揮揮手示意她**說吧**，我不知道自己開口會說出什麼難聽的話來。如果有必要的話，我真的會打給凱薩琳。我們有一段時間沒聯絡了，但這就是凱薩琳一貫的作風，「不出所料地出乎意料」；艾許琳更是難搞。

「泰莎和我處得很好，」她的語調很柔和，彷彿想起了最美妙的事，「雖然生活不容易，但當妳深愛著某個人的時候，就能讓不可能變成可能。我好愛泰莎，無論她的到來是不是那樣——」

「哪樣？」

「讓我說下去，好嗎？我得要一口氣說完。」

我又擺擺手，此時心中充滿好奇，這有點不利於我做出更好的判斷。

「無論她是怎麼來到這個世界上的，我都願意為她付出一切，一切！坦白說我覺得其他都不重要了，上天給了我這個禮物，讓我的人生變得不同。再也不要跑趴、做些不正經的工作，而是有真正的人生意義。我有一個**家**了，妳懂我的意思嗎？」

我沒辦法回答這個問題，但她也沒有要我回答。

「但後來泰莎．妮可生病了，」艾許琳說，「非常嚴重，她得了癌症。這就是為什麼她突然不見，她待在一間私立醫院，是湯姆安排的，他透過那個『慈善航空』取得的醫療管道。其實泰莎那時已經毫無治癒的希望了，我可憐的小寶貝。這也是我去社區大學學生會幫忙募款的原因，更是我看到照片很難過的原因，但參與那場活動又是如此美好。」

我得保持開放的心態聽她說這些，但這聽起來……實在不太可能，我難以自制地露出懷疑的表情。實在不太可能，不過好吧，也**有可能**是真的。

艾許琳又短暫地把手摀在臉上，然後伸手將圍巾拉起來，緊緊裹住她下垂的雙肩。「我不知道，梅瑟，有時候我覺得是上帝帶走了她，因為上帝知道……怎麼說，知道她是在殘酷之中孕育的，而且……」

**在殘酷中孕育？**她繼續往下說，而我現在完全被她吸引住了。

「那時她需要輸血，所以我很害怕，如果他們驗了我和湯姆的血，發現湯姆是她父親怎麼辦？泰莎，妳知道嗎？她的名字。」

「啥？」

「梅瑟這個名字是怎麼來的，妳為什麼叫梅瑟？」

她究竟想說**什麼**？「呃，梅瑟是我媽婚前的姓氏，她希望孩子也能承續母親家族的歷史。這跟那又有什麼關係？」

「對，沒錯，泰莎的名字也源自家族，」艾許琳的語調充滿嘲諷，「湯姆加艾許琳，妳知道嗎？讀起來很像，他**逼我**替她取這個名字，又逼我發誓絕對不會說出去。但後來泰莎死了，所以醫院也沒有驗血。再後來，我們告訴醫院會將她送去殯儀館，實際上是我和湯姆用他的飛機把她載到波士頓，隨機挑選了一個有水的地方，波士頓沒有人認識我們。我知道有些港口常會打撈到屍體，以前也聽說過有撈到小女孩。泰莎過世前病得很重……我們只是，想讓她安息。」

湯姆加艾許琳等於泰莎[5]？我盡量不要露出不可置信的表情，但可能失敗了。再說，如果曾經住院，一定會有就醫紀錄，所以這個故事完全不合邏輯。我知道這個世界並非永遠合乎邏輯，但這也太假了。

「呃，艾許琳，所以妳和妳繼父把泰莎裝進垃圾袋，然後丟到海裡？」

「那是海葬，」她說，「可能違法，但本來不會被人發現。那些布膠是為了要……避免魚來咬

5 湯姆、艾許琳的英文分別是 Tom 和 Ashlyn，泰莎則是 Tasha。

她的屍體。」

**這**是她想要寫進書裡的故事嗎？避免**魚**來咬她？讀者看了會同情她嗎？這故事簡直假得太可悲了，我不確定我能不能正經八百地寫下來，除非——這有可能是真的嗎？

「哪間醫院？為什麼沒有傳喚醫生出庭作證？昆茵．麥克莫倫知道這件事嗎？妳媽媽知道嗎？」

「**我媽**？聽著，梅瑟，妳聽過庭訊過程，妳知道她承認了，她賣我的照片來賺錢，我的照片，還有她外孫女的照片！為了該死的兩萬塊！」

「妳是說妳媽也參與其中？」

她坐直身子，摘掉太陽眼鏡，用手裡的眼鏡指了指我，又戴回去。

「我的老天啊，梅瑟，」她說，「之前我從沒這樣想過，妳說得**太**對了，我實在**太**笨了，她一定**知道**。」

「知道什麼？」

「她所有的證詞都是假的。」艾許琳張開手臂，做出表示「所有」的動作，「所有那些『噢，艾許琳是個好媽媽』都是假話、屁話，她只是想要讓大家覺得**她**是個愛護我的好媽媽，覺得**她**是好媽媽！不是**我**！我現在都懂了，謝謝妳，梅瑟。她**知道**我沒殺人，她知道**實情**，她滿嘴謊話，我的親生媽媽！為了救她親愛的湯姆。真噁心，她選擇他，而不是我。我真不敢相信，她一直都知道。」

「艾許琳？」她是不是走火入魔了？我真希望手裡也有太陽眼鏡可以指著她，「妳媽媽知道**什麼**？」

咖啡廳裡越來越多人，庭院的門不斷響起吱嘎聲，空桌一個接一個被坐滿。四周有媽媽背著購物袋，帶著兩個吵鬧的小學生入座，還有穿著仿舊夾克的中年男子正專心看著手機。接著，我突然看見代米拉超市的收銀員卡曼迪，和另一個繫著飄逸圍巾、身穿短裙的年輕女孩正在交頭接耳，一起看著手機螢幕小聲笑著。在人群之中，艾許琳和我看起來就像兩個普通的郊區住戶，在尋常的星期一來咖啡廳閒聊。

「我們得走了，」艾許琳站起身，將椅子推回桌下，「現在，馬上走。」

「什麼？」我非常困惑，也站起來掏出錢包，將給肯恩的二十塊小費和餐費壓在我的盤子底下。太陽的光線改變了方向，一道亮光照射在桌面上，灑出來的糖粉像細小的寶石一樣在桌巾上閃閃發光。

艾許琳拉低她的棒球帽，然後伸手碰我的手臂，「有看到剛才進來的那個男人嗎？在用手機的那個？」她低聲問。

我準備轉過頭去。

「**不要看！**」她說，「別管了，快走吧。」

她在露天座位區的桌子之間快速穿梭，接著衝出庭院的門，然後壓低了頭，看著人行道的路面前進，幾乎是用跑的，我得小跑步才能跟上她。

追上她的時候我有些上氣不接下氣。「艾許琳，」我開口，「剛才是怎麼回事？」

她停下來，站定在人行道上。十字路口的紅綠燈發出嗶嗶的警示音，輪到我們這一側前進了，但她忽略周遭的一切，伸手拽住我的手臂，把我拉得更近。我聞到咖啡的味道，還有，我發誓她用了我的柚香沐浴乳。

「妳相信我告訴妳的故事嗎？我是說海葬的那個？」她抓得更緊，「妳不信，對吧？我知道，因為編得很爛，但妳是個作家，妳可以幫我編得更好。妳必須編出一個更好的版本，一個讓人信服的故事，否則他們也會抓到我的。」

「編出一個……？」我掙脫她，往後站了一步，「否則怎樣？」

「妳有看到在用手機的那個人嗎？他可能在發信、傳簡訊，也有可能在**拍照**。」她朝里斯特托咖啡廳的方向比畫，「我知道他看到妳了，當然還有我。」

「拍照？」

「那是其中一個陪審員，**陪審員！**」她壓低嗓音，「我絕對不會忘記他們的長相，永遠不會。我一直覺得那個人對我很有意見，他很討厭我，他怎麼找到我的？為什麼要跟蹤我？還有跟蹤**妳**？」

十字路口又轉為紅燈，我們繼續留在原地。陽光在我們腳邊留下陰影。「還有，我很抱歉，梅瑟，」艾許琳說著，搖了搖頭，「因為警察還扣押著我的手機，我沒辦法跟外面聯絡。但我很抱歉，現在**妳**也捲入了。」

# 43

一輛藍灰相間的警車從我們身邊飛馳而過，那是波士頓警局的車，不是林斯戴爾當地派出所的。警車鳴著警笛闖過紅燈，車頂的藍色燈光閃爍著，我們不約而同地轉過頭，往它前進的方向看去。警車拐過街角，朝著亞爾代拉街呼嘯而去。是去我家嗎？這真是個愚蠢的想法，畢竟我家又不是在什麼荒郊野外，我的社區還住了很多人。如果是消防車朝那個方向開去，我才應該要擔心。

有人死的時候警察才會出現，而這個世界上我在乎的人都已經死了。

艾許琳霎時臉色發白，我想無論她如何堅稱自己是清白的，看到警察可能還是會引發她某種創傷症候群。但我也提醒自己，更重要的是，無論她向我灌輸了什麼愚蠢的故事，她都**不是**清白的。

警笛聲漸行漸遠，我依舊想不出該先問她哪個問題。

「妳剛才說的整個故事，」我抿著嘴，在心中回想她剛才的反應，「海葬、癌症，還有……被妳繼父侵犯的事，和泰莎命名的由來，這些都不是真的？」

「隨便，」艾許琳說，「那不重要。重要的是，唯一可以讓我重回社會、重新生活的辦法，就是利用這本書來說服大家我是清白的。這是我同意受訪的原因。」

「那妳**是**清白的嗎？」現在四周又能聽見鳥鳴了，人行道兩側的小草地旁種滿了楓樹，麻雀和白頭翁的嘰喳聲從枝葉間傳來。

「妳到底有沒有聽懂？」她停下來，把手塞進牛仔褲後面的口袋裡，望著夏日藍得像寶石一般的天空。她翻了個白眼，好像我笨得無法理解。「我們都知道『無罪』是不夠的，沒有什麼比殺死一個孩子更糟糕的事了。有些人認為我沒有受到應得的懲罰，也許那個陪審員就是這樣想的。現在他們想要抓我，他們會私下懲罰我，這太不公平了。妳必須幫我，妳**必須**幫我。」

我的手機在包包裡響起，我沒有接，肯定是凱薩琳打來想知道我們的進度如何，但這個問題我根本沒有答案。

「湯姆的事是真的，」她繼續說，「但我現在放下了。問題是，**他們**會放下嗎？」

「艾許琳，」我又停下腳步，沒辦法一邊走一邊消化她變來變去的故事。她認為大家都想制裁她？雖然我也想制裁她，但她所謂的「他們」實際上又是誰？

「『他們』是誰？」我問，「妳認為誰——」

「聽著，」她舉起一隻手，示意我停止，「妳記得我在法庭上身體不舒服的那次嗎？妳知道為什麼嗎？」

「食物中毒？」喬・瑞西納利是這樣報導的。

「對，」她點點頭，「妳知道為什麼會中毒嗎？是因為他們在獄中給了我一個三明治，就在湯姆試圖來探望我之後。這兩者一定有關連，那是他唯一一次來訪，我媽則從來沒來過，妳知道嗎？**她**背叛我，而**他**想要毒死我，或想要教唆某個人這麼做。爛透了！他們想要完全跟我切割。」

「妳剛才在咖啡廳裡本來要跟我說妳媽媽的什麼事？」

「放過我好嗎？」她說，「總之，就是那樣，他們想要那樣做。」

她轉身沿著人行道繼續前進。

艾許琳完全是個瘋子，我一邊試圖跟上她的腳步一邊這麼想。她想要我相信她說的每件事，我怎麼可能相信？我會打給凱薩琳，推掉這個案子，把錢還給出版社，祝他們一切順利，然後澈底擺脫艾許琳。她完全瘋了！

「嘿，」我們走到一半，她突然用一隻手指戳我的手臂，「想想，有人試圖闖進昆茵・麥克莫倫的家，妳**很清楚**他們是想要找什麼東西，也可能是想殺死我，塗鴉只是順便而已。」

艾許琳對著遠方揮舞著一隻手，彷彿在指著什麼。我們經過一戶人家，有人正在院子裡修剪草坪，我們經過騎著三輪車的孩子，經過珍娜和巴布·愛默生家門口美麗的繡球花叢，想像著麻省收費公路另一端昆茵的住處，她的外牆上是一片潦草的塗鴉，窗戶也被闖入者惡意破壞了。「光這一點就足以說服妳了吧，對我下毒？威脅我的辯護律師？而且妳不覺得她就這樣出城了很奇怪嗎？」

「警方有抓到人，不是嗎？是一群小屁孩。」

「**拜託**，梅瑟。**對**，小屁孩，**他們**不是主謀。」

我們再過不久就會抵達諾沃克街角，就能回家了，然後我會好好來解決這個問題。昆茵出城的事也讓我有點困惑，但我認為她可能是想躲避窮追猛打的記者，也可能是在懊悔她讓一個殺女凶手就這樣逍遙法外，或她去慶祝自己又打贏了一場官司。

「我有**試圖**跟喬·瑞西納利解釋，好嗎？」艾許琳說，「是他報導了食物中毒的事，記得嗎？但我不知道，他那時看起來有點……心不在焉，也許是因為他離婚的事。他後來有聊到妳，說他會跟妳聯絡，所以當凱薩琳提到妳的名字時，我就想，好吧，很好，我們全都可以一起合作。那**正是**喬跑來找妳的原因，妳都沒想過他為什麼會突然來找妳嗎？」

等等，等一下。現在輪到我停在人行道上了。「喬·瑞西納利和這又有什麼關係？」他離婚了？顯然這不是重點，我真的需要找個方法跟上這場不知道究竟在搞什麼的遊戲。頭頂上的太陽熱辣，新英格蘭地區九月初的酷熱天氣和二月的嚴寒一樣折磨人。「他知道我在和妳一起寫這本書？」

「他當然知道啊。」艾許琳摘下棒球帽，將脖子上的長髮拉起來，又將帽子戴回去，「聽著，我們可不可以進去再說？雖然我沒看到人影，但我怕那個陪審員在跟蹤我們，或派人跟蹤我們，也可能是有人**派他**來的。」

我跟著環顧四周，陪審員？其他人？艾許琳說的簡直像是我聽不懂的語言。四周除了除草機的隆隆聲，沒有任何人、也沒有任何東西打破郊區的平靜，路上甚至連一輛空轉的郵局貨車或推著嬰兒車的保母都沒有。

我們轉過街角，我的柳樹、我的家映入眼簾。

我看見那輛波士頓警車停在對街，在雷朋斯家門口？以斯拉和麗姿出了什麼事嗎？還是他們的兒子戴力克？巡邏車上沒有人。

「該死，」艾許琳嘶聲說，不斷重複著這個詞，「是來找**我**的。」

「不是來找**妳**的！」我轉身低語，幾乎要發怒了。這個女人簡直是偏執狂或者自戀狂，也可能兩者皆是。世界並沒有繞著艾許琳・布萊恩打轉。「那輛警車停在**雷朋斯家**門口，可能是戴力克又因為超速駕駛惹上麻煩了，或者是他們家的可卡貴賓狗走丟了。」

艾許琳拔腿就跑，我得跟上她。她跑到我家門前的石板路上，三步併作兩步地踏上臺階，在門口轉身面向我，伸出手哀求著。

「拜託快點開門，」她說，「不要跟警察提到我的事。」

我用鑰匙開了門，艾許琳幾乎是推開我衝進屋裡。

「我可不會對警察說謊，」我說道，一邊把門關上。我拉開客廳的窗簾，異常謹慎地向外窺看，「而且，警車裡面沒有人，艾許琳，警察在別的地方。妳喝太多咖啡和糖了，才會這麼激動。」

她取下太陽眼鏡掛在黑色T恤的領口上，現在我能清楚看見她眼中的恐懼。「我沒有要妳**說謊**，我只是說不要提到我。我要回房間了，警察走了再告訴我。」

我在她眼中看見的真的是恐懼嗎？很難說。現在她離開了，我聽見她關上了「她的」房門。我把帆布托特包放在玄關的桌子上，掃視客廳，荒唐地想找出有沒有什麼東西不見了，結果當然是沒有。

然後門鈴響了。

上一次門鈴響是凱薩琳來訪，帶著艾許琳一起過來，而這一次，我透過門上的貓眼看出去，不是凱薩琳。

我知道那是誰，我曾經在證人席上看過他，是波士頓警探布萊斯・奧弗畢。我記得他的長相，「放蕩不羈」，我在草稿裡這麼形容。但近看，他本人比較有魅力，而且很溫和。他身上穿著咖啡色的毛呢外套，可能跟出庭時穿的是同一件。我的腦袋正高速運轉，試圖揣測他為什麼會出現在這裡。撇開艾許琳的偏執狂不說，這肯定跟艾許琳有關。他們找到新的證據了嗎？是不是要來逮捕她？為什麼？

噢，還是他們找到真凶了？但真凶明明就是……艾許琳。真是奇怪，我竟然必須不斷提醒自己這一點。如果他們逮捕到了某人，根本沒有理由要來告訴我。**噢**，是關於我家人的車禍嗎？不可能，因為那真的只是一場意外而已。

門鈴再度響起，他一定是看到我站在門後，我不能再耽擱了。

「警探。」我打開門說。

「布萊斯・奧弗畢警探，」他幾乎和我同時開口，「波士頓警局。」他翻開黑色短夾，向我展示金色的警徽。「梅瑟・漢尼西，對嗎？我能進去嗎？」

剛才的警車上有兩個人，另一個警察在哪裡？

我把門又打開了一些，但沒有真的讓他進屋來。我試著回想我的權益和他的執法責任，雖然我沒有真的做錯什麼需要害怕的事。

「有什麼事嗎？」我問，並朝他身後看去，就只有他一個人。他之前的搭檔是柯蘿塔・西里爾，查出波士頓寶寶身分和發現布膠疑點的那位警探，但此刻這一點也不重要。

奧弗畢就這麼走過我身邊，踏進玄關。他的目光掃視前廳的衣櫃、走廊和客廳，快得我幾乎跟不上他的視線。艾許琳有把她的私人物品留在外面嗎？但我想女生的東西看起來都一樣。如果艾許琳現在躲在衣櫃裡偷聽，那就太諷刺了，但我知道她沒有。

「我們在尋找喬·瑞西納利的下落，」奧弗畢從口袋裡拿出線圈筆記本，「過去幾天都沒人看見他，他的妻子很不安，覺得非常擔心。妳知道他可能去了哪裡嗎？」

# 44

「他沒事吧？」這是個蠢問題，如果警方不知道喬在哪裡，肯定也不知道他有沒有事。「我是說，」我招呼奧弗畢走到沙發前面，「我是說……我不知道我要說什麼。你為什麼會覺得我知道他在哪裡？」

「從他的通話紀錄來看，妳是他最後一個打電話的人。他的手機放在家裡，車也還在家，但**他**——」奧弗畢問都沒問就一屁股坐下，還翹起二郎腿。他穿著牛仔褲和黑色皮鞋。「他不在。」

現在我有兩種情緒，其中一種當然是擔心喬的安危。他雖然不老，也許四十幾歲？但肯定深諳世故。他是不是陳屍在某個陰溝裡了？還是被搶劫了？肯定不是出車禍，否則警方早就知道了。但他是個記者，手機從不離身，尤其是工作的時候，除非他還有另一支手機。

另一種情緒是害怕。不完全是恐懼，而是某種憂慮和困惑融合在一起的感受。我是他最後一個打電話的人？但我印象中這陣子並沒有接到他的電話。

「對了！」我說。我不知道該不該坐下，所以剛才一直站在扶手椅旁邊，現在我走了幾步到玄關桌邊，抓起我的包包，伸手在裡面翻攪。「警探，我剛才有聽到電話聲，但當時正在忙別的事，所以沒有接，有可能是——」

「那是我打的，」奧弗畢抬頭看向窗外雷朋斯家的方向，「妳對面熱心的好鄰居告訴我妳和妳的女性友人出去散步，『像往常一樣』，他們說。妳的女性友人認識喬嗎？」

「是**你打給我**的？」我忽略他關於女性友人的問題，「你怎麼會有我的號碼？」

「從喬．瑞西納利的手機裡看到的，女士，」奧弗畢回答，「妳的號碼出現在聯絡人裡，上面還有註記妳的地址，跟《法網遊龍》演的一樣。」

「抱歉，當然。」我真蠢，而且不知道為什麼很緊張。但這意味著警方這次的拜訪與泰莎案件的發展或新證據無關，至少不是直接相關。「真讓人擔心，你覺得他出了什麼事？」

「那麼，」奧弗畢露出非常愉快、非常有耐心的微笑，「他是妳的什麼人？朋友？同事？還是其他？我沒有告訴他太太我們要來找妳，也沒說她丈夫有來找過妳，還沒說。」

他停頓下來，彷彿要等他半威脅的語調發酵。他以為我做了什麼？

「什麼都不是，」我說，「我是說，他是個同事。」我差點要說「曾經是」，這也證明了被警方問問題有多令人恐慌。「我還聽說……」哦，太蠢了，梅瑟。

「什麼？」

「聽說他要離婚了，」我當然不能說出是哪裡聽來的，所以我接著搪塞了一下，並暗暗希望奧弗畢早已知道這件事，「有人在傳這個八卦。」

「是啊。所以妳知道他有可能去哪裡嗎？他太太說他拿走他們兩人的護照，還拿了一些她的珠寶。這有讓妳想起什麼嗎？為什麼他三天沒回家？」

「不知道。」我睜大眼睛，不解為什麼此時我說的明明是真話，聽起來卻一點都不像。「他是自由記者，案子很多，可能會在世界各地跑新聞，也許他在工作？他有沒有寫在推特上？他很常用那個。他沒有理由告訴我任何事，我們只是一起合作，算是私底下的，報導艾許琳．布萊恩的案子。」我解釋。

如果他問我是什麼樣的案子，或是為什麼要做這個案子，我就得說我曾經打電話給他了。不過我打那通電話也是為了這本書，所以沒有什麼好害怕的，而且根據今天早上的談話，艾許琳似乎老早就知道這件事了。**每一件跟她有關的事都是壞事**，我無數次這麼想。

「我明白了。」奧弗畢說。他還是拿著筆記本，對著依舊空白的頁面抿抿嘴，「妳有去觀審嗎？」

「沒有，我看電視，所以才認得你的長相。」我解釋，「我那時——我現在在寫一本關於那個案子的書。」

奧弗畢點點頭，「而喬・瑞西納利之前在『幫妳的忙』嗎？妳跟他是什麼關係？」

我無法判斷他的問題究竟是直接了當，還是在設下某種我無法辨識的陷阱。這可能是警方的把戲，問一個聽起來很誠懇的問題，等你回答完之後就修理你，不知道在這個案子裡他所認為的修理會是什麼。

「什麼也不是，」我說，「我們只是聊案子，一起吃披薩，我沒有再見過他，或接到他的聯繫，自從……」我算了算，「自從訴訟案結束之後。」

「我明白了。」奧弗畢站起身，從筆記本封面的夾層中抽出一張名片遞給我，「那好吧，如果妳聽到什麼消息就打給我，我的意思是——任何消息。我平時值白天班，星期一到星期天，早上八點到下午四點，人會在謝勒德大樓。如果需要當面談，妳可以出示這張名片。但隨時都可以打電話給我，我的意思是，**任何時候**都可以。」

他看向門口，然後邁步走去，我竟可笑地有種鬆了口氣的感覺。我試著回想我寫過關於他的內容，我知道他是個經驗豐富的警探，定罪率很高，艾許琳・布萊恩卻沒為他的績效加上一筆，所以我猜他肯定不擁護艾許琳。

「警探，」我跟著他走到門口，知道自己有點太冒險，但我實在忍不住。他是案子中的主要人物之一，而我現在扮演的就是陪審團的角色。「我剛才說我在寫的那本書，我有看你的證詞，你在城堡島上找到泰莎・布萊恩，當時一定很震驚吧？」

他轉過身來，上下打量我，一手放在門把上，沒有回答。

「警探，」我一定要問，並暗自希望艾許琳沒有在偷聽，「雖然裁決結果是無罪，但艾許琳・布萊恩有可能**不是**殺了泰莎的凶手嗎？」

一陣沉默，但他把手從門把上移開。

「女士，我不能談論此事。」

他沒有移動。好，再讓我試試別的方法。「你知道泰莎的父親是誰嗎？他在哪裡？或曾在哪裡？」

他依舊沒有回話，但也沒有離開，我就當作可以繼續問下去了，也許他在等我問出他想回答的問題。

「你有看過艾許琳和她女兒抵達波士頓的監視器畫面嗎？為什麼開庭時不公開呢？」我向他走近了一小步。我不想讓他有壓迫感，但我需要降低音量，畢竟我不知道艾許琳是否在偷聽。客房距離這裡不遠，雖然她得站在牆邊才能聽到，可我還是轉身背對走廊。「有了畫面，不就能證明她們兩個一起在波士頓嗎？」

又是沉默。我張嘴試圖再提出另一個問題，但他卻先開口了。

「私底下講？」他說。

我大概露出驚訝的表情，因為我確實十分驚訝。剛才感覺他不可能會回答我，也許他有自己的考量。

「當然，不公開。」我回答。

「檔案弄丟了，原本存在隨身碟裡。一個代頓警察搞砸的，他沒有備份，結果發生這種鳥事——抱歉，發生這種事。他本來感覺做事還算可靠。」

我在腦中把事情倒帶了一遍。「羅格威契？瓦德里．羅格威契？」

「對，也許妳可以問問他。」奧弗畢說，「售報亭也沒有留下原始檔，他們每個月都會刪一次檔案，這很正常。這次真的是搞砸了，所以，」他聳聳肩，「後來法官就決定不列入證詞，羅格威契也說無法確定那到底是誰。無論如何，事已成定局。」

「你有在找真凶嗎？」話一出口我就後悔了，這太老套，尤其辛普森一案之後。我試著重新提問，「我是說，你現在還有繼續調查嗎？這個案子還沒水落石出，如果你認為凶手不是艾許琳的話，是否應該要繼續追查？除非你認為就是她？」

聽到這個問題，奧弗畢的手又回到門把上。「女士，妳知道辯護律師是在做些什麼嗎？」

我清楚得很，我嫁了一位，過著幸福的生活，然後他出車禍死了。

「大概知道。」我回答。

「羅約．斯巴福有個可敬的對手，妳想必也注意到了，他在庭訊過程中重複了那麼多次『只有艾許琳』，記得嗎？」他抓抓頭，手指放在他覆著灰白頭髮的太陽穴旁。「如果現在檢方再起訴另外一個人，就是給下一位地方檢察官出了個大難題。新的檢察官得告訴新的陪審團：『呃，好吧，各位先生女士，恐怕不是只有艾許琳。』如此一來，斯巴福的說詞就是現成的合理懷疑。漢尼西女士，這個案子已經沒戲唱了，無論裁決結果到底對不對。」

我點點頭，明白他的論點。艾許琳離我們站的位置只有幾公尺，她聽得見我們說的話嗎？

「至於**我**認為她有沒有罪？」奧弗畢跨出一步走到門外，然後轉身看著我。我的視線越過他的肩膀，看見巡邏車上有另一個人坐在前座。「她絕對有罪，從一開始我就這麼覺得，但現在都不重要了。」

他整理了一下外套的領子，半轉過身去。「她是個怪物，」他說，「每一件跟她有關的事都是壞事。現在我得去找喬・瑞西納利先生了。」

# 45

「我們出去外面，」艾許琳堅持，「到後院去。」

我告訴艾許琳奧弗畢說了什麼，當然不是說她有罪的部分，而是喬失蹤的事，還有他太太、護照和手機的細節。現在她還是很緊張，眉頭緊皺，激動地檢查著沙發的每個角落。

「放點音樂。」她回過頭說。她掀開每一個白色椅墊，奮力拍打和仔細檢查，然後把它們全都堆到客廳的地板上，接著把手伸進沙發的縫隙，好像在找掉進去的零錢。「我不喜歡警察進來這裡，他還有去其他房間嗎？他的搭檔在哪裡？妳知道的，就是那個叫我媽讓她躲在廚房的臭女人。他有可能留了一個監聽器在這裡，監聽我們說的每一句話。」

我還在想著要如何反應，盡量不要大笑出聲或叫她去吞一顆百憂解，她又把墊子一個個歸位，然後猛力拉開後院的玻璃門。我跟上去，覺得她不可理喻。

野餐桌還擺在院子裡，草坪還是綠色的，有新修剪的氣味，多虧了那位每個月來清理院子的園丁，但那些斑駁的白色籬笆還是會讓人以為這裡沒有人住。以前德克斯就是我們家的園丁，他總說除掉小野菊和雜草讓他覺得自己對宇宙握有某種掌控權。他錯了，現在雛菊也死了。每當德克斯和大地之母奮戰的時候，蘇菲通常會在一旁玩耍，但今年春天，我找人來把她的紅木秋千運走了，地上留下一些排成長方形的坑洞，提醒我這個位置曾經擺著什麼，真糟。

「這些洞是做什麼的？」艾許琳問，「蘇菲的小木屋嗎？」

「秋千。」我簡短回答，結束這個話題。我將身後的門關上，踏進刺眼的陽光和微微的熱氣之中，四周近秋的樹葉被風吹得颯颯作響。「為什麼警察要監聽我家？」

「有可能他懷疑妳和喬的失蹤有關。」艾許琳看向籬笆，外面就是人行道和馬路了。她轉向我，雙手叉腰。「他有問到我嗎？」

就算有人失蹤，這個世界還是繞著**妳**打轉嗎？

「他沒問。」我也不算說謊，因為是我向他問起的。說到這裡，我想起他沒有繼續追問雷朋斯家提起我的「女性友人」一事，我很肯定他不是個笨警察。

萬一他知道艾許琳在這裡呢？他坐在沙發上的時候，他的搭檔柯蘿塔說不定就坐在雷朋斯家的客廳裡觀察我家，也許他們從艾許琳搬來這裡之後就一直在監看，但是，為什麼？

這是作家的職業病，總會用最險惡的想法來編造一些令人恐慌的劇情，畢竟好故事的元素就在於此，只是現實生活很少如此戲劇化。

但現在喬・瑞西納利失蹤了，這也是現實，這就是奧弗畢前來拜訪的原因，他不是為了艾許琳而來。我用一隻手擋住午後的強光，然後看向她。

她正沿著院子走動，墊起腳尖翹首張望，每走幾步就朝著籬笆外面望去。

「艾許琳，妳在找什麼？喬嗎？」希望她聽得懂我是在開玩笑，我拉出一張野餐凳，在草地上留下拖痕。坐下來的時候，感受到紅木椅的溫熱。「說真的，發生了什麼事？妳知道喬在哪裡嗎？」

她放棄偵察，靠在桌邊面向我，兩腿伸長。不管她在做什麼，她依舊沒有打算解釋。

「妳為什麼會認為我知道他在哪裡？」

用一個問題來回答另一個問題很讓人惱怒，這其實是一種採訪技巧，但她不是記者。

「為什麼奧弗畢來拜訪讓妳這麼不高興？」我問。

「開什麼玩笑？」她把馬尾拆開重新綁好，緊張的神態顯而易見，「妳知道我坐了**一整年**的牢吧？我害怕再也見不到陽光。我才剛開始相信事情或許可以落幕，希望這本書能拯救我的人生和名譽，並且帶給我一些收入，警察就來按妳家門鈴。而且就是**那個警察**，還有他的搭檔，妳也知道是誰。我告訴妳，他們一定是來抓我的，但我現在沒看到他們在外面，那兩個混蛋。」

她站直，然後背對我，雙手叉腰，像耍脾氣的小孩。

「跟妳沒半點關係，艾許琳。」我對她說。無論如何我都會問出泰莎的真相。我擔心喬的安危，但我無能為力，而且不管喬發生了什麼事，這本書十天之後都要截稿。至於艾許琳所說「拯救她的人生」，那是絕對不可能的。「他們是**本地**警探，而喬是**本地**的案子，他們老早就沒在調查妳了。」

艾許琳轉回來看著我，兩行眼淚滑下她的臉頰。

「他們永遠不會放過我，」她伸出雙手，做出懇求的動作，「這就是我想要解釋給妳聽的，這本書太重要了，妳一定要寫得讓人信服，妳得編出一個真實到讓人相信的故事。」

「為什麼我要『編』一個故事？我不懂的是這個。告訴我真相又會怎樣？」

「我不能讓妳寫出真相！」她伸手抹臉，抬頭看著天空，又看著我，「因為那是唯一一件比我有罪還要更糟的事，況且我沒有罪。」

在我能想出下一個問題之前，她伸手指著我。

「妳得想出一個故事，例如**發生意外**，無法避免的意外，這樣就不是任何人的錯了，就像妳女兒發生的事一樣。大家都相信是那樣，對吧？」

「因為那是事實。」

「因為大家**相信**那是事實。」

「但那——」這樣爭下去也不會有結果，而且這本書不是關於我，而是關於她。

「我沒辦法編出一個夠真實的故事，我——」她先指著自己的胸口，然後又指向我，「我曾試著對妳編故事，妳幾乎要相信了，但最後又不信了。」

我多想站起來對她大吼：**妳這該死的瘋婆娘！**但大吼大叫從來不是一個好策略，尤其當對方是個反覆無常的偏執狂。

「聽著，警察到妳家來、」她說話的時候又指著我，然後再用手指輕敲自己的另一隻手，「喬失蹤了、那個陪審員跟蹤我，甚至可能是跟蹤**妳**……抱歉，但我漸漸相信，應該說我**不得不**相信，這一切加起來表示我有麻煩了。我需要妳替我寫出一個故事。」

「我會寫，但我要寫的是真相。」

「不行！妳不懂嗎？真相會害死我。聽著，如果妳沒辦法讓這本書讀起來夠真實，沒辦法讓我看起來夠清白……我不知道，梅瑟，我想妳也會有麻煩了。」

# 46

「什麼？」我坐直，後背不小心撞到身後的紅木桌子。今天稍早她說我也**捲入**了。「好痛！但……我？我也有麻煩了？**我**怎麼會有麻煩？」

「誰知道他們覺得**妳**知道些什麼，對吧？」艾許琳邊說邊往左方踱步，又回到我身旁，「妳是個知名記者，總會挖到新聞。我之所以答應完成這本書，是因為就像凱薩琳說的，可以洗刷我的名聲，但也許那是不可能的。也許他們的力量太大了，也許他們覺得我跟妳說得太多，或覺得我會對妳洩露太多，我不知道。」她開始在原地轉圈圈，旋轉時，她的雙手彷彿漂浮在身體兩側，「也許他們不相信我，也許這不重要，也許他們不在乎，也許這一切已經太遲了，當時我應該把握機會脫身的。」

發瘋的人通常會怎麼說話？我努力回想多年前修過的心理學。有些人真的相信自己想像出來的世界。「他們」？力量太強大？沒關係，我說服自己越瘋狂越有賣點，反正這一切都是為了這本書好——但讓一個瘋子住在我家一點也不好。我應該叫她離開嗎？重新提議「在飯店進行採訪」？不過她說這些其實無傷大雅，畢竟我也希望她能說出些什麼來。

「但這還是很怪，妳不覺得嗎？我覺得很怪，」她說個不停，精神十分亢奮，彷彿在用速記法說話，大部分是自言自語，「這整件事？我是說，這還意味著什麼？」

她跨坐到長凳上，穿著藍色牛仔褲的一條腿在草地上伸直，另一條腿則縮在桌子下方，「我問妳，妳丈夫過世之前，妳最後一次和凱薩琳．克拉夫說話是什麼時候？」

一輛摩托車從街上呼嘯而過，引起某隻狗一陣狂吠，而牠的聲音又激怒了另外一條狗。「閉嘴，洛克！」有人怒吼，然後是門砰的一聲關上的巨響。正常的生活依舊持續，只不過這一切都發生在我家的籬笆之外。

我凝視她的身後，望向對街仍然充滿綠意的楓樹，再望向更遠處點綴著雲朵的湛藍天空。我確切知道是什麼時候。

「為什麼這麼問？」我說。

「就回答吧，」她說，「什麼時候？」

「就在他和我們的女兒死去的那天。」我說，仍望著遠處的天空。「那天我和凱薩琳約好要一起去里斯特托咖啡廳吃午餐，為了慶祝她在出版社獲得新的職位。星期六早上我有些例行雜務要做，本來總會帶上蘇菲，但那天她把早餐吃的牛奶麥片打翻了，而且不久後還得去參加一個生日派對，當時情況一團糟，我疲憊不堪又快要來不及赴約，於是德克斯便說會送她去派對，並在那裡陪她到結束。接著凱薩琳打來，說**她**要晚點才能到，於是我們便把原定行程順延一小時，所以我完全沒有遲到。」

我停下來，不確定自己有沒有辦法繼續說下去，也不確定究竟有沒有必要說下去。我接著要說的是：然後我就接到消息說他們死了。但我不確定我能不能說出口。

艾許琳伸出手觸碰我的手臂，我只好看向她。「這不是妳的錯，」她說，「雖然我知道妳一定覺得是。我可以問嗎？凱薩琳有沒有去參加葬禮？」

不，那不是我的錯。我曾有過無數黑暗的假設，遠比我說出口的還要多，但那就是一場車禍。雖然我也確實曾在腦中一遍又一遍地想著，如果我沒有讓她吃牛奶麥片；如果蘇菲沒有把她的早餐打翻；如果我更靈活一點；如果我們都待在家裡……我願意付出任何代價來換取這些「如果」。

「葬禮？沒有。」我說，「凱薩琳當時……」我搖搖頭，這有什麼差別？她當時不在城裡。話說回來，這是否**真的**是我的錯？

「那妳下一次再接到她的消息呢？我確定她一定有要妳節哀順便或送點花來什麼的。然後下一次再跟妳聯絡，就是我的謀殺訴訟案，對吧？她突然出現在妳家門口，或是她有先打電話給妳？我敢打賭她想盡辦法說服妳接下這個案子，她還大肆渲染我有罪，對吧？她想要動搖妳的想法，從一開始就在操控妳。」

「我從來沒有這樣想過，」這真是荒謬到令人不安又毫無意義。況且，凱薩琳那段時間**一直都**有打電話給我，「不，那不是真的，」我修改了我的回答，「她打了很多次電話給我。」是我不再回電給她。艾許琳說的這一切讓我想起過去一直試圖**埋葬**的罪惡感。是我的錯嗎？我腳下的鋼索正在搖晃，不斷上下震動。

「哦，對，」她說，「試著當妳的朋友，真聰明，我敢打賭她認識妳丈夫，我是說，原本就認識。」

「當然，」我試圖找回平衡，「當然，我們常常一起出去。他們還一起規劃了我的生日驚喜派對，她也會發一些案子給他的事務所，那又怎樣？」

她瞇起眼。「接著喬．瑞西納利就出現在妳家門口了？他有告訴妳是凱薩琳派他來的嗎？或她有說嗎？」

**派他來？**我記得他們來我家的那天，也就是結辯那天，兩人一前一後來到我家。印象中我也注意到他們認識彼此，但因為他們都在《城市》雜誌工作過，所以這很合理。

「他們兩個都沒說過。」我試圖搞懂艾許琳究竟想表達什麼，想看看她能說出什麼名堂來。她瘋了，我得一直記住這一點，我只是在和她非理性的人格周旋而已。

「正是如此！現在妳丈夫死了，喬．瑞西納利也失蹤了。」她一邊說出名字，一邊伸出手指來數，然後點點頭，好像已經得出某種結論，接著又再加了一根手指，「凱薩琳也認識我，是她帶我來找妳的，記得嗎？妳知道她老家在俄亥俄州嗎？我敢打賭她從來沒告訴過妳。」

「俄亥俄州？她有說過，我知道這件事。」我的大腦本來沒什麼問題，但我過去一個月一直在挑戰自己的極限，總是睡眠不足、身心俱疲，努力想要解開一樁弒童案，以至於這個孩子的面孔在我腦中揮之不去，甚至轉變為我女兒的樣貌。我每天都在努力分辨事實，雖然這幾乎是不可能的任務，但我告訴自己，日子還是要過下去，所以我要盡我最大的努力，和一個瘋子坐在這裡晒太陽，同時也努力拯救自己的人生。有時我覺得自己似乎成功了，有時卻又失敗。

我看著地上秋千架留下的坑洞。天氣真的很熱，我需要喝水，需要進屋。

「沒錯，」艾許琳點點頭，好像想出一個解決難題的方法，「代頓。妳有想過為什麼我們會認識嗎？為什麼我答應跟她見面？她是個記者，或是……隨便她自稱什麼，編輯？」

「她**本來就是**編輯。」我皺起眉頭；我感覺到自己皺起眉頭。一滴汗珠從我的後背滑下，我的T恤黏在身上，腳也發燙。我確實曾經疑惑凱薩琳是怎麼聯繫上艾許琳的，但她一輩子都在做新聞，本來就有管道，所以才事業有成。

「她當然是，」艾許琳說，「但妳有沒有想過她下班後都在做什麼？她多久回一次俄亥俄州？回去後會去哪裡玩？某間夜店？」

凱薩琳？去夜店？我們真的在討論同一個人嗎？我們說的是同一種語言嗎？

艾許琳站起身，低頭看著我，用一隻手擋住頭頂的陽光。

「嘿，她認識羅恩·謝瓦里嗎？」她不等我回答就直接說下去，「妳知道那不是他的本名吧。」

「對，我有寫到。」我說，「妳覺得凱薩琳認識羅恩嗎？等等，妳在俄亥俄州時就認識凱薩琳了嗎？她沒提過這個。」

「我一點也不驚訝，」艾許琳聳聳肩，坐回長凳上並翹起腿。「她可能只告訴妳她需要妳知道的部分。下次妳們通電話時……嗯，我敢打賭她最近都沒有打來，對嗎？」她一邊點頭，一邊探詢我的反應。我很慶幸看不到自己的臉，因為**困惑**肯定不足以形容我現在的表情。「下次她打來的時候，問她認不認識我繼父，不過就算妳問了她也會說謊，算了，」她說，「凱薩琳不會承認的，這很可能是計畫的一部分。」

「什麼計畫？」我站起來，捏捏自己的肩膀，坐太久了，我渾身僵硬，腦袋彷彿被高溫油炸一樣昏脹，我覺得快熱昏了，根本無法理解艾許琳在說什麼。

「但妳很會做研究，對吧？」她對我微笑，再次用一隻手指指著我，「走著瞧。」

# 47

半夜，煙霧探測器忽然警鈴大作，我從床上彈起來，驚恐地跳下床。我知道這愚蠢的探測器有時會秀逗，因為溼度過高，或者灰塵跑進感應器裡，說明書上都有寫，但還是很嚇人，畢竟我的第一個想法不是「可能是虛驚一場」，而是「我會被燒死」。

艾許琳幾乎在走廊上和我相撞，我穿著德克斯法學院的籃球服，她穿著黑色細肩上衣和內褲。

「失火了嗎？」她的頭髮一團亂，瞪著眼睛問。

「妳有聞到煙味嗎？」尖銳的鈴聲害我們只能大喊著對話，我們兩手摀住耳朵，「警報器有時候會秀逗，但——」

「壁爐！」她指著走廊盡頭的客廳，「是不是有人**縱火**？我去看！或廚房！」

「我得去地下室把警報器關掉。」我在毫不停歇的警鈴聲中吼著，一邊走向餐廳，艾許琳則衝到客廳去。

我**有**聞到煙味嗎？可能有。我摀著耳朵，一邊試圖讓腦袋清醒。愚蠢的煙霧探測器，德克斯總說會把它修好，但每次水電工來看的時候，它又什麼問題也沒有。不過它從來沒吵醒過蘇菲，這事有好有壞，以前總是讓我們很擔心。

「該死！」我扔在樓梯最下方的那一堆裝直播設備的紙箱差點害我摔個狗吃屎。我抓住欄杆保持平衡，一邊用光腳將包裝箱踢到一邊，我的一連串咒罵聲被不斷加劇的警鈴聲蓋了過去。

我找到電箱，拉開有凹痕的鋁門。以前都是德克斯在處理這些問題，自從他走後也從沒發生過。我看著德克斯貼的標籤，找到正確的按鈕，伸手扳動上面的黑色塑膠開關。

四下回復一片平靜。

「是廚房！」艾許琳大叫。

「**什麼？**」我拔腿狂奔上樓，一次踏上兩階。現在是我的腦中警鈴大作。「什麼？」

她手裡拿著烤麵包機的電線，一縷黑煙從卡著燒焦麵包的凹槽裡冒出來。

「不是誤報。」她說。

廚房裡瀰漫著麵包的焦味。「妳有烤吐司嗎？」我問。真荒唐，我腳底都是地下室地板上的沙。

「啥？我嗎？」她說，「它一直在加溫，妳想把房子燒了嗎？嘿，開玩笑的。有可能是它自己短路之類的？還是妳有沒有……不小心把麵包留在裡面，結果就卡住了？我不懂這些電器。」

「我也不懂，可能是吧，謝了。」**我有嗎？**不管怎樣，幸好解決了，幸好回復寧靜，也沒有失火，愚蠢的烤麵包機。「還好警報器有把我們叫醒。」

「我很習慣警報器的聲音，總比獄卒的晚點名好多了。」她握著黑色塑膠把手，把燒壞的烤麵包機扔進不鏽鋼水槽裡，並將燒焦的麵包扔進垃圾桶。「所以這只是巧合，對吧？希望如此。回去睡覺吧。」

「**什麼巧合**？什麼希望如此？」廚房的時鐘顯示四點三十一分，**她的意思是有人縱火嗎**？這可不是鬧著玩的。

她搖搖頭，又聳聳肩。「我猜我想太多了，妳知道吧？昆茵家的事。」

「艾許琳，這根本無關……他們有**抓到**那些人，對吧？妳覺得有人會**縱火**，誰？」

「說真的，忘了吧，妳的烤麵包機爛透了，所以沒事。」

「但今天在後院，妳說——」她胡言亂語說了凱薩琳和俄亥俄州的事之後，就進門去看電視了，不久後又帶著一大袋洋芋片和白葡萄酒回去房間。我敲她的門叫她吃晚餐，她卻說只想睡覺，所以今天只好先收工。「妳說得好像妳在害怕某些人。」

「對，我知道，」她打呵欠，用手指把臉上的髮絲撥開，「我應該是被嚇到了，畢竟看到警察讓我想起好多、好多可怕的記憶，就像妳說的，昆茵家。早知道裁決後我就應該去某個地方躲起來，真不該答應寫這本書。但老實說，梅瑟，我不覺得有人縱火，真的沒有。就像妳說的，不是每件事都跟我有關，對吧？還有像妳說的，警方有抓到那些人。」她微笑，彷彿在承認自己的人格缺陷，「回去睡覺吧。」

得不到答案我可不會去睡，而且昆茵家的事分明是**她**提起的。

「艾許琳，他們**是誰**？他們……我覺得妳說的是帶走妳女兒並殺了她的人，是嗎？」

她調整了一下肩帶，似乎意識到她只穿著內衣褲。我看到她的胸口有一個粉紅色星星刺青，就像昆茵描述的那樣。

「我得想清楚，」她說，「想清楚我該告訴妳多少，還有妳知道多少是安全的。這個應該沒關係。」她噘起嘴，皺起眉頭，「我希望喬·瑞西納利平安無事，有任何消息嗎？」

我累壞了，身心俱疲，感覺自己無路可退，若警報器沒有響起的話，我也就不必討論這些了。我知道她一定想轉移話題，而且我也很擔心喬的安危，但我不想再讓她用那些似是而非的故事唬弄我了。

「沒有，」我說，「沒有喬的消息。艾許琳，我很難分辨妳告訴我的事情哪些是真的。真的**可能**有人跑來縱火嗎？還有妳告訴我那些關於凱薩琳的事呢？還有昆茵家的意外？妳說的話很難寫成真實犯罪小說，因為我不知道什麼是真的，妳是唯一一個知道的人。」

「相信我，」她說，「我們會想出來的。」

「但妳不需要『想出』真相。」

「對，」她說，「是妳要想。」她用一隻手指觸摸水槽裡的烤麵包機，然後把整個手掌放在上面，又打開水龍頭沖洗，「我們先睡覺吧，明天再工作。」說完她便離開了。

擔心有人縱火是不可能睡得著的！我的臥室太熱了，我的想像也失控了。**昆茵家**。我把光腳伸出毯子，在黎明前的黑暗中凝視白色天花板上的紋路。有人跑來我家縱火嗎？怎麼進來的？又是誰？有誰**進來過家裡**？披薩外送員？艾許琳？但火是她滅的。也許真的是我那臺不可靠的烤麵包機搞的鬼，我真可笑，又開始編故事了，而且有點抱歉把披薩外送員想成縱火犯。我側身躺著，想讓自己舒服一些。我忘了把麵包拿出來嗎？有可能，我猜。

還有另外一件事困擾我。大概一個月前，我很想把房子燒掉，但現在當我聽到警報聲，卻很想活下去，這意味著什麼？

我揮拳揍枕頭，把它揍成不同的形狀。這個艾許琳，我完全不理解她。她表現得不像是……好吧，我又怎麼知道謀殺自己孩子的人會有什麼樣的行為？她也沒有一直哭，可能她認為**清白**的人不會哭，真正的凶手才會貓哭耗子。無論她的情緒是否為真，除了替自己難過之外，艾許琳並不悲傷。

我閉上眼睛，疲倦又困惑，而且心力交瘁。一個剛認識我的人又會怎麼看我呢？

我終於起床，淋了浴，然後在鏡子上寫下數字四八〇，並試著重新找回方向，但德克斯和蘇菲卻沒有幫我。「請別離開我，」我輕聲說，手指觸碰數字四的邊緣，「拜託。」

艾許琳也起床了，正在廚房裡，她替我倒了咖啡，加了脫脂牛奶，「妳看起來很累，梅瑟，」她說，「聽著，我把烤麵包機丟了，妳就別再想這件事了。」

# 48

我們把咖啡帶到書房。艾許琳今天早上比以往更加健談，她說得對，我很累，但我也足夠清醒，知道她其實什麼也沒說。她喋喋不休地——這是唯一的形容詞——說著泰莎出生的過程（痛苦到醫院讓她用藥），還有第一次看到女兒（流下淚來），還有她被迫住在「湯姆和喬芝亞家」有多不快樂。

「當時我得找一份正式的工作，」她背對我站著，面向書架，彷彿被那些新聞和真實犯罪書籍吸引。「而且我很希望到外地去，代頓實在……不好，各方面都是。」

她堅定不移地迴避泰莎父親的身分。

「是因為妳父親嗎？」我有點遲疑，但不得不問。幾天前她否認了，堅稱是我喝酒記錯，但這太荒謬了，也是典型艾許琳的作風。我知道她說過，在我看來也很有可能是真的，更何況，**她**才是那個喝了酒的人。

「繼父。」她轉過來面向我說。

「繼父，」即使不是親生父親也幾乎一樣可憎，「是因為他嗎？」

「聽好，」她從書架上抽起一本書，我看不見是哪一本，但艾許琳是不會物歸原位的，所以我等一下再確認就好。「等我決定好該怎麼說之後，就會告訴妳的。」

我簡直像在跟流沙對話。

根據我之前的研究，在這整個艾許琳與泰莎事件的時間軸上，我們差不多已經來到羅恩·謝瓦里和火熱夜店的段落了。如果繼續依照這個速度前進，很快就要說到泰莎失蹤和死亡的真相了（如果她在乎「真相」的話）。

現在是第五天，接著還有第六天、第七天……

她快把我逼瘋了。我想一步一步完成她的審判，還要把她說的話抄錄下來，然後試著融入大綱裡。她對每件事都有解釋，有時候還不只一個。有人想要抓她，他們帶走了泰莎；她的繼父也參與其中，他一下很壞，一下很好，一下很富有，一下又很窮；他還猥褻兒童——看看他對我做了什麼，誰知道他對泰莎做了什麼？一下她媽媽知道，一下又不知道；當時泰莎快死了；瓦蕾莉下落不明，她一定也有參與；羅恩涉入其中，而且夜店裡還販毒，或可能販毒，裡面的東西全是贓物；艾許琳知道得太多了；艾許琳什麼都不知道。

我應該要寫這些內容嗎？我問過她無數次了，**告訴我真相，告訴我發生了什麼事**。她也的確說了，但卻說了幾個不同的版本。哪些是想像的？或者，我不免懷疑，這些全是她的合理懷疑？我知道我**相信**的真相是什麼，但我無法完全確定，其他故事版本也可能是真的嗎？

不管怎樣，她住在我家裡就是礙事，我們總是同時伸手拿紙巾或遙控器；她會喝掉最後一杯百事可樂、從不更換用完的衛生紙捲，又總把毛巾留在欄杆上，害我無法拉上浴簾；她還會把盤子放在水槽裡，而不是洗碗機裡，理所當然地認為我會負責善後。她之前在查看的書是瑪西婭．克拉克檢察官起訴辛普森的回憶錄，如果她的意圖不這麼顯而易見的話，會很有意思，但我現在甚至沒辦法把這個細節寫進去，大家肯定以為是我編的。

我很清楚這個工作充滿壓力，更是個不可能的任務，但還是感覺被困住了，被截稿日期監禁，被關在這場採訪裡，與殺人犯同住在一間牢房，試圖從中尋找能讓我自由的答案，或任何線索。我已經無話可說了。

可笑的是，艾許琳似乎恰恰相反，她很享受這一切，享受沙發（她占據了右邊的角落，還有茶几和遙控器），享受冰箱和電視。跟她共用浴室還是讓我毛骨悚然，但德克斯和蘇菲——感謝上天，他們又回來了——他們都表示能夠理解。

我們每天早上談話，然後我會到書房工作，她則坐在後院。現在她人就在外面，手裡拿著一本《時尚泉》雜誌，還塗了她早上從我的壁櫃裡拿的防晒乳，至少這次她有先問一聲再拿。而雖然我沒有明說，但書房仍是我的地盤，她不可以擅自踏入，除非我也在裡面。

我努力掩飾自己的不耐和鄙夷，還有目標，讓她以為我相信她是很重要的。我聽斯巴福提醒陪審團那麼多次，艾許琳會擺脫任何妨礙她、擋她路的人，我可不希望那個人是我。

火災警報器那件事之後，我們只出門過一次，就是隔天去買了臺烤麵包機。去家德寶大賣場買的，那種感覺非常奇怪，架上還陳列著布膠，而且我一直在找格姓陪審員的女兒凱姿。我們的食物都是請超市送貨到家（我把收據留下來給凱薩琳報帳），艾許琳還和送貨員調情。記得有一次她把食物拿去收好，好像還讓送貨員進門，我聽見廚房裡有聲音，但當我走過去確認，卻只有她一個人。

我盯著電腦螢幕，今天是星期六，她已經來一週了。事實上，我一直拖著沒寫，大部分時間都在看庭訊錄影。艾許琳以為我卯起來工作，但我一點也不想浪費時間在她說的謊話上。如果我現在把她說的全寫下來，最後她卻說出真相了，那我豈不得重寫？可我知道真的快沒時間了，截稿的腳步逼近。

她還是沒有承認，一點也沒有，我也無從下手。

想要查證艾許琳說的那些關於凱薩琳的事其實並不難，問題是凱薩琳至今都沒有接手機或辦公室電話，不出所料地出乎意料。我一分鐘前又留了一條訊息，她一定會回電給我。她以前就告訴過我她曾住過代頓，所以這可能沒什麼事，也可能很有事。

說到有事或沒事，我也一直沒有接到喬．瑞西納利的聯繫，又沒有任何消息，這讓我很困擾。我們不是朋友，在這個訴訟案之前從沒有過多交流，所以並不是說我的生活裡突然少了這個人，而是他畢竟是個好人，我的意思是，我猜他是好人，雖然奧弗畢說他拿走護照和珠寶。也許是離婚鬧得很難看，而他的妻子很難相處。報紙和電視上都沒有失蹤人口的報導，這讓我稍微安心了一點，喬可能只是去某處工作。如果真的出事，我會聽說的。

我希望他安好，但**我自己**卻一點都不好。我很希望有人能和我聊聊，提供不同的意見，或評論一下艾許琳的精神狀況。我也必須照顧自己的精神狀況。

「早安。」她說，並走進書房，穿著短褲和拖鞋，手裡拿著咖啡杯。她像往常一樣坐進蘇菲的扶手椅裡，我不想承認現在那是她的座位了。「凱薩琳有跟妳聯絡嗎？」

又提起凱薩琳。「還沒，但她知道我們在寫書，截稿日期快到的時候她就會打來的。」

「但已經快到了，不是嗎？今天是星期六了，還剩一週，真怪。」她啜了一口咖啡。「她之前有什麼奇怪的舉動嗎？上次妳見到她的時候？我是說我來之前。像是很害怕、很苦惱？」

我儲存寫好的段落，一邊想了想。事實上的確有，凱薩琳當時**的確**心煩意亂，雅博出版社收到炸彈威脅，她還認為有人開著銀色轎車跟蹤她，但我不需要告訴艾許琳這些。

「跟平常沒什麼不同，」我說謊，並加上一個笑容，「她是個編輯，總是很緊張。」

「真的沒有嗎？」艾許琳似乎在思考，「她跟**我**說有輛銀色轎車跟蹤她，她嚇壞了。出版社還遭到炸彈威脅。她說她有告訴妳。」

「哦，對，」她又開始扯些無關的事，「應該是我忘了。」

「妳忘了，是喔，好吧，妳**忘了**。」

我打開新的檔案，準備要轉換話題，但又想著凱薩琳為什麼要告訴艾許琳那些事。

「這很重要嗎？」真不敢相信我上鉤了，我想試著讓剛才的謊話變得合理一些，「有可能是任何人幹的。學校也遇過炸彈威脅這種事，妳的訴訟案也遇過，這在波士頓很常見，而麻省的人開車都像瘋子。」

「當然，」艾許琳說，「除非……」

一陣沉默。

「除非有人想警告她別碰這件事。」

又一陣沉默。我雙手抱胸，向前靠在桌子上。「聽著，艾許琳，如果妳知道些什麼，何不直接告訴我？凱薩琳是不是捲入……」噢，**停**，我不該陷入這些說詞裡。我試著讓自己聽起來不要這麼不耐煩，「有什麼是我必須知道的嗎？」

「妳已經知道了，我沒有殺死我女兒，」艾許琳向上伸展手臂，手指伸向天花板，她的黑色T恤往上拉起，露出一截小麥色的小腹皮膚。然後她用兩隻手指指著我。「但妳卻不願意相信。如果連羅約·斯巴福和一幫警察都說服不了陪審團，妳怎麼會認為**妳**可以？妳充滿了作家的自滿……妳認為我有罪，妳想要創造出一個完整的事實來證明我有罪。」

「這不是真的，」為什麼又提這個？「我們已經討論過這件事了，艾許琳。」

「我知道啊，但妳看，妳一直試圖說服我，一副妳對真實故事抱持『開放態度』的樣子，但我知道妳根本不是這樣想。我已經很有邏輯地告訴妳泰莎可能——」她說到一半急踩煞車。

「我在尋找真相，艾許琳，」我平靜地說，「就這樣而已，我想要寫下真相。直接告訴我真相，不會比較……簡單嗎？」

她用雙手摀住臉，瘦弱的肩膀開始顫抖，髮絲散落在她的手上。

「我女兒死了，」她從指縫間發出哀鳴，當她的手移開時，她的臉頰漲紅，睫毛被淚水沾溼。「妳卻從不問我，從不問我想不想念她，或者沒有她我該怎麼活下去，妳從不問**這些**。我每天晚上都埋在枕頭裡哭，不停不停地哭，怕妳會聽到我的聲音。」她擦去一邊臉頰上的淚水，然後再擦去另一邊。

「我是她媽媽，」她輕聲說，「她的**媽媽**。」

# 49

之後她便跑出書房，我聽到她噗一聲倒在床上，我是說，客房的床上。我想是否該進去安慰她，但我又想，那是我該扮演的角色嗎？我的疑點清單上寫著：*艾許琳為什麼沒有為泰莎難過？*也許她有，也許是我下意識地不願往那個方向思考，所以才從來沒有問，而她也沒有主動提起，總歸來說就是彼此彼此。

我盯著草稿檔案，上面的文字彷彿漂浮起來，這個任務變得越來越艱難，簡直像是要我用外國語言寫一本書。

她是否想說服我她是清白的？或者她想讓我看到泰莎的死還有別的可能，進而讓我知道還有其他合理懷疑？如果有的話，我又要怎麼伸張正義？

我向後靠在椅子上，開始頭痛截稿日期。無論我怎麼問，艾許琳都不願再多說關於凱薩琳的細節。我認為她一開始是在編故事，後來卻想不出合理的收尾。她曾經跟好閨密珊蒂·迪歐李奧吹噓自己「太會瞎掰」，也許她沒有自己想得那麼厲害。她現在的對手是我，我已經知道真正的結局，至少我認為自己大致知道。

我看著疑點清單，只有其中幾題得到了解答。我聽到她開門，又關上，然後是通往後院的門打開的聲音。就讓她去外面靜一靜吧，而我就在這裡想想下一步可以怎麼走，好解決我隨著截稿日期而來的頭痛。

晚餐的時候她回來了，我們又吃了披薩。**我超想念這個**，她說，**謝謝妳讓我大快朵頤**。她似乎已經從悲傷和對我的質疑中振作起來了，所以我也假裝她剛才的眼淚和指控都沒有發生過。我們又嘗試對話了幾個小時，卻依然在逃避現實，無論現實到底是什麼。

我又重回走鋼索的險境，等待著適當的時機處理疑點清單中的另外一個題目：布膠。

她肯定沒有其他方式能解釋布膠。那些膠帶就是來自俄亥俄州，證人當時是這麼說的，而這是整個案件中唯一無法否定的事。

「不敢相信我們已經住在一起一個星期了，」我又倒了一杯葡萄酒給她。我們現在進入深夜沙發對談的模式，我覺得這樣能讓她多說一些，她下午才做完舒服的日光浴，現在又喝得微醺。

「我知道妳很難過，而我也很抱歉，」我繼續說謊，但我並不想接著說「我知道妳的感受」，於是便問道：「妳現在好點了嗎？」

她沒有說話，只是啜了一口酒，所以我等待著。

她打開電視，轉到 Lifetime 頻道，節目內容似乎與一群亂髮青少女和一個長相英俊卻不懷好意的科學老師有關。我繼續等待。

「妳家冰箱上的布膠，」在我們喝了第三杯酒之後，我終於再次提問，而她在 Hallmark 和 SyFy 頻道之間切換，最後停在《法網遊龍》上，然後將音量調到最低。此刻看這種節目真是諷刺，但這個女人完全不懂。「我在想，妳要怎麼解釋這一點？我是說，我們要怎麼解釋這一點？」

「解釋我家冰箱上的布膠？」艾許琳微笑。我們就像兩個週六晚上在家聊天的好朋友，身旁是空蕩蕩的壁爐和發出微弱聲響的電視節目。「嗯，冰箱底部有個東西會一直掉下來，所以我媽用膠帶貼住。」

「對，喬芝亞和柯蘿塔．西里爾警探的證詞也是這麼說的，但妳知道我的意思，艾許琳，妳要怎麼解釋同樣的布膠出現在——」我可不希望她又開始哭，「在你的案子裡。」

艾許琳搖晃著她的蘇維濃白酒，看著酒液在杯中旋轉。「告訴我，有人曾經作證說我家冰箱上的那一捲布膠就是用在——」她看向我，「用在案子裡的**那一捲**嗎？」

我抓抓頭，假裝我需要想一下。「沒有。」

「所以這有什麼大不了的？」

「泰莎身上——原諒我——她身上的布膠只有俄亥俄州才買得到，而妳家也有那種膠帶。」

「一堆俄亥俄州人的家裡都有，這是一定的，否則那家公司早就倒閉了，」艾許琳將杯中的酒一飲而盡，「而且並沒有纏在泰莎**身上**，如果妳記得夠清楚的話。所以妳的問題是什麼？」

「那妳要怎麼解釋兩者間的關聯？」我追問，「當然很多俄亥俄州人家裡也有，但怎麼會出現在麻薩諸塞州的謀殺案裡？」

「解釋，」艾許琳歪頭，「解釋？妳知道嗎，我得說我還是不太懂，妳簡直像是要重審我一次，好像我得**證明**我無罪，但——」她用一隻手指撫摸玻璃杯口，「但陪審團已經**裁定**我無罪了。」

於是我道歉，決定換檔，我要用「最好的防守就是進攻」的老招。

「妳不想繼續了嗎？沒關係，真的，」我的聲音很有禮貌，甚至加入一點同理心，證明我不是要威脅她，畢竟沒人想威脅殺人犯，「我就只是拿錢做事而已。凱薩琳和雅博出版社付錢給我，要我幫妳寫一本關於救贖的書，對吧？」我沒有停下來等她回答，「我同意要接案子，艾許琳，我不想對妳太嚴苛，真的，一點也不想，但如果妳無法面對一些比較艱難的問題，我要怎麼樣在書中寫出答案呢？對妳提問並不是在批判妳，不代表我想跟妳作對或是傷害妳，這些都只是需要被解答的疑問而已。我只是在做我的工作，盡**我們的**工作中**我的**那一部分職責。」

她從身上那件薄薄的灰色連帽衫的口袋裡拿出一條護唇膏，打開並將裡面黏糊糊的覆盆子口味膏體轉出來，在她的嘴唇上來回塗抹，然後停下來，將那閃閃發光的唇膏拿在手上，像拿著一根魔杖。

「妳有聽到任何人說過我不愛泰莎嗎？」她問。

「呃，沒有。」

她用那支唇膏指向我。「那妳有沒有聽到任何人說過我和泰莎不快樂？斯巴福說的不算，他把我說得像個怪物，而是其他的人，證人、朋友、警察，甚至我爸媽。有嗎？」

「沒有，但——」

「那妳覺不覺得，**梅瑟**，妳覺不覺得如果有人，**任何人**，能舉出一個具體例子，證明我是個可怕的媽媽，**哪怕只是一個小例子**，斯巴福一定會把那個人丟上證人席，然後拿來小題大作一番，或讓電視瘋狂報導？但根本沒有，對吧？也沒有人說。」

「呃，當然，我完全了解。」我會讓她以為自己說得很有道理，但這套「好媽媽」的討論完全沒有任何意義，因為根本沒有人會在別人面前打自己的小孩。

「所有的證據都是間接的，」她把護唇膏收起來，「而感謝老天，陪審團理解這一點，所以我何必解釋任何事？」

「當然是為了這本書——」我開口。

「還記得昆茵傳喚犯罪現場鑑識人員作證的那一段嗎？」她打斷我，「我們來看那一段，如果我沒記錯的話，那段並不長。」她用酒杯斜對著我，「我全都記得。」

「當然，」我說，「但現在很晚了，或許我們可以明天——」

「不行，」她打斷我，「我先去廁所，妳去拿平板電腦，現在就看，否則再也別提。」

我從書房回來時，她也回來了，而且還在我們的杯子裡都倒了更多酒。我找出那段影片，把螢幕拿在手上好讓兩人都能看得到，然後按下播放鍵。

看著螢幕上的昆茵．麥克莫倫有種恍如隔世的感受，我們都不知道她現在在哪裡。螢幕裡的她穿過鋪著棕色地毯的法庭，走向一臺投射出光芒的投影機，投影布幕上仍是一片空白。

「當時斯巴福剛剛播放完犯罪現場的照片。」艾許琳說。

「他播放的時候妳有看嗎？」我已經問過這個問題了，但我想知道她是否記得她的答案。

「開什麼玩笑？」她說，「我都還沒看泰莎——看她出了什麼事，就已經做了那麼多惡夢。而且，就像我之前說的，我那時不太相信那是泰莎。」

影片中，昆茵直接關上了投影機，在法庭燈光亮起的同時，從容不迫地走回她的辯護律師座位。

「妳當時在想些什麼？」我問。

「我有點神遊太虛，」她說，聲音變得輕柔，「我想昆茵應該有搭我的肩膀，而且，對，看吧？」

影片裡的昆茵站在艾許琳身後，一隻手搭在她客戶的肩上。

「然後我抬頭看，」艾許琳說，「看著證人席上的那個犯罪現場鑑識人員。妳有看到她多肯定嗎？這段就是我要妳記得的，妳聽。」

「魯科警官，」昆茵說，「這些悲慘的照片中，是否有任何證據表明，導致小女孩不幸死亡的原因與我方當事人有關？有嗎？」

法庭彷彿靜止了，所有人都屏息以待，動也不動，現場陷入一片死寂。

證人席上的女人在剛恢復的光線下眨著眼睛，並摸摸她其中一隻金色耳環，然後搖了搖頭。

「沒有。」

「就這樣。」艾許琳按下影片的停止鍵。

「她的證詞就到這邊結束，對吧？什麼也沒有，一丁點都沒有，他們甚至連泰莎怎麼死的都不知道。」

「那**妳**知道嗎？」我忍不住問。

現在變成客廳陷入一片死寂，比死寂還要安靜。空氣中彷彿瀰漫著情緒、過往的記憶，和一個小女孩的命運——不，才不是命運——還有她母親的未來。

「我問妳，梅瑟，用律師的問法，妳只要回答是或不是就好。妳認為是我做的嗎？」她用手指著自己的胸口，「妳認為我殺了自己的女兒嗎？就算陪審團裁定我無罪？」

「當然不是。」我還能回答什麼，她始終不透露那些能超越合理懷疑的證據，而我現在就是陪審團。

「因為如果妳試著……我不知道，我現在很害怕，」她說著又哭了起來，然後隔著被眼淚沾溼的睫毛看著我，一邊吸鼻子，「沒有人相信我，沒有人！我敢打賭就連陪審團也懷疑是我做的，這就是為什麼我們**一定要**……妳能不能**保證**……」

我拿起我的酒杯。

「等等，那杯是我的，」她說，「不是妳的。」

「不對，」我說，「是我的。」我記得我杯裡的酒比較多，但她的確在我去書房時把兩杯都倒滿了。

「喝這杯，」她把另外一個杯子遞給我，「我可不希望妳被我傳染感冒。我想應該是妳去拿平板電腦時我動到了杯子。」

「沒關係。」我邊說邊啜了一口。

「妳保證會寫書來拯救我嗎？」她抹抹眼淚，「梅瑟，我們兩個還活著！我知道妳很難過，我知道妳想念妳女兒，妳不覺得我完全能夠理解妳的感受嗎？但妳拿**我**出氣是不公平的。妳能不能以妳的名譽保證，用妳女兒和妳丈夫的在天之靈發誓，妳要寫的是一本有關救贖的書？」

**用蘇菲和德克斯發誓？**

她還在說話，完全沒注意到我根本沒有回應她提出的要求，**以名譽保證**，多令人厭惡。

「梅瑟，我真的得讓所有人知道裁決結果是真的，但我們的這本書——其實是**妳的**書——根據我目前讀到的部分，看起來真的像在描寫我是這個世界上最可怕的人，而陪審團的裁定錯得離譜，寫我是一個……殺人犯。」

「艾許琳，聽著，那是之前的草稿，就算是妳也不能否認，如果妳被判有罪，這本書就會那樣寫，對吧？」

「但現在——」

「沒錯，」我朝她舉杯，然後又喝了一口現在已經退回常溫的蘇維儂白酒，「所以現在我們要寫的是妳**無罪**。」

陪審團認為無罪，與我所認為的完全相反。這就像薛丁格的貓[6]，既是死，也是活；艾許琳和這本書正是如此，既無罪，也有罪。

6 Schrödinger's cat，量子物理學的思想實驗。把一隻貓、一個裝著有毒氣體的玻璃瓶和放射性物質放進密閉的盒子，實驗設定成在一定條件下玻璃瓶會破掉並殺死貓，但在打開盒子之前，都無法確定貓是死是活。

# 50

「妳感覺如何？」我起床之前艾許琳就已經在廚房裡了，現在才剛過十點，她正在洗昨晚的酒杯。

「嗯？」我想她應該是出於禮貌才這麼問，也或許她看得出來我在頭痛，又頭痛了。「還好，妳呢？」

口好渴，我從冰箱裡拿出一瓶水，希望這能消除艾許琳昨晚盤問我而留下的厭惡感。我掙扎著想要清醒，昨晚我睡得很「長」，蘇菲以前會這麼形容。但我們還得繼續工作，我會極盡所能地把艾許琳照顧得服服貼貼，好讓她繼續說下去。

「我很抱歉昨晚……」她說，「表現得像個討厭鬼，應該是因為喝太多酒了，不過……」

「妳還想繼續完成這本書吧？」我灌下一大口水，「還是我該打給凱薩琳，說我們不寫了？希望不用。」

「有什麼差別？凱薩琳之前說過，我們都坐在廚房的那次，她說妳們不管有沒有我的參與，都會出版這本書，記得嗎？」艾許琳將一個網狀背包掛在她的——我的椅背上，然後將餐桌上的糖罐拉近她。「我沒什麼選擇。」

「那我們休戰？」我將咖啡膠囊扔進機器，然後拿出牛奶。上星期天的這個時候，我和艾許琳在這個屋簷下一起度過第一晚，現在回想起來，彷彿已經過了一輩子那麼久。「就以妳無罪為前提重新開始。」

「嗯，好……」她無意識地旋轉著桌上的糖罐，一圈又一圈，「這不是我們**一直**在做的事嗎？」

「沒錯。」糟糕，我肯定是頭太痛了。我友善地坐到餐桌旁，坐在蘇菲的位子上，然後繼續說下去，「那既然羅約．斯巴福說的那些故事都**沒有**發生過，我們更不能避免要討論**實際上**到底發生了什麼事。我的意思是，我們得面對真相、陳述真相和澄清真相。這就是這本書的重點，艾許琳，我們需要給讀者一些答案。」

艾許琳攪拌她的咖啡，「我跟妳說了，我不知道——」

「是啊，」我說，「但我的意思是，妳可以說一些像是妳當時人在哪裡、在做什麼，我們可以列出一張時間表等等。」我轉身拉開後面的雜物抽屜，裡面有小螺絲起子、一些舊火柴盒、幾個酒瓶軟木塞，還有一大堆橡皮筋。我在抽屜裡翻攪，找到一本廉價的小日曆，我記得是保險公司送的。自從……正如鏡子上所寫的數字，自從那些日子以來這一直放在抽屜裡，我不需要一本日曆來告訴我上一次見到**我女兒活著**是多久以前。「來，告訴我，妳上一次見到泰莎是什麼時候？」

「好，」她指著去年八月的某一個星期。「大概在這個時候。」

「確切是哪一天？」

她又伸手指著薄薄的日曆，「這個星期二，我把她送到拉弗翠大道，像平常一樣。」

「那妳有去接她嗎？」我將那一天圈起來。

「我……」她吸了一口氣，「我打電話跟我爸媽說我隔天才會去接她，問他們可不可以，因為我要去羅恩家。」

「然後呢？」我把日曆的那一頁撕下並摺好塞進口袋裡，然後再把日曆扔回抽屜。不知道裡面有沒有止痛藥。

「隔天我去接她，但她不在家，我媽也不在。我爸跟我說——叫我不准說出去。」

「妳爸。」

「繼父。」

「他跟妳說了什麼？什麼事不准說出去？」

「我們有必要討論這些嗎？」她站起來，把兩個英式瑪芬放進新的烤麵包機裡。她的短褲非常短，但她才二十幾歲，我想年輕人都是這樣穿的。「我們不是要像之前一樣回顧審判過程嗎？」

「我們當然會重看影片，但艾許琳，妳為什麼不告訴大家妳把女兒送去父母家之後，隔天卻找不到她？我的意思是，這樣不就能立刻證明妳『無罪』了嗎？等等，妳的意思是**妳父母**殺了泰莎嗎？然後還試圖栽贓給妳？妳繼父和妳媽媽？妳繼父沒有出庭作證，這就是原因嗎？如果這些事昆茵都**知道**——」

艾許琳點點頭。

「——那她為什麼不傳喚他？」我說完剛才的句子，「或**妳**為什麼不提出這個證詞？」

「我很想！我真的很想！」她傾身靠近我，把面前的咖啡推開，「我想撕爛那個混蛋斯巴福的臉，但昆茵說不行。她說她很確定我會被判無罪，因為沒有物理證據，記得嗎？他們無法證明泰莎是何時、何地、如何死亡的。我清楚記得她叫我不要出庭，如果妳答應不放進書裡，我就告訴妳。」

我攤攤手表示同意，她喜歡把每一件事都講得很嚴重。

她從她的網狀背包裡拿出一管柑橘香的防晒乳——那是我的——然後擠出一段黃色的乳液，塗在她光裸的手臂上。

「她跟我說，『妳默不吭聲就好』，」艾許琳先是抹勻手臂上黏膩的黃色乳液，接著在她的——我的餐巾上擦擦手，「然後又說，『否則只會搞砸事情』，一字不差。」

咖啡機發出嗶聲，顯示沒水了，同時烤麵包機裡的英式瑪芬烤好跳了起來。

艾許琳又將防晒乳塗抹在腿上之後站起身來，「我去拿報紙。」她說。

**搞砸**，我仔細地衡量了一下這個詞。昆茵一心只想要無罪勝訴，對她來說，最重要的是裁決結果，而不是真相。但如果艾許琳知道真相，或提出了一些看似合理的解釋，難道昆茵不會極盡所能地運用這一點嗎？何不直接告訴大家真凶是誰就好？何不製造一個《梅森探案集》式的勝利時刻，在裁決結果出爐的時候擊出個完美全壘打？

我聞到防晒乳的柑橘甜味，艾許琳重新出現在廚房門口。拿個報紙需要這麼久嗎？她將厚厚的星期日《環球報》放在餐桌上，解開外層的黃色塑膠包裝袋。

「這附近有貓嗎？」她問。

「我不知道，」貓？「怎麼了？妳看到貓嗎？」

她聳聳肩。「沒，但妳門口的臺階上有隻死掉的花栗鼠，是隻寶寶。」

「什麼？」我站起來，想起自己沒穿鞋，同時想著不知道畚斗放在哪裡。現在我一點都不想吃英式瑪芬了。「可憐的小東西。」我說。

「對啊，」她說，「我清掉了。」

# 51

我脫下T恤、拉開浴簾並打開水龍頭。我們約好十五分鐘後在書房碰面，不知道她今天的故事又是什麼。

指望她說出合理的故事實在太過天真，她是個騙子，這**就是**她沒有出庭作證的原因。當然我沒有忘記她那些「他們要來抓我」和「妳也捲入了」的說詞，但我每次要求她澄清，她就會閃避、改變話題，說她只是在開玩笑，或說這不重要。事實是，她在說謊。

她也承認之前對喬．瑞西納利撒謊。不知道凱薩琳知不知道他失蹤的事？如果他真的是失蹤而不是在工作的話。我一直沒有凱薩琳的消息，當然也沒有喬的消息，所以我也不知道該問誰。我應該打電話給奧弗畢警探嗎？這麼做會不會讓我顯得很可疑？這太荒謬了，但誰又知道他在想些什麼，而且我也不能讓艾許琳知道我打電話給他。

她就像流沙一樣難以捉摸。

我把手伸進淋浴間裡測試水溫。不得不承認，一個星期過去，我已經放棄希望，我不認為自己能成功哄騙艾許琳認罪。事實上，我澈底失敗了，就跟瓦德里．羅格威契警探一樣；也跟羅約．斯巴福一樣。他就像艾許琳所說，不僅握有執法權，更掌握了整個司法系統的資源，而**我只是個記者**，我這麼安慰自己，這時水龍頭的水也熱了起來。也許有真理、正義，只是我並非那個能找到它們的人。我現在頭痛得**非常**厲害。

我在全身抹上肥皂泡沫，想要洗去小動物在我家門口死去留下的恐懼感，雖然我並不是去清理屍體的人。也許我應該認清，不論艾許琳的故事是什麼，我就只是個別人花錢請來寫下的人而已。

更何況，比起讓殺人犯逍遙法外，更糟的是如果她其實不是殺人犯，而是我搞錯了。

我在鏡子上寫下數字四八四，同時試著釐清思緒。「她有可能是清白的嗎？」我輕聲問，但德克斯和蘇菲沒有回答。「我可以放下嗎？如果我放棄這一切，你們會原諒我嗎？」還是沒有回答。

我**頭痛欲裂**，該是面對現實的時候了，而我卻宿醉未消。

我打開藥櫃想找止痛藥。我拿起白色塑膠藥罐，看見櫃子裡的處方安眠藥沒有放在原本的位置，還是其實本來就在那裡？

止痛藥、護手乳和阿斯匹林，全都放在原本的位置，還有小瓶的香水試用品、三條口紅，全都在正確的地方，只有安眠藥不是。

安眠藥基本上只是備用藥，我好幾個月沒有吃了，但還是要有一些存貨才安心。我先放下止痛藥，將毛巾包裹在身上綁緊，然後拿起一旁的安眠藥罐轉開，藥片在瓶中喀喀作響。我其實不知道我想確認什麼，因為我根本不記得這些橘色橢圓形的藥片本來有幾個，所以我又關上藥瓶。

現在的頭痛肯定是因為宿醉，昨晚喝太多酒了。

**酒**，我想起酒，艾許琳昨晚堅稱我拿錯了杯子。如果有人——艾許琳——在我的酒裡放了什麼，應該不會笨到那樣提醒我。想對某人下藥，一定會做得更神不知鬼不覺才是，況且如果當下沒有成功，她也應該不會喝掉她那杯，而是之後再試試看。

再者，難道我會喝不出異味嗎？不可能在酒裡放一顆藥卻喝不出來，除非對方已經有點醉了，這倒是有可能。

但她這麼做的目的又是什麼？

我打開洗手臺的水龍頭往臉上潑水。彎下腰時，浴巾掉在地上。我背上一陣發寒，不僅僅是因為光著身子，而是流水使我想起了今天早晨，當我走進廚房時，艾許琳正在清洗酒杯，我還以為她只是想幫忙。

我重新纏上浴巾，一次吞下四片止痛藥，把藥罐放回去並關上櫃門，這時剛才寫下的數字也散去了。

德克斯和蘇菲是否試圖告訴我什麼？我再次打開櫃子拿出藥罐，然後緊抓著身上的毛巾和手裡的藥瓶，跨了兩步來到走廊，然後一個箭步回到房間，關上門思考起來。

我瘋了嗎？

如果艾許琳會除掉所有妨礙她的人事物，而她現在覺得我妨礙了她，想要除掉我，那就太愚蠢了，因為她會成為頭號嫌疑犯。但是，等等。我洩氣地垂下肩膀，向後靠在臥室的門板上。萬一她得手之後就逃跑了呢？說不定根本沒有人會花力氣去找她，因為大家都不知道她住在我這裡。除了昆茵之外，而她目前不知去向；還有凱薩琳，可她目前失去聯繫；還有喬，不知道為什麼現在音訊全無。

況且，我還是那個在警察來訪時把她藏起來的人。

我瘋了嗎？

我打開衣櫥最上面的抽屜，把摺好的內衣、護照和私房錢——我何必藏錢——都推到一邊，然後把藥瓶塞進最裡面。不過，如果真有人要找這個藥瓶，想必第一個打開的就會是這個抽屜吧，可是真有人想偷嗎？我又把藥瓶拿出來，藏在床墊和床板之間，這想必是第二個會查看的地方吧。也許我應該把藥片全都倒進馬桶裡沖掉，這樣就一勞永逸了。問題是一旦沖下去，我也等於是在懲罰自己，只因為我腦補了這一齣戲，搞得自己需要的時候反而無藥可吃，說不定這瓶藥根本沒有被移動過。

我**真是**瘋了。

但以防萬一，我暫時會把藥瓶收在床墊下。

艾許琳已經在書房了，就站在我的書桌前面，幾乎擋在我和桌子中間。一旁窗戶的窗簾是打開的，百葉窗的陰影在她臉上留下彷彿監獄柵欄的條紋。

「嗨，梅瑟，」她說，好像我們一整個早上都還沒說過話，「我可以跟妳懺悔嗎？」

我想必露出了驚訝的表情，這真的太出乎意料了。懺悔？嘿，也許想要得到，必須先學會放手。也許我對下藥的猜測是錯的。現在，我已經擦乾身體並穿好衣服，止痛藥似乎也發揮效用了。如果這個興風作浪的艾許琳終於要懺悔了，我也不在意她是否未經我的同意就闖進書房。我準備好了。

「懺悔？」

「對啊，我拿了一顆妳的安眠藥，」她說，「我一整個早上都覺得很有罪惡感。妳可能已經發現了，但我昨晚真的睡不著，我心情好差。然後今天早上，我又想不起我有沒有把藥瓶歸位，所以，我不知道，我不希望妳擔心，或者覺得我在偷東西什麼的。」

「我沒發現。」我撒了謊，現在我得把藥瓶從床下放回浴室去，因為下一次她去浴室一定會查看，看看我是否說了真話。

等等，她的意思是她吃下去了嗎？或者只是從瓶子裡拿走？還丟進我的酒杯裡？我當然不能這麼問。更何況不論她回答什麼，都不見得就是真的。

但我還是得把瓶子放回去，因為這代表我相信她，雖然事實上我不信。

「所以現在我欠妳一次了，」她笑著說，靠在大椅子的扶手上，「還有，真的很謝謝妳的耐心。我的情緒一直不太穩定，總覺得有壞事要發生了，就像揮之不去的陰影，而我無法阻止它們。現在把筆電打開好嗎？我會告訴妳故事中最重要的段落。」

「好。」我說。顯然安眠藥事件結束了，我一邊打開電腦，一邊想著，她這次的故事又會是真的嗎？

艾許琳坐進扶手椅裡，將光裸的雙腿抬到一側扶手上。蘇菲以前也會這樣坐，但我現在不該想這些。蘇菲的腿短短的，我好愛她藍色條紋的衣服和布椅上的線條融在一起的模樣。

「我問妳，梅瑟，」艾許琳說，「妳覺得泰莎的爸爸是誰？」她微微揚起嘴角，「我知道妳跟喬・瑞西納利聊過這件事。」

她是怎麼知道的？我之前對喬確實有一點不信任，但他將我們的談話內容告訴她確實很奇怪。話又說回來，既然這點是真的，有可能她接下來就要說出真相了，我得鼓勵她。

「喬是我的同事，我們當然會討論，但他從沒告訴我他有跟妳見面或採訪妳，更不可能會告訴我妳跟他說了什麼。」我稍微調整了一下實情，試著保護我的記者同事。不知道他現在身在何處，我一直傳訊息給他，但手機根本不在他手上，或之前不在他手上。警察也沒有再跟我聯絡。「妳有告訴他泰莎的爸爸是誰嗎？」

「**死了**，」艾許琳伸出一隻手指，「我私底下告訴喬，泰莎的爸爸死了；在泰莎出生之前就車禍過世了。但為了證明我相信妳，我要向妳坦承，那是我編的。我當時得保護自己，不要讓其他人知道真相。」

我的腦中掠過各種可能性，又一一推翻，我幾乎能聽到思緒呼嘯而過的聲音。保護？真相？喬的確有告訴我泰莎的爸爸車禍過世，這點我不可能忘記。而這位爸爸的名字是……呃，不太常見的名字，像是馬克爾、達克爾、巴克爾，應該是巴克爾……霍特。

「但，梅瑟，」艾許琳繼續說，「妳認為會是誰？**那個人**不但會毀了我的人生，也會毀了泰莎、還有我所謂『家人』的人生。」

「艾許琳，是誰？」我闔上筆電，好讓我能看見她，「我不想猜。」

「湯姆，湯姆，湯姆。」她重複著她繼父的名字，聲音越來越低，然後她蜷縮起來，將膝蓋抱到胸前，「梅瑟，我的繼父強暴了我，不只一次。他還威脅我說，如果我告訴別人，他就會殺了我。他說沒有人會相信我，沒有人——」

我不該打斷她，但這正是我過去好幾天一直試圖弄清楚的事。她還曾經聲稱她沒有那樣說，我清楚記得她是怎麼否認的，可我不相信她否認的說詞。那個「湯姆加艾許琳等於泰莎」的說法，現在變得很有說服力。

「但艾許琳，妳第一次提到這件事的隔天早上，我試著要和妳聊，妳卻堅持——」

她嘆了一口氣，抱著膝蓋的雙手又收緊了一些。「聊這種事可不愉快，我從來沒有跟任何人聊過，**從來沒有**。這就是我……我不知道，我在這件事情上這麼難溝通的原因。」

我沉默了好一陣子，思索著真相聽起來是否與她其他的故事有所不同。

「我真的很為妳難過，」我覺得我得這麼說，「但艾許琳，如果妳知道……」此刻如履薄冰，「如果妳知道妳繼父是泰莎的父親，為什麼——我是說，為什麼妳不……」

「那是一個**生命**，梅瑟，我怎麼能拿掉一個生命？哪個媽媽有辦法做到？」

說完她哭了出來，我也忍不住流下眼淚。我走到扶手椅旁，緊緊靠在她身邊，用一隻手臂摟住她的肩。我們哭著，我想起蘇菲，我無數次在這張椅子上安慰她，她為了耳朵痛、腳趾痛或任何她表達不出來的病痛而傷心哭泣。想著我可憐的小蘇菲，我不住地痛哭，艾許琳也是。我發覺她的身體在顫抖，她那麼瘦，瘦得我能感覺到她的骨頭抵著我。我還想起德克斯，想起蘇菲有多愛他，和我，還有我們。而艾許琳，一個才二十多歲的單親媽媽，她的小女兒那麼依賴她，把她當成全世界，渾然不知她的父親在這個世界裡缺席。

我們的嗚咽聲混在一起，身體如此靠近，等我們沉默下來之後，都忍不住尷尬起來。我們同樣失去了摯愛，雖然我不是她的朋友，但我也無法忽視她。因為無論如何，我都知道她的感受，我知道。

我得站起來，重新調整我們的位置，不僅要調整我們可以分享、不必分享的平衡點，還要調整悲傷的情緒，找回我們在這個案子裡各自的角色。

「要喝點水嗎？」我一邊說，一邊走向門口。我的鼻子和眼睛大概都是紅的，她也一樣。她抬頭看著我。

「生下她也許太自私了，」她輕聲說，然後用她粉紅色T恤的衣角擦去眼淚，「我當時根本沒辦法保證自己腹中美麗的孩子誕生之後，能夠擁有美好的未來。」

她在大椅子上挪動了一下身體，將背挺直，然後搖搖頭又繼續說：「但等我發現的時候，要拿掉可能也已經太晚了。」

「我很難過，艾許琳。」我說的是真的，畢竟，誰不會為這樣的事難過呢。

她用手拍打椅子的兩側扶手，彷彿結束了一個章節，準備開啟下一章，「但是，湯姆，」她語調變得冷酷，一邊伸手撥弄她的頭髮，「湯姆堅稱，如果我敢說一個字，他就會讓我的人生變得更悲慘。他叫我『編出』一個泰莎的爸爸，一夜情之類的，他甚至說『妳本來就是個夜店咖，沒有人會感到意外』。」

「真的嗎？」我倚著桌緣而坐。

「嗯，他說我的孩子會被帶走。我不知道該作何感想，一個在錯誤中誕生的孩子，該怎麼做比較好？我也困惑。後來，我覺得一定要離開那個家，一定要逃得遠一點，我不會、也不能，**永遠不能**告訴我媽或別人，任何人都不能……」

艾許琳的語速越來越快，而我在腦中想像著這一切，試著把我所知道的片段與這個新確認的事實相互對照。但我怎麼知道什麼才是真的?我曾經在報紙和雜誌上讀過關於布萊恩家的報導,而那是我唯一能夠**知道**他們做了什麼、說了什麼、想了什麼的方法,不過那也只是某個記者想**呈現**給讀者的真相而已。

艾許琳還在說話,而我腦中的世界彷彿逐漸崩塌。也許上個星期,我一直在試圖摧毀她的人生,她本就已經夠殘破了,而我卻還試圖雪上加霜。也許我應該用文字——**我的**文字——的力量來做一些好事,而不是去……做那些我以為我想做的事。

但如果我接下來決定要相信她說的話,又怎麼能扮演一個公平的陪審團呢?我就會變得像格姓陪審員一樣,沒有任何證據就妄下定論。不過,就算我以為自己不像她一樣抱持偏見,還是有可能做出可怕的判決,然後把我的判決公諸於世,再靠著我的謊言謀取暴利。我發誓此刻能聽見自己的心跳加速,在我的耳裡怦怦作響。

我一直要求艾許琳解釋,而她總會給我一些答案,但每一次,她又會承認之前說的是假話。如果她真的不知道謀殺案的真相,一如她不斷強調的,那麼不管我問多少次、用多巧妙的方式問,她也**沒有辦法**告訴我。

如果她無罪,而我寫出一本書來說她有罪,對蘇菲和德克斯又有什麼好處呢?如果——我感到自己的大腦正試探性地邁出一步——如果她真的是清白的呢?

也許這就是德克斯和蘇菲試圖告訴我的事,試圖告訴我,我錯了。**我錯了嗎?**有其他人殺了泰莎.妮可?但會是誰?

艾許琳說話的時候,我開始重新排列腦中的拼圖,想要解開自己心中的魔術方塊,看看這些片段能否以不同的方式組合在一起。一個侵犯了她的繼父,一個嫉妒她、厭惡她的母親,還有贓物、羅恩、毒品、瓦蕾莉、路克,以及她對氯仿的解釋。如果那也是真的呢?畢竟警方沒有在任何地方找到氯仿。

如果她沒有氯仿，又怎麼能用氯仿殺了泰莎・妮可？沒有人解釋過這一點，陪審團肯定也這麼想過。

就連那張溼身照，她也有完美、無辜的解釋。

每件事她都有辦法解釋，但萬一那不只是「解釋」呢？萬一那就是事實呢？

艾許琳是一個受害者，一個**嚇壞了**的受害者，受困在別人的謊言之中。我試想這個新現實的可能性，所有的元素都重新排列組合。

這個新的組合意味著我過去可能判斷錯誤，並用我自己的抑鬱來毒害另一個人的人生。

或許凱薩琳說得對，或許這真的是一本救贖之書。

**我的**救贖之書。

「艾許琳。」

她話說到一半停了下來，抬頭看我。

「我會讓一切都好起來的，艾許琳，」我輕聲說，「相信我。」

# 52

「艾許琳？」我喊道。她今天早上不在廚房裡，當然也不在浴室，因為我剛剛才在裡面寫下我的數字四八五。書房的門是關上的，客房的門卻是打開的。她的棉被沒有摺好，衣櫃的門敞開，但裡面仍擺滿衣物。她不在客房裡。「艾許琳？」她也不在客廳。

我手裡拿著咖啡，站在後院的拉門前往外望。「艾許琳的」綠色藤編躺椅還安放在草地上，一旁是白色塑膠小方桌，昨晚她忘在上面的雜誌因為隔夜露水而變得潮溼，但她也不在後院。

「艾許琳？」我又喊了一次。

昨天剩下的時間裡，我們互相訴說各自的故事，我和她分享了一些私事，包含德克斯和蘇菲，或許我不該透露太多，但我還是認為我們在這本書上取得了一些進展；我的情緒上也有了進展。現在，我對真相抱持開放態度，無論真相是什麼，我想我都能夠面對了，就算她真的是清白的，我或許也能接受。或許她真的是清白的，或許我可以用這本書來幫助她。而她似乎也決定要相信我，決定要把這本書交付給我，我們會一起完成。

我不能向她「解釋」我現在比之前更能接受她是清白的，畢竟她不知道我之前根本不相信她。但沒關係，我只需要繼續假裝自己一直以來對她都是誠實的就好。

「艾許琳？」我又回到屋裡。她出門了嗎？也許是出門去買可頌慶祝我們和好之類的？但她怎麼也沒留個字條？

「我在這裡，梅瑟。」

我轉過身，書房的門敞開了，艾許琳站在門口，一隻手抬起來撐在門框上，一條晒成古銅色的腿向外伸出，站姿像個模特兒。她的另一隻手裡拿著一個小包裹，似乎是某個用衛生紙包起來的東西。

「妳在做……怎麼了？」我問。無論我們和解與否，我都不喜歡她又擅自闖進書房，她昨天已經侵犯過我的領域，今天又不請自入。

「首先，」她把手裡的小包裹拿給我，「這是還給妳的安眠藥。我知道妳說『沒關係』，但妳八成也在說謊。」

我十分困惑地接過那一團衛生紙，看都沒看就直接塞進牛仔褲口袋裡。

她一動也不動地站在門口，胸口劇烈起伏。她身穿黑色T恤、緊身短褲和平底鞋。她似乎不想讓我踏進書房，**我的**書房。

「不，那真的——」我邊說邊往前走了一步。

她依舊沒有移動，瞇起眼睛看我。

「請告訴我妳女兒真的死了，梅瑟，還是妳也在瞎掰？好讓妳能扮演……妳怎麼形容來著……扮演一個跟我有共鳴的角色？」她嘆了一口氣，我看見她唇上塗著莓子色的唇蜜。「真不知道我為什麼這麼容易相信別人，我真的有那麼笨嗎？還是我——」

「嘿，當然不是這樣。我明白，我很抱歉，這個妳留著吧。」我從口袋拿出安眠藥交還到她手裡。也許她太累了，才會表現得這樣不明所以。我完全明白那種感受，但我也得試著解除眼前的危機。「但妳說蘇菲？我不太懂妳為什麼這麼問。我很抱歉，我知道妳很擔心，心情也很不好，但妳這麼問有點太超過了。」

「噢，」她揚起眉毛，「**我**太超過了？好，沒問題，當然了，是**我太超過了**，還真抱歉啊。」

她將藥片揮開，繼續說道：「那我問妳，我哪裡超過了？我有對妳說謊、操縱妳或亂編故事，好讓妳對我透露更多嗎？妳是指這個嗎？如果妳是這個意思，那我猜妳應該最清楚要用什麼伎倆，對吧？」

她向後倒退遠離我，一腳踏上書房的地毯，然後換另一隻腳，但她的眼睛一直瞪著我。

接著她轉過身去，走到桌子後面，從筆電下抽出一張紙。「認得這個嗎？」她用兩隻手指夾著紙張揮舞，「認得吧？」

我瞇起眼朝她走去，一邊伸出手來。「讓我看看？」

「噢，妳老早就看過了，我非常肯定，」她說，「我也看了。」她揮舞著將紙張遞過來，並將紙張的正面轉向我。

是我的疑點清點。

「是啊，」她搖著頭，用戲劇化的眼神凝視我，「真是有趣。」

「嗯，對。」該死，這完全是侵犯隱私，真不敢相信她在偷窺。不，或許我能相信，而我也能明白她為什麼生氣，但我得在她的偏執生根之前先斬除它。「每個作家都需要筆記，艾許琳，否則我們會忘記細節。這本書很龐大，妳明白嗎？」

「是啊，」她又說，還拖長了尾音，然後抿著嘴，低頭看手裡的紙張，「真棒的清單，梅瑟，妳列了一大堆關於這個案件的好問題，或者應該說是列了一大堆我故事的『漏洞』。」

「不是這樣，我……這張清單沒有什麼陰謀論，艾許琳，就只是一張清單而已，老天。」我往前站了一步，想要安撫她，「妳就讀讀看吧。」

她在我的書桌椅子上坐下，「哦，相信我，我早就看了。」

她毫不苟同地嘖了一聲，然後把那張清單好好地放回原處，塞在筆電底下，那是我原本藏起來的地方。

「艾許琳，」我說，「那些**本來**是最重要的主題，是我需要知道的細節，所有讀者會想知道的細節。」我不想再假裝了，我能理解她的感受，但現在我說什麼聽起來都像是假話，她覺得她找到了無法再相信我的鐵證，也許她的確找到了。

「最重要的主題？對啊，如果從**有罪**的角度來看的話。」她向後靠在我的書桌椅子上，「氯仿，還有我跟我媽和湯姆的『問題』。是啊，但妳知道這份清單上少了什麼嗎？例如是誰想要帶走泰莎？是誰想要追捕艾許琳？還有這些人的動機是什麼？或者，誰是真凶？」

她短暫地用手摀住臉。「想到我昨天決定接受妳，真正相信妳，相信妳是站在我這邊的，我就覺得自己真是個**白痴**。」

「不，艾許琳，真的，」我試著說服她，「相信我，我——」

「相信妳？拜託，我還需要說得更清楚嗎？算了吧，全都算了。妳的小清單上**根本沒有**任何一點能證明妳相信我是清白的，全都是關於我有罪。妳一步步想要定我的罪。」

「拜託，這麼說不公平，」我朝書桌邁了一步，「這些是我認識妳之前寫的，好嗎？更何況，這些問題是為了要解答誰殺了泰莎．妮可，這才是重點。」

「這上面還寫了『誰是泰莎的爸爸』，昨天我把**那件事**全部說出來時，妳一定高興得飛上天了吧。不過，妳相信那個故事嗎？」

「所以**不是**妳的繼父嗎？」我又前進了一步，也許我可以從這裡扭轉局勢，「那死的到底是誰？」

「**死**？」她臉色鐵青，「妳為什麼說**死**？」

可惡，那是喬告訴我的，而且我告訴她喬沒向我透露任何事。「是死了，還是活著？**妳**昨天自己說死了，不是我刻意要提起。」我繼續嘗試切入重點，「所以他還活著？」

「別想轉移話題，梅瑟，我不笨，更不是……」她抬高下巴，瞇起眼睛，「更不是**精神異常**。是啊，我得說，我特別著迷於妳清單上的那句『艾許琳是否精神異常』？字體還特別加大，**精神異常**！」

她露出虛假的微笑，緩緩眨動她的睫毛。「妳認為我精神異常嗎？」

哦，可惡。我往後退了兩步，差點失去平衡跌坐在蘇菲的椅子上。「不是的，艾許琳，那只是……我只是……那張清單只是我一部分的筆記，從……妳知道當時有以精神障礙作為抗辯的可行性。」

「妳真是個**騙子**，」她幾乎是嘶聲說道，「妳不但不理解我的悲傷、支持我、告訴世人我是清白的，沒有做到妳當時**答應**做到的事、**收錢**來做的事，反而還玩弄我，讓我看起來有罪，說我**精神異常**？妳之前口口聲聲告訴我『這只是我的工作』，妳這個騙子。」

她停下來，幾乎面露微笑，然後歪頭看我，一邊站起身來，拿起桌上德克斯從愛琴海帶回來的石頭。「萬一之後喬·瑞西納利被找到了，但卻死於氯仿呢？然後警方檢查妳的電腦搜尋紀錄，他們會發現什麼？」

「太荒謬了，」我說，「那是妳跟我說妳媽媽的事情時叫我搜尋的。」

「是嗎？字可是**妳**輸入的。」

她將德克斯的石頭來來回回從一隻手換到另一隻手，石頭和她的拳頭差不多大小，我看著她把玩，一邊揣測著石塊的重量，我該試著把它搶走嗎？

她又將石頭放到另一隻手上。「我想這完全取決於起訴**妳**的檢察官會怎麼說，還有審判**妳**的陪審團會怎麼裁定，妳最好祈禱喬平安無事。」

「妳想講什麼，艾許琳？」她在威脅我嗎？我站到門邊，以防萬一。我意識到，沒有人知道她在這裡，如果她用德克斯的石頭砸死我，也沒有人會知道，至少短時間內不會。我的背脊一陣發涼。

最終她將石頭放下，重重地砸在桌上，然後雙手撐在桌面，傾身靠近我。「記者，」她說，彷彿這是個難聽的字眼，「妳以為妳誘導我『懺悔』了嗎？我昨天說那兩個字的時候清楚看見了妳的表情，妳簡直是垂涎三尺，巴不得我多說一點。」

「我從來沒有——」

「梅瑟，」她抬起手制止我，「現在想推託已經太晚了，妳就是在騙我。但妳記得死在前門臺階上的那隻小花栗鼠嗎？」

她現在完全不知所云了。「記得。」

「還有在里斯特托咖啡廳傳簡訊的那個男人？」

「嗯。」

「妳認得他嗎？」

「不認得，妳說他是陪審員，但我沒看過陪審團的人。」

「沒錯，還有那個在校車旁邊講手機的年輕媽媽呢？穿著貓咪圖案高跟鞋的那一個。還有起火的烤麵包機？」

「艾許琳，」這完全沒有邏輯，清單被她看到我確實很尷尬，她的指控屬實也讓我很尷尬，而她放下石頭讓我鬆了一口氣，但我現在一頭霧水，而且十分緊張。萬一我又錯了呢？萬一她真的是個胡言亂語的殺人犯呢？也許她現在認為我擋住她的去路了。「這些有什麼重要的？妳到底在說什麼？」

「我問妳，妳有看過死掉的動物嗎？」

死掉的**動物**？我拍拍口袋，確認手機在裡面。這實在太令人不安了，我是不是應該打給……什麼人？警察？凱薩琳知道艾許琳有多可怕、多怪異嗎？凱薩琳現在又在哪裡？我要打給她，現在就打，一刻都不能等了，我要叫她把這女人攆走。我賭過一把了，而我也失敗了，我現在完全不知道她究竟是有罪還是清白，但我不想再冒險了。

「艾許琳，聽著，我們停工吧，我們──」

她將椅子推到身後，然後沿著桌緣走過來。「我是認真的，妳給我聽著，什麼都別做，把手機放下，不要打給任何人。」她和我面對面站著，雙手合掌，指尖碰到唇邊，彷彿在祈禱。

她深吸一口氣，我能看見她胸口起伏。

「我冒著很大的風險告訴妳事實，」她說，「那個傳訊息的男人，他其實不是陪審員。但那隻死花栗鼠？穿小貓圖案高跟鞋講手機的女人？烤麵包機起火？這一切都在我身上發生過，就在泰莎．妮可失蹤之前，這些都是**警告**，我當時太晚才明白。我知道妳很難相信我，但就算妳是個騙子，也是一條命，所以我必須告訴妳。」

我既想要逃跑又想要大笑，同時也想要繼續聽下去。她是在試探我嗎？想看看我會怎麼回答？

「警告？」我說，「妳在說什麼？」

「好，妳還是不相信我，那就別相信吧，」她揮手，像是要打發我走，「我已經盡力了，妳的死期就快到了。」

# 53

說完，艾許琳快步走過我身邊，穿過走廊，然後打開客房的門，又重重關上。

「艾許琳？」我將手機塞回口袋裡，跟了過去。

「不要進來，」她大喊，「我要打包走人了，妳可以告訴凱薩琳我跑路了，沒差，隨便妳要編什麼理由，反正妳最會編了。」

「什麼？」客房的門沒鎖，所以我準備轉開門把。既然她侵犯我的隱私，我也可以——等等，我依然可以尊重她的隱私，於是我收手，「艾許琳，我們談談。」

「**別煩我！**」她拔高音調，雖沒有大吼大叫，但我能清楚聽見她說的話，「我看了妳那本書裡的每一個字，梅瑟，妳稱為真相的每一個字。」

看了我的書？我所謂的真相？我拍拍門板，試著讓我的敲門聲聽起來像是與她同一陣線。「我們一直待在家裡，艾許琳，而且妳才剛經歷一段可怕的日子。也許這一切讓妳壓力太大，或進展得太快？還是重新回顧過往讓妳很痛苦？也許我們可以打電話給凱薩琳，要求延後截稿日期。」

「不要！」她大叫，「走開，沒有人會懂！」

我聽見衣櫃的門打開又砰的一聲關上，也許還有抽屜。

「我受夠了，真的受夠了！」她現在幾乎是在尖叫，「受夠妳愚蠢的清單、妳扭曲事實的書，還有妳**永無止境**的謊言！沒有人相信我，我家破人亡……」她的聲音漸漸變得不太清楚，也許她不在門邊了。「梅瑟，我完全沒有理由能……噢，梅瑟，拜託，求求妳，就這麼一次，請妳做對的事，告訴大家我是清白的，我是清白的，我很抱歉這一切必須這樣結束……」

一切突然安靜下來。

「艾許琳？」沒有回應。她剛才說「這樣結束」嗎？我將耳朵緊貼在白色的門上，什麼聲音也沒有。她總是這樣小題大作，萬一她……哦，我不知道，這太荒謬了。但她情緒這麼不穩定又這麼生氣，還用德克斯的石頭和氯仿的搜尋紀錄威脅我，現在又說要「這樣結束」？

我破門而入。

她站在窗邊，沒有死，大概連去死的意圖都沒有。薄紗窗簾飄起又落回原處，房間裡也沒看見她的行李箱。

「妳還好嗎？」

「我當然不好，」她的臉色漲紅，不知是因為哭泣還是盛怒？「**妳**是一個大騙子，想毀了我的人生，讓我比之前毀得更澈底。」

窗戶下方的地板上放著德克斯的紙箱，箱子上寫著編號四。它沒有像之前一樣疊在其他箱子上，而是往旁邊傾倒，箱頂是打開的。我清楚記得九天前我把艾許琳帶進這間客房時，這些箱子是堆起來的，像我的回憶之塔。她偷翻德克斯的箱子嗎？在偷窺，還是想偷東西？她碰過他的東西了？這太噁心了，只有我有權這麼做！但眼下我最好先確認一下她是否還在抓狂。

我甩甩頭，努力裝出安撫她的神情。「我很抱歉讓妳這樣覺得，艾許琳，我們應該談談，但是，呃，」該死，我實在忍無可忍。我指了指地上的四號箱子，「妳開那個箱子做什麼？」

「開那個箱子？我嗎？我沒有，我只是前幾天想要聽妳跟警察在說什麼，需要貼著牆壁，所以只能移開紙箱。」她聳聳肩，「妳那時沒聽到箱子被推到地上的聲音嗎？」

「沒有。」我說。

「我本來打算在離開前放回去，這樣妳就不會發現，但箱頂卻打開了……上面的膠帶原本就只是隨便貼貼而已，所以就這樣打開了。」

我深吸一口氣，試圖掩飾我的煩躁。早上我到客房找她時沒有完全踏進房裡，那時箱子是打開的嗎？她已經擅闖我的書房、翻我的書桌、看我的電腦，平時她還開我的冰箱、我的壁櫃，使用我的浴室，站在我的鏡子前，所以亂翻德克斯的紙箱又有什麼不同？但就是不同。**每一件跟她有關的事都是壞事**，奧弗畢警探是這麼說的。她當時想偷聽我們說話，她聽到了嗎？

「我會從此離開妳的生活，梅瑟，」她一副很抱歉的樣子，聽起來如此，「妳認為我有罪，我能理解，但沒辦法接受，而且我不想再忍受妳的謊言了。至於妳的箱子，不管怎樣，我都說聲對不起。箱子倒下去時應該沒有任何東西破掉，需要我把它再貼起來嗎？」

「沒關係。」我也受不了了，我異常疲憊，也不知究竟該作何感想。這明明只是一本書，但卻是一本對我來說**重要**的書！她離開意味著書寫不成了，我需要這本書。或許這就是今天早上德克斯和蘇菲沒有幫我脫困的原因，他們**希望**我繼續寫下去。而艾許琳也需要這本書，她總是在說錢的事。我可以在截稿日期之前寫完，然後她就可以離開。我只是要寫一本有關她的書，並不需要**喜歡**她這個人。

但她亂動德克斯的東西讓我快氣瘋了，這些東西很……神聖，是我僅有的了。

「我自己貼就好。」我說。

艾許琳退到一邊，靠在牆上，而我將箱子擺正並打開箱頂，好重新壓平後再蓋上。我看見箱內有一張照片，夾在透明的塑膠相框裡。德克斯的相框一律都是黑色木質的，只有這一個不同。照片上是德克斯和蘇菲，背景是我們經常去玩的帕利西公園，也是「蘇菲與爸比時光」的祕密基地。德克斯總說：「只有我們兩個。」蘇菲有一次大喊：「**我**兩歲！」那是她說的第一個完整句子。

照片裡的蘇菲臉色紅潤，手裡拿著她的邦邦兔和白色汽球，他們父女倆一起出去的時候總會買氣球帶回家。我回想著，眼裡頓時盈滿淚水。我習慣性地將照片翻到背面，有人在背面用黑色簽字筆畫了一顆很大的愛心。一顆愛心？旁邊還寫了字：**記住所有快樂的時光，凱薩琳。**

「什麼？」我下意識地發出疑問。忽然間，我不太確定自己以前有沒有看過這張照片。這是誰拍的？凱薩琳還畫了愛心？

「那是什麼？」艾許琳沒有移動，但我能感覺到她在我身後窺看。

我往後站了一步，手裡拿著相片，而她讀到了上面的字跡。

「噢，梅瑟，」艾許琳的聲音變得輕柔，我腦中彷彿萬馬奔騰，幾乎錯過了她的輕聲細語。「這就是我一直試著要——每一件跟她有關的事最後都會被她糟蹋，我真替妳難過。」

「是妳寫的吧？」我低聲說。那是凱薩琳的筆跡嗎？可能是，也可能不是。「是**妳**寫的，太齷齪了。」

「妳是一個好人，梅瑟，」她說，「我知道妳很受傷，不是故意要對我做出這麼糟糕的指控，雖然妳在書裡就是這麼做的。」

我仍緊盯著照片。凱薩琳畫了一顆愛心？

「我知道妳把她當成朋友，這太糟了，」她短暫地將手放在我的肩上，「聽著，我知道悲傷會對人造成什麼樣的影響，也許妳把妳女兒的死投射在我女兒身上，也把妳的人生投射在我身上。所以——我大概能原諒妳，妳只是在做自己的工作，努力想要挖一條大新聞，不惜耍一些花招。但我是清白的，我跟泰莎．妮可一樣都是受害者，可我卻只能逆來順受。」

「啥？」我說。**德克斯和凱薩琳？**我一邊思索，一邊看著照片中的蘇菲，她手裡白色的邦邦兔不是新的，已經有點髒了，長長的耳朵垂下來。那是我們在她滿十八個月的時候送她的禮物。照片上的蘇菲應該剛滿三歲？是……車禍不久之前。

一個愛心？我將照片放回仍打開著的箱子裡，正面朝上，有德克斯、蘇菲、邦邦兔、白色汽球，背面醜陋的祕密被蓋在下方。

「我問妳，這只是我的猜測，」艾許琳又開口，「會不會是凱薩琳要委託德克斯擔任她的律師？或是他帶妳女兒出去玩時正巧遇到她，而他回來後沒告訴妳？」

我只能搖搖頭。那不過是一張照片，也許不代表任何事。「只有我們兩個。」他們一起出門的時候，德克斯總會這麼說。我當時覺得這是他想當好爸爸的表現，而且很可愛。難道他是為了避開我，好私下跟凱薩琳見面嗎？

艾許琳拉著我的手臂，帶我遠離那張照片、那個箱子，走出房間。「這樣看來，也許妳會相信我了，**妳**可能也是她的受害者。我們先去喝點水，」她說，「或喝點酒。」

我們走到廚房，而我神經緊繃，彷彿正被高溫油炸。我試著思考我究竟錯過了哪些跡象，又是什麼時候錯過的，又或者根本沒有什麼，只是一張照片而已。

一張背面畫著愛心的照片。

## 54

「酒。」艾許琳說著，遞了一只玻璃杯給我。現在是下午一點，我放下手邊所有事情，就這樣乾坐在餐桌旁，坐在我自己的位子上。因為德克斯的椅子，甚至是蘇菲的椅子，此時看起來都不一樣了，尤其是德克斯的。他當時是否暗中過著另一種人生，而我渾然不知？我們當然會吵架，蘇菲出生後爭執更多，為了許多小事意見不合，像廚房的配色或度假地點之類的事，但大家都會這樣。而他也的確工作到很晚，他畢竟是個律師，還是他加班另有原因？我將手撐在額頭上，聽見一旁傳來倒更多酒的聲音。

「我知道妳一定很希望能想出個所以然來。」艾許琳說。

我抬起頭，一口接著一口地喝酒。我也想起德克斯的手機，車禍之後的某一天我在書桌上找到他的手機，試著輸入開機密碼。**我一定要把照片存下來**，我當時是這麼想的。但他似乎換了密碼，那時我也不在意，現在想想，他為什麼要那樣做？我們總是用相同的密碼，他換了密碼卻沒有告訴我。我又啜了一口酒。我還錯過了什麼跡象嗎？我一直自認聰明，自認過著快樂的婚姻生活，結果卻完全被蒙在鼓裡嗎？

「妳知道嗎，梅瑟，」艾許琳又說話了，拉過她的椅子——德克斯的椅子，好坐得離我近一些，「我一直認為我有注意到那些警訊，而妳給我看那張照片之後，我就更加確定了。凱薩琳沒有告訴妳真相，也沒有告訴我。」

「什麼真相？」我艱難地開口。

「但**妳**也沒有告訴我真相，梅瑟，」艾許琳沒有回答我的問題，「這也就是為什麼妳到現在還無法接受妳丈夫和凱薩琳之間的事。」

「什麼……真相？妳是指那本書嗎？」我試著打起精神，努力保持腦袋清醒，「我們每天都在講這件事，艾許琳，我以為妳信任我。」

「我信任妳，」艾許琳露出難解的表情，「但妳沒有告訴我真相，對吧？這麼久以來，妳一直想讓**我**說實話，可妳自己卻沒有，真是可笑。」

「我——」

「不必解釋了，」她抬起一隻手掌，「妳才是需要說出實話的人，不是嗎？」

「什麼實話？」

「什麼實話？」她重複我的問句，幾乎是在嘲笑我，「我知道這很艱難，但我是為了妳好，梅瑟，為了妳的心理健康著想。難道妳不想停止假裝嗎？妳不想放下嗎？妳不想面對嗎？」

「面對……德克斯和凱薩琳？」

「跟什麼事情相比？」

「這也包含在內，如果妳覺得這件事比較沒那麼難接受的話。」

「妳認為妳丈夫和女兒是怎麼死的？為什麼死的不是妳？」

我抬頭，她眼神銳利、嚴肅地看著我，神色緊繃，似乎另有所指。

「我——」

「我不打算耍花招來讓妳說實話，梅瑟，」她說，「我不是殘忍的人。我也知道警方說那是一起車禍，凱薩琳告訴我實情之前，我也一直認為當時是德克斯開車，而妳人在家裡或其他地方，但不是，開車的人是**妳**。」

屋外下起傾盆大雨，雨水無情地落下，順著窗戶向下流，烏雲遮住了陽光。廚房天花板上的燈光打在艾許琳臉上，她的黑眼圈和黑色眼線清晰可見，粗糙的皮膚也一覽無遺，彷彿在過去半個小時裡她突然老了二十歲；我一定也是。

「那天也在下雨，」我輕聲說，「他們說我一定是——」

艾許琳點點頭，「我知道，我全都知道，就像我之前說的，凱薩琳告訴了我一切，喬也告訴我了，所有人都知道。大家都對妳小心翼翼，怕自己說錯話，喬也要我小心一點。大家都擔心妳會再次崩潰，就像之前的那段時間。」

**黑暗時刻**，我都這麼形容那段時間，但我從未告訴艾許琳。

「梅瑟，妳想想，我很抱歉，但這就是我不得不提起的原因。妳懂嗎？我試著證明妳的清白。」

清白。這個字眼懸在我們之間。

清白？什麼清白？那是一起意外。

意外就表示，那不是任何人的錯；意外表示大家都無能為力，我無能為力。

艾許琳將一隻手放在我的肩上，這樣的重量和觸碰，感覺十分陌生。

「我無法想像妳有多痛苦，」她說，「開車撞上一棵樹，只有妳一個人活下來。我真的、真的很為妳難過，妳怎麼有辦法接受自己？那種感覺一定很可怕。」

我閉上眼睛，落入黑暗。不行，我再次睜眼。

「妳一定**還**在想，」她又開口，「每分每秒都在想，為什麼我不專心開車？為什麼我不注意看路？」

我不知道哪一個讓我感覺更糟，是她不停說話，還是四下一片死寂。

「如果當時是德克斯開車，**妳**就會是死的那一個，妳知道嗎？」她低語，「我剛剛才想起這點。」

如果一如往常是德克斯開車，那麼死的會是我，而他就會是那個斷了三根肋骨、滿臉瘀青並且意識不清的人；而他的人生會像我現在一樣悲慘嗎？他有辦法放下嗎？想這些真是太愚蠢又太自私了。

「哪一個比較好？妳死了，還是妳丈夫死了？妳看到那棵樹的時候，一定常常會這麼想。」

也許我應該開車過去看看那棵樹，我幾乎能看到那場雨……

「梅瑟，妳知道嗎？也許不是妳造成的，」艾許琳停頓一下又繼續說，「甚至不是那場雨造成的。我很不想……嗯，有沒有可能是，某個人並不知道妳離開咖啡廳之後會去接德克斯和蘇菲？」

「某個人？」我坐在白得發亮的餐桌旁，屋外是滂沱大雨。

「我的意思是，妳在大雨中開車開過好幾百萬次了，對吧？每次雨中開車都是一樣的吧？但之前都沒出過什麼事，對吧？」

「對，」我說，「我的意思是……我是說，對，沒有出過事。」

她站起身，開始來回踱步，我仍能感覺到她剛才將手放在我肩上留下的餘溫。

「我很抱歉，如果妳不想繼續聽下去的話，可以叫我停止，我完全能夠理解。但那天妳吃完早午餐之後，感覺還好嗎？」

「我感覺……嗯，我想應該還好吧。」

「妳跟我說妳和凱薩琳碰面是要慶祝她調職，妳們當時喝了什麼？」

「喝了——」我清楚知道答案，我已經回想過無數次了，「義大利氣泡酒。」

我抬頭看她。

她揚起兩邊眉毛。

「一杯，」我小聲說，「或兩杯，有配食物。事故後在醫院驗血，也沒有酒精反應。」

「噢，不是的，當然不是，我知道妳不會酒醉駕車，梅瑟，我的意思是，妳的酒喝起來有怪味道嗎？」

我怎麼記得那杯酒是什麼味道？那彷彿是上輩子的事了。

「等等，」艾許琳抬起一隻食指，「是妳先到餐廳的嗎？還是凱薩琳？她已經先點酒了嗎？」

「對，但——」

「算了，」艾許琳搖搖頭，「只是我胡思亂想，但我無法相信那是妳的錯，妳知道嗎？妳才不會殺了自己的家人，我只是想要知道事發的真相。」

真相？**那就是一場意外**，我在腦中尖叫著，也可能我真的大喊出聲了，我不確定。

艾許琳大嘆一口氣，向後靠著流理臺。「我懂，親愛的，」她說，「聽著，妳的開車技術還可以嗎？警察有沒有檢查妳的煞車之類的？我能不能這麼說，只是一個想法，一個小小的猜測，會不會她以為只有妳一個人在車上，然後……一個人發生車禍，這樣她就能擁有德克斯和蘇菲了。」

「她……凱薩琳？」我努力集中注意力，警察說他們有檢查煞車，一定有。「但她無法肯定會不會出車禍。」

「對，當然，要是失敗了，她可以再試一次，但她不需要再試了，對吧？就是出車禍了。這只是我的想法。」

「那她又為什麼要帶**妳**來找我？她何不從此遠離我的生活就好？」

艾許琳聳聳肩膀。「一是為了錢，」她說，「二是讓妳跟她站在同一陣線，讓妳變成暢銷作家，好讓妳不會懷疑她，而我只是顆方便的棋子罷了。她說服妳專注在我的案子上，這樣妳就不會一心想著自己失去的家人，不會想挖掘真相。」

這個說法合理嗎？我怎麼可能有辦法想起事發經過？每當我試圖回想，腦中只有一片空白。

「**哦，妳是唯一一個能寫這個故事的作家。**」她用彷彿朗誦的語調說，「凱薩琳是這樣對妳說的，對吧？好讓妳接下這本書？妳覺得她在稱讚妳嗎？」

「呃，我——」事實上，我真的那樣以為，愚蠢如我，輕易就上當了。

「有時候真相就藏在細節裡，妳知道嗎？」艾許琳和善的微笑中透露出一絲憐憫，「我們不斷不斷地想找到真相，而它就這樣自己出現了。在一張紙條上、一扇打開的門裡，一張小女孩拿著絨毛兔和白色氣球的照片背面，上面還畫了一顆心。」

我吞下一大口酒。

艾許琳一定看過凱薩琳的字跡，她在凱薩琳家待過一晚。

「真的不是妳寫的？」我得確認這一點，「在那張照片背面？」

「我也希望是我寫的，」她說，「看到妳這麼難過。」

我將杯裡的酒一飲而盡。

艾許琳又替我斟滿。

「妳面前的人是**我**，梅瑟，我**最清楚**被陷害是什麼感受，妳難道都不覺得奇怪嗎？突然間妳開車技術就有問題了？妳不覺得不對勁嗎？聽著，凱薩琳不是什麼好人，我了解她，比妳更了解。她會拿走她想要一切，而她那時想要妳丈夫。妳是個好媽媽，親愛的。」

「我確實是，」我輕聲說，伸手抹去眼淚，希望快得她沒有察覺，「我真的是。」

「我看得出來，」艾許琳又坐回我身邊，雙手緊緊抓住我的手臂，「妳絕對不會開車載著妳女兒撞上樹幹，是有人害了妳。」

「真的嗎？」屋外的雨停了，我想。

「梅瑟，」她用力捏捏我的手臂，凝視我的雙眼，「相信我，妳該調查的不是**我女兒**的死，而是**妳女兒**的死，還有妳丈夫的死。」

# Part 3

謹慎起見，絕不輕信曾經欺騙過我們的事物。

——勒內·笛卡兒，《第一哲學沉思集》作者

早晨，我在浴室的鏡子上寫下數字四八六，心中想著蘇菲。

還記得我曾朗讀T.S.艾略特給她聽，不過她年紀太小了，所以我更像是讀給自己聽。但我仍希望她能記住那些文字的聲音，記得文字的力量，也希望我自己能夠一直謹記。在那本《貓就是這樣》童詩集裡，艾略特說每隻貓都有三個名字：一個是我們替牠取的平凡稱呼，一個是專屬於牠獨特的名字，最後是只有貓咪自己知道的名字，一個「深沉、難解、唯一的名字」。

真相是否亦是如此？有三種可能：我們所認為的、別人呈現給我們的，還有真正的事實，那個深沉、難解、唯一的真相。

也許我們永遠不會知道那個真相，因為它無可避免地會被我們自己的觀點改變。身為一個雜誌記者，我的任務便是盡我所能地揭開內幕，盡我所能地說服讀者，盡我所能地接近真相。但訴訟案卻非如此，因為在法庭上，雙方各執一詞，各自提供了同一個故事的不同版本。

婚姻也是。兩個人，同一段人生，兩種版本。

其中一個版本或許是錯的。

又或者，雙方都錯了。

# 55

這天下午我打開蘇菲的房門，四下悄然無聲。這是……我想是好幾個月以來我第一次走進她的房間。門板的邊緣輕輕劃過架上的絨毛玩偶和書本，我仍能聽見熟悉而輕柔的窸窣聲，我們當時不小心將架子釘得離門太近了。我刻意不開燈，因為再走進這裡的感覺很奇怪，開燈照亮過去的一切想必更加奇怪。我冒險嗅了嗅房裡是否還有蘇菲的味道，像是嬰兒乳液或者溼紙巾的香味，但什麼也沒有，沒有半點痕跡。屋外的滂沱大雨下個不停，雷聲隆隆作響，讓我越發不安，陰鬱的天氣讓這個週二下午顯得像是夜晚。

我坐在白色的藤編搖椅上，以前我都坐在這裡餵她，抱她，搖晃著我的寶貝女孩入睡。我坐在這裡讀書給她聽，在這裡第一次聽見她說「月亮晚安」。此刻，她的絨毛布偶——一群相互依偎的泰迪熊、銀色的獨角獸和滑稽的絨毛刺蝟——正用塑膠眼珠驚訝地瞪著我。邦邦兔則是和蘇菲在一起。現在我一個人坐在搖椅上，膝上不是我的女兒，而是播放著謀殺訴訟案的平板電腦。

我快速瀏覽證人們的檔案：奧弗畢警探、西里爾警探、肖像畫家艾爾．庫克、法醫、犯罪現場鑑識人員、檢測布膠的那位化驗室分析員和喬芝亞．布萊恩。我重新播放庭訊過程，讓故事重新編排、重新組織、重新講述出來。羅約．斯巴福的故事說得鏗鏘有力，然後是第二位說書人，昆茵．麥克莫倫也說出了自己的版本。過去這一週，艾許琳則對我說了**她自己**的版本，不過只有其中一小部分。同一個事件，卻出現不同的說法。

我們的人生故事是否也是如此？我們以為自己知道當下的劇本、知道自己該扮演的角色，並約略知道自己希望這個故事如何發展。但我們周遭還有其他人，他們會用不同角度看待我們的人生，例如德克斯、凱薩琳，或者艾許琳，他們都對我抱持不同的看法。最大的未知便是人生的終點，人的天性讓我們不想去談論它。

蘇菲活著的時候那麼快樂，完全不知道死亡是什麼；泰莎也是。

**凱薩琳**。

她是每個場景中都缺席的演員，但她真的缺席了嗎？或許她潛伏於幕後，負責執導、製作，或寫劇本；也許她認為我現在便是按著她的編排演出。她為什麼沒有打電話來？不出所料地出乎意料。

我安靜地搖晃著椅子，膝上庭訊的影片快轉著，然後又開始播放。我能在螢幕上看見自己的倒影，覆蓋了艾許琳的特寫鏡頭。

凱薩琳和**德克斯**？

我揮開腦中的想法，但另一個取而代之的想法也困擾著我。我是否太專注於艾許琳犯下的罪，以至於忽略了她故事的另外一面？是否有可能陪審團的裁定是正確的？每當想到這種可能性，我的大腦就會自動將之排除，但若她真的是清白的，殺死泰莎的真凶另有其人，這就表示那個人還活著，而且逍遙法外。

我的思緒轉得太快，無法深思這一點，但……凱薩琳，來自代頓的女人；害死我家人的女人。

害**我**殺死家人的女人。

如果真相是如此的話。

「梅瑟？」是艾許琳的聲音，她的剪影出現在門口。即便是艾許琳，無論她是不是殺人犯，都不會不請自來地越界走進蘇菲的房間。

「嗯，」我關上平板電腦的螢幕，站起身來。我們得去另外一個房間，無論她做過什麼，或沒做過什麼，我都不想讓她進來這裡。「我要喝點水。」

我關上身後的門。

「妳決定好了嗎？」我們並肩走在走廊上，她問道，「我今天早上問妳的事？我們只剩下幾天了。」

我笑出聲，聲音和屋外的雷鳴融合在一起。她以為我不知道截稿日期嗎？

「妳想知道真相嗎？」她追問，「還是妳不想？」

過去三小時裡，這個難以回答的問題占據了我的腦海，即便我坐在搖椅裡搖晃著，盯著庭訊錄影看，思緒卻迷失在另外一個世界裡。知道真相？或一無所知？

照片、德克斯、凱薩琳，德克斯和凱薩琳，還有我們生活中所有被忽略、接受或無視的片段。那些臨時決定的出差、突如其來的工作、深夜客戶的來電，一個充斥新真相的世界吞噬了我，不僅因為德克斯可能不再是我認識的德克斯，更因為那足以擊碎我靈魂的真相是如此諷刺，幾乎讓我渴望重新墮入黑暗。

我殺了我的女兒，而艾許琳沒有？她是清白的，而**我**，才是殺人凶手？

# 56

我們又回到了廚房，畢竟我們的選擇也不多，我們狹小的世界裡只有客廳、書房、後院、臥室、客房和浴室。送貨員有時會來訪，偶爾收到一些信件，像是今天，我收到派翠克和麗塔從加勒比海的阿魯巴島寄來的明信片，上面印著美麗的棕櫚樹，寫滿熱切的關懷。家裡的電話從未響起，我的電子郵件裡也盡是理財規劃和食物外送的廣告，偶爾有「開學特價」的公告，我會立刻刪除。

艾許琳和我被困在這裡，像一座監獄，是凱薩琳判我們入獄的，她很清楚自己在做什麼，但我不明白她為什麼要這麼做。

「聽著，」艾許琳一邊替自己和我倒了酒，一邊說，「我會告訴妳到底發生了什麼事，我發誓我會告訴妳真相，用泰莎的靈魂發誓。」

我不可置信地眨眨眼，在餐桌對面盯著她。她用她死去的孩子發誓？世上有任何一個母親會那樣發誓之後又繼續說謊嗎？

「但這一切都指向一個致命的結果，梅瑟，」艾許琳說，「凱薩琳、喬，也許還有昆茵。他們現在的目標是**我們**，他們在監視**我們**，我們若想安全，唯一的辦法就是讓他們知道我們已經了解，我們不會多說一個字，否則我們知道接下來會發生什麼事。」

「他們？」我錯愕地說。

「如果妳**寫出**了實情，梅瑟，妳聽好，到時就只有凱薩琳會讀到。妳交出書稿之後，那本書就會消失了，因為凱薩琳會知道我告訴妳真相了，接著，砰！書就沒了。」她拿起喝空的酒杯，又放了下來，然後搖搖頭，一次又一次，好像不想考慮那種可能性。「誰知道呢，或許已經太遲了。」

我看著外面的傾盆大雨打溼窗戶，讓前院看起來像是一幅由無法辨認的綠色、棕色和灰色組成的印象派畫作。或者這是因為我自己的大腦已經糊成一團，也可能是因為才下午四點就喝了過多的酒，又或許我再也無法看清世界上的任何東西了。「什麼事情太遲了？」

「也許不遲。」她抬起兩隻手掌，好像要阻止自己繼續思考下去，「聽著，凱薩琳很快就會跟妳聯絡，她會表現得像是只想確認我們的進度，但實際上是想知道妳是否已經讓我說出『實話』了。如果妳告訴她我說了，她就知道自己有麻煩了，還有她和她的搭檔們也會發現妳知道太多了。」

「我？『知道太多』？」我的酒杯也空了，我們喝了很多酒，而且不斷重複彼此的話。「**我什麼也不知道**。」

「那是妳這麼認為而已，也許妳知道，妳沒辦法確定，對吧？而這是我要面臨的問題，我們的問題。不過，眼下最重要的，還是他們**認為**什麼是真的。」

「但**確實有**一個真相，艾許琳，『泰莎究竟發生了什麼事』的那個**真相**。」我至少還夠清醒，能記得這件事。

「那又怎樣？重要的是他們決定要相信什麼，就像陪審團一樣。」她又像平常那樣站起來不斷踱步，這次從廚房的窗邊踱到後面的牆邊，而我則像看網球賽一樣轉動我的頭，來來回回地看她。「聽著，凱薩琳陷害了**我們兩個**，不是只有我。顯然她之前是想從妳身邊奪走德克斯，但現在她也得不到他了，對吧？」

說到這裡她停下來，對我歪著頭，投以同情的表情。「妳是害死他的人，妳知道嗎？對不起，這聽起來很糟糕，但在她看來，就是妳害的；在**她**看來，一切都是**妳**的錯。妳毀了她的人生，而妳的存在不斷提醒她這一點，除此之外，她還仰賴妳不斷自責來掩蓋真相，妳不斷想著：**如果我開車開得好一點就好了，如果我是更好的妻子、更好的母親就好了。**」

「艾許琳！」我倏地起身，差一點撞翻我的椅子，「這是在搞什麼，妳太過分了，非常過分！責任？**我嗎？**我這一輩子——」

她退縮了。「好，好吧，但妳不能否認，妳當時也有可能會死。如果妳死了，她就能完全擺脫困境。結果妳不但沒死，還害死了全家人。很抱歉我這麼說，但真的是妳害的，如果妳願意面對現實的話。」

她說得對，過去四百八十六天以來，我每天都在懲罰自己，每一天。但我從未將凱薩琳和車禍聯想在一起，即便是現在我依舊很難理解。

「聽著，我有想過，」我說，「但凱薩琳**蓄意**要害死我？她破壞我的煞車？在我的酒裡下藥？或做了其他的事，好搶走德克斯和蘇菲？」

「哦，所以妳**想起來**了？妳的煞車壞了？這真是奇怪，對吧？」

我又坐了下來，雙手交叉抱在胸前。我很確定煞車沒壞。「不對，真是瘋了！」

我怒火中燒，故意說出「瘋了」。

但她不在意，只是繼續自言自語，而且又開始踱步。

「但萬一，」她說著抬起一根手指，一邊朝流理臺踱去，「萬一他們把我送來是想測試我，看看我會不會遵守保密的諾言呢？當時是凱薩琳親自安排妳來接這個案子的。」她做出引號的手勢，一邊拔高音調，用阿諛奉承的口吻模仿凱薩琳說話的模樣，「『哦，梅瑟，妳一定有辦法讓她說出**一切**』，我說得對嗎？」

她的確說對了，但要猜中這個太簡單了。

「那張我穿著白色T恤、渾身溼透的照片也是凱薩琳給妳的吧？」她追問，「好讓我看起來很壞。但她完全曲解了那張照片，對不對？妳有想過是誰給她那張照片的嗎？」

我張口想回答，但她卻說個不停。

「所以，如果**我**沒有通過『測試』，最後告訴了妳真相，我就完了，妳也完了，但凱薩琳卻沒有損失，因為她掌控了這一切。如果妳寫了一些他們不想公諸於世的東西，她很輕易就能讓這本書不見天日。」

我完全不相信她說的話，但我擔心的是，以某種陰謀論的角度來看，我似乎有那麼一點能夠理解她在說什麼。幸好雷聲沒有在她說完的瞬間響起，否則這個場景就太荒謬了。然而，雨依舊下個不停。

「另一方面，」艾許琳拉過我旁邊的椅子，靠我更近一點，離開了它本來的位置。「如果**妳**失敗了，也就是我最終**沒有**告訴妳真相，那我們就能平安無事，這是唯一的機會。凱薩琳還是贏了，因為她的祕密安全了，但她也會認為我遵守諾言、成功蒙騙了妳。她根本不在意妳有沒有讓我說出實話，她要我們**說謊**，這就是她**想要**的。」

那個詞是怎麼說來著——瞠目結舌？我想我看起來大概就是這副表情。

# 57

「妳的表情看起來像是活見鬼了，梅瑟，但我告訴妳，這是唯一能解套的方法。」艾許琳點點頭，認可自己說的話。她站起身，打開其中一個櫥櫃，又打開另一個，然後拿出一袋椒鹽捲餅，用牙齒撕開袋口，鹽粒撒在廚房的地板上。

「聽著，」她把袋子放在桌上，袋口朝向自己，「妳對我或對其他事情怎麼想或相信什麼全都不重要，我們得要——妳得要寫一個故事來向他們證明妳什麼都不知道。妳得編出一些東西，讓凱薩琳拿到一本書，妳也完成一部暢銷作品，而我能真正獲得自由。」

「編出一些東西？」

「這對妳來說是什麼新概念嗎？」她用手背猛拍了一下我的手臂，好像她剛說完一個很棒的笑話，「就是編一個故事？」

我將我的手臂移開。她拿出一個椒鹽捲餅，一隻手指穿過餅乾的扭結，然後咬了一口又一口。

「**他們**是誰？」輪到我說話了。她從沒告訴我這個問題的答案，或者她已經說過了。

「梅瑟，看在該死的老天的分上，妳到底有沒有聽懂我在說什麼？妳不會想知道他們是誰的！」她將食物吞下去，然後雙手合十地放在嘴巴前面，對著自己彷彿祈禱一般的手勢嘆了一口氣，最後用雙手指向我。「妳聽好，如果妳寫的東西太過接近真相，我會阻止妳，是為了妳好，相信我，妳不知道真相最好。」

外面還是沒有打雷，感謝老天。「編出一個故事？」我又重複。

「拜託，這只是一本書，」她翻白眼，「對吧？只要**看起來**像真的就好了，沒有法律規定一定要寫出真相吧？」

凱薩琳也是這麼說，「**顯得有真實感**」。但管她去死，對吧？儘管我仍舊不完全相信她和德克斯的事。真希望我在一股腦兒扔掉他衣櫃和抽屜裡的東西之前先好好停下來研究一番；真希望我仔細看過我們的信用卡帳單，甚至看一眼都好，但我從來沒有，我也從沒過問他和「客戶」的晚餐。

「妳是個記者，」艾許琳用椒鹽捲餅指著我，「記者經常亂編故事。」

換我翻白眼了，我們沒有編故事，至少我這麼認為。

「但如果我們真的編故事，艾許琳，世人就永遠不會知道殺死泰莎．妮可的真凶是誰了，妳不在乎嗎？」如果她愛她的女兒，一定不願意看到這樣的結果吧？「這個凶手就永遠不會被繩之以法了。」

「我明白，好嗎？」她將雙手摀在臉上，像是要抹去自己的表情，「但聽著，到底哪一個比較重要？給我可憐的泰莎一個毫無意義的『公道』，還是留住妳自己的性命？坦白說，還有我的命？」

「妳真的認為……」她瘋了嗎，還是沒瘋？我有嘗試確認過這一點嗎？我發覺自己剛才說出了「世人永遠不會知道殺死泰莎．妮可的真凶是誰」，就好像已經接受了艾許琳沒有發瘋的事實。「妳真的認為——真不敢相信我會這樣問妳，妳真的認為我們有危險嗎？」

「對啊，一定有，但我們不必以身犯險。如果妳想知道真相，那好，我會告訴妳，但我們——妳得想出一個**不同的**故事，一個貌似真實、可信的故事，寫成好像妳是**唯一一個**能『說服無辜的艾許琳．布萊恩**說出內幕**』的記者，然後成就妳的暢銷大作。」她又做了一次引號的手勢，「如果大家都接受了，那我們就安全了，否則——」

「否則什麼？」

「否則，我也不知道，又或許我知道。也許會有另外一場車禍。」

真的？還是假的？

或許我再也無法分辨真假了，或許這本來就無從得知。書裡寫了什麼又有什麼重要的呢？我只是個執筆的人而已。不管誰寫了什麼，人們只會相信他們想要相信的。

我是否一直活在謊言之中？現在這對我來說是最重要的事。創造別人的現實，比面對我自己的現實要容易得多。

「好，」我說，舉起空酒杯向艾許琳敬酒，「我們就來替妳找個新的真相吧。」

而我又該如何替自己找到新的真相？

# 58

「我沒看到有人在監視我們。」艾許琳說。今天早上她走進客廳，第一件事就是站在窗戶前面，拉過亞麻窗簾遮住她的臉以免被外面的人看見，然後往窗外張望。今天是她在這裡的第二個週三早晨，也是在我家的最後幾天了，感謝老天。「但我猜就算有人在外面監視，我們應該也看不到。書的進度如何？」

我喝光剩下的咖啡，將杯子放在茶几上，底下墊著艾許琳沒歸位的《時人》雜誌。我穿著T恤和牛仔褲，感到身心俱疲。昨晚我熬夜寫書，事實上是「試著」寫書，創作一個虛構的故事比修飾真相還要難上許多，我寫出來的東西都很糟，太過虛偽、巧合和荒謬，所以我全刪了。今天早上我在鏡子上寫下數字四八七的時候，還看到自己深深的黑眼圈。我決定換到客廳工作，不想待在書房，筆電放在我的膝蓋上，而不是桌上，也許換個場地能讓我獲得一些靈感。

「沒有人在監視我們，」我說，忽略她問起進度的問題，「有什麼好看的？」

艾許琳穿著短褲，沒有穿鞋，四肢攤開地躺在扶手椅上，我暗自希望她沒有塗柑橘香防晒乳。這張椅子能承受蘇菲的蹦跳，但布料可沒辦法抵擋防晒乳的荼毒。昨天的滂沱大雨已經停了，屋外的天色卻還在烏雲與陽光之間擺盪。

「我有個想法。」她說。

「很好。」我回答。是真的很好，因為**我**根本沒有半點靈感。我努力嘗試寫出一本不實的真實犯罪小說，卻不斷失敗。我現在只希望艾許琳快點滾出我的生活，還有凱薩琳也是，我實在不願去想她和德克斯之間的事。一旦這本書完成了，艾許琳和凱薩琳就會消失了，但其他的事卻不會消失。

「如果……」她在椅子上盤腿而坐，像是要練瑜伽。她的雙頰在燈光下顯得十分紅潤，嘴上塗著唇蜜，頭髮梳成了柔軟的馬尾，沒有黑眼圈。「我不是說這是真的，只是『如果』。如果我繼父當時在販毒呢？就是他在擔任慈善航空的飛行員期間。我知道他經常飛去波士頓，這是真的。他對波士頓的機場很熟悉，港口也熟。如果他是在替羅恩．謝瓦里運毒呢？然後他在某個機場被抓了。接著凱薩琳，像我之前說的，以前在俄亥俄州就認識湯姆，現在人在波士頓，手上有很多人脈，而她委託德克斯擔任他們的律師。」

我昨晚那些爛透了的點子都遠比她現在說的這些更有可信度，但既然她說個不停，我也安靜地聽就行了。

「我是說，」她繼續說下去，「德克斯不可能告訴妳俄亥俄州毒品的案子，但如果是**凱薩琳**把這個案子委託給他——噢！就像**她**把**我**送到**妳**這裡來一樣，記得吧？哇！一石二鳥，對吧？總之，德克斯可能也不想對妳透露這件事，畢竟……妳懂的，或者他不想跟妳提到凱薩琳的那些人脈。」

「什麼人脈？」

「我們想寫什麼就是什麼，」艾許琳翻白眼，「我的意思是，現在還沒想到。德克斯有沒有告訴過妳他所有的案子？例如你們認識之前的那些？」

「我想沒有，」我光著腳撐在茶几上，膝蓋漸漸感到僵硬，於是便將一個靠枕塞到背後，然後關上電腦螢幕。**在你們認識之前**。「他當然有告訴過我一些，但我想應該不是全部。」

我的確不知道他人生中的每一件事，顯然如此。我是在某次採訪中遇見德克斯的，當時我正在為《城市》雜誌寫一篇關於金融詐騙案的報導。我們相約喝酒，假裝是為了繼續談公事，結果這個偽裝大約只維持了一個小時。不到一年內我們就結婚了，但我不想再想這些，也不願去想那之後發生的事。

「那就拿這來當全書的序幕如何？」艾許琳說，「就寫毒販用泰莎當人質，威脅要是我抖出他們，他們就會殺了泰莎。大家會相信的，對吧？然後妳就可以繼續寫下去。」

「不見得，艾許琳，」我搖搖頭，「妳不能就這樣憑空捏造動機和行為。這本書必須包含庭訊內容，並用那些細節來解釋妳的故事。整場訴訟案不曾提到毒品、慈善航空或妳繼父，完全沒有。妳的故事必須**更真實**才行得通。」

「哦，對，說得好。」她在椅子裡換了個姿勢，將雙腿懸在其中一側扶手，背靠在另一側扶手，整個人仰躺著，「嗯……讓我想想。」

我盯著膝蓋上的鍵盤，重新衡量一切。昨天我很害怕，後來難過又受傷，還……好吧，還喝醉了，基本上完全無法思考，但「編出一個故事」實在是個糟糕的點子，既荒謬又怪異。我應該告訴凱薩琳我無法趕上截稿日期，雖然我不知道該怎麼面對她，這也是我昨晚熬夜思索的事情之一。

「至於凱薩琳，」艾許琳彷彿讀到了我的思緒，她又坐起身，將腳平放在地毯上，身子傾向我，認真地說，「她一定有參與其中，當時是**湯姆**叫她來找我的，要我把我的故事說出來，這部分是真的，因為我媽希望她和湯姆可以完全和我切割。但現在想來，如果是湯姆很擔心我說出來的內容呢？他不確定我到底會抖出些什麼。妳知道嗎，他們現在正在加勒比海搭郵輪旅遊。妳相信嗎？他們怎麼有錢去享受**那些**？萬一我媽再也回不來了呢？有可能溺死之類的？」

「什麼？」我說。她又開始編造另外一個八卦報紙上會出現的爛故事了。

「我只是**說說**而已，梅瑟。但郵輪耶！總之，湯姆很希望我被定罪，如此一來無論我說出什麼都沒關係了，大家只會把我說的話當成殺人犯的胡言亂語。而一旦我被判無罪——**等等**，或許這時候就可以讓德克斯介入，他們需要法律上的建議，來確定能不能讓我被判其他罪名。」

這部分全錯，我很清楚，還有必要說出來嗎？「德克斯早就死了。」

「好吧、好吧，的確，」她快速做了個鬼臉，「這也是我需要妳的原因，來讓故事變得合理一點。好吧，但他和凱薩琳之前一定也有參與處理販毒的案子。」

「什麼『販毒的案子』？這剛剛才講過，」我將電腦放在茶几上，檢查了一下咖啡杯，是空的。一縷微弱的陽光穿過前窗照進客廳。「還有『他和凱薩琳』是指湯姆和凱薩琳？還是德克斯？」

「我們可以再想想。也許**德克斯**正是警察上週在這附近徘徊的原因，還有，也許喬．瑞西納利也有參與？」

艾許琳起身，又開始踱步，來來回回地從前窗走到後門，過了好一會兒又回到客廳。她坐在沙發上，面對我。「說真的，」她盤起一條腿，「不是為了編故事，而是說真的。喬．瑞西納利和凱薩琳，他們之前彼此認識嗎？」

我還記得結辯那天的情景，我們一起在這張沙發上吃花生醬三明治，然後德克斯的紙箱送來了，我也記得喬身上穿的格紋襯衫，當時一切都比現在正常許多。「他們當然認識，妳本來就知道，是**妳自己**告訴我的。」

「噢，對。**德克斯**和凱薩琳也彼此認識。」

「感謝提醒，那又如何？」

「所以現在妳得弄清楚他們**三人**間是什麼關係。喬、德克斯和凱薩琳。不是為了這本書，也不是為了我，是為了真實的人生，為了**妳自己**，」她抿著嘴點點頭，「為了**妳自己**去搞懂。聽著，妳能不能到妳丈夫的事務所去看他的檔案？我可以跟妳一起去，如果妳一個人很難面對的話。畢竟妳現在已經知道他跟凱薩琳的事了。」

「那只是一張照片，」我聽見自己說，「不代表什麼。」想起當初是我介紹凱薩琳和德克斯認識的，這讓我十分不安。等等，似乎不是這樣，她早就知道我為了那篇金融詐騙案的報導要採訪他，但我一直以為是我自己聯繫上這個採訪對象的，難道是她刻意誘導我去聯絡他嗎？是她安排的？

「就算他們本來就互相認識，也不代表其中有什麼陰謀。」

我大聲說出來，好強化這個想法。

「而且我完全不相信，」我繼續說下去，想說服自己，「我不相信德克斯會對我、對蘇菲、對我們那樣做，我不相信！」

「好，沒問題，到此為止，」艾許琳站起來，搓了搓手掌，「忘了那顆愛心吧，我們就認定他們之間什麼都沒有，認定發生在蘇菲身上的悲劇也和他們沒有任何關係，更不用說泰莎了，妳就寫妳想寫的就好。」

她朝走廊走了幾步，又轉向我。「聽著，梅瑟，我保證不會再多嘴了，如果妳不想知道自己人生的真相，如果不知道對妳來說會比較好過或比較快樂，那也很好。」

「我當然在乎真相，」我說，「但那只是一張照片。」

「聽著，我只是想要幫妳。假如……妳去他的辦公室，妳或許能拿到他的行事曆、日誌、信件，裡面可能會有些什麼。如果什麼也沒找到，那就更好了，對吧？這樣妳就可以肯定了。」

「我**本來就**很肯定，艾許琳，德克斯愛我，毫無疑問。」

「那很好，」她說，「能帶給妳力量。」

「嗯。」這個話題可以結束了。

「我只是說，妳知道的，」她又開口，抬起手來指著自己的胸口，「如果我認為**我的**丈夫可能和我的好友兼老闆有一腿，我一定會瘋掉的。但妳覺得這沒關係，我是指，妳覺得有這種可能性也沒關係。」

「可能性——」

「畢竟妳不可能完全不去想，對吧？就算妳一直假裝妳沒有在想。」

我不喜歡這樣，對凱薩琳的懷疑如同星火在我胸中燃燒，每當我試圖撲滅，它就燒得更為炙烈。艾許琳說得每一句話都在加劇那株火苗，就像是那種討人厭的生日蠟燭，妳越是試著吹熄，燭火就燒得越旺。

「妳真的有辦法一無所知地度過餘生嗎？」她一腳踏進房間，「什麼都無法肯定？我知道泰莎出了什麼事，儘管真相很可怕。但妳——妳還戴著結婚戒指，妳對自己的人生真相一無所知，看著戒指時妳要作何感想？」

我看著手指上的白金戒環，想像著內側刻的文字：**至死不渝**。我當時不知道是否該讓德克斯的那枚對戒跟著他一起下葬，我有那麼一點想要自己戴著，但後來我想，如果我們曾許下永遠相愛的承諾，那麼戒指應該戴在他的手上。

「照片背面的字是妳寫的嗎？」我問，「用泰莎發誓。」

「不是我，」她說，「我用泰莎發誓。」

「德克斯的辦公室裡什麼都沒有了，」我說，「全都在……那些箱子裡。」

# 59

我拋下寫書，什麼都不管了，現在只想將德克斯紙箱裡的所有東西分門別類，我需要歸納出真相。艾許琳在一旁幫忙，她碰到他的東西又如何？反正這些東西早就被汙染了。客房的牆上貼滿了黃色便利貼，就像壁紙，上面還有我做的記號。這些便利貼上分別寫了年分和月分，然後是分類：時間表、客戶、決議、剪報和案件。地毯上全是成堆的紙張、便條本和牛皮紙信封，唯一空出來的地方是我們盤腿坐下的位置。我現在是個研究員，這就是我要做的主題，我要研究的不再是艾許琳的人生，而是我自己的。

我們把每一件物品排在所屬分類的黃色標籤底下，想知道分類之後是否能看出一些端睨，能否透露出某些細節，像是德克斯去過哪裡、做了什麼。德克斯和蘇菲以前總說他們去「冒險」，現在我明白蘇菲不可能告訴我細節。「**冰——棒**」，她只會這麼說，「**氣——球**」，就算她說出「**凱薩——琳**」，我也不會懷疑，而德克斯，則一如既往地能給我完美的解釋。

蘇菲一直是個害羞的孩子，不太敢說話，但很快的，她也可能會說出完整的句子，像是**爸比和凱薩琳去了一間旅館**。

德克斯，我在黃色便利貼上寫上他的名字，然後黏在牆上。那天早上德克斯本來說他不想和蘇菲一起待在那場生日派對，我越想越覺得當時是我不斷嘮叨要他去的。但德克斯也參與計畫想**殺了我**？不可能！除非是他身不由己，可我不相信。凱薩琳有可能……我短暫地閉上眼睛，難道**每個人**都在說謊嗎？我推開這個黑暗的想法，想要相信真相是光明的。

「蘇菲有什麼東西不見了嗎？在車禍之前？」艾許琳問。我借了她一條灰色運動褲和工作T

恤，看到她穿著我的衣服真讓人不舒服。「我之前經常發現泰莎的玩具沒有放在該放的地方，在她……失蹤之前。」

「東西本來就經常會擺錯地方，」我說，「像是郵件之類的。德克斯的護照有一次也不見了。」

「嗯……」她說，「真奇怪，喬．瑞西納利的太太也說他的護照不見了。」

我們仔細檢查每一份文件，忘卻了時間。文件實在太多了，威廉．普里榭或希歐似乎是把所有紙張全都掃進箱子裡，完全沒有經過整理。每當我看見德克斯的筆跡，胃就絞成一團。我的懷疑如同爛瘡，隨著一份又一份的文件越發化膿，隨時可能會潰爛。

「找找看財務紀錄，」我告訴她，「還有客戶名稱。」

「也許還有時間表？」

「沒錯。」

我們先淨空了第四號紙箱，畢竟它本來就是打開的，但裡面唯一找到的一張照片，就是那張背面畫有愛心的氣球照片。我知道德克斯**還有**其他照片，但收到哪裡了？我們又打開一號紙箱。

我們狂灌咖啡，吞下大量的咖啡因。艾許琳吃了一個花生醬加果醬三明治當晚餐，而我則一點也不餓。大約凌晨兩點，她從廚房拿來了起司塊、餅乾和水，四點多她就躺在地上睡著了，我猜我後來也體力不支倒地，但天剛亮就醒來繼續工作。到了星期四午餐時間，我們囫圇吞了一些咖啡和家樂氏果漿吐司餅乾，擺在一旁的切達起司方塊則動也沒動，已經開始融化了。接著我們打開第二號紙箱，我把箱上撕下來的膠帶揉成一個球，扔進垃圾桶裡。這個箱子裡面一樣塞滿了紙張。

「找跟凱薩琳有關的東西。」我邊說邊遞了一疊文件給她，還打了個呵欠。

「妳累了，」她面露同情的微笑，「妳是不是該——」

「等我死了就能睡了，」我說，「也可能我永遠都睡不著。順便找找看有沒有跟俄亥俄州有關的東西。」

「像是什麼?」

「看到我就會知道了,」我回答,「看到可疑的東西就告訴我,例如人名、地點,我們先進行分類,然後再來看其中有什麼疑點。」

星期四日落時分,客房的牆上貼滿了各種記號,彷彿一個古怪卻充滿決心的瘋狂科學家想要研發某種新配方,或找出某種新理論。我們都蓬頭垢面,需要洗個澡,但我正在執行任務,而且招募了艾許琳加入。

她將文件夾像撲克牌一樣分類排列,堆成了三疊。「妳丈夫之前有沒有看起來很擔心過?」

「拜託,」我說,「擔心?德克斯是個律師,又是個父親,他當然經常擔心各種事情。」

「那他有沒有說過什麼關於凱薩琳的事?」她將一個資料夾放在「時間表」的分類底下。

「除非妳找到什麼跟她有關的東西,否則不要討論她。」我回答。我受夠凱薩琳了,她有沒有擔心過我會發現那張照片?這些紙箱送來的那天她人還在我家,我很確定當時我告訴她我永遠不會打開箱子。她認為我會為了兌現承諾而全神貫注在這本書上,而我也確實如此,現在想來,這並不只是一本艾許琳尋求救贖的書,背後還有更大的謎團等著我揭開。

如果凱薩琳否認這一切,只會更加坐實她別有意圖而已。

也許她這麼久以來都在對我說謊,現在又想要從我身上榨取好處,讓我寫這本充滿陰謀的書。「要有真實感」,她可真敢說。就因為她的邀約,我一心一意投入其中,想要以此紀念蘇菲。而現在,這一切都無法像我的初衷那樣單純了。這本書就給她吧,隨她處置。

我短暫去了一下浴室,順便悄悄在鏡子上寫下數字。沒有時間讓鏡面起霧了,我用手指劃過乾燥的鏡面,但數字四才寫到一半,我就停了下來。會不會我過去這四百八十八天裡,都是在為過往虛假的人生哀悼？

最後我還是回到客房裡。一定會有線索，畢竟德克斯不知道那個星期六早晨會是他人生的終點，而他也不可能把偷吃的證據帶回家裡，所以一定在這些紙箱裡，在這之中。

「妳知道嗎，」艾許琳翻閱著文件，一邊說道，「如果是凱薩琳製造了那場『意外』，那妳當然無罪，但是梅瑟，如果真是她策劃的，那也意味著她並不是唯一一個**有罪**的人，對吧？一個巴掌……我忘了那句話是怎麼說的。」

拍不響，我差一點就接話了，而這個事實彷彿給我的胸口一記重擊，艾許琳說得對。

**德克斯**害死了蘇菲。

是他的欺騙、背叛和自私害死了她，而這一切卻正在摧毀我。此刻我坐在窗邊的地毯上，面對屋外的街道。我光著腳，穿著自己的運動褲，而不是德克斯的。我感覺自己正一點一滴死去。

「這裡有一些剪報，」艾許琳整個頭埋在第二號紙箱裡，聲音聽起來很遙遠，「有一些是喬・瑞西納利寫的。妳丈夫認識他嗎？」

「我不知道。」我回答。喬的事一直困擾著我，我沒有接到警察的聯繫，報紙上也沒有任何消息，無論是好消息或壞消息。我又留了一通語音留言給他，即便奧弗畢警探說他沒有帶著電話；我還發了電子郵件。也許他在進行臥底報導，也許他沒有告訴他的編輯，也許他有寄電子郵件給他太太，但她沒有收到。也許他不在乎我是否知道他的下落，也許他不想讓我知道。也或許，他死了。我的大腦沒有任何剩餘的容量可以揣測了。

「車禍的報導。」艾許琳舉起一些剪報。

「嗯，德克斯的確處理過一些人身傷害的案子，」我伸手接過報紙，「酒後駕車、吸毒後駕車，諸如此類。」

「就跟妳說了！」艾許琳拍了一下手，手掌緊緊合在一起，「我繼父、羅恩、毒品、凱薩琳和德克斯。」

然後有好一段時間，整個屋子裡只有紙張翻頁、移動資料夾和我們安靜的呼吸聲。

「噢。」艾許琳突然說。

「怎麼了？」

她遞給我一張白色小卡，是一張名片。

凱薩琳的名片。

「妳在哪裡找到的？」我聽見自己沒有高低起伏的聲音，充滿懷疑和苦澀。

「剪報裡面。」她回答。

「哪一篇剪報？」這只是一張名片，每個人都有名片，而且都會弄丟，或不小心掉進一疊紙張裡，就不小心收起來了。「妳有注意到嗎？」

「我不確定，抱歉，它就這樣掉出來了，但這裡面有一篇關於夜店毒品交易的剪報，」她將報紙也遞給我，「不過不是發生在俄亥俄州。還有這篇，報導一個小女孩死於車禍。」

「先放在旁邊，」我說，「繼續找。」

我們繼續搜尋，但除了那張該死的名片之外，我們在德克斯的四大箱檔案中，沒有再找到任何進一步的證據可以認定德克斯和凱薩琳有關係。那份車禍的剪報最終也沒有牽連出其他線索。

「到此為止吧。」我說，做了個截止的手勢，「我知道我們還有一箱要看，但我的大腦已經當機了，我現在頭昏腦脹，再繼續看下去也沒有用，明天再繼續吧。」

「沒錯，」艾許琳回答，「同意。要來點皮諾酒還是夏多內？」

接著我們雙腳撐在茶几上，盯著七點鐘的電視新聞，艾許琳喝得比平常還要多。

晚餐吃微波爆米花，因為實在太油了，我們在紅色大碗裡鋪上一層紙巾。屋外天色漸漸暗下來，我們甚至沒有力氣起身去打開客廳的燈。

正當螢幕上播放著萬聖節服裝廣告時，艾許琳將電視調到靜音。

「梅瑟，」她說，「聽著，泰莎．妮可某一天就這樣消失了，我知道為什麼，我很清楚。」

「所以是為什麼？」我問，「妳有報警嗎？」

「怎麼可能，」她說，「我得一直假裝泰莎沒事，否則，嗯，否則他們就會殺了她。他們是這樣說的。」

「誰？」現在這又感覺像是真實故事了，而不是編出來的。

「最後就算我什麼都沒說，他們還是殺了她，」她低語，「**他們**殺了她。」她似乎想停止哭泣，但眼淚依舊浸溼了她身上那件T恤的領口。「不是我。」

「但他們是誰？為什麼要這麼做？」

她搖搖頭，「我不能說，我不能，我得保護妳，」她說，「還有我自己，我不想死。」

我關上電視，屋裡一片黑暗，比以往更加黑暗。

她再度痛哭失聲，整張臉埋進膝蓋，哭得雙肩顫抖。然後她抬起頭，我幾乎能在黑暗中看見她的神情。

「至少他們沒讓妳女兒的死看起來像是**妳**下的毒手，」她輕聲說道，「至少妳母親沒有背叛妳，至少妳**相信**那是一場意外。」

# 60

今天早上我在沙發上醒來，我夢見了凱薩琳，還有繫在捲曲絲帶上的白色氣球。她把氣球一個又一個遞到蘇菲手上，數量多得讓蘇菲飛走了。我看著凱薩琳為空中的蘇菲拍了一張照片，然後把照片送給德克斯，上面畫了一個大大的愛心。我痛苦得喘不過氣，終於掙扎著睜開眼睛，急切地想要知道那張現實中的照片究竟是何時拍下的，又代表著什麼。我再也不知道該相信什麼了，世上是否還有任何可信的人事物？

**今天是星期五**，我告訴自己，一邊整頓思緒。而書的截稿日期——這是現實，哈——是下個星期二。我如往常一般在鏡子上寫下數字，今天是四八九。即便發生了這麼多事，我依舊試著想與德克斯和蘇菲對話，但不知怎地，我感覺不到他們，一切變得如此脆弱，難道我與他們之間的連結也要消失了嗎？

四百八十九天以前，警方進行過調查，大雨、溼滑的路面和一棵樹造成了事故，這是他們的**判斷**。我每天不斷安慰自己，告訴自己德克斯和蘇菲走的時候沒有一絲痛苦，告訴自己他們曾和我分享這個家，他們愛我，而最後，他們在渾然不覺的情況下就這樣離開了我。

而我留下來承受這一切，唯有告訴自己那是一場意外，才能稍稍感到安慰。因為意外讓人無從探究「為什麼」，意外就只是宇宙裡一場突發的悲劇而已。

但有可能不是意外嗎？

僅僅因為德克斯擺了一張凱薩琳拍的模糊照片在桌上，不見得表示他們之間就有什麼，當然更不表示凱薩琳一定就是殺人犯。

「妳好了嗎？」艾許琳的聲音從走廊傳來。

我隨手抓了一件T恤和牛仔褲套上，走到客房時，我聽見撕開膠帶的聲音。

艾許琳手裡拿著一段寬的透明膠帶，紙箱上仍留有一些殘膠。「開始吧。」她說，一邊將手裡的那段膠帶揉了一揉後扔在地上，「最後一箱了，也許裡面的東西會給妳答案。先看看那些法律書籍吧，也許有夾著紙條什麼的。」

我盯著那個充滿恐怖可能性的棕色硬紙板立方體，既困惑又憂慮不安，覺得自己的大腦再也無法承受。我宿醉、睡眠不足，而且原本認定的一切都被剝奪了，或許我連自己的名字都不認得了。

「妳看起來很糟，梅瑟，」艾許琳說，「不是我故意要說得這麼直接。妳還好吧？」

「好」是一個我可能永遠無法再經歷的狀態。

「我沒事。」我像過去一樣說了該說的話，但我知道這是謊言，我怎麼可能還有辦法面對凱薩琳？可我簽了約，如果沒辦法寫完這本書，或寫出**一些什麼**，我的職業生涯就完了。雖然我現在也不認為這有多重要，所有事都不重要了。我竟然答應艾許琳和凱薩琳要寫這本關於救贖的書，多可笑，而且再三天就是截稿日了。「抱歉讓妳睡在這麼亂七八糟的地方，艾許琳。」

「妳真讓人心疼，」艾許琳似乎決定闔上箱子，她將箱頂的四片紙板依序往下摺，這樣就不必用膠帶封。「多睡一會兒吧，回妳的床上去，我們下午晚一點再動工，或明天也可以。沒關係的，東西都在這裡。」

我站起身來，膝蓋搖晃，伸手抓住窗臺好支撐身體。

但百葉窗喀啦一聲落下，遮住了屋外的陽光，我大吃一驚，甚至不慎折到手指。艾許琳手裡拉著百葉窗的白色繫繩，房間裡瞬間一片昏暗。

「嘿，」我邊說邊退後一步，揉揉我的手掌，「好痛。」

「下星期二就要截稿了，」艾許琳柔聲說道，不帶一絲指責，甚至帶有一點難過，「而妳還是認為我殺了泰莎。」

房裡光線的改變讓我不住地眨眼，我又倒退了一步，試圖讀懂她的表情。

「無論妳多努力想要說服我，無論妳答應我要怎麼寫這本書，妳每天都還是在試圖證明我有罪。」艾許琳在手裡不斷扭轉百葉窗的繫繩，直到繩尾繫著的白色小球從她的指尖彈出去。她鬆開手，繩子轉了又轉，擺盪著回到原位。

「但妳是個好人，我無法忍受妳認為我有罪，這就是為什麼即便我冒著很大的風險，昨晚也要對妳說那麼多，告訴妳他們帶走了泰莎。可是，梅瑟？拜託，讓警察去做他們的工作吧，讓**他們**去找出是誰殺了泰莎，」她說，「畢竟他們指控了**我**，對吧？代頓的那個叫羅格威契的爛警探，還有波士頓的奧弗畢和他的搭檔，是他們**欠我**的，對吧？」

我不能告訴她奧弗畢仍認為她有罪，此刻我累得想一頭栽進蘇菲的扶手椅裡休息，但一坐進去我恐怕就會抓起那張鉤針編織的毯子蒙頭大睡，所以我只是站在門邊。

「重點是，」艾許琳繼續說道，並向前邁近一步，「在妳的案子裡，警方沒有再繼續調查，而這就是**妳**現在該做的事，妳該去調查妳的案子，我會幫妳。」她聳聳肩，「而我呢？**沒有人**可以幫**我**，只有妳可以，但妳卻不肯。」

就算我從來沒有比現在更疲憊；就算德克斯和蘇菲的照片被凱薩琳的名字玷汙了；就算我對艾許琳抱持著種種不確定，我還是想要抓住現實。我在椅子上坐下來，抬起手理理我的一頭亂髮，證明我還有能力控管自己的生活。

「好，艾許琳，那妳告訴我，如果妳沒有殺害泰莎．妮可，那麼究竟是誰殺的？我不在乎後果，還有什麼會比已經發生在我身上的事情還要更糟？直接告訴我真相，這是唯一能讓我相信妳的辦法。」

「我知道這聽起來……」艾許琳露出一抹淺笑，搖了搖頭，「妳知道嗎，問題是，妳可以替**妳自己**做決定，但妳不能替**我**做決定。聽好，我沒有殺害我女兒，但如果我告訴妳是誰下的毒手，我可能會賠上我的性命，妳想要為此負責嗎？妳還想為另一起死亡負責嗎？」

我在一片昏暗之中眨眨眼，我從沒這樣想過。

「或是，」她說，「妳想為**妳自己**負責嗎？」

# 61

為自己負責，意味著我要找到凱薩琳和德克斯的真相。對，我想知道，也需要知道。昨天對德克斯的法律書籍展開大肆搜索也沒搜出什麼，最後我們開了酒，又叫了義大利辣香腸披薩當作晚餐，甚至還一起看了《電子情書》，艾許琳說這是「老電影」。我們兩人都極力逃避現實，但每次我拖著腳步回到床上，現實都在我腦中揮之不去。我輾轉反側、無法入眠，豎起耳朵聽著周圍各種聲響。我想像著德克斯和凱薩琳，想像他們赤裸的肌膚、汗水、低語，和他們的祕密。失眠就失眠吧，我想，用手奮力搥打枕頭。截稿就截稿吧，艾許琳說得對，現在**我的事**才是重點。我自己的事，我需要答案，我需要真相。

只有艾許琳能幫我找出真相。

而且我想到一個能著手的地方：帕利西公園裡那個賣氣球的人。現在是星期六早上，他一定會出現在那裡，也許他會記得他見過凱薩琳跟德克斯和蘇菲在一起，也許還見過不只一次。

於是我們在廚房裡準備咖啡的時候，我對艾許琳說：「我們得去找他。」

「為什麼是我們？」她攪拌杯裡的糖。

「因為**妳**得去跟那個賣氣球的人說話，他可能會認出我。」

「嗯，」她在杯裡倒了更多糖，「那要是……這麼說好了，妳得自己出門，順便帶一些……例如需要送乾洗的衣物。」

「乾洗？」

「是啊，因為要是凱薩琳或其他人在監視我們，我最好還是待在屋裡，而妳裝作出門是為了家務，畢竟我們本該專注在寫這本書的。不如妳開車去洗衣店一趟，以防他們跟蹤妳，他們應該不會跟去乾洗店。然後我從後門溜出去，這樣他們就不會發現，之後我們再到帕利西公園會合。兩個地方相距不遠，之前我來這裡時有看到招牌。」

就算這個計畫很蠢，也不值得為此爭執。

我們去拿了放在書房的照片。「帶這張照片去給他看，」我說，「小心別弄破了。」我可能會需要用它來質問凱薩琳。

「好，」她掃視房間的各個角落，「我們不該在這裡說話。」

「為什麼？」

「我突然想到，如果他們送來的那些轉播設備裡裝了竊聽器呢？這些是凱薩琳安排的，對吧？也許不僅僅是為了讓妳看庭訊而已。」她按了按螢幕上延長線旁的開關，又扳開滑鼠的底部，把兩個黑色的電池扔到桌上，「妳讓那個警察進門，就像我之前說的，誰知道他會在屋子裡安裝些什麼。喬之前也來過，對吧？他有沒有一個人待在這個房間過？凱薩琳呢？還有，為什麼他們還沒來把設備收回去？妳都沒想過嗎？」

即便很瘋狂，但她說的也極有道理。於是我關上身後的門，踏進近午的陽光裡。我愛我們的——我的家，然而現在我卻覺得自己彷彿成了家的囚徒，我先是被一場悲劇和無盡的哀悼困住，而後被一本書和一樁訴訟案軟禁在其中，再接著艾許琳來了，於是我坐困在這一切似是而非之中，找不到出路。

我送洗了去年冬天的兩件毛衣，還有一些我根本沒有穿過的牛仔褲。四十分鐘之後，我按照計畫到帕利西公園的露天表演臺和艾許琳碰頭。表演臺佇立在公園的草皮上，有著奇特的淡綠色八角形屋頂，四周精緻的柱子上纏繞著秋季甜美盛開的鐵線蓮。原本是為了紀年德高望重的地方大家長帕利西．林斯戴爾而建的，現在已經成為這裡的景點之一。林斯戴爾家族早已離開這裡，但他的後代子孫將這座亭子留給了這個以他們家族姓氏命名的小鎮。

「我找到賣氣球的人了。」艾許琳拍拍她身邊的白色長椅，示意我坐下來，「但他不是常來這裡擺攤的那一位，所以我把照片交給他，叫他拿給通常來這裡輪班的那個人看。他說明天會再回來。」

我討厭那張照片，但也不會把它交給別人。我坐得離她有點遠，正準備張口反駁她的決定。

「拜託，梅瑟，」艾許琳說，「我用了妳的印表機，原本的照片很安全，相信我，好嗎？」

我在表演臺的木地板上伸直雙腿，這些木板年復一年被演奏者的折疊椅、樂譜架和音樂家的鞋磨損得斑駁不堪。四周鐵線蓮的香氣令人陶醉，而我幾乎能看見德克斯、蘇菲和我坐在草地上，身下鋪了一條綠色格紋布毯，手邊放著白酒、起司和餅乾。蘇菲帶著她的邦邦兔，不一會兒就站起身來蹦跳走向路過的人們，尤其是那些帶著毛茸茸小狗或小朋友的人。那天是公園舉辦的「七月四日音樂節」，當地的表演團體正在臺上演奏著蘇莎和披頭四的音樂。我很確定今年也有一樣的活動，但我再也不會去參加了，他們也不會。

我聽見音樂響起，一時之間我愣住了，接著才發現那是我的手機鈴聲。我從口袋裡拿出手機，螢幕上顯示著未知來電。

「妳在哪裡，親愛的？」是凱薩琳的聲音，我感到太陽光頓時暗了下來。

「嗨，凱薩琳，」我說出了她的名字，好讓艾許琳聽見，「我在哪裡？為什麼這麼問？」

艾許琳睜大眼睛，用口形對我說：「別告訴她。」

她這時打來其實並不奇怪也不意外，艾許琳的書再三天就要截稿了，而凱薩琳的職責就是要確保我有寫出來，但會不會她**真的**在監視我們？

「是要查勤嗎？」我假笑說道，裝出愉悅、平常的語調，好像我一點都不恨她，「那**妳**又在哪裡？妳之前去哪裡了？」

哦，也許她是為了喬的事打來的，於是我收回剛才的笑聲。「聽著，凱薩琳，妳有沒有喬・瑞西納利的消息？」

「我怎麼會有他的消息？」她問。

「妳怎麼會有他的消息？」我重複了一遍，好讓艾許琳知道對話內容。

艾許琳抿著嘴點點頭，好像在說**「就告訴妳了吧」**。

「大概一個星期前警察到我家來，告訴我說他失蹤了。」我回答，「妳不知道這件事嗎？」

「失蹤？」

「對，失蹤了。他們沒跟妳聯絡嗎？」我邊說邊朝艾許琳聳聳肩，回以一個**「誰知道」**的表情，然後在長椅上轉個身，好避開刺眼的陽光。

「沒有，」她說，「但他們為什麼要跟我聯絡？我想他應該沒事吧，不過警察在找他還真奇怪。聽著，長話短說，我打來只是要確認妳的進度，我是可以過去妳家一趟，但——」

「妳要過來嗎？」

艾許琳皺起眉來猛搖頭。

「不用了，感謝邀請，但沒必要特地過去。」凱薩琳繼續說，「書有進展吧？妳們還聊得來嗎？艾許琳有告訴妳實際上發生什麼事了嗎？」

這些都是不出所料的問題，也合乎常理，但不知怎地，即使此刻我正坐在美好的陽光下，鐵線蓮的影子落在我的肩上，而一旁是夏末蜜蜂輕盈地圍繞在白色薰衣草的四周，我依然覺得凱薩琳的遣詞帶有一絲威脅。**實際上發生什麼事**。

「我剛才出門送乾洗，」我說，「我們很好。」

「她有告訴妳所有的真相了嗎？」凱薩琳又追問，「這攸關這本書的生死，梅瑟，妳是最適合寫這本書的人選，只有妳能和她對話，對吧？」

她現在說的話和艾許琳那天在書房裡說的一模一樣，她怎麼會知道我們的對話內容？

「嗯，艾許琳有告訴我所有的真相了嗎？」希望凱薩琳不要因為我不斷重複每句話而覺得我瘋了。

艾許琳用一隻手指劃過頸子。

「還沒有，」我輕快地答道，試圖展現出我身為記者的積極態度。老天，我真是太會瞎掰了。

「但妳說得對，我也覺得我是唯一一個能和她對話的人。我也知道截稿日期快到了，我會再跟妳聯絡，好嗎？」

我掛掉電話，艾許琳滿臉認可的表情，還對我豎起兩隻大拇指。

「可以確定了，」她站起身來，用手指梳梳頭髮，然後向遠方望去，「凱薩琳一定知情。」

幾位媽媽帶著孩子經過表演臺，有人推著遮陽棚綴有流蘇的嬰兒車，有人牽著大麥町狗，一群人朝著遊樂設施走去。那裡也是蘇菲和德克斯經常去的地方，顯然還有凱薩琳。我雙眼盯著地面，盡量不去想像那些畫面，然後，我決定了。

「艾許琳，」我說，「那就來定生死吧。妳剛才說她一定知道**什麼**？」

艾許琳清清喉嚨，思索了一陣子之後，點點頭說：「好，首先，凱薩琳真的不知道喬的下落嗎？」她用拇指和食指圈成一個圓，「不知道的機率是零，對吧？」

不得不說，我同意。我站起身，拍拍牛仔褲上的灰塵。「嗯——」

「再來，是**凱薩琳**叫我跟妳住在一起的。妳記得她當時多有手段嗎？就像我一直告訴妳的，那是為了要測試，看看妳會不會讓我說出真相。」

她將一隻手放在鍛鐵的樓梯扶手上，突然停下腳步。「**噢！**」

「怎麼了？」我用手遮住頭頂上的陽光，「妳沒事吧？」

她走下三個臺階到草地上，然後轉過身，抬起頭來看著我，臉龐沐浴在耀眼的陽光下，微風吹起她的長髮。

「梅瑟，我真不想這麼說，但很抱歉，我還是必須說出來。會不會昆茵家的塗鴉也是凱薩琳使的手段？想把我嚇跑，讓昆茵離開去避風頭，好**合理化**我住進妳家的這個安排？她很清楚昆茵住在哪裡，對吧？」

「對，但是——」

「她也知道我住在昆茵家。」

我認真思索。「是嗎？」

「妳看吧，她真的很厲害，」她搖搖頭，「人不可貌相，對吧？」

凱薩琳派人去昆茵家恐嚇，然後用這段令人不安的插曲來安排艾許琳住進我家？**只有妳了，梅瑟**，她當時是這麼說的。「妳是說……為了擺脫昆茵？因為她太接近真相？」

「老天，梅瑟，對，妳太厲害了！來吧，我們現在得重新拿回主導權。」艾許琳跨步往前走去，然後再次轉身，朝我招手。「**快點**！我會把事情全部告訴妳，但不是在這裡說，而且妳必須發誓，以妳的名譽保證，發誓妳永遠、永遠不會說出去。」

# 62

我們腳步一致地走在草地上，而後踏上嘎吱作響的停車場碎石路面。「我們也不能在妳家說。」艾許琳說。

她像是在偵察一般環顧四周，抬起一隻手擋住眼前的陽光。「我想應該沒人會對妳的車動手腳，我們可以在車上說，但我只會說這麼一次，可以嗎？」

我完全無法肯定。「好。」

「萬一他們跟蹤我或妳到這裡來，我們就完了。」她邊走邊搖頭，又朝著一旁揮了揮手。四周是一排排枝葉茂密的楓樹，還有盛開的金黃色菊花，剛修剪好的草坪向遠方綿延而去。「但至少我們沒有**坐牢**，還可以出來公園走走，對吧？現在先去開車，假裝我們剛才只是出來散個步，現在要去購物了，這樣很合理吧？這裡一定有購物中心。我會一邊注意看有沒有人跟蹤我們。」

「好。」我又說了一次。我想起庭訊時常提到的「合理懷疑」，而我的人生現在充滿懷疑，問題是，哪些算是「**合理**」？

我按了按晶片鑰匙打開車門，停車場裡的車不多，看起來空蕩蕩的，真不敢相信我也開始懷疑我們被暗中監視。我並不喜歡開車，但通常開起車來也沒有什麼問題。

「他們不會知道妳之前告訴過我什麼，艾許琳。」我半真半假地說，還跟著用了「他們」，好像真的有「他們」存在一樣。

「他們現在還不會對我們下手，」我一邊打開車門，一邊接著說下去，「因為他們不清楚我目前知道了哪些事。」與她爭論或是忽略她說的話對事情沒有任何幫助，但我發動車子時竟也鬆了一口氣，暗自慶幸引擎開始轉動，而車子沒有爆炸。「對吧？他們還不知道妳有沒有通過測試。」

「那是指沒有監聽的前提之下。」艾許琳打開收音機，轉到某個熱門頻道，「梅瑟，我只能說，妳一定要幫我，一定要。殺死泰莎．妮可的那些人想要懲罰我。聽著，我告訴過他們別在夜店販毒，總有一天會被抓，這就是為什麼我常待在羅恩家，我想要說服他，這也是我一直想拿回手機的原因，我想打電話警告他。」

「警告什麼？」我轉到威瑟比街上，跟在一輛引擎發出巨大噪音的卡車後面，然後開上高速公路，一直保持在速限之內。我的車沒有異狀，外面也沒有下雨，很好，我們要開去購物中心。

艾許琳將頭向後仰靠在椅背上。「我曾經……跟某個人說過毒品的事，結果他就死了，死於車禍。」她不安地擰著安全帶。紅燈時我微微轉頭瞥了她一眼，看見她雙眼盯著擋風玻璃外面。「是他們下的毒手嗎？我不知道，也許**真的是**一場車禍，但我嚇壞了。他們還說，他們最痛恨**抓耙子**，而他們認為……我就是。」

綠燈亮起，收音機裡的樂聲隆隆，重低音震耳欲聾。我們位在四個車道的寬敞公路上，我平穩地行駛在中間的車道。艾許琳仍在說話。

「然後有一天，我以為泰莎是去參加小朋友遊戲日，但實際上是他們偷走了她，還威脅要殺了她來報復我。我真的沒有想到他們會就這樣殺了一個毫無防備的孩子，但他們有毒品、金錢和權力，他們是……我當然可以告訴妳他們是誰，但說了妳也不認識。總之，他們後來也許認為比起直接殺了我，用謀殺親生女兒的罪名陷害我是更好的懲罰。幸好昆茵成功說服了陪審團，但如果我揭發他們……」

她用手摀住臉。「我們兩個就有危險了。這就是為什麼我不斷告訴妳，我們需要把這本書寫得夠有說服力，讓所有人都相信泰莎死於**意外**，就像妳的故事那樣。這樣警方就不會繼續追查真凶，而我和妳也就安全了，『他們』會認為妳相信我。」

我們抵達通往購物中心的交流道出口，車上的冷氣全速運轉，我打了左轉燈，車子發出機械的滴答聲，彷彿在替我的思緒打著前進的節拍。

「所以妳沒有告訴警察這件事。」我問。

「拜託，」她說，「別傻了。」

「那妳有告訴過喬．瑞西納利嗎？」綠燈亮起，前方就是一號公路，但我等待著，想看她的反應。

「天啊，」她臉色煞白，與身後的黑色座椅形成對比，「算是有。」

所有的可能性彷彿一瞬間洗牌了，這一瞬間她的故事聽起來像是真的。如果喬是個正直的好人，而艾許琳曾向他透露過真相，也許他現在已經身陷危難。如果喬本身手腳也不乾淨，那麼他就是因為知道得太多而主動離開避風頭了。無論是哪一種，都能合理解釋他現在為什麼音訊全無。

「他可能是有麻煩或跑路去了，」艾許琳總結了我腦中的想法，「都是我害的。妳得幫幫我，妳得想辦法讓我——**我們**脫身。」

她的聲音裡似乎帶有一絲真實的恐懼，或許我也不得不考慮，她可能是真的發瘋了。如果我做出錯誤的選擇，後果會有多危險？這時有人停在我們的車子後面狂按喇叭，我嚇了一跳，立刻踩油門重新開上高速公路。

「是一輛銀色的車。」她說。

「到處都有銀色的車。」我說，但又朝後照鏡看了一眼，剛才按喇叭的車已經不在後面了。

「這樣吧，」艾許琳說，「先回妳家。他們認為我們在寫書，可不能讓他們找不到人。」

# 63

此刻已經過了午夜，第五號紙箱還擺在原位，我很想衝過去將它拆開，但白天凱薩琳打電話來提醒我，她在等著這本書。

還有兩天就要交稿了。

我坐在桌前，手肘撐在桌面上，雙手托著下巴。無庸置疑我必須暫時放棄我最想做的事，也就是找出關於德克斯的真相，並先履行我的義務。即使凱薩琳可能睡過我的丈夫，我的首要目標仍是先求自保，也保護艾許琳，所以我們必須履行承諾。

置身於一片黑暗的書房裡，此時我極度渴望尋求**他人**的意見：我該怎麼辦？我該相信什麼？什麼才是對的？電腦螢幕的亮光照在我臉上，像是在等待我的決定。四百九十一天之前（現在已經過了十二點），我會去問德克斯，或問我的編輯。大學的時候，我會向我最好的朋友克莉絲汀傾吐，她總是知道該怎麼做。而再更久遠之前，我會去找我的母親。

但現在我孤身一人，無法衡量何謂真實，德克斯早已離開，我沒有朋友、沒有同事，凱薩琳更不是我所認識的她了。

至於喬・瑞西納利失蹤一事，艾許琳現在很肯定這與她所謂的「壞人」有關。「老天，他們也抓到他了。」我們開車回家的路上她下了定論，而且又哭了，拿出汽車前座儲物箱裡的紙巾擦眼淚。

「都是我的錯。」她說。

**妳得幫幫我！**我幾乎能聽見她的聲音。如果陪審團的裁定是正確的呢？那就表示我成了讓艾許琳置身危難的人，只因為我自己的……執著使然，雖然我不想這麼說。或者是因為我的陰謀論？

我想扮演陪審團的角色，但如果我成了行刑者，那真正的罪人就是**我**而不是艾許琳了。

艾許琳睡得很沉，意識到喬的事情之後，她的情緒變得非常激動，叫我載她去沃爾格林藥局買藥，然後八點半就關上房門了。我們都知道我的櫃子裡已經有安眠藥，可是因為之前的爭執，這件事就成了一個敏感話題。我們點了外送的泰國菜，但吃得很少，只是將電視的音量調得極低，然後靜靜地看著新聞。

「我不會再多說了，」她告訴我，「只能靠妳了。」

她回房後我就一直坐在書桌前，遲疑著下不了決定。再四十八個小時就截稿了，我該寫什麼？艾許琳真的殺了她的女兒嗎？我該如何解開這個盤根錯節的故事？

電腦螢幕轉為一片黑，彷彿等我等得不耐煩。事實上，我永遠不可能知道真相。現在想想，記者的工作真是簡單，只要到場觀審，挑出一些精采的證詞寫進報導，再加入一些值得玩味的分析和觀點即可。至於要如何裁定、結果是否合理，都是陪審團的事。坐在薩福克高等法院三〇六號法庭內的陪審員必須超越合理懷疑範圍做出判決，裁定艾許琳是否殺了她女兒。最後，他們認為她沒有做，於是她被釋放了。

我又憑什麼反駁？裁定結果無論如何都不會改變。

耳邊彷彿又響起她的哀求。

**妳得幫幫我！**

艾許琳堅稱我必須賦予她一個新的真相，如此一來才能保全她的性命。編造出一個可信的故事對我而言或許不算太困難，畢竟我是個寫故事的人。

我想到了一個點子。

也是妳的孩子

「算我拜託你們了！」艾許琳懇求著路克和瓦蕾莉。他們三人正坐在「火熱」夜店擺滿酒精飲料的吧檯旁。瓦蕾莉是個有一頭大鬈髮的年輕女孩，才剛到代頓不久，溺愛她的父母對她毫不管束，還給了她一張信用卡任她使用。路克則是外地來的大人物，是位理財專員，艾許琳也不太確定。他第一次來代頓出差就看上了艾許琳，之後每次到這裡來，都會打電話約她。現在該是要他還人情的時候了。

「就說我帶泰莎去芝加哥找你們玩，好嗎？」艾許琳笑著問，一邊歪著頭，熟練地拿捏出自己雙眼看起來最迷人的角度。「如果有人問起的話。但沒有人會問，只是以防萬一。就掩護我一下？」

她很慶幸他們倆都答應了，也沒有過問原因。之後，她用男人們最熟悉的方式回報了路克，至於瓦蕾莉……（此處再詢問艾許琳的意見）

這場混亂是從上個月開始的。也許，只是也許，一切最後都會過去。也許沒有人會發現那孩子的屍體。目前，所有人——除了她的繼父湯姆之外——都真的相信泰莎只是待在別的地方，但她越來越固執的母親已經起疑了。這是個麻煩，因為艾許琳還得保護她，即便這意味著必須疏遠她。

然而，泰莎留下的一切都折磨著她。她的粉紅色臥室空蕩蕩的，四隻跳跳虎布偶在房裡排排站，還有地上唐老鴨圖案的游泳圈，好像在等著她回來。如果必須一直假裝泰莎還活著，就不能處理掉這些東西。處理掉，艾許琳想著。她躲在一間金屬隔板的廁所裡，又流下眼淚。一陣子之後，她整頓情緒，重新回到吧檯。她必須保持平時的模樣。

事發過後頭兩天，她痛苦得不能自已。她躲在羅恩．謝瓦里狹窄的公寓裡，什麼也吃不下，卻還得對所有人裝模作樣，強顏歡笑地去電影院看《致命玩笑》，然而她死去的可憐女兒卻擺在她的後車廂裡。她不忍想起，但湯姆堅稱這是唯一的辦法。

「我們得確保不會有人知道。」那天他們站在後院裡，腳邊躺著一個失去生命的孩子，他是這麼對她說的。他身上那件褐紅色的鄉村俱樂部高爾夫球衫被汗水浸溼，卡其褲上沾滿了碎草和汙泥。兩隻狗兒敏卡和敏莉在屋裡，前爪不停地抓著玻璃拉門，瘋狂地想衝出門外。

此刻艾許琳的恐懼已經壓過悲傷，她渾身發抖，從口袋裡拿出手機想要報警。

「把手機放下！」湯姆抓住她的手臂，弄痛了她，「他們不會相信這是意外，我們會被……該死，報紙一定會大肆報導，還有俱樂部和高爾夫球課的人全都會議論紛紛。我們會被指責是……我不知道，疏於照顧，或虐童、謀殺。妳到底為什麼要讓她站在秋千上？」

「我沒有！她……我不過就是轉身一秒，然後……」艾許琳不得不承認，她的繼父說得有理，但這可憐的孩子已經死了，他們用泰莎最喜歡的白色毯子蓋住她一動也不動的臉龐，做什麼都無法讓她死而復生了。「我不知道，這是個意外，是個意外，大家會相信這是一場意外的。」

「妳夜夜笙歌、花名在外，誰會相信妳？」她繼父說得振振有詞，事實是如此殘酷。「結果妳還真的讓自己的孩子就這麼死了？」

「她也是你的孩子。」她痛苦地說出真相。此刻她不忍再看泰莎一眼，她散亂的髮絲像是一團黃褐色的海草，雜亂地覆蓋在她的臉上。她也無法正視湯姆；這個令人作嘔、咄咄逼人又極富心機的湯姆。他正漲紅著臉，青綠色的血管從他可怕的脖子浮起。也許泰莎．妮可本就不該活著，也許這是注定的。「也是你的孩子。」

「去拿垃圾袋，兩個，」湯姆命令她，「還有那個塑膠的保冷箱。」

不久之後，這具小小的身體便被包裹在厚厚的綠色塑膠袋裡。艾許琳輕輕抱起她的時候，意識到她是這麼小、這麼輕，而這是她最後一次抱她了。悔恨席捲而來，艾許琳抓起泰莎心愛的「兔兔」

布偶裝進袋子裡，希望能帶給天堂的泰莎一點安慰。

「我會告訴妳媽我替慈善航空出勤去波士頓，那個知名的兒童癌症醫生就在波士頓，」湯姆說著，一邊掏出手機，「兩天後出發。妳得把保冷箱搬去妳的後車廂，裡面記得放一些冰塊，再想辦法把車停遠一點，兩天後我們把保冷箱載去波士頓。拜託妳表現得正常一點，告訴妳媽說妳帶泰莎去找朋友，或是去購物，大家都會相信的。」

艾許琳用雙手抹去臉上的淚水，那是她混合著悲傷、恐懼和內疚流下的眼淚。這或許不完全是艾許琳的錯，泰莎不該不聽話，自己一個人站在秋千上。

「那他們從此以後再也沒見過泰莎，又會怎麼想？」她問。

湯姆瞇起眼看她。「我們到時再想辦法。」

然而，這個辦法顯然行不通，因為在那之後，艾許琳便被控謀殺。

這個版本的故事有很多漏洞，最直接的問題就是「怎麼會有人在孩子死後做出這麼可怕的事情」，之後的敘事我再好好處理這一點。眼下，如果艾許琳同意這個版本的寫法，她的繼父就有麻煩了，無論如何這都不會是他想看到的。希望他不會告我毀謗，或告她。艾許琳告訴我她父母都沒再和她說話了，也說他們再也不想見到她。

可真是一群好人。

我很想重讀那個「艾許琳是殺人犯」的故事版本，就像人總想在拔過牙的地方戳一戳，看看傷口是否還會痛。但我卻只能盡快修改它，確保新的版本沒有過大的破綻。

因為真相不該有破綻。裁定結果公開之前，我一直認為自己知道真相，我有辦法證明我錯了嗎？

現在是凌晨一點半，我讀了一遍新寫好的段落，試圖用旁觀者的角度來評判。這個重新構思的故事可能需要多一些張力，尤其是艾許琳和她英俊、年長又渴望財富的繼父之間。這段期間喬芝亞又在哪裡？我是否需要寫清楚這一點？第一段還應該要更詳盡地描述「火熱」夜店的內部環境，也許能描述場內的迪斯可燈光、重低音響和那些汗溼的人群，或許還能加上艾許琳的穿著。我會再問問她。

然後我想起來了。

我在編造事實，如果這個場景從未發生，艾許琳又如何能告訴我她當時的穿著？我混淆了自己的認知。夜已深，而四下一片死寂，我腦中所有不同的認知不斷地相互纏繞。

我所創造的新真相，根基於同樣的故事、同樣的證據，只是報導的手法不同而已，它不需要完全真實，只需要足夠的真實感就好。

我用兩隻手撐著下巴，眼前螢幕上的文字逐漸模糊，於是我闔上了雙眼，沉沉地睡去。

# 64

早晨的陽光從廚房窗戶斜照進來，桌上擺著昨晚剛寫完的段落列印稿，一共有五頁。有時候印出來會更容易修改，因為文字顯得更真實。

十五分鐘前，我在浴室的鏡子上寫下數字四九一，並試著與德克斯和蘇菲對話。我們之間的連結似乎不太一樣了，也許是因為我對於他們的死亡有了不同的設想。凱薩琳。

是真的嗎？也可能不是。一個簡單的可能性就足以扭轉一切。

「發生了什麼事？」我對著鏡中的自己向他們低語。

我無法承受「詢問」死去的德克斯有關凱薩琳的事，那些用黏膩簽字筆寫上的句子語意如此曖昧不清，還有她潦草畫上的那顆愛心。但我也無法允許自己就這麼相信他們的關係，我仍對艾許琳半信半疑，仍覺得有可能是她模仿凱薩琳的字跡寫上去的。可是她為什麼要那麼做？為了擾亂我的思緒？為了轉移我對**她**的注意力？

我等待數字隨著霧氣散去，艾許琳很快就會醒來，這些數字只能屬於我一個人。我愣了一愣，世界也彷彿突然停止運轉，因為我意識到，這些數字應該代表著我唯一可靠的真實才對，我一直以來究竟在數些什麼？

星期天的早報被扔在前門，發出砰的一聲巨響，將我震回現實。

我將《環球報》拿到廚房的餐桌上攤開，一頁接一頁掃視著，一邊等待我的咖啡煮好。報紙上沒有提到喬・瑞西納利。我在杯中加入牛奶緩緩攪拌。我也沒有接到警方的電話，寄出的電子郵件和簡訊也石沉大海。

「嘿，梅瑟。」艾許琳站在通往廚房的廊道上，頭髮高高梳成一個髮髻，穿著我借她的運動褲和她自己的T恤。

我看著她拿出一個咖啡膠囊和馬克杯，她對我的廚房十分熟悉，彷彿過得十分自得，這不禁讓我毛骨悚然。她慢條斯理地準備著咖啡，而我則有一絲期望此刻能接到凱薩琳的電話，因為昨晚我又夢見她了。我夢見她隔著一面玻璃牆對我說話，而我什麼也聽不清，接著夢裡的電話響起，我便醒過來了。

咖啡機正在加熱，艾許琳的咖啡緩緩注入杯中。

「昨晚我寫了一些東西，」我決定將自己的角色定位成「信差」就好。凱薩琳想要一本關於艾許琳·布萊恩的「救贖之書」，即便內容不實也行，那就寫給她吧。而艾許琳想要一本具有說服力的「掩護之書」，而且還不能在其中指控某些可能是她虛構的神祕「壞人」，那也就照她的意思吧。我不在乎了，這本書本該是一本震撼人心的真實犯罪故事，但既然我拿了出版社的錢，那要我寫什麼我就寫什麼，刪去真相也行，我只是個信差而已。

「拿去。」我舉起印出來的文章，「妳可以讀一下嗎？看看情節是否合理？」

真不敢相信我得徵詢艾許琳「是否合理」。

「妳真棒，」她說，「來看看吧。」她拉出椅子並接過草稿。那張椅子本來是我的，現在則是我唯一願意讓她使用的餐桌座位。我聽見咖啡機發出尖銳的嘶嘶聲，已經注滿了馬克杯，廚房裡瀰漫著炭燒味。

「妳讀吧，我幫妳拿咖啡。」我還記得她第一天到這裡來的時候替**我**買了咖啡，也還記得當時我多麼肯定她就是殺人犯，但現在我卻在幫助她，情境截然不同了。我替她加了兩顆糖，緩緩攪拌，金屬湯匙敲擊陶瓷杯的底部，發出清脆的聲響。我看著她仔細閱讀我為她捏造的過往人生，她翻了頁，而我也試圖透過她的眼光重新審視這份草稿，揣測她的感受。

「還是跟妳解釋一下吧，」我開口，「我得把妳寫成……嗯，我不能把妳寫得太完美，那樣就不那麼可信了，妳明白吧？如果妳很完美，就會打電話報警，或者一開始就會照顧好泰莎。我得取得平衡點，再用一些手法讓妳的動機比較具有說服力。」

「先讓我讀完。」她連頭都沒有抬起來。

我對於自己的緊張感到十分惱怒，我竟然希望她會喜歡我的草稿，作家都是瘋子。咖啡機上的時間顯示八點十四分，接著是八點十五分，時間一分一秒過去，而我竟然開始來回踱步，實在太荒謬了。

終於，艾許琳放下草稿，手肘撐在桌面上。我看見她閉起眼睛，又睜開，她笑了。

「我喜歡妳把瓦蕾莉和路克寫進去。」艾許琳說。

太愚蠢了，她的讚美竟然讓我感到開心，作家真的都是瘋子。

我拉出我的——蘇菲的椅子，指著草稿。

「嗯，但他們讀到後會怎麼想？」

「誰？」她啜了一口咖啡。

「瓦蕾莉和路克。我的意思是，這會讓他們顯得像傻瓜或騙子，或兩者皆是。」

艾許琳仰頭大笑，聲音大得彷彿撞上天花板又落回地上。

「哦，哇靠，」她說，「他們是我瞎掰出來的。我得讓情況看起來像是泰莎待在別的地方，好讓大家覺得她並沒有**失蹤**，所以我瞎掰出『瓦蕾莉』和『路克』，他們既然不存在，就沒有人能找到他們來證實泰莎**沒有**和他們在一起。」

「瓦蕾莉和路克是妳**編出來的**?」我感到不可置信,「妳不能就這樣憑空捏造出兩個人。」

「我想可以,」她說,「大家都認為他們是真的,都在找他們的下落,想知道為什麼他們沒有出庭作證。我知道就連**妳**也這麼想,梅瑟,我有看過妳的疑點清單,記得嗎?」

艾許琳露出勝利的微笑,彷彿證實了某種論點。「要吃鬆餅嗎?」她站起身,從冰箱裡拿出一個塑膠袋。「不吃?」接著將一片鬆餅放進烤麵包機裡。

所以瓦蕾莉和路克是虛構的,現實中的虛構人物。我將草稿拿回來,平攤在我面前的桌上。烤麵包機發出加熱的聲響,艾許琳走到冰箱拿奶油。

凱薩琳曾告訴我他們以為瓦蕾莉死了,但後來發現,死的不是同一個瓦蕾莉,然後這件事就沒下文了。難怪凱薩琳找到「錯的」瓦蕾莉,因為「正確的」瓦蕾莉根本不存在。我問過凱薩琳,這些負責找人的「他們」是誰,但她從沒有回答過我,真是凱薩琳一貫的作風。

瓦蕾莉和路克,還有哪些事情是假的嗎?我又重新思考著我的疑點清單。

「那我問妳,」我來回轉動我的馬克杯,「關於那通 Skype 視訊,你們和人在芝加哥的泰莎說話,瓦蕾莉不也在場嗎?」

「哦,拜託,」她說,「沒有什麼瓦蕾莉,也沒有什麼『人在芝加哥』,那通視訊其實是一段錄影。」

「什麼?」

「我媽完全不懂電腦,而且她的行為太好猜了,加上泰莎本來就還不太會說話。那段 Skype 視訊是我之前錄的,在我朋友珊蒂.迪歐李奧家,妳記得她吧?我和泰莎一個人在客廳、一個人在臥室,然後用 Skype 通話,只是好玩而已,她玩得很開心。我把影片錄下來存在我鑰匙圈上的隨身碟裡,後來我媽很生氣又不斷要求要和泰莎說話,我就去房間把影片設置好,再打開給她看。湯姆覺得這一招很厲害。」

「但她是怎麼……」我試著回想她們的對話內容，「我是說，泰莎有和妳媽媽對話。」

「有嗎？」她在鬆餅上抹奶油，並將鬆餅切成兩半，刀子在盤上發出碰撞聲，「我讀過妳前一份草稿，但泰莎並沒有實際上和我媽對話，妳可以重新看一次。」

我的確短暫質疑過那通視訊其實是偽造的，但後來的庭訊過程中，那段通話始終未被提起，我便以為它的真實性並未受到質疑。而我也沒辦法重新「看」一次對話過程，因為我從來沒有看過，只讀過逐字稿，並在電視採訪中聽過喬芝亞·布萊恩的敘述。她認為那次通話是真的，而我就這麼相信了她。

「妳為什麼會把視訊影片存下來？」

「我真驚訝妳會這麼問，梅瑟，」艾許琳說，「難道妳不會把**妳女兒**的影片存下來嗎？」

我當然會，但我沒有用這些影片欺騙過任何人。

「但這有風險，不是嗎？妳不擔心喬芝亞會發現？」

「妳在開玩笑吧？**她**會發現？」

咖啡機正在我的杯中注入第二杯咖啡。好，所以，要不艾許琳的母親非常聰明，有辦法在調查和庭訊過程中掩護她丈夫的罪行，要不她就是非常笨，完全無法理解電腦是怎麼運作的。我想我再多杯咖啡都想不出答案。

「那妳和泰莎出現在波士頓洛根機場的監視器畫面又怎麼說？」

「妳有看到監視器畫面嗎？」艾許琳問，用叉子插起切成方塊的鬆餅，對我眨眨眼睛，「我從來沒看過。」

奧弗畢警探那天也曾向我坦承監視器畫面並不清楚，更重要的是，檔案弄丟了。所以現在，那段畫面就像路克和瓦蕾莉一樣不存在，無法破壞艾許琳虛構的故事。

「我最好趕快去寫稿了。」我錯愕得連**我自己是誰**都快要不知道了。

「很好。」艾許琳說，一邊拿起《環球報》，「有新的進度再讓我看。」

# 65

訴訟催眠。

德克斯是這麼說的。意思是，當律師接到一個罪大惡極的委託人，一開始，他們會對勝訴感到絕望，但接著，在為訴訟案進行準備工作的過程中，他們會設計出一種替代理論來解釋發生過的事情，也就是一種對於事實的重新想像，用來說服陪審團當事人是無罪的，漸漸地，就連律師自己都開始相信這個故事是事實，最終變得深信不疑；他們自我催眠了。

德克斯曾經輸掉一樁毒品陰謀官司，回家的時候看起來非常挫敗，領帶歪扭地掛在脖子上，肩膀垂下來，就像《小熊維尼》裡的那隻驢子。

「有罪。」他搖頭喃喃地說，好像在宣判世界末日。

「但你之前跟我說那傢伙一定有罪，」我提醒他，「你說他不可能無罪開釋。」

「是啊，」他說，「但後來我說服自己他無罪，所以現在非常洩氣。」

我是否也自我催眠了？我用手指敲擊桌面，輕輕打著節拍。早餐之後，我一個字也沒有寫，已經過了兩個小時。

我一直想著艾許琳的故事。現在我已經創造了秋千的意外事故，腦中很難再抹除這個場景了。如果那是真的呢？只是艾許琳不想承認？如果湯姆坦承事發過程好幫艾許琳脫罪，那他也會因為協助棄屍而受到譴責，所以他不願挺身而出。

我繼續用手指敲打桌面。還有另外一件事，那些毒品交易、壞人、抓耙子的故事究竟是不是艾許琳捏造的？若是虛構的，那的確很可惡，但也許這個說法對她來說比較好，可以掩蓋她和繼父不慎讓女兒死於意外的事實。**他們的**女兒？

天啊，但她被控謀殺罪——我正在和自己辯論，因為沒有人可以和我一起釐清——難道她不會想要說出真相嗎？

真希望德克斯也在這裡，希望有任何人在這裡，至少是個律師，可以告訴我那是什麼罪名，非法處置屍體？或疏於照管？被控用氯仿毒害自己的女兒並裝進塑膠袋棄屍，難道會比較好嗎？

雖然最終陪審團認為艾許琳無罪，但她何必冒險受審？

所以也許「偷走泰莎來威脅艾許琳」的故事是**真的**？

如果不知道哪一個才是真相，我要怎麼寫出一本真實犯罪小說？

「啊！」我雙手揪住頭髮，希望自己的腦袋不會炸開來還飛濺在地毯和壁紙上。「妳只要寫出一個故事就好，」我大聲命令自己，「不必是**真實**的，只要**有真實感**就可以了。」

陪審團宣判無罪的那一刻，我的故事就改變了。現在，表裡不一的凱薩琳和她那剝削作家的出版社要付錢叫我寫一本「照吩咐」來寫的書，艾許琳的救贖之書，依照艾許琳說的故事來寫，依照**我**被告知的方式和內容來寫。好，那就這樣吧，至少我還能決定她的對白。

無論這個故事以何種方式披露，艾許琳一定曾經待在波士頓。她說的版本是泰莎不在那裡，但地方檢察官的版本是泰莎也在那裡。萬一警方找回機場監視器畫面的檔案呢？那誰的版本才是真的？

或許我的版本可以是真的。

**事已至此**

從代頓到波士頓要花上兩小時待在一架單引擎又沒有廁所的賽斯納小型私人飛機上。艾許琳衝進B航廈的女生廁所，然後走入大城市機場匆忙的人群之中。她看起來一定很糟糕，兩眼浮腫，而且沒有化妝，頭上那頂該死的芝加哥小熊隊的帽子彷彿大剌剌地在她頭上寫了「外地人」三個字。

飛行過程中，她低頭看著棉花般的雲層，太陽把飛機晒成了一座烤箱，她暗暗擔心湯姆會睡著。她彷彿身在另一個世界裡，像天堂。但她也想起機上載著他們可怕的貨物。如果我跳下去，是否就會墜入雲朵之中，像我的泰莎一樣永遠離開？

她試著不要再多想，事已至此，她得走出來，泰莎不可能重新活過來了，她幾乎都還沒展開她的人生，但艾許琳——她還擁有未來，而且她並不想放棄，她想要繼續生活。

她走在機場大廳熙熙攘攘的人潮裡，決定先買一頂新帽子，一頂波士頓的帽子，如此一來便能融入人群。她看到哈德遜售報亭販售許多紀念品和糖果，距離她和湯姆約好在計程車招呼站碰面還有十分鐘，他會負責搬運保冷箱。「沒人會多看保冷箱一眼。」他向她保證。

這或許行得通，雖然很令人心痛，但不久一切就會結束了。

她心想著粉紅色的紅襪隊棒球帽看起來挺可愛的，而就在她快走到金屬陳列架旁時，一個小女孩蹦蹦跳跳著經過。她穿著一件粉紫色的洋裝，黃棕色的鬈髮上戴著一頂鬆垮的帽子，和泰莎如此相像，讓艾許琳不得不暗暗拾起自己破碎的心，一塊一塊拼湊回去。她要勇敢地繼續假裝下去——如果可以這麼形容的話，直到假象變成真實；直到現實就在她的眼前。

眼前的小女孩看都沒有看她一眼。艾許琳望著一位手忙腳亂的年輕女人，想必是小女孩的母親，她眼睛盯著她的女兒，一手拉著行李袋，另一隻手正在和面前一臺可恨的刷卡機奮戰。

「狗狗！」小女孩伸出一隻胖呼呼的手臂，指著一隻在旅客懷裡扭動的吉娃娃。狗狗的主人將這隻斑點小狗放在磨石子地板上，好讓小女孩可以靠過來看。

「漢娜！」女孩的母親大叫，一邊在刷卡單上簽名一邊回過頭來看，「別亂跑，親愛的。」艾許琳再也無法承受，她在漢娜旁邊彎下身來，兩人同時朝小狗伸出手，當她們的指尖觸碰到彼此的時候，艾許琳幾乎暈厥過去。

我對著電腦螢幕眨眨眼，試圖想像那個場景。到目前為止，這個段落肯定符合羅格威契對監視器畫面的描述，透過他的描述，我想是那個孩子——可能是泰莎，但在這個版本中不是——跑走，而艾許琳跟了上去。然而在我的版本裡，她們也離開了，只是並非一起離開。

我用作家的腦袋約略想像了一下後來發生的事：艾許琳在計程車招呼站和她的繼父碰頭，他們將保冷箱放在計程車的後車廂裡，要司機載他們去某個尋常的地方，接著又換乘另外一輛車以防萬一。沒有人注意到任何異常，也許他們搭了三輛計程車，才輾轉來到城堡島。他們像大家一樣來海灘野餐，也像大家一樣帶著垃圾袋，然後，像大家一樣踏進海中戲水。

嗯，不對，他們得把屍體——唉——帶到更遠的港口。

所以我又想像了另外一種版本：他們像大家一樣帶著保冷箱到港口去參加遊船之旅。等等，登船前會不會檢查保冷箱裡的東西？

好吧，再換一種：他們去租了一架小帆船，像大家一樣帶著保冷箱登船，來一趟父女倆的午後海上野餐之旅，十分愜意，也很隱密。

這有可能是事發的經過嗎？

我開始煩躁地抖腳，並將機場的段落儲存起來。

我還有很多疑問。

檔案上的游標閃爍著，彷彿在催促：接下來呢？我忽然想到，我沒有必要回頭重新研究資料，因為這個虛構故事的首要來源就在我家的客廳裡。

「艾許琳？」我走進客廳，她正躺在沙發上看電影，我想應該是《少女十五十六時》。她關上電視。

「妳又寫了新的段落嗎？」她問，「我等不及了。」

**她可真敢講**，我記得喬是這麼說的。他說得對，但他人現在到底在哪裡？

「我有一兩個問題。」我說。

「問吧。」艾許琳看起來很期待，不知道她會不會將我的問題當作挑釁，想看她能否提供合理的解釋，或她是否會說出真相。

「代頓警方從運輸安全管理局那裡找到證據，」我說道，「也就是妳的機票，顯示妳帶著一個小孩搭飛機到波士頓，那是在泰莎陳屍於波士頓港之前。」對她說這些話感覺十分怪異，若她無罪的話，這是極度無理、愚蠢又讓人無法接受的提問，就好像有人對我提起車禍的事，我就會感到非常不適，而對方也會在不慎提起之後露出退縮又抱歉的神情。

但艾許琳似乎完全沒有因為我的問題而感到難過。「所以呢？」

「但妳說妳和妳父親駕著他的私人飛機飛到洛根機場，妳不需要買機票。也就是說，妳顯然還曾在其他時間去過波士頓，出現在洛根機場。」

「那是在我們帶著她——我是說，帶著保冷箱之前。」

「所以妳之前真的去過波士頓？然後又回家？卻沒有回程訂票紀錄。我們得在書中說明這一點，畢竟機票很容易查出來。」

艾許琳看向天花板，我也跟著往上看，這才察覺原來她是在思考。然後她嘆了一口氣，而我等待著。

「好吧，」她說，「那是在我們把東西送到波士頓之後，但在警方找到之前。我的意思是，找到她的屍體之前。這也是湯姆的主意，用來假裝泰莎還活著，而我是去探望她。就像妳書裡寫的，他說還會再想一些別的辦法。我們打算說路克住在波士頓，我們要去拜訪他，懂了吧？這樣就能證明泰莎還活著。所以我們找了個孩子跟我一起去，把她打扮得像泰莎一樣。有些航空公司不會確認小孩的身分，而且同年紀的小女孩看起來都很像。」

不對，她們一點都不像。「這太蠢了，艾許琳，這樣就會證明妳真的去過波士頓，而妳回來的時候，泰莎沒有跟妳在一起。更別說妳沒訂機票又是怎麼回來的？」

「嗯……」她聳聳肩，「我只能說，湯姆很蠢，我猜他以為那不重要。幸好那個二百五的警察搞丟了隨身碟，這是昆茵告訴我的，否則那段影片就會——算了，隨便。我知道妳一定會想辦法寫好的，等不及要看接下來的章節了。」

# 66

她在睡午覺，竟然在**睡午覺**！

花了三個小時試圖想出一個有說服力的故事之後，我又踱步回到客廳。我試著描述一個害怕的女兒和她專制的繼父，是如何在波士頓港卸下他們可怕的貨物再飛回代頓，而接下來的日子裡，兩人都心煩意亂、互相猜忌（這能讓讀者對他們產生同情），爭論著該如何說服總是管太寬的喬芝亞・布萊恩停止詢問她小孫女的下落。我雙手叉腰，艾許琳居然**在沙發上睡著了**？

現在已經過了下午一點，我需要艾許琳幫我一起填補她故事中的巨大漏洞，好營造「真實感」。我是說我寫的故事、我們一起完成的故事，總之就是「這個故事」，不管是什麼故事，就是要寫成泰莎的死並非艾許琳的錯，更不能寫成某種虛構的邪惡撕票案。

我原本打算在午餐時間一起討論的，但她此時張開四肢俯臥在我的白色沙發上，光著腳，一隻手臂垂向地板，而且似乎已經吃過午餐了。桌面上有兩段啃剩的披薩邊扔在紙巾上，還有空的啤酒罐，披薩是前幾晚沒吃完的，啤酒也在冰箱裡放很久了。那是德克斯的啤酒，我捨不得丟掉，味道應該還可以。

我瞪著毫無防備地躺在那裡的艾許琳，我認為她有罪嗎？當我寫作的時候，幾乎沒有想到這一點，只覺得自己是在說故事，一如我所承諾的那樣，說出一個艾許琳的救贖故事。如果我讓自己的思緒離開書寫，就只會想到凱薩琳。我想著每次德克斯出差、晚歸，或者心不在焉的時候，是否都有別的緣由，是否**有別人**。而此刻，那感覺異常真實。

我會把提問重點放在**能解決**的問題上，至少是可以虛構出解法的。比如說，羅格威契警探去代頓找艾許琳的時候，為什麼她有辦法神隱？還有，如果她和繼父是駕著私人飛機前往波士頓，那她又為什麼會出現在洛根機場的B航廈？那座機場只允許商用航班起降。

無疑她醒來後一定能想出某些解答，雖然我也能自己捏造一些，但這本書應該是要依照**被告知**的內容寫成的，畢竟這是一本報導文學。

我還得問問這位睡美人巴克爾．霍特的事。如果湯姆．布萊恩不是泰莎的父親——假設——而真正的父親是巴克爾．霍特，那也許能讓讀者對艾許琳更有共鳴。一個年輕的女人，以為自己找到了真愛，並發現自己懷孕了——關於這點我會再想出一個更好的寫法——但也許這個男人根本不想和她結婚，甚至離開了她？或者，更好的版本：他**想要**與她結婚，一切都按照計畫進行，結果他卻死了，而她無法面對這個事實。這似乎很合理，也吻合她告訴喬．瑞西納利的版本。

至少喬是這麼說的。

這就表示我需要更多巴克爾．霍特出車禍的細節，如果真的有出車禍的話。我知道巴克爾．霍特確有其人，但這也是喬說的。

喬**到底**在哪裡？

還有另外兩個人可能知道答案，也許是時候去拜訪他們了。

既然艾許琳在睡覺，那這個時機再好不過了。我趁自己猶豫之前，留下一張字條給艾許琳，寫著：*去一趟墓地，很快回來*。寫下這句話時我有那麼點遲疑，希望這不算是褻瀆了他們的在天之靈。我將紙條塞在披薩盒底下，抓起車鑰匙和一瓶礦泉水便出門了。

發動車子時，我又對把艾許琳一個人留在家裡感到不安，但是，嘿，她又能造成什麼傷害？再偷走一些安眠藥嗎？

我倒車駛離門前的車道，陷在自己的思緒裡，不自覺地加速。當我正要駛入空曠的街道時，我抬頭看了一眼後照鏡……**什麼**？一輛銀色轎車朝我的方向奔馳而來。**朝我的方向**？

他開得太快了，**非常快**！我猛踩煞車，車輪倏地停止轉動，車身顛簸著停了下來，肩上的安全帶將我緊緊繫在座椅上。等那輛銀色的車呼嘯而過，我才察覺自己的車一半卡在路邊，車頭撞進車道，車尾還在馬路上。我將手放在胸前，感覺自己的心跳超速，我閉上眼睛，努力平靜下來。如果我當時沒有看後照鏡，如果我提前幾秒加速駛出車道……我明顯**感覺到**那輛車駛過時的速度和意圖。一切都發生得太快了，彷彿時間暫停，彷彿本該有事要發生，但最終什麼也沒有發生。那是一輛銀色的轎車。

我調整座椅，心跳依舊很快，腦袋裡還在想著要**記下車牌**，但那輛車開得太快，應該早就不見蹤影了。

結果我錯了。那輛銀色敞篷車反倒減速了，調頭開進雷朋斯家的車道，怠速等著後方的車庫自動門打開。坐在前座的正是雷朋斯夫婦那個瘋狂的飆車族兒子，他叫什麼名字來著？戴力克．雷朋斯，這蠢材差點殺了我。

汽車消失在白色車庫裡，鐵捲門下降關上。我幾乎想要大笑，但這其實不太好笑。銀色轎車，就像「跟蹤」凱薩琳的那輛車。「他一路跟著我」，她當時對我這麼說。是啊，那當然了，因為這傢伙就住在我家對面。現在另一個謎團也成功解開了，就是這個白痴戴力克，凱薩琳肯定會鬆一口氣，但我才不在乎她的感受。

四周突然響起某種尖銳的噪音，不斷迴盪著，占據了我的大腦。我感覺到一絲血液從我頭上流下，我的身體越來越冷，外面的樹景糊成一團綠色，我能聽見的只有噪音，那個**噪音**越來越大聲。我雙手抓緊方向盤，一隻腳猛踩煞車，用盡全力想要迫使車子停下來，用盡全身的力氣。然後我聽到警笛和救護車聲響起，越來越多聲音，我看見旋轉閃爍的紅燈、藍燈和無數破碎的玻璃。四周的人開始尖叫，他們的叫喊聲揮之不去。

# 67

當我睜開眼睛，儀表板上的時鐘告訴我從剛才到現在只過了不到一分鐘。根本沒有什麼警笛聲、沒有救護車，也沒有尖叫聲。

沒有彈起的安全氣囊，擋風玻璃完好如初。我的頭髮、衣服和臉上都沒有玻璃碎片，我的手臂沒有流血。德克斯沒有在一旁痛苦呻吟，蘇菲也沒有一動不動。陽光照亮我家門前的柳樹，一隻顏色鮮豔的紅衣鳳頭鳥站在枝頭上，後面跟著一尾鶺鴒，牠們對彼此歌唱。眼前的景色**如此明媚**。

我的腳從煞車上移開，手指鬆開方向盤，腦中的噪音逐漸趨緩，變得低沉，終至消失。時間繼續前進，而我紋風不動地坐在方向盤前，平安無事，什麼也沒發生，**一點事都沒有**。

有個身影經過車外，在我完好的車窗上敲了敲。**搞什**——我嚇了一大跳，瑟縮起來，心懸到了喉間。

是艾許琳。

「妳還好嗎？」她手裡拿著一罐啤酒，沒有穿鞋，「妳為什麼車子一半停在路邊？要我陪妳一起去墓地嗎？」

「墓地」是一個難堪的謊言，尤其是此刻，但我得繼續圓謊。

「噢，不用了，謝謝，我沒事。」我說。這也算是實話。

我盡力讓自己勇敢地露出一個微笑。「我在想事情，可能恍神了。」我拿起瓶子灌了一大口水，然後向她揮揮手，「我還得辦點事情，晚點見。」

我緩緩駛上回復平靜的街道，開得不太穩，但很堅定。我必須這麼做，不能讓過去毀了我的人生。在後照鏡中，我看見艾許琳悠哉地回到屋裡，關上她身後的門。

車窗外，道路順暢、四下寂靜，我又重新平衡了我的鋼索。什麼事都沒發生，我很好，一切都很好，都結束了。

但剛才仍可說是有驚無險，**被詛咒的漢尼西一家**，屆時報導肯定會這麼寫，注定死於車禍，一共發生兩起車禍。但今天不行，**不能是今天**。

我緩緩加速，重拾信心，重新回復平時的狀態。

**我做到了**。我撐過了回憶的黑暗，重見光明，還有，我知道那不過就是雷朋斯家的孩子，我很安全，他是個白痴，我的人生還會繼續。

靠近紅綠燈時我緩緩踩下煞車，我的大腦又重新開始運作，它正溫柔地提醒我，剛才發生的事並不意味著「跟蹤」凱薩琳的銀色汽車就是戴力克．雷朋斯。

又是凱薩琳，這本書是她的主意，艾許琳住在我家也是她的主意，也許凱薩琳在艾許琳待在她家的那晚承認了她和德克斯的關係……**唉**，也許是她派艾許琳來試探我是否已經知道了。話說回來，如果照片上的字是**艾許琳**寫的，而凱薩琳是清白的，那麼艾許琳的詭計也讓凱薩琳成了受害者。

或者，艾許琳跟我一樣驚訝，也許照片上的字就是凱薩琳寫的，但我還是難以置信。

街上沒有其他車輛，所以我停在紅綠燈前，試圖想出個所以然。說到難以置信，我漸漸意識到，即便把這本書寫成虛構小說，我也想不出任何方式來操縱實際證據，說明泰莎不是艾許琳殺的。

因為除了她，還會有誰？我無法將艾許琳懼怕的「壞人」寫進去，就算他們是真實人物也一樣。畢竟她堅稱這個充滿「壞人」的故事——她的真相——會讓她身陷危難，也會讓我面臨危險。

我主要的嫌疑犯是瓦蕾莉和路克，但他們並不存在。我還嘗試寫了羅恩．謝瓦里是主謀的版本，當然還有湯姆．布萊恩，甚至還假設喬芝亞出於嫉妒而虐待、背叛，並痛下毒手。但沒有一個能讓

「艾許琳是清白的」顯得有真實感。

我還能把誰寫成殺人犯？我看看馬路兩側，放開煞車，然後又踩了下去，停下車子。

**等等**，好，我知道還有誰可能殺害泰莎了。我腦中快速轉過所有的劇情，這也許行得通，而且很好理解，就像肥皂劇一樣。

巴克爾．霍特可能是凶手，對吧？他殺了泰莎，為了……某種原因。接著他死於車禍，因為……我不知道，或者他自殺了，對！出於自責而自殺了！感覺很有可能。

我仍沒有往前開，繼續留在原地思考，手指在方向盤上打著節拍。現在要釐清時間線的問題。喬．瑞西納利說，艾許琳告訴他巴克爾．霍特在泰莎出生之前就死了，但我詢問艾許琳這件事時，她承認這段故事是她捏造的。我當時假設這是因為她噁心的繼父才是泰莎的親生父親，但也許這**也是個**謊言。

她的確說過巴克爾．霍特**死了**，但有可能「泰莎出生前」的時間點是捏造的。如果巴克爾．霍特還活著呢？有可能艾許琳不知道嗎？

一輛車停在我後方，不是銀色的，但按著喇叭要我繼續往前開。我朝後方揮揮手，沒事，我甚至沒有被嚇到，我真的沒事，但我對巴克爾．霍特這個解決方案非常興奮，以至於差點調頭回家朝艾許琳飛奔而去。

問題是，就算真的是巴克爾．霍特殺了泰莎，我也不能寫進書裡。

因為真相是我唯一**不被允許**寫進書裡的東西，我能寫的只有艾許琳的救贖。這真讓人困惑。

我在麻州收費公路入口的減速標誌前緩下車速，我改變計畫了嗎？不，我有任務在身。

我踩油門開上八線道的高速公路，車速來到七十公里，從其他車輛旁邊飛馳而過。離開家的感覺很不一樣，異常自由，即使四周盡是古怪的波士頓駕駛。我看著陳舊的廣告看板和煤渣磚建築背後模糊的塗鴉，這是真實世界，我已經遠離真實太久了。我把所有車窗搖下來，讓白晝包圍著我，沒有一絲黑暗。雷朋斯家的兒子是個蠢材，我現在好得很。

我的計畫是到警察局，去見奧弗畢和西里爾警探，希望他們人在那裡，我打算去拿回艾許琳的手機。這其實是算計過的，原本我應該事先打電話約時間，但如此一來他們就可能找些理由搪塞我，不讓我拿走手機。當然即使我現在跑去，警方也不會真的把手機交給我，但我的目的只是和他們進一步說話，我想這會是個很好的切入點。

布萊斯・奧弗畢警探告訴過我，他至今依然認為艾許琳有罪，所以他和搭檔柯蘿塔・西里爾警探一定知道一些我不知道的事。也許，在私密的辦公室裡，他們會願意告訴我。

# 68

在警察總部天花板挑高的大廳裡，我將奧弗畢給我的名片出示給身穿制服的櫃臺人員看。這張名片似乎等同於通關密語，櫃臺人員立刻將我帶到三樓，一個堆滿檔案的警探辦公室裡，迅速得讓我幾乎有些不安。這裡是一個開放式空間，辦公桌整齊地排列在一面雙開玻璃門的後面。門往兩側打開時會發出叮的一聲，在我身後關上時又發出叮的一聲。整個樓層裡只有一個人，四周瀰漫著咖啡的味道，幾乎讓我發笑。

我以為我忍得住，但我還是笑了出來，這場景簡直像是在現實生活中親眼見到電影明星一樣。柯蘿塔．西里爾一身專業打扮，穿著深藍色斜紋布外套、黑色牛仔褲，頭髮盤成一個髮髻。她從前排數來第二個辦公桌後方站起身，對我微笑並伸出一隻手。

「我是西里爾警探，」她說，「妳是梅瑟．漢尼西吧？布萊斯說若妳致電或親自來訪，一定要優先接待妳。他現在不在，我是他的搭檔，有什麼我能幫上忙的嗎？妳要喝咖啡嗎？請坐。」她先是指了指電磁爐上的玻璃壺，再指著襯著坐墊的旋轉椅。

「好啊，加牛奶，」我說，「謝謝妳。還有，我有看妳出庭作證的過程，在電視上。」

請我喝咖啡就意味著她有意要談談，所以我接受她的邀請，爭取在這裡待上更長的時間。我興味盎然地看著她張羅咖啡，想像她躲在布萊恩家的廚房裡等著逮捕艾許琳。當時將冰箱上的布膠送去化驗的人、將衣物送去做孢粉鑑定的人就是她；堅定不移地致電給俄亥俄州所有警察部門，誓言找出失蹤小女孩的人也是她。

我感到有些……羞愧，有點卑微，身為一個半調子的作家，我自認有能力破解一樁悲慘案件，但柯蘿塔・西里爾才是在現實世界中努力的人。她也曾站在三〇六號法庭的證人席上說過「只有艾許琳」，現在她一定依舊如此深信。

這也是我來訪的原因。

「順便跟妳說一聲，我們知道她在妳家，」西里爾遞給我一個深藍色的陶瓷馬克杯，一邊說道，「艾許琳・布萊恩。如果妳打算撒謊，假裝沒有這回事，我建議妳就別費心了，好嗎？」

哇，她還真強勢。「沒問題，」我不安地在旋轉椅上挪動了一下身子，底部的輪子在黯淡的灰色地毯上吱吱作響，「這也是我來這裡的原因。」

「妳有喬・瑞西納利的消息嗎？」她問。

「呃，沒有。」她提起這個話題還真是奇怪，已經超過一個星期了，他們還在找他嗎？他們是否還在懷疑我知道內幕？「那你們有他的消息嗎？」

西里爾向後靠在桌子邊緣，用粗糙的食指抓抓臉頰。她的桌面十分整潔，沒有擺放照片、紀念品或是種著常春藤的彩繪玻璃罐，只有數疊文件夾放在桌面的一角，而且排列得非常整齊。

「我們不再調查了。」她說。

「但他——」我思索自己是否應該告訴她艾許琳的理論，凱薩琳可能與他的失蹤有關。但我還沒來得及細想，便又否決了這個主意。「他還好嗎？」

「如果有我們能透露的消息，我們就會告訴妳，」西里爾說，「妳應該明白這一點。那麼，妳剛才說妳為什麼來這裡？」

「艾許琳跟我說妳還扣押著她的手機，」我說出事先編好的彆腳說詞，「和一些證物。她真的很想拿回手機，她——」我一邊措詞，一邊啜了口咖啡，「她不太想自己跟妳索取，而她的律師又不在城裡。」

「她的手機？」警探抿抿嘴，雙手交叉在胸前，然後搖了搖頭，「我們沒有扣押她的手機或任何個人物品，訴訟結束的那天我們就全數交還給她了，事實上，她父親也曾致電給我們，說想要全數取回。」

「妳是說她繼父？」

「對，但他其實是——」

西里爾再度搖頭。「不，她的親生父親。妳是指湯姆·布萊恩，對嗎？」

「不，他不是，」西里爾擺擺手要我停止，完全否決了這個說法，「他不是她的繼父，絕對不是。漢尼西小姐，相信我，我很清楚那女孩的一切。妳從哪裡聽來的？」

她肯定看到我吃驚的表情，我重新整頓自己，先別開眼神盯著我的咖啡，好像這杯黑色液體裡有我的未來一樣。艾許琳振振有詞地說著她過世的親生父親，然後在一連串哭泣、保留和不斷改變說詞之後，終於「坦承」了那痛苦的事實——她的繼父對她做了可怕的事。而每當我稱呼湯姆·布萊恩為她的父親，她也會一再地糾正我。如果連這都不是真的，還有什麼會是真的？

「漢尼西小姐？」警探的聲音十分柔和，像是在鼓勵我，「如果艾許琳·布萊恩對妳透露了些什麼，任何可能與泰莎·妮可一案有關的事，我們都需要知道。她在妳家住了快要兩個星期，我們知道妳在寫一本書——」

我困惑地抬起頭來。

「是的，」她說，「妳認為我的搭檔為什麼要給妳名片？」

「因為喬·瑞西納利的事。」我回答。

她點了點頭。「這也是，但漢尼西小姐，也請妳老實告訴我吧，妳根本不是為了艾許琳的手機來訪。」

咖啡機發出一陣嘶嘶聲，指示燈亮起。西里爾警探扣起她的外套，又再解開。

「手機**已經**還給她了，」警探說，「她被無罪開釋的那一天我們就已經交還。想想看，妳認為她為什麼要說她沒有手機？艾許琳會編造自己的現實，梅瑟，訴訟結果老早就證明了這一點，她非常擅長創造現實。但法庭不是唯一一個能伸張正義的地方。」

她說完，我們陷入沉默，在這堆滿文件的房間裡，只有咖啡的香氣，電話上閃爍的指示燈，和走廊上偶爾傳來的電梯開門聲。正義，我曾以為我能在紙張上實踐它，我能正確地措詞、說出故事，描述人的思想還有行為動機。我的人生在一棵橡樹下澈底崩塌的四百九十一天之後，我仍在尋找著正義，為我那來不及長大了解這個世界的孩子而不斷追尋著。事實上，能給蘇菲的正義並不存在，但泰莎呢？泰莎．妮可的故事與**我的**生活無關，只與艾許琳有關。

就算艾許琳是清白的也沒關係，我只需要知道事情的來龍去脈，真正的真相，而警方也需要知道。

我聽見西里爾警探嘆了一口氣。「聽著，妳能幫助我們，」她停了一下，「梅瑟，如果妳不說出來，那麼妳所做的事就不是在**寫書**，而是在幫助一個殺人犯擺脫她可怕的罪行。」

# 69

半小時之後，我們各自喝完一杯咖啡，而我將一切都告訴了警探，包含艾許琳說瓦蕾莉和路克是虛構人物、Skype 視訊是她預錄的檔案，還有她聲稱湯姆是她的繼父，也是泰莎真正的父親，以及那間「火熱」夜店可能涉及販毒和贓物買賣。警探坐在她的辦公桌前，用藍色原子筆在波士頓警局的線圈筆記本上做筆記。即使她抄寫得很快，筆跡依舊整齊地排列在橫線之內。我提及火熱夜店時，她突然頓住，舉起手上的筆。

「妳有看到夜店溼身大賽的那張照片嗎？」柯蘿塔幾乎是嗤之以鼻地問，「她應該不會給妳看。」

我眨眨眼，思索她說的話。「她是沒有給我看，但我有看過。不過，她說那是學生會的慈善活動。」

柯蘿塔的大笑聲頓時迴盪在整個樓層裡，一陣短暫的笑聲，充滿了純粹的不相信。她接著將笑聲嚥了下去，恢復鎮定。「不，」她說，「不是。」

她閉上眼睛搖搖頭，然後抬頭看著我。「繼續說，梅瑟，她還說了什麼？」

我又說了癌症、慈善航空和湯姆的私人飛機，甚至差點說出洛根機場的吉娃娃一事，但馬上吞了回去，因為我想起那一段是我自己編的。

「但這真的很奇怪，」我繼續說，「她繼父，我是說，她父親，和喬芝亞怎麼會負擔得起郵輪之旅？」

柯蘿塔瞇起眼睛。「梅瑟，布萊恩夫婦人在家裡，在代頓。妳以為我們沒有持續追蹤他們嗎？」

再回頭想想，是我的公婆正在搭郵輪旅行，艾許琳是不是用那張棕櫚樹明信片來編故事？

「妳認為他們也涉入謀殺案嗎？」我問，「湯姆和喬芝亞・布萊恩？」

「不，他們沒問題，只是一對困惑又運氣很差的中年郊區夫妻，養了一個神經病女兒。每個不幸的家庭都有他們不幸的原因。」

不幸的家庭，這讓我愣了愣，但現在的重點不是**我**。

「警探，那妳知道昆茵・麥克莫倫家遭到歹徒闖入的事嗎？」

「很清楚。」她回答。

「艾許琳當時差點就被殺了嗎？」

柯蘿塔停頓了一下，好像在評估我的精神狀態。「那只是一群不良少年而已。我們當場逮到人，他們並沒有真的闖進去，甚至根本沒打算闖進去，沒有人身陷危難。**她**是怎麼跟妳說的？」

「不重要。」很好，又是艾許琳誇大其詞，但誇飾不代表她就是殺人犯，也許只是她被嚇到了。

柯蘿塔——我們現在已經用名字而不是姓氏來稱呼對方了——她簡直是我的浮木，我們兩個擁有共同目標，而且她非常客觀，掌握了許多資訊。我可以告訴她一切，而她不會批評我。更重要的是，她也認為裁定不等同於真相，雖然有可能是真相。

「所以我在想，」我繼續說，「既然我要寫一本真實犯罪小說，那我就得知道真相。萬一艾許琳真的是清白的呢？萬一她之所以這樣編造故事，是因為她根本也**不知道**真相呢？」

「我明白，」柯蘿塔傾身向前，手肘撐在桌面上，似乎興味盎然，「**妳**有什麼推論嗎？」

「巴克爾・霍特，」我於是說了出來，畢竟這也不會造成什麼傷害。我雖知道這個案子的許多細節，但我既不是神探南茜[7]，也沒有執法單位的權力可以進行調查，所以倒不如告訴警方。如果我的推論是對的，而艾許琳是清白的，這將會……嗯，將會是件大事，也會是一條大新聞。「妳知道這個人嗎？」

柯蘿塔點點頭，「當然。」

「艾許琳曾經告訴喬．瑞西納利，說巴克爾．霍特是泰莎的父親，但霍特在泰莎出生之前就死於車禍，所以我從不認為他會是嫌疑犯。」

「顯然如此。」柯蘿塔說。

「但後來艾許琳又告訴我，這部分是她編的，」我接著說，「如果只有**死亡時間**是她編的呢？如果泰莎死後他才死呢？沒有人知道他是誰，也沒有人知道他和泰莎之間有關聯。」

「只有艾許琳知道。」柯蘿塔說。

「對，」我說得津津有味，「所以沒有人在找他的下落。他可能曾經要求探視之類的，而她覺得有義務要答應。然後他就殺了泰莎……」

「為了某些原因。」柯蘿塔接話。

「對，可能有千百種原因。我還想問妳，妳覺得艾許琳有沒有可能是受到**恐嚇**？然後把泰莎的死栽贓給她？有可能是巴克爾．霍特嗎？他會不會還活著？」我連珠炮似地說，「妳覺得艾許琳有可能捲入某個事件嗎？或許她當時不知道自己**捲入**，又或者**至今**還不知道？也可能她到現在都還在替人掩蓋真相？」

「我們會去找證據，好嗎？」某個空桌上的電話響了，柯蘿塔置之不理。

7 Nancy Drew，青少年偵探小說系列的主角，書本首次出版於一九三〇年，曾多次改編為電視劇。

我知道我是對的，這本書一定會——就像大學時常用的詞——超有看頭。我現在有種很難形容的感受，覺得這個故事的終章一定會說出一個重要的真相，足以讓人流下眼淚，因為一開始看似毫無可能，但最後卻**做到了**。此外，說到正義。

「還有，柯蘿塔，」我似乎過於窮追猛打，可我看得出來她現在十分尊重我，「喬・瑞西納利之前跟艾許琳走得很近，她告訴他很多事，妳認為喬失蹤和泰莎的死有關嗎？」

柯蘿塔點頭，安靜地聽我說話，她啜了一口咖啡，我幾乎能看見她腦中齒輪運轉的模樣，雖然這麼形容太過老套，但此刻顯得非常精確。

「妳為什麼不打電話問他？」她說。

# 70

「打電話給喬？」這又是什麼把戲？「他失蹤時沒有帶手機，不是嗎？」

柯蘿塔站起身，闔上線圈筆記本，塞進外套口袋裡。「他現在有帶。」

她看起來一點也不狡猾，也不像是在暗算我，但我又怎麼知道警察就不會欺騙我呢？

「奧弗畢警探來訪後，我寄了好幾封電子郵件給他，」我也站起身來，對她說，「還有簡訊，但他一封也沒有回，我寄了好幾次。他也很長一段時間沒有使用推特，大概有一個星期了吧。」

「那是之前。」柯蘿塔又說。

現在是我腦中的齒輪開始運轉了。回頭想想，這些警察當初誤將泰莎看成「五歲的西班牙裔小女孩」，而後又指控現在可能是清白的艾許琳為殺人犯。他們又會對**我**做出些什麼事來？他們會不會誤解或弄錯了什麼？發生在艾許琳身上的事就是如此嗎？警方現在是否想要把某些事歸罪於**我**？

但此刻，我依舊很難抗拒打電話給喬，我怎麼能不打這通電話？

於是我掏出手機。柯蘿塔又走回咖啡機旁，我看見她背對著我，拿起一張咖啡濾紙，並打開一個塑膠罐裝的甜甜圈品牌咖啡豆。我打開聯絡人清單，深吸一口氣，然後按下喬的號碼。

一聲鈴響，又一聲。

「我是喬·瑞西納利。」

「喬？」我說。柯蘿塔連頭也沒有回。

「梅瑟？嘿，妳好嗎？好久沒聯絡了。」

我的腦袋彷彿要爆炸了。「你**這段時間**跑哪裡去了？」

「呃，哪裡都沒去啊。」他回答。

我覺得他的語氣聽起來像在開玩笑，但我再也不相信自己的判斷力了。

「妳說『這段時間』是什麼意思？」他繼續說道。

柯蘿塔在一旁舉起我喝空的馬克杯，露出詢問的表情，我對她搖搖頭。我現在更需要的是酒，但這間辦公室裡恐怕沒有這種東西。

「我是說，你之前跑哪裡去了？」我閉上眼睛，試圖整頓思緒。能知道真相是好事，尤其是警察還在旁邊聽。「警察到我家來，他們在找你，說你太太很擔心，而我是你最後一個通電話的人，又說你沒有帶手機就失蹤了，沒人知道你跑哪裡去了。」

電話那頭一陣沉默。「我**確實**有打電話給妳，」他終於說，「結辯那天，記得嗎？總之，那天之後我就出城了**一段時間**，帶著另一支手機。這只是一場誤會。」

**這又是什麼鬼誤會**？我真想對他大吼，但這麼做可能不太恰當。我轉身背對柯蘿塔，眼前有一面軟木布告欄，上面釘滿了單位通知和通緝海報，變得坑坑疤疤的，底下還有那張「**你認識我嗎**」的波士頓寶寶傳單。「所以發生了什麼事？你**還好**嗎？」

「我當然沒事，」他說，「我很好。就是有點……私事，我太太有點……呃，反正現在沒事了。妳呢？有什麼新鮮事嗎？」

有什麼新鮮事？**新鮮事**？我一時間還真不知該說什麼，也不想在警察辦公室裡進行太冗長的對話，尤其不想在這裡問喬對艾許琳知道多少，她告訴過他什麼，或究竟發生過什麼事。況且喬也不知道她現在住在我家。他知道嗎？我還不太確定他是不是個正派的人，雖然警方——或者**這**是一個陷阱？

「你最近有見到凱薩琳嗎？」最終我這麼問。

「**凱薩琳**？」他停頓了一下，「聽著，梅瑟，也許見面聊比較好，要我過去一趟嗎？」

他怎麼能這麼該死的理所當然？多虧我還替他擔心了整整一星期？此刻我真不知道該哭、該笑、該尖叫，還是該拿刀砍人。我信任他嗎？

「我再打給你。」我說。

我將電話塞回口袋，不知道自己究竟是困惑還是憤怒。他為什麼不回電？但話說回來，他也沒有義務要回電。如果他真的只是為了某些「私事而出城」，根本沒有理由向我報平安。雖然我的確寄了電子郵件給他，但我們只是同事而已。他沒有失蹤，也沒有在某條暗巷裡身受重傷，更沒有像我暗自擔心的那樣橫死異地，那些可怕的事情都只是我的想像，但也不代表我就不能為此擔憂。

辦公室的雙開玻璃門打開又關上，布萊斯．奧弗畢警探走了進來，他停頓在門口，先是盯著我看，然後又看看柯蘿塔，接著搔搔脖子，好像在審視某個犯罪現場。他的穿著和他的搭檔一模一樣，深藍色外套和黑色牛仔褲，雖是便衣，但看起來和一般的藍色警服差不多。

「有什麼事嗎？」他問，「有咖啡喝嗎？」

「嘿，警探，記得我嗎？所以喬．瑞西納利只是**出城**了？」我有點生氣地朝他逼近一步。現在可不是只有艾許琳拿喬．瑞西納利來作文章，就連警方也讓我為此心煩意亂，尤其是這位奧弗畢警探。「而你壓根兒就不想浪費時間來告訴我一聲嗎？」

「嗨，布萊斯。」柯蘿塔坐進她的辦公椅，雙腿交叉，手裡拿著一杯咖啡。

「啊，真是抱歉，」奧弗畢對我聳聳肩，「那只是他的私事，最後什麼大事也沒有。他是個優良好市民，如果這個詞也適用於記者的話。但，呃，我們可以叫他**親自**跟妳說明。」

我惡狠狠地瞪著他，但他一點都不在意。在安靜的警察辦公室裡，只有咖啡注入杯子和他在咖啡裡倒入奶精的聲音。好，所以喬顯然沒有和凱薩琳一起捲入某個毒品和謀殺案件，艾許琳不斷鼓吹我相信這個說法，而正是我自己一連串的想像把自己給害慘了。

「聽著，布萊斯，」柯蘿塔終於打岔，「梅瑟有個推論，或者說兩個。」

「該不會艾許琳有個邪惡雙胞胎吧？還是泰莎還活著？」奧弗畢說，但柯蘿塔瞪著他，他這才回復正經，「好吧，請說，我們洗耳恭聽。」

我忽略他的戲謔，決心要凌駕於嘲諷之上，他聽完我的推論自然會對此感到抱歉。至於喬的事，我晚點再弄清楚就好。

我將我對巴克爾．霍特的想法快速解釋給奧弗畢聽，花的時間比剛才跟柯蘿塔說明還要短一些。奧弗畢全程都在點頭，一邊踱步走回他在辦公室尾端的辦公桌，我跟在他身後繼續解釋著，而柯蘿塔則推了一張旋轉椅跟在我後面。

奧弗畢揮手示意我說下去，一邊打開他的電腦，然後再示意我在一旁的椅子上坐下；柯蘿塔則靠在旁邊的另外一張辦公桌上。奧弗畢開始打字，我想應該是在做筆記。

但接著我聽見聲音從電腦裡傳來，一個聲音說：「嘿，布萊斯。」

「嘿，瓦德里，」布萊斯回答，「我這邊有一位……」他看著我。

「作家。」我替他填補了空白。我將椅子推近一些，瞥了一眼他的電腦螢幕，上面是 Skype 視訊畫面，而我絕對不會認錯他的通話對象，正是代頓的瓦德里．羅格威契警探。透過泛黃的螢幕光線和怪異的電腦鏡頭角度，他在 Skype 上的臉孔顯得有些扭曲變形，但我在電視報導上看過他無數次，我想還有一次是在《時人》雜誌上看到的。我寫了這麼多關於他的文字，寫下他的想法、他的決心，還有他對泰莎一案鍥而不捨的調查，此刻我很想知道有哪些部分是準確的。但至少我確定他真的有躲在布萊恩家前廳的衣櫥裡，不知他對艾許琳被判無罪有多生氣？

「記者。」奧弗畢最終說，「她有些想法，我們也想讓你知道。梅瑟．漢尼西，這位是代頓的羅格威契警探。說吧，漢尼西小姐。幸好有Skype，對吧？」

# 71

「警探，你知道巴克爾．霍特嗎？」我脫口而出，沒有經過記者式的措詞修飾，但一想到這位代頓警探若能揪出謀殺泰莎的真凶一定會非常高興，我就覺得受到鼓舞。「有可能是**他**殺了泰沙．妮可嗎？」

「知道，不可能。」羅格威契警探理了個平頭，有一張圓臉，看起來像膽小的獅子，而且滿面倦容。

我停頓下來，從 **Skype** 畫面右上角的視窗裡看見自己的臉。視窗很小，但也足以讓我清楚看見自己臉上吃驚的表情。他為什麼這麼肯定？我應該把準備工作做得更充足一些，再把更完整的想法告訴他。

「告訴她原因。」奧弗畢說。他仰靠在椅背上，椅子微微後傾，前輪稍稍離開地面。

「他在泰莎出生之前就死了，」羅格威契說，「一個多月前吧。」他那張陰沉的臉正試圖對我露出微笑。「對艾許琳來說真是太可惜了，霍特還真的有可能是嫌疑犯呢。嘿，但是別忘了，陪審團說她無罪，可不代表她就真的清白。」

「說得對。」奧弗畢附和，「還有別的要說嗎，漢尼西小姐？」

我不明白剛才他們為什麼不能直接告訴我，顯然是在取笑我，但隨便吧，我沒關係，反正我還是得寫完那本書，既然在現實生活中親眼見到羅格威契，我不妨就藉這個機會問他一些問題。

「嗯，事實上還有，」我於是說，「霍特是怎麼死的？」

「車禍。」羅格威契回答。

「你有警方的調查報告嗎？」

「有啊。」

為什麼搞得這麼困難？「那你可以——」

「等等。」他說著，從畫面上消失。

「又有別的想法？」奧弗畢現在可是毫不掩飾地嘲笑我了。我知道大家都討厭記者，這傢伙可能是被某些記者惹惱過，或只是因為艾許琳住在我家就找我麻煩。

「那是個不錯的推論，梅瑟，」柯蘿塔怒視他，給他一個「**夠了**」的表情，「我想我的搭檔只是認為，如果直接告訴妳我們早就調查過，妳也不會相信，畢竟記者都不信任警方。」

「謝了。」我說。既然柯蘿塔主動求和，那我就假裝沒有察覺奧弗畢的嘲諷態度。但喬・瑞西納利的事他還是欠我一個道歉。「警探，我能否請問，柯蘿塔說你在裁定結果出來之後就將手機還給艾許琳了？」

他點點頭。

「你知道她的號碼嗎？」

「我回來了，」羅格威契的聲音又從電腦傳來，「警方報告在這裡。」他舉起一疊厚厚的文件夾，從裡面抽出一張黑白列印的文件。他將紙張貼得太靠近電腦鏡頭，導致我什麼字也看不清楚，但還是能看到幾個核選方格，還有底部的欄位上填滿了警官的手寫報告。「是紙本資料，我們大概兩年前才開始用電腦歸檔，我可以掃描後傳給妳。」他說。

「太好了，」我說，「但你能不能直接告訴我當時發生什麼事？」

「下大雨，車子撞上一棵樹。」

我愣住，但立刻回過神來，這與我沒有任何關連，重點也不是我。「為什麼？」我問。

「嗯，就是某個癮君子把霍特撞飛。那人的車是停車場偷來的，他醉翻了。事故現場有目擊證人，是當時對向來車的駕駛來找我們報案的。我們找到那輛車，雖然車牌拆掉了，但我們追蹤車輛識別號碼連絡上車主，而車主有確切的不在場證明。最後我們逮到了那個癮君子，這不是他第一次肇事逃逸，他什麼都招認了，販毒、吸毒、持有毒品、輕率駕駛致死，還偷過一堆車。」

這下我的推論進入死胡同了，但至少他們有調查清楚——等等，「你怎麼知道巴克爾．霍特是誰？又怎麼知道他和艾許琳有關？你們是什麼時候將這兩個案子連在一起的？」

「我們不能洩漏消息來源，女士。」羅格威契說。

「我確定妳跟**這個來源**很熟。」奧弗畢補充。

「也許妳會想問問喬。」柯蘿塔對我眨眨眼。

喬把艾許琳說的話全告訴了警方？真是耐人尋味。這表示在艾許琳被逮捕**之後**，警方才去調查霍特的下落，也就是在訴訟期間。

「在你掛斷之前，警探，」我對著 Skype 畫面說，「我還想再問你一個細節，車主的姓名是什麼？我是指被偷的那輛車。」

「啊，」羅格威契指著面前的紙張，「他的名字叫丹荷姆．蕭，也是代頓人。」

「他現在人在哪裡？」我問。

「講重點好嗎？」奧弗畢說，「還是妳想玩弄警察？」

「我沒聽清楚，」羅格威契則說，「你是在跟我說話嗎？」

當然了，他們是在喬說出巴克爾．霍特這個人**之後**才展開調查，這也是他們首次將巴克爾．霍特與艾許琳一案連在一起。問題是，那時他早已死透了，所以當然會將他從嫌疑犯人選中刪除。我想這也讓他們鬆了一口氣，因為他們更加確定艾許琳有罪。

但我是個作家，我很清楚有時候根本不能確定故事究竟是從何而起的。在我寫的這本書中，我得循著泰莎謀殺案的線索，既要向前推進、剝開表象，也要向後回溯事件的開端。

現在我坐在這裡，眼前是身在一千多公里外的代頓警官，而身旁則是兩位想看好戲的波士頓警探，我想像當初究竟發生了什麼事，又是為什麼會發生，也想著當人一心一意想要破解某個疑點的時候，很容易會忽略另外一個疑點。警方專注調查泰莎的死，但他們應該也要——或許要——調查巴克爾·霍特的死。

不過，當然，他們認為巴克爾·霍特的死早已結案了。

「抱歉耽誤各位警探的時間。」我說。

「反正我們有的是時間。」奧弗畢看了看他的手錶，擺明要我知道他的嘲諷。

「啥？」羅格威契出聲。

「別理他們。」柯蘿塔則說。

「蕭的車裡有指紋嗎？我是指除了丹荷姆·蕭本人以外的指紋。」不知道他是誰，但若有必要的話，我可以晚點再弄明白。

「就我們的經驗，這些竊盜天才通常都戴著手套，」羅格威契回答，「所以不確定他們是否——等等，」我在Skype上聽見另一頭傳來紙張翻頁的聲音。羅格威契低著頭，鼻梁上架著金屬框的眼鏡，想必是在瀏覽文件。我在畫面底部看到紙張的上緣一頁頁翻過去。

「對，」他頭也不抬地說，「他們有採集指紋，但沒有找到，總之就是有戴手套。」我看見他闔上文件，然後抬起頭來看著鏡頭，「有蕭的指紋，還有其他一些人的，但都不吻合。」

柯蘿塔把她的紙杯捏成一團，扔進奧弗畢身邊的垃圾桶裡。我想起我寫過記者在媒體室裡等待裁定結果的場景，當時有一個人——是喬·瑞西納利嗎——也做過跟她一樣的舉動。不知道艾許琳是否又在我的沙發上睡著了？艾許琳總是有辦法甩開擋她去路的人，總是有辦法創造她自己的現實。

「我有個想法。」我說。

# 72

新英格蘭九月的暮色如此靜謐，連時間都彷彿靜止了。天色未暗，街燈不必要地亮起，放眼望去，一座高聳的鐘樓聳立在白色木瓦的公理會教堂屋頂，而駐紮在鎮上的青銅民兵雕像手裡握著一枝步槍，永遠都呈現備戰狀態。一縷月光出現在蒼白的灰藍色天空上，此刻白晝已過，卻還未入夜，像是介於日與夜之間。

就像是一種平衡，彷彿能同時看見世界的兩種樣貌。

里斯特托咖啡廳在戶外桌上放了一些粗矮的蠟燭，這愜意的座位區已經客滿，一對父母正和他們坐不住的孩子一起吃著雞柳條，一對白髮蒼蒼的夫妻正專注地談天，還有一對男女，從他們不甚熱絡的對話方式看來，也許是初次約會，也可能是即將分手的情侶。

艾許琳和我則到這裡來享用葡萄酒和小點心。我到家時她又躺在沙發上，但誰知道我去拜訪警方的時候她在做些什麼，也許是用她那不存在的手機和某個人聊天吧。我告訴她我很餓，掃墓之後需要放鬆一下，而她似乎相信了。

燭光反射在她的墨鏡上，她不肯摘下來，否則此刻我們就像是一對搭檔，跟西里爾和奧弗畢警探一樣。我們都穿著T恤和牛仔褲，背著跨肩小包。不知道她的包包裡是否裝著手機。

「妳知道妳的鄰居在搬家嗎？」她問，仔細檢查著她的義式番茄沙拉烤麵包，「就是妳家對面的那一戶，那天警察把車停在他們家門口。兩點的時候搬家貨車把我吵醒，他們家東西好像很多，搬了好幾個小時。」

所以她要不就是睡了一整天，要不就是一直望著窗外。很好，不管她在忙什麼都好，至少沒有亂翻我的抽屜。

「是啊，妳知道他們的兒子是個神經病，」我說著，邊喝了一口水，沒有碰我的酒，「我今天倒車出去的時候他差點害我心臟病發，就是在妳出來看之前。他真的是個瘋子。」

我描述事發經過，艾許琳一語不發地喝著她的皮諾酒，又咬了一口烤麵包，一塊番茄丁落在她的盤子上，然後她說：「妳真是九命怪貓，梅瑟，妳有可能會被撞死，**再一次**被撞。」

**再一次**，餐廳的嘈雜聲彷彿逐漸消失，我的腦中描繪著她說的「再一次」，感到一陣惡寒，那些畫面歷歷在目，真實得彷彿在看大銀幕電影。我看見自己開著車，就像今天早上一樣，往橡樹的方向轉彎。大雨模糊了擋風玻璃，雨刷奮力擺盪，德克斯坐在我身旁的副駕駛座，而蘇菲穿著那件沾滿生日蛋糕糖霜的藍色條紋洋裝坐在後座，像往常一樣跟著收音機五音不全地哼歌。我從後照鏡望見她正抬起手臂，向上指著天窗外的大雷雨。她是如此無所畏懼，特別喜歡颳風下雨的天氣，總會興高采烈地說著「閃電電」。我急著想要趕回家，於是在轉彎處加快車速。一道閃電劃過天際，「看！」蘇菲大叫，「閃電電！媽咪，看！」我們總是會跟著她抬頭看。

也許我看了。

也許我偏離了車道，也許路面上有水坑，或排水溝，或者發生了某個突發事件；也許我試圖避開雷朋斯家的蠢兒子。我無法面對事發經過，所以將它埋藏起來，我心知肚明。但也許是那個蠢小子突然加速，沒有打燈或看一眼後照鏡。沒人知道答案。

而我們就這樣被留了下來，至少我被留了下來，試著重新振作。

一場意外。

「妳還好吧？」艾許琳問，「我吃掉最後一塊烤麵包了。」

「我們該走了。」我揮開想像，用一隻食指抹去快湧出的眼淚，也抹去我腦中的畫面。我不想跟這個女人談論死亡，除了泰莎的死之外。「回去多寫個一兩章吧，我可不想錯過截稿日期。」

「噢，所以凱薩琳又打電話給妳了嗎？」她一口飲盡杯裡的酒。

「沒有，」這惡毒的女人就是想對我提起凱薩琳，「也沒有喬的消息。」

「我看了推特，」她睜大眼睛說，額頭都皺了起來，「喬好久沒發文了，真是可怕，又好難過，我真的很怕他——」她突然停了下來，「我是說……」

我沒有回話，等著聽她如何圓謊。她非常明確地告訴我她沒有手機，我很肯定，而我出門時一如既往地隨身帶著筆電和平板，所以她也不可能使用我的電腦。

她如此粗心，現在謊言被自己拆穿。

「後來我發現手機**在我這裡**，妳看我多蠢？」她拉下太陽眼鏡好讓我看清她的表情，她瞪大了眼，**真是個愚蠢的女孩**，「在我行李袋的口袋裡。我想是昆茵幫我整理東西時塞進去的，我一直不知道，妳相信嗎？」

**不信**，一點也不信。「太好了。」我用稀鬆平常的語氣說。

「總之，他一直沒更新讓我很害怕，」她輕輕帶過謊言，好像她從沒說過謊，「他一定身陷險境了，我希望……我們能用什麼方法幫幫他。」

「我相信他沒事的。」

「妳這樣想嗎？我不認為。」

「警方已經在調查了，艾許琳。」現在輪到我來玩些手段了，就像她曾對我做過的事一樣。我把艾許琳所謂「壞人要來抓我」的故事告訴警察，還有毒販綁架了泰莎，並以此威脅艾許琳保密的故事也一併說了。警探各個大笑不已，我無可辯駁，也對自己差點相信她感到羞愧。此刻她緊抓著喬遇上危險的故事不放，讓我覺得十分有趣，因為現在我很清楚這個故事不是真的。我低頭看了看錶。

「走吧。」我站起身說。

「但我**告訴**他了，妳知道嗎？幾乎和盤托出，現在喬……算了，」她望向市中心的廣場，彷彿她能在人群中找到他，「他們一定是抓到他了，梅瑟，太可怕了，這都是我的錯。」

「真的很令人擔心。」我語調誇張地附和，只是為了自娛而已。

回家途中，天色很快就暗了下來，早秋的夜晚皆是如此。建築物的稜角在夜色中變得柔和，而街燈接管了這座城市。艾許琳摘下墨鏡。

「妳父母有跟妳聯絡嗎？」我們經過林肯大道時，我問她，「他們的郵輪之旅玩得如何？」

「我跟妳說過，他們已經離開我的人生了，而且我不會再回去俄亥俄州，」她說，「代頓什麼都沒有。我想去——加州！去一個沒有人認識我的地方，我可以重新開始，當一個不同的人。」

「也許我的書會讓妳成名，」我說，「好的名聲。也許妳會受邀上談話性節目，以受害者的身分談談不公正的司法體制，大家會認為妳是經歷喪女之痛的年輕母親，卻差一點就要終身坐牢。也可能會被翻拍成電影，妳知道嗎？由某個知名演員來扮演妳。」

她興致勃勃地看向我，眼神比以往更要熱切。這時我們走到了家門口的小道，她在第一個石板上停下腳步，調整了一下她的包包背帶。

「妳可以寫成那樣嗎？」她問。

「來試試看吧。」我走過她身旁，用鑰匙打開前門，「要去廚房還是書房工作？」

「書房。」

「選得好。」我說。

# 73

我走到桌子後方，打開我的電腦，調整了一下姿勢，再打開草稿檔案，檔案原封不動。我敲打鍵盤，整理了一下內文，然後再輸入幾個字。

艾許琳坐在椅子裡，一條腿隨興地掛在扶手上，而她的包包放在地上。她正隨手翻著一本雜誌，那是《內幕》雜誌，封面印著她的照片。**艾許琳無罪開釋**，封面標題寫道。她完全忽略了我，很好。

「我很快問幾個問題，」我邊打字邊說，然後停下動作等了一會兒，時機到了。「妳跟丹荷姆·蕭很熟嗎？」

「誰？」她瞇起眼睛看我，臉上瞬間閃過一絲厭惡的神情，要不是我過去十六天和她朝夕相處，這轉換快得我幾乎要錯過了。她把雜誌扔在地毯上。

「該死的**路克**，」她說，「他是怎麼找到妳的？」

路克？她說過路克是虛構的。

「他沒有找到我，」我掩飾驚訝，試圖穩住陣腳，「妳為什麼會提到路克？」**路克**？

「沒有哪個男人喜歡自己的名字叫**丹荷姆**，活像個女人，」她做了個鬼臉，「路克是他的中間名，所以我都那樣叫他。但妳怎麼會問起他？妳聽到我跟他通電話嗎？他前幾天晚上有打來。可惡，我以為妳睡得很熟。」

她站起身，走近書桌。

前幾個晚上？是不是我以為自己夢見電話響起的那晚？或是我以為她在廚房跟送貨員調情的那次？她其實是在講電話？我現在很慶幸我們之間隔著一張六十公分寬的實木書桌。

「所以路克**確實**存在，」我說，「妳本來說他是妳編造出來的，妳還說他姓沃許。」

她又拿起德克斯的石頭，用一隻手拿著，又換到另一隻手。我記得她第一次這麼做，是她用氯仿的搜尋紀錄半威脅我的那一次。當時我很懷疑她是否真的在威脅我，現在我非常肯定。

「路克當然存在，」她說，「我只是編造了他的姓氏。我不能讓他也捲入，對吧？說他不存在事情就簡單得多。等我的書出版了，我們就能繼續在一起了。」

「所以泰莎並不是他殺的？」我說。

「哦，我很確定不是，」她說，「我們一起飛去波士頓，像個快樂的家庭，妳知道的，」她停頓了一下，「哦，但結果卻非常、非常悲傷，我再也沒有見到泰莎了，我根本**不知道**發生了什麼事。」石頭重重地被扔到她另一隻手掌上，「我**完全**無罪，陪審團是這麼說的，對吧？沒人可以改變這一點。」

「是啊，」我不喜歡她拿著那顆石頭，「那瓦蕾莉是真實人物嗎？」

「**老天啊**，」她說，「不是，好嗎？」

突然間她的表情完全變了，好像發生了一件極度令她震驚的事。她低頭看著她的背包，包包裡傳出震動的聲音。

「妳的電話，」我說，「最好接起來。」我從桌子後方走出來，朝她伸出手，「把石頭給我。」

我一搶過石頭便立刻繞回桌子後方，將石頭塞進抽屜裡，然後暗自祈求好運。

「路克？」她掏出手機，就這麼說出了他的名字，「你打給我做什麼？你只能在緊急的時候打給我，現在能有什麼急事？」

她抬頭瞥了一眼，看我是否在聽她說話，而我「假裝」專心地看著電腦，雖然我的眼睛確實是盯著電腦看。她轉頭背對著我，弓著身體講電話。

「警察告訴你——什麼？該死，你得趕快出城，」她說，「**立刻**！再告訴我你去了哪裡。」

這時衣櫃的門打開了。

「我已經騙過妳一次了，」奧弗畢從裡面走出來，「妳真丟臉。」

「還能騙妳第二次？」羅格威契警探的聲音從我筆電的 Skype 中傳出，我轉過螢幕，好讓他能看見她，而她也能看見他。「妳真的很丟臉。」

# 74

我知道他們不可能讓我寫出艾許琳・布萊恩因謀殺巴克爾・霍特而被捕的內幕故事，但喬・瑞西納利卻在《環球報》上刊登了這則頭條，真是讓人感到雙倍惱火。而令人三倍惱怒的是，在這個角色不斷改變的真實世界裡，喬今天早上再過一會兒就要來採訪我了。所有媒體都報導了艾許琳再度被捕的事情，但正如他們說的，「細節」十分粗略。

這是因為我是唯一一個掌握細節的人，**只有梅瑟**，哈哈。

凱薩琳暫緩了這本書的出版時程，想等到最好的時機再出版。「妳**太棒了！**」她在電話裡說，彷彿我們之間除了這本書以外，什麼事也沒有發生。我會好好完成這次採訪，然後再繼續尋找屬於我自己的真相，誰知道那之中會不會包含這本書，或凱薩琳。

昨天我看著藍灰相間的巡邏警車飛也似地駛離，而艾許琳戴著手銬憤怒地坐在後座，我則從客房的床上扯下所有床單、被套，抓起她用過的所有毛巾、我的柚香沐浴乳、防晒乳，全部一股腦兒地扔進垃圾桶裡，還有那臺新的烤麵包機。艾許琳一離開，整間房子就變了。

接著在晚上十點的時候，我像進行驅魔儀式一般從客房的牆壁上撕下所有五顏六色的便利貼，聽著那些紙張從淺黃色油漆上不斷剝落的聲音，每一聲都彷彿消除了一點懷疑。我揉爛那些小方塊，澈底摧毀它們，也一併摧毀了它們所代表的痛苦和懷疑。我把書堆起來，再用腳踩扁那些箱子，把所有東西都塞進綠色垃圾袋裡，包含那未拆封的第五號紙箱。綠色的垃圾袋雖讓我想起可怕的事，但那也是我家裡唯一的垃圾袋。我把它們扔掉，全都扔掉。

但我暫時留下了那張畫著愛心的照片，無論德克斯（和凱薩琳？）發生過什麼事，都跟俄亥俄州、毒品交易、艾許琳或泰莎沒有任何關聯，那一切只是艾許琳重新編造的現實而已。諷刺的是，正是艾許琳的操弄讓我匆忙打開了過去發誓絕不打開的箱子，結果什麼也沒找到；沒找到任何我需要的、或可能需要的線索。當我把德克斯所有的箱子都扔掉之後，我也終於抹除了過去，並捨棄了那些不必要的回憶。因為無論德克斯對我來說有多重要，他的重要性都不存在於那些箱子裡。我的生活還會繼續前進。

接著我回到客房裡，盯著僅剩的那個陌生物品，焦慮得幾乎喘不過氣，也可能是因為我感到如釋重負。艾許琳的空箱子，還有衣櫃裡的幾件衣服，我該拿這些東西怎麼辦？最後，我奮力把所有衣服從衣架上扯下來，再將抽屜掃蕩一空。我將東西全攬在懷裡，搖搖晃晃地試著拉開她的行李袋，把所有東西都塞進去。那件她經常穿的灰色連帽外套掉在地上，落地的聲音有些出乎意料。我把手裡的東西一次塞進袋子裡，然後撿起連帽外套，口袋裡有東西發出聲響，我將東西倒出來。

一個黃色的塑膠藥瓶落在我的手掌裡，裡面的藥丸相互碰撞。瓶身有本地藥局的標誌，是開給凱薩琳．克拉夫的處方藥。我瞇著眼睛看了看標籤上細小的文字，那是十毫克劑量的安眠藥。我盯著瓶子看，故事似乎又改變了。艾許琳留著凱薩琳的安眠藥，跟我的藥是同一種，是她偷來的嗎？還是凱薩琳給她的？為什麼要給她？

我將手覆在眼睛上，試圖從腦中擠出真相。

她到底有沒有拿走一顆我的藥？她還給我的藥是從這個瓶子裡拿的嗎？她有沒有偷偷在我的酒裡放了藥？我永遠不會知道。但如果她這麼做是為了讓我對她產生不公平的懷疑，好讓她可以理直氣壯地表演她「被誤解」的戲碼，那的確奏效了。

**她創造自己的現實**，我無數次這麼想著。而且就像柯蘿塔說的，她確實很擅長於此。

我回想了過去這兩週，試著把這段經歷寫成另外一個故事。

還有我廚房起火的那次，艾許琳是否將我那臺不可靠的烤麵包機捏造成某種縱火的陰謀？另外還有炸彈威脅、食物中毒、昆茵家遭到塗鴉和闖入、凱薩琳的銀色轎車跟蹤事件、看見「陪審員」和穿著粉紅色小貓高跟鞋講手機的女人。她利用、扭曲這些事件，來創造自己的現實，創造一個新的故事，為了嚇唬我、說服我那些事件全是衝著**她**而來的。有些是真、有些是假，例如真的有那隻死在臺階上的小花栗鼠嗎？她**利用**了我，利用我的悲傷，為她自己創造一個新的現實。

她謊言的深度令人吃驚，現在我明白了所有情況，回顧過往她幾乎可以說是聰明的。她甚至也利用了喬，把他的缺席扭曲成一場悲劇，並且再一次地，又與她有所關聯；什麼都與她有關。我想我也明白，一直都**明白**，那張氣球照片背面的愛心是她畫上去的。我猜。

也許。

還有兩個故事需要真相，一個當然是泰莎的死。雖然艾許琳永遠不必為此接受懲罰，但我很肯定艾許琳有罪。那麼德克斯和蘇菲的死呢？是否有人——除了我之外——應該為此負責？

我相信我的丈夫。

我相信我的朋友。

也許。

# 75

「直接開始訪問吧。」喬說，「羅格威契警探是怎麼找到路克的？我是指……丹荷姆・蕭？」

星期一早晨上午十點十五分，我和喬坐在客廳裡談論艾許琳案。早陽從沙發另一頭的前窗灑進室內，窗外那株柳樹綠葉轉黃，兩種顏色參差。

喬對於他上週的去向還是有所保留，但很明顯與艾許琳想像中的壞人沒有半點關係。我對懷疑他感到有些不好意思，不過他永遠不會知道我想過什麼。

我們正準備開始討論兩地警方如何合作，讓艾許琳再次以謀殺罪被逮捕。

「很簡單，」我說，「蕭根本沒有躲起來，因為沒有人把他和艾許琳聯想在一起，所以當羅格威契去敲門的時候，他不疑有他地打開門，然後就被押入警局了。」

我停下來，興味盎然地回想當時的情景。我把 Skype 畫面轉過去給艾許琳看，她錯愕地看著羅格威契警探出現在自己男友丹荷姆・「路克」・蕭的身旁，而路克被迫從代頓警局打了這通電話給她。

這起陰謀被戳穿之後，艾許琳當下想必很難立刻再想出一個新的謊言。在霍特「意外」身亡的那晚，蕭有確切的不在場證明，但警方打賭艾許琳肯定沒有。

「艾許琳為什麼要殺他？她懷了他的孩子，不是嗎？」喬十分老派地在記者常用的筆記本上寫字，「是因為霍特不想娶她之類的嗎？」

「正好相反，」我告訴他，「他**堅持**要跟她結婚，死纏爛打。根據蕭的說法，艾許琳說霍特那時打算大肆宣揚她懷孕的事。問題是，艾許琳比較有『志向』吧，她認為蕭是更好的選擇，說白一點，蕭比較有錢。這時霍特就顯得礙手礙腳了。

「所以，昨天警察一給蕭看指紋，他馬上就出賣了艾許琳，畢竟他也沒別的選擇。他告訴警方說那晚她借了他的車，並堅持不要他過問原因。後來霍特的死訊公開之後，她曾向蕭承認是她撞的，但她說自己只是想嚇嚇他，沒有打算殺人。她想把霍特趕出她的人生，她是這麼說的。」

「最好別擋她的路。」喬說。

「可不是嗎。」我附和，想起她總拿德克斯的石頭恐嚇我，「總之，就像報導裡說的一樣，艾許琳拜託蕭扔掉那輛車，假裝車被偷了。幸運的是，我想對他們來說的確算是幸運，警察還真的抓到了一個肇事逃逸的嫌犯，又有很多前科，雖然抓錯人了。」

「他們為什麼沒有比對指紋——噢，我懂了，」喬說，「就算他們比對指紋，艾許琳當時也還沒有犯罪紀錄，所以不會有她的指紋樣本。」

「是啊，」我說，「太蠢了。後來比對出她的指紋之後，她大可以說她和蕭是情侶，所以當然坐過那輛車，但她太粗心了，沒料到會有這一天，現在也來不及說這個謊了。」

「她對每個人說謊，」喬按了按他的原子筆，「但我想大半時間她都對自己的謊言深信不疑，完全是個瘋子。妳昨天帶她從咖啡廳回來時，就認定她會被捕嗎？」

「是啊，不得不說我確實是這麼想的，」我回答，「而且我知道我們到家時，奧弗畢已經用備用鑰匙開門進來，也躲起來了。我有跟他說鑰匙藏在前門的石頭底下，所以其實我做這件事並沒有冒多大的風險。」

我翻了翻白眼，繼續回想當時的情景。「不過，我想如果她當時**沒有**中計，情況就會變得有點棘手，畢竟我要怎麼把奧弗畢從衣櫃裡弄出來呢？」

喬停筆，抬起頭看我，並露出一個微笑。「妳真的做得很好，梅瑟。」

「謝了，」我說，「這是一條大新聞。」

「我可以問妳一件事嗎？」他又說。

採訪不就是要問問題嗎？但他的眼神變柔和了，而且，萬一他**並不是**要問關於巴克爾．霍特的問題呢？我該怎麼回答？

「梅瑟？」他又問了一次，同時瞄了一眼手錶。

「嗯？」

喬調整了一下姿勢，整個人都轉過來面向我，然後又低頭看了一下錶。「妳認為殺了泰莎．妮可的真凶是誰？」

「啥？」

「呃，畢竟現在還沒有水落石出。」

我深吸一口氣，這其實不是我剛才以為他要問的問題，但，好吧，誰殺了泰莎．妮可？我也想過千百遍。艾許琳不斷否認，但她昨天對我說的話聽起來也十分像是間接承認了，不過真的「**只有艾許琳**」嗎？

「或許就如羅約．斯巴福所說，」我說，「也許 Skype 視訊是真的，也許氣仿是真的，我們永遠不會知道。也有可能不是**只有**艾許琳。瓦德里．羅格威契說，艾許琳飛往波士頓的航班乘客名單上，也有丹荷姆．蕭這個名字，所以他們兩人都去了波士頓，還帶著泰莎**一起去**，她是這麼告訴我的。但現在都不重要了，因為檢方不可能再度以謀殺泰莎的罪名起訴她，而就算他們起訴蕭，他最終也會因為罪證不足而無罪開釋，頂多構成合理懷疑罷了。」

「的確。」喬接話。

「就像走鋼索一樣難以權衡，」我又用了這個老套的比喻，「因為他可以跟檢方交換條件，除非免除他的罪名，否則他不出庭作證艾許琳謀殺了巴克爾・霍特。」

「謀殺犯總是得以脫罪。」喬再度附和。

「是啊。」我回答。我清楚得很，但他們永遠不可能**擺脫**這段過往。

喬沉默了好一陣子，我也不發一語。

「你知道嗎，我還是一直很困擾，」我終於說，「如果那隻黑色拉布拉多早點發現屍體，如果重建肖像的準確度再更高一點，如果瓦德里・羅格威契沒有弄丟那段監視器畫面，如果布膠上有艾許琳的指紋，還有，也許是我做錯了，如果那位格姓陪審員，就是和她女兒討論案情而導致被開除的那一位，如果她還留在陪審團，這一切會不會有所不同？我無法停止思考這件事。事到如今，感覺泰莎的死還是……正義還是沒有伸張。」

「艾許琳已被拘留了，」喬回話，「也許這樣就夠了吧？」

我回想那個孩子的臉龐，她的粉紅色褲襪，還有紫色的蝴蝶結髮夾。「也許吧，畢竟正義無法像科學一樣精確。」

門鈴響起，喬比我更快從沙發上彈起來。我走到門口，而他緊跟在我身後。我從門板上的貓眼往外望。

是凱薩琳。

# 76

「梅瑟，」我準備開門的時候，喬又開口了，「我得——」

「等一下，」我打斷他，現在我得正視這件事。**凱薩琳；德克斯和凱薩琳**。我該怎麼面對她？我試著拼湊手上既有的事實和艾許琳的謊言——如果真的是謊言的話。當然還有我對那張照片的種種困惑。艾許琳說的並非**全部**都是謊言，這一點始終困擾著我。

那麼這件事呢？

這兩天我都沒有接凱薩琳的來電，主要是因為我不想和她對話。既然現在不能再把她轉入語音信箱，那我也只能見機行事，看她會說出什麼來。不過如果我要正面詢問她照片的事，我也不希望喬在場。

「嗨，親愛的，」我一開門，凱薩琳就大聲打招呼，「還有，嗨，梅瑟。」

我還沒來得及解讀她的問候和她的表情，她就已經自行走進屋裡，牽住喬的手，和他十指交扣。我關上門。凱薩琳每次出現，都像是把我帶進某種《陰陽魔界》的異次元世界。

「是啊，」我還來不及思考該說什麼，她便立刻又開口了，「我們想要第一個告訴妳這件事。我們……喬的太太……他們……呃……」

「我本來要告訴妳的，」喬替她接話，「我和凱薩琳，呃，在一起了。上個星期我們一起……我跟她說我要出差，結果她卻跑去報警。我們夫妻之間的問題也有很長一段時間了，」他聳聳肩，「她離開了一段時間。我們當然不想讓任何人知道，本來也沒什麼大事的，要不是我老婆抓狂……我想報復我，成天疑神疑鬼，我也不是很擅長騙人。警察很快就找到我——我們，我老婆就是巴不得我們被抓到，真的非常丟臉。」

「現在喝酒會太早嗎？」我問。凱薩琳和喬在一起？這是不是表示德克斯和凱薩琳的事——嗯，不見得，喬也是有婦之夫。

「我很抱歉，」凱薩琳說，「這也是為什麼結辯那天我跑到妳家來，記得嗎？喬還買了三杯咖啡。我們只是想待在一起，在某個我們**可以**待在一起的地方。」

難道每件事都有另外一種解釋嗎？

「你們太誇張了，」我說，試著整理思緒，還不知道究竟什麼才是真的，「聽著，喬，你可以讓我和凱薩琳單獨談一下嗎？我想要給她看書房裡的某個東西。」

我花了一分鐘走到書桌前拿起照片，讓她看了大約十五秒。艾許琳說她影印了一份給氣球攤販並不是騙人的，她的確保留了正本，為了折磨我，我猜。但我們當然沒有再去找那個攤販核實，畢竟她被捕了。

「噢，」凱薩琳說，「好可愛，是氣球日的照片，怎麼了？」

「背面的字是妳寫的嗎？」

「對啊，」她將照片翻到背面，又翻回正面，「氣球日啊，照片也是我拍的。後來德克斯拍了一張妳和蘇菲的照片，還有個小孩幫你們拍了全家福，又拍了一張我們四個人的合照。上次我去德克斯的辦公室，應該是為了籌劃妳的生日派對吧，我看到他把照片全部放在桌上，一時興起就在上面寫字了，其他照片上也有畫愛心。」

我愣住，低頭盯著照片，其他照片在哪裡？啊，我們沒有打開最後一個箱子，現在已經全部丟了。

「氣球日？我也有去嗎？」我皺著臉，試圖想起那天的片段。我看向照片上蘇菲可愛的小嘴。

**冰——棒**。「等等，藍色冰棒，是嗎？」

「對啊，那天妳從睡夢中被挖起來，好姊妹，但德克斯那麼寵妳，真好。」她把照片還給我，「前一晚蘇菲的兩歲生日弄得一團亂，記得吧？」

「是啊。」我又打開抽屜，拿出一個黃色的塑膠藥罐，「凱薩琳，艾許琳拿了這個。」

「那個臭女人，」凱薩琳接過瓶子檢查了一番，然後搖搖頭，「真是個麻煩人物，對吧？我之前一直在找這瓶藥，裡面只有五顆，是我僅剩的存貨。」她將瓶蓋打開，把裡面的藥一次全倒在手心上，「只剩四顆。」她說。

「還有一件事，」我又從牛仔褲口袋裡拿出一張紙，「妳有給過德克斯這張名片嗎？我在他的資料夾裡找到的，背面還寫了妳的手機號碼。」

她接過名片，搖了搖頭。「沒有，」她說，「不可能，親愛的，妳看，這是雅博出版集團的名片，我之前拿的是《城市》雜誌，一直到——妳知道的，那件事之後。」

「雅博出版集團……」我昏昏沉沉地想起為什麼德克斯不可能拿到這張名片，但為什麼會在……**噢**。「等等，妳該不會是給了**艾許琳**吧？」她一定是偷偷放進資料夾裡，而粗心大意的她，肯定不會去確認細節。

「對，我的確給過她一張。」她又把名片還給我，「不過，為什麼要問這些？」

「沒什麼，」我把名片拿回來的那一刻，也重新拿回了屬於我的真相。我生活中熟悉的拼圖碎片一一重新歸位，回到被艾許琳澈底破壞之前的位置。我再也不會變回過去的自己，再也不可能像過去一樣快樂，但我**曾經擁有**幸福的家庭，**我們**很幸福，這是無可辯駁的事實。「我只是想不起這是從哪裡來的。」

而現在是毫不知情的凱薩琳漂浮在她幸福浪漫的世界裡。

「原來如此。那妳覺得我跟喬怎麼樣？」她挽起我的手，把我拉近，然後帶著我走回客廳。她的香水是淡淡的檸檬香味，而她的頭髮有一股花香。

看她這副模樣，我真不敢相信自己竟然會懷疑她。好吧，我真的有可能懷疑她，畢竟艾許琳很有兩下子。幸好凱薩琳永遠不會知道我在想什麼，我們的友誼可以說是艾許琳的另一個受害者。**每一件跟她有關的事都是壞事**，但幸好，最終我們的友誼沒有變成一件壞事。

「他真的很棒，對吧？」她說，「我們真的**很懂**對方，妳知道嗎，就像妳和德克斯那樣。」

她愣住，皺起眉頭。「哦，對不起，我不是有意——」

我們停在走廊上，就站在我貼滿家庭照的那面牆旁邊。德克斯和蘇菲彷彿正看著我，他們一如既往幸福地笑著，他們永遠都會帶著那樣的笑容。

我伸出手，打斷她的話，雙手環上我這位真摯好友的肩膀，給了她一個短暫的擁抱，但充滿了對未來的希望。

「我很替妳開心，親愛的，」我告訴她，「真的。妳很棒，他也很好，妳值得每一分幸福。妳要好好享受這一切，知道嗎？你們兩個都要。我是不是該去買伴娘禮服了？」

凱薩琳用她的笑聲包圍我。「我保證到時候妳會是第一個知道的，」她說，「我們現在還沒公開，到他離婚之前都得小心一點，但我真的覺得……」

她愉快地說個不停，而我稍稍分了神。有些人走入新戀情，有些人則走入監獄。我只是寫下這些故事，寫下我所相信的真相。但現在我知道，真相並不關乎我相信與否，真相就是真相。

「好嗎？」凱薩琳問道，「他等一下就到了。」

「誰？」我回過神問道。客廳裡，喬正一邊講電話一邊低頭寫筆記，他的腳翹在咖啡桌上，手機夾在耳朵和肩膀之間。

「**那個人**。妳剛才沒在聽嗎？他們要來回收妳的轉播設備。檢方會試著在俄亥俄州起訴艾許琳謀殺巴克爾．霍特一案，妳應該不需要這些設備了。」

「聽我說，」喬掛斷電話，一邊站起身一邊舉起手機，好像要讓我們看到他剛才在和誰說話。「昆茵．麥克莫倫也證實警方的確有抓到試圖闖進她房子的人。她說是當地的一些毒蟲，那些人很討厭辯護律師，而且都有前科，諸如此類，昆茵氣得要命。除此之外，她還打算要申請俄亥俄州的特別授權，要去那裡替艾許琳辯護。」

「被不良少年圍剿了。」我說，「嘿，也許我可以去代頓一趟？自己去採訪，然後加進書裡？」

凱薩琳歪著頭，抬起一邊眉毛，我認得她這副表情。

「太棒了！」她說，「但說不定她這次又會逃過一劫，**再一次**脫罪。」

「有可能，」我說，「但依舊是個好故事。」

關於艾許琳．布萊恩的書尚未完結，而我也希望能繼續寫下去，寫完「**失蹤的小女孩**」最終版本，寫出真實的版本。至於艾許琳，她就像迷途羔羊一樣，迷失在自己的謊言裡。

門鈴又響了，也許這個早晨不是什麼《陰陽魔界》的異次元世界，反倒比較像是情境喜劇。

「我去開門，」凱薩琳直奔門口，「一定是要來回收器材的人。這也是他在那家製片公司最後一天上班，他在紐約找到新工作，要去——嗨，麥克斯。」

「嘿，凱薩琳，哈囉，喬。還有妳一定是梅瑟，」他邊說邊踏進客廳，身穿格紋襯衫和休閒牛仔褲，戴著玳瑁花紋眼鏡，一頭亂髮，他有一雙好看的眼睛，臉上帶著大大的笑容。「你應該『聽』過我太多次了吧。」

噢，我認得這個聲音，應該說，就是這個**聲音**。

我大笑出聲，發自內心、敞開胸懷地大笑。至少我對聲音的推測是正確的。我的眼淚忍不住流了下來，是驚訝的淚水，解脫的淚水，真真實實的眼淚。自從事發之後，我有多久沒有這樣笑過了？

# Epilogue

翌日早晨，我依舊在鏡面上寫下數字，這是理所當然的。

我們都需要儀式，需要回憶，需要私密的感受，這讓我們變得與眾不同。我們的生活相互交織，愛、命運、運氣、時機和巧合相互融合，創造出我們在這個宇宙中微小的停泊空間。

是雷朋斯家莽撞的兒子讓我載著德克斯和蘇菲撞上一棵樹嗎？或者是蘇菲的「**閃電電**」讓我分了神？我永遠不會知道答案，就像我永遠不會知道蘇菲長大後是什麼模樣；不知道德克斯和我是否會一直幸福快樂下去；不知道陽光是否永遠明媚。

那「深沉、難解、唯一」的真相又是什麼？有些事我們無法得知，也肯定無法理解。

但依然有些真相是我們能夠明白的，那就是我們擁有一生，而且要竭盡所能地活著。我們經歷愛、歡笑和悲傷，我們呼吸。有些門會被關上，有些門會被打開，而我們會找到一些被遺忘的房間。

這個早晨，我用一隻手指在起霧的鏡面上寫字。我先在鏡子中間畫了一條線，一條分界線，左邊是之前，右邊是之後。

線條左邊是我過去無數的歲月，四百九十三天，我寫上數字四九三，每一個數字都不會消逝。

而線條的右邊，是我的未來。

僅僅一個筆畫，彷彿對這個世界傳遞了最溫柔的訊息，我寫上：一。

# 致謝

永遠感激我那才華洋溢、風趣又親切的編輯克麗絲汀・塞維克，妳擁有無窮的智慧和耐心，是妳讓一切變得如此不同。感謝冶金圖書公司傑出的團隊：所向無敵的琳達・昆頓、努力不懈的艾利西斯・薩雷拉，以及無比細心的審稿編輯南茜・萊因哈特，甚至還製作了一份數字清單，謝謝你們！也謝謝TK製作了這麼棒的書封，看到這本書中的角色變得栩栩如生，是多麼令人驚豔的事！也很感激貝絲・考比，還有布萊恩・海勒，你們都是我的冠軍。還有最鼓舞人心的湯姆達赫蒂出版社，你們是一個聰明絕頂又支援力強大的團隊，我很高興能參與其中，謝謝你們。

謝謝我出色的經紀人麗莎・蓋勒格，妳改變了我的生活，始終如此，和妳共事是我的榮幸。

感謝資深獨立編輯弗朗斯卡・科爾特拉，你讓我相信自己能想出許多好點子。編輯克里斯・羅爾登，我作品的每一頁都仰賴你的細心、經驗和付出。

感謝馬德拉・詹姆斯、瑪麗莉茲・默里、尼娜・紮戈斯卡、查理・安泰爾、瑪麗・紮諾和珍・福布斯，你們擁有無比的技藝與智慧。

還有蘇・蓋弗登、瑪麗・希金斯・克拉克、麗莎・斯科托琳、李・喬爾德，愛琳・米切爾、芭芭拉・彼得斯、瓊安・辛楚克和羅賓・艾格紐，我對你們的感謝筆墨難以形容（對，我也有言不及義的時候）。

感謝我在紅色叢林寫作會最棒的部落格姊妹們：茱莉亞・斯賓塞弗萊明、哈莉・艾弗隆、蘿勃塔・伊斯萊布／露西・伯德特、珍・麥金萊、英格麗・托夫特、黛博拉・克朗比和里絲・鮑恩。

謝謝我親愛的好友瑪麗・施瓦格、萊拉・迪西爾維里奧、伊莉莎白・埃洛和寶拉・穆尼爾，以及我親愛的姊妹南茜·蘭曼。

還有我親愛的丈夫強納森·夏普羅，是你讓這一切成真。

你有在這本書裡看到你的名字嗎？有些非常慷慨的人同意讓我在本書中使用他們的本名，並將贈書捐贈出來作為慈善用途。為了保有一些神祕感，我希望你們都能自己在書中找到自己的名字。

敏銳的讀者可能會發現我對麻省的地理位置做了一些調整，這只是為了保護那些無辜的人事物。如果你連致謝詞都讀完了，那我真的感到非常開心。

高寶書版集團
gobooks.com.tw

TN 265
無罪之罪
Trust Me

作　　者　漢克．菲莉琵．萊恩
譯　　者　劉佳澐
特約編輯　余純菁
助理編輯　陳柔含
封面設計　林政嘉
內頁排版　賴姵均
企　　劃　何嘉雯

發 行 人　朱凱蕾
出　　版　英屬維京群島商高寶國際有限公司台灣分公司
　　　　　Global Group Holdings, Ltd.
地　　址　台北市內湖區洲子街88號3樓
網　　址　gobooks.com.tw
電　　話　(02) 27992788
電　　郵　readers@gobooks.com.tw（讀者服務部）
　　　　　pr@gobooks.com.tw（公關諮詢部）
傳　　真　出版部　(02) 27990909　行銷部 (02) 27993088
郵政劃撥　19394552
戶　　名　英屬維京群島商高寶國際有限公司台灣分公司
發　　行　英屬維京群島商高寶國際有限公司台灣分公司
初　　版　2020 年02月



國家圖書館出版品預行編目(CIP)資料

無罪之罪 / 漢克．菲莉琵．萊恩作；劉佳澐譯
-- 初版. -- 臺北市：高寶國際出版：高寶國際發
行, 2020.02
　　面；　公分. -- (文學新象；TN 265)
譯自：Trust Me

ISBN 978-986-361-801-0(平裝)

874.57　　　　109000153